KB161316

# 업자에게 잊혀진 시체 보관 기록

**쿤룬** 지음 ㅡ **진실희** 옮김

**쿤룬 삼부곡 3**

# 업자에게 잊혀진 시체 보관 기록

한스미디어

불태워야 할 시체 한 구 대기 중.

# 차례

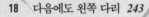

# 친절한 중년 여성과
# 말 잘 듣는 개

끈적이는 피가 아버지의 일그러진 입꼬리를 타고 흘러 내렸다. 피는 중력에 이끌려 빨간 실오라기처럼 쭉 늘어났 다가 곧 물감처럼 덩어리가 졌다.

내장을 잃은 아버지의 몸은 예전보다 훨씬 가벼워졌고, 가여워 보일 만큼 얇아졌다. 좌우로 갈라진 뱃가죽이 볼품 없는 연처럼 힘없이 흔들렸다. 바람이라도 불어온다면 아 버지를 저만치 날려 보낼 수도 있을 것이다. 가능한 한 여 기서 멀어지도록.

하지만 아버지는 절대 이 장소를 떠날 수 없다. 손발이 뒤 쪽의 쇠기둥과 한 덩어리로 묶여 있으니까. 거센 바람이 불 어와도 아버지라는 연은 여기에 단단히 묶여 있을 것이다.

도망칠 욕심을 품을 수 있는 사람은 쯔위안子緣이라는 이 름의 소년뿐이다.

쯔위안도 두 손을 뒤로 묶인 채 포락지형炮烙之刑*을 받는 고대의 죄인처럼 또 다른 쇠기둥에 매인 신세다. 벌겋게 달군 쇠기둥은 아니지만, 공포심이 끝없이 끓어올랐다.

며칠 동안 갇혀 있어 기운이 빠진 쯔위안은 상체를 푹 수그리고 있었는데, 그 꼴이 나뭇가지 끝에 매달린 번데기와 꼭 닮았다. 껍데기가 깨지는 날까지 기다리다가는 아버지처럼 오장육부를 털리고 말 터였다. 나비가 되기는커녕 땅속에 묻힐 일그러진 연이 될 것이다.

떨어져 나온 장기들과 오물이 어두컴컴한 실내에서 지독한 비린내를 풍겼다. 미끌미끌한 창자가 거대한 지렁이처럼 아버지 발치에 똬리를 튼 채 놓여 있었다.

후각이 마비된 쯔위안은 악취를 분간하지 못했다. 온갖 무서운 상상이 눈덩이처럼 불어났다. '언제 내 차례가 올까? 그때가 되면 어떻게 대처해야 하지?'

쯔위안은 해답을 얻을 수 있길 바라며 아버지의 눈동자를 봤다. 하지만 초점 없는 눈동자는 아무런 답도 주지 않았다. 왠지 모르게 집에 모셔 둔 불상佛像들이 떠올랐다. 그것들도 똑같이 공허한 눈빛을 지니고 있었다. 아버지는 밤낮없이 불상 앞에서 빌고 또 빌었다. 제발 인생 역전할 기

---

* 은나라 주왕이 즐겨 쓰던 잔혹한 형벌. 구덩이를 파서 그 안에 숯을 넣은 뒤 기름 칠한 구리 기둥을 다리처럼 걸쳐 놓고 죄인을 건너가게 했다. 달군 쇠로 지지는 형벌을 통속적으로 이르는 말이기도 하다.

회를 내려 달라고.

하지만 안타깝게도 돈방석에 앉을 날을 기다려 보지도 못하고 아버지와 쯔위안은 나란히 함정에 빠졌다. 한 명은 죽었고, 다른 한 명은 죽어 간다. 그래서 쯔위안은 감히 신에게 구걸하지도 못했다. 기도를 한다 해도 뜻대로 이뤄지긴커녕 오히려 더 빨리 죽게 될까 봐 두려웠다.

그때 조금 열린 문 틈새로 이질적인 빛이 한 줄기 들어왔다.

한껏 경계하며 고개를 들자 문 뒤로 탐욕스러운 얼굴이 보였다. 돈이 많아 보이는 중년 여자였는데, 유난히 크고 두꺼운 입술에 맥도날드 마스코트처럼 과장되게 립스틱을 칠했다. 부은 눈꺼풀에 덕지덕지 달라붙은 인조 속눈썹은 길이가 들쭉날쭉해 털을 말끔히 뽑지 않은 돼지고기 같았다. 중년 여자가 어울리지 않게 소녀 같은 웃음을 터뜨리자 쯔위안의 등골에 식은땀이 흘렀다.

잔뜩 흥분한 듯 보이는 여자의 눈동자는 무척 동그랬다. 그녀가 문을 힘껏 밀었다. 육중한 몸은 당면을 너무 많이 쑤셔 넣은 찹쌀순대를 연상케 했다. 허리춤 위로 비곗덩어리가 흘러넘쳤다.

여자가 끈적끈적한 콧김을 뿜으며 쯔위안에게 다가왔다.

쯔위안은 여자를 피하고 싶어 등을 쇠기둥에 딱 붙였지만, 모든 죄수나 노예의 처지가 그러하듯 피할 곳이 없었다. 여자의 손이 우악스럽게 쯔위안의 턱을 받쳐 들었다.

통통하고 짧은 손가락에서 니글거리는 향수 냄새와 기름 내 비슷한 체취가 풍겼다.

쯔위안은 여자와 눈을 마주칠 엄두를 내지 못했다. 가능한 한 빨리 이곳을 벗어나고 싶었다. 말로 용서를 빌지는 않았지만, 하얗게 질린 얼굴과 새끼 양처럼 바들바들 떠는 몸은 이미 최선을 다해 살고 싶다는 소망을 표출하고 있었다.

여자가 빨갛게 칠한 큰 입을 헤벌리고 느끼하게 웃었다. 독가스 같은 구취가 쏟아졌다. 쯔위안은 반사적으로 숨을 참고 고개를 돌렸다.

여자는 쯔위안의 얼굴을 함부로 쓰다듬었다. 기름기가 낀 미지근한 걸레가 얼굴에 달라붙는 것만 같았다. 그녀의 살진 손이 천천히 아래로 내려오더니 쯔위안의 교복 단추를 풀었다. 한 개, 두 개, 가슴팍이 전부 드러날 때까지…… 그러고는 자기 머리를 쯔위안의 가슴에 묻었다.

쯔위안은 구역질 나는 축축함과 온기에 화들짝 놀랐다. 축축한 혀가 기다란 벌레처럼 가슴팍을 파고들었다. 있는 힘껏 저항했지만 그의 몸부림은 여자를 더욱 흥분시킬 뿐이었다. 쯔위안이 뿌리칠수록 여자는 더 세게 그의 가슴팍을 핥았다.

"딱 여기서부터 너를 잘라 줄게." 혓바닥을 도로 거둬 간 여자가 징그럽게 웃었다. 그녀가 힘주어 손뼉을 치면서 밖에 있는 사람에게 지시를 내렸다. "내 칼 가져와."

쯔위안은 겁에 질려 몸을 떨며 아버지를 봤다. 시체의 참혹한 모습이 곧 그에게 닥쳐 올 고문을 예고했다. 그는 아버지의 비명을 또렷이 기억하고 있었다. 고통의 시간은 그토록 길디길었다. 여자가 맨손으로 아버지의 내장을 헤집어 꺼냈을 때, 아버지는 의식이 있는 채로 울부짖다가 종국에는 꿈틀대는 살덩어리로 변했다.

'나는 죽고 싶지 않아!' 죽어 가는 모든 존재가 그러듯 쯔위안도 살고 싶어서 있는 힘껏 손발을 묶은 밧줄을 당겼다. 그 행동이 여자의 웃음을 자아냈다. 여자의 웃음소리와 기억 속 아버지의 비명이 뒤섞여 쯔위안은 거의 정신이 파괴될 지경에 이르렀다.

"보내 줘……." 쯔위안이 울음을 터뜨렸다.

여자는 그 눈물을 손가락에 받아 입에 넣었다. 그녀는 한껏 취한 듯 눈물을 핥아먹고는 침 묻은 손가락으로 쯔위안의 코를 주무르며 타이르듯 말했다.

"무서워하지 말렴. 이제부터 나는 너를 아주, 아주아주 아프게 할 거야. 그러니까 착하고 우렁차게 소리쳐야 해!"

말을 마친 그녀는 바깥을 향해 고개를 돌리고 버럭 외쳤다.

"내 칼 가져오라니까?"

여자의 외침 뒤로 느릿느릿 신발 끄는 소리가 들리다가 문 앞에서 멈췄다. 이윽고 남자 노예의 평범한 얼굴이 나타났다. 그는 극도의 공포와 황망함에 사로잡혀 있었다.

살려 달라 빌고 있는 쯔위안보다 처지가 썩 나아 보이지도
않았다.

"내 칼은?" 여자가 사납게 물었다.

그때 약간 벌어진 노예의 입에서 피가 새어 나왔다. 그는
한 발을 앞으로 내딛더니 곧 주저앉았고 일어나지 못했다.
영문을 모르는 여자가 의아해하는 순간, 또 다른 낯선 얼굴
이 나타났다.

평온을 넘어 아무 감정이 없는 듯 보이는 흑발의 소년이
었다. 머리부터 발끝까지 검은색이라 마치 밤의 그림자를
끼어 입은 듯했다.

"미안하지만 제가 당신의 개를 죽였습니다." 소년은 담
담하게 사과부터 했다.

"개?" 여자는 여전히 영문을 몰랐다.

흑발 소년이 몸을 구부려 노예의 머리채를 잡았다. 여자
는 그제야 검은 가죽장갑을 낀 소년의 손에 들린 작은 칼
을 알아차렸다. 전체적으로 잿빛을 띤 칼은 날의 밑 부분만
차갑게 은빛으로 빛났다.

소년이 노예의 목을 긋자 고기 써는 소리가 들렸다. 노예
는 출혈을 막아 보려고 두 손으로 목을 꽉 움켜쥐었지만,
피는 손가락 사이로 속절없이 흘러넘쳤다.

여자는 소년이 사람을 이토록 사정없이 죽이리라고는
전혀 예상하지 못했다. 이곳은 그녀의 구역이다. 말 잘 듣

는 노예와 포획한 죄수도 있다. 모든 일은 그녀의 손바닥 안에 있어야 옳다. 이 질서가 흐트러져서는 안 된다. 지금 이 상황은 당치도 않았다.

여자는 처음부터 끝까지 모든 상황을 우두커니 보고 있었다. 도망쳐야겠다는 생각이 들었을 때 즈음 흑발 소년은 벌써 눈앞에 다가와 있었다.

물처럼 맑은 눈을 가진 소년은 인간의 감정을 느낄 수 없는 사람처럼 보였다. 물은 물일 뿐, 그 무엇도 아니라는 듯.

아연실색한 여자가 눈을 한 번 깜빡였다. 그녀는 그제야 소년의 눈에서 심연 같은 것을 발견했다. 눈동자 깊은 곳에서 얼음처럼 시린 분노가 소리 없이 타오르고 있었다. 여자는 거기서 눈을 뗄 수 없었다.

"아악!" 단도가 왼쪽 가슴을 파고들자 여자가 비명을 질렀다.

소년이 칼자루에 힘을 주자 칼날은 더욱 깊숙이 박혔다. 꺽꺽 괴성을 지르던 여자는 뒤로 벌렁 나자빠지면서 바닥에 뒤통수를 찧었다. 현기증이 밀려오는 순간, 흑발 소년이 한쪽 무릎을 꿇고 체중을 실어 칼날을 그녀의 가슴에 끝까지 박아 넣었다.

여자는 걸쭉한 기침 소리를 내며 붉은 피를 토했다.

소년이 여자의 블라우스를 젖혔다. 그의 모든 사냥감이 그랬던 것처럼, 그녀의 푸석푸석한 오른쪽 가슴팍에도 삐

뚤빼뚤한 알파벳이 보였다.

'J'였다.

∿

쯔위안은 그 모든 과정을 목격했다.

갑자기 나타난 불청객이 여자를 죽이기까지의 과정은 이상하리만큼 순조로워 보였다. 흑발 소년은 같은 행동을 수천 번 반복해 본 것처럼 노련했다. 쯔위안은 이곳이 피비린내 나는 살인 현장이라는 걸 제대로 인식하지도 못했다.

죽음에 가까워질수록 여자는 숨을 몰아쉬었다. 입꼬리에서 피거품이 연신 뿜어 나오는 모양이 사력을 다해 가스를 분출하는 분화구 같았다. 새빨간 피는 여자의 립스틱을 연상케 했다.

'입술에 바른 건 처음부터 립스틱이 아니지 않았을까?'

쯔위안은 문득 그런 생각이 들었다.

여자의 두 눈동자가 휙 돌아갔다. 그녀는 기분 나쁜 흰자위만 드러낸 채 다 잡은 고기를 맛보지 못해 원망스럽다는 듯 못마땅한 표정으로 쯔위안을 노려봤다.

그 시선에 솜털이 곤두선 쯔위안이 얼굴을 돌렸다. 순진한 소년들 대부분이 그러하듯, 쯔위안은 지금까지 자신이 강하다고 믿었다. 하지만 여자의 손아귀에 붙잡히고 나서야 그게 얼마나 바보 같은 착각이었는지 알게 되었다.

"총 세 구. 장소는……." 흑발 소년이 입을 열었다. 장단과 고저가 전혀 없는 사무적인 말투였다.

쯔위안은 자기도 모르게 귀를 기울였다. 소년은 오래전에 단종된 구식 휴대전화를 갖고 있었다.

'나보다 고작 몇 살 더 많아 보이는데…….' 쯔위안은 생각에 잠겼다. 이 사람은 눈앞에서 여자와 그 부하를 손쉽게 처리했다. 태연하고 침착했으며, 일말의 망설임도 없었다. 어떻게 사람을 죽이고 이토록 평온할 수 있을까?

그 의문에 대답이라도 할 것처럼 흑발 소년의 시선이 쯔위안에게 닿았다. 끝없이 깊고 칠흑처럼 검은 눈동자에 쯔위안은 몸서리를 쳤다.

소년이 쯔위안에게 다가왔다. 여전히 칼을 쥔 채였다.

'내 차례인가?' 들이마신 차가운 공기가 목에 탁 걸렸다. 쯔위안은 본능적으로 엄청난 위험을 감지했다. '도망쳐야 해. 도망쳐야만 해!'

하지만 흑발 소년은 그를 지나쳐 쇠기둥 뒤로 돌아갔다.

"움직이지 마세요." 소년이 나지막하게 경고했다.

쯔위안의 손발이 단숨에 풀렸다. 그는 두 다리가 후들거려 무릎을 꿇을 수밖에 없었다. 바들바들 떨리는 두 손을 들어 올려 보니 밧줄은 정말 풀려 있었다. 손목 군데군데 푸른 피멍 자국이 보였다.

쯔위안이 이해할 수 없다는 표정으로 고개를 들었다.

"부탁이 있는데 들어 주시겠습니까?" 흑발 소년이 차가운 어조로 물었다.

쯔위안은 머릿속이 하얘졌다. 고개를 끄덕이는 것 말고는 다른 선택이 없었다.

"저는 여기 나타난 적이 없다고 생각하십시오. 여기서 일어난 일을 그 누구에게도 말하지 마시고요. 가능하면 당신이 납치됐었다는 사실도 숨기십시오."

쯔위안은 이번에도 고개를 끄덕였다.

"이제 가십시오." 흑발 소년은 더 이상 쯔위안에게는 관심 없다는 듯 가방에서 작은 분무기를 꺼내 칼날에 투명한 액체를 뿌렸다. 짙은 알코올 냄새가 서서히 허공에 퍼졌다.

쯔위안은 코가 간질간질해 재채기를 하고선 아직 제대로 말을 듣지 않는 두 손으로 교복을 여몄다. 그는 아버지를 한 번 돌아봤지만, 작별 인사는 할 수 없었다. 말이 터지지 않았다. 아버지도 듣지 못할 것이다.

그는 길을 더듬어 출구를 찾았다. 저택의 문을 밀어젖히자 비 오는 풍경이 정면으로 덮쳐 왔다. 조금 전까지 갇혀 있던 어두운 공간과는 전혀 다른 세상이었다.

쯔위안은 팔을 뻗어 손으로 빗물을 받았다. 차갑고 축축했다. 명주실 같은 빗줄기가 하늘에서 내리고 또 내려 손바닥 가운데 고였다. 그러다 가득 차면 그의 눈물과 함께 손가락 사이로 넘쳐흘렀다.

쯔위안은 소리 내 울부짖으며 두 팔로 어깨를 끌어안고 움츠렸다. 그는 빗속에 홀로 버려진 강아지처럼 저택의 외벽을 따라 비틀거리며 걸었다. 택배 회사의 화물차가 그를 스쳐 지나가면서 구정물을 잔뜩 튀기는 바람에 온몸이 흠뻑 젖었다.

하지만 이제 아무래도 상관없었다.

마침내 악몽의 땅에서 벗어났기 때문이다.

**2**

전 주인이
남긴 선물

스녠†年*은 칼날을 반복해서 닦았다. 충분히 깨끗하다는 확신이 들 때까지 닦고 또 닦은 후에야 다시 칼집에 넣어 허리춤에 찼다.

아직 완전히 죽지 않은 여자가 미약하게 숨을 내뿜고 있었지만 신경 쓰지 않았다. 어차피 시간문제였다. 스녠은 여자를 본체만체하고 그 곁을 지나 쇠기둥에 묶인 남자의 시체를 유심히 들여다봤다. 남자의 발치에는 얼룩덜룩한 빛깔의 내장이, 주변에는 조각난 꽃잎 같은 핏자국이 흩뿌려져 있었다.

스녠은 루브르 박물관에서 그림을 감상하는 전문가처럼 팔짱을 끼고 한동안 그것을 응시했다. 알맞은 청소 방법과 도구가 머릿속에 펼쳐졌다. 마침내 계획을 세운 그는 소매

* 10년이라는 뜻으로, 그가 직접 지은 이름이다.

를 걷어붙이고 난장판을 정리하기 시작했다.

집주인이 부유했던 덕분인지 다행히 집 안에 청소도구가 완벽히 구비되어 있었다. 스넨은 위생 장갑 두 켤레를 겹쳐 끼고 집주인의 물건을 적절히 가져다 필요한 부분에 사용했다. 바구니에 빨랫감을 넣듯 내장을 일일이 주워 쓰레기봉투에 넣고 핏자국을 처리할 만한 공간을 확보했다.

철저한 뒤처리를 위해 청소 작업에 열중하긴 했지만, 주변을 살피는 일을 소홀히 하지는 않았다. 저택 현관문이 열리는 순간 이를 알아챈 스넨은 걸레를 던지고 몸을 숨긴 후 문틈으로 밖을 지켜봤다.

응접실에 나타난 사람은 상자를 껴안은 택배기사였다.

그는 얼굴에 표정이 전혀 없어서 가면이라도 뒤집어쓴 것처럼 보였다. 택배기사 차림은 위장으로, 이 남자는 오직 시체만 수거하는 '수거업자'다.

방문객이 업자라면 몸을 숨길 이유가 없다. 하지만 예상과 달리 또 다른 사람이 문을 열고 업자를 뒤따라 들어왔다.

'업자가 둘인가?'

스넨은 잠시 생각에 잠겼다가 이내 깨달았다. 처음부터 업자가 한 명뿐일 리 없다. 스넨이 의뢰한 횟수는 셀 수 없을 만큼 많은데, 매번 같은 사람이 찾아와 뒷수습했기에 오해한 것이다. 그는 업자에 대해서는 아는 바가 많지 않다. 그동안 자신이 목격한 것을 바탕으로 이모저모를 추측해 볼 뿐이었다.

처음에 다비도프에게 소개받을 때도 '업자는 그 어떤 시체라도 수거한다'라고만 들었다. 스넨이 몇 차례 직접 의뢰해 보니, 정말로 매번 깔끔하게 처리해 주었다. 또 필요 이상의 말을 하지 않아 귀찮은 일을 만들지 않았기 때문에 스넨은 쭉 업자에게 뒷수습을 맡겨 왔다.

업자의 신상을 추측해 보기는 했지만, 그의 배경이나 이력에는 그다지 관심이 없어서 스넨은 결국 호기심의 단계에만 머물렀다. 스넨에게 주어진 가장 중요한 임무는 잭JACK 조직원의 소탕이기 때문이다. 또 강렬한 직감이 '업자를 염탐하려 하지 말라'고 일렀다. 스넨은 저 불가사의한 자들을 굳이 건드릴 만큼 어리석지 않았다.

그런데 오늘 나타난 '신입'은 인상이 영 곱지 않았다. 그는 일부러 야구 모자를 푹 눌러써 얼굴 반쪽에 그늘이 드리워지게 하고 있었다. 얼굴을 가리긴 했지만 평범한 사람에게는 없는 기묘한 아우라는 감출 수 없었다. 주변의 공기가 부자연스럽게 응결되어 불길한 기운을 뿜고 있었다. 섣불리 건드렸다가는 다칠 것 같은 사람이었다.

예민한 스넨은 그 기이한 분위기를 바로 알아차렸지만 내색하지 않고 속으로 경계했다.

"물건은?" 늘 보던 업자가 물었다.

스넨은 지하실 쪽을 가리켰다. 필요한 말과 질문만 하는 업자는 이내 상자를 들고 지하실로 내려갔다. 신입도 그 뒤를 따랐다. 스녠은 응접실에서 기다렸다. 지하실은 좁고 출구도 하나뿐이라 쉽게 당할 수 있다. 신입 업자를 신뢰할 수 없으니 조금의 허점도 보이고 싶지 않았다.

몇 분이 흐른 뒤 두 업자는 시체가 담긴 마지막 상자를 날랐다. 그들은 여느 때처럼 불필요한 작별 인사나 대화 없이 자리를 떴다. 발걸음의 무게가 올 때와 다름없었다. 늘어난 상자의 무게 따위는 그들에게 아무런 영향을 미치지 않는 것 같았다.

스녠은 문가에 기대어 떠나는 업자들을 눈으로 배웅한 후 청소를 계속했다.

여자와 노예가 있던 자리에 동심원을 그린 핏자국이 남아 있었다. 스녠은 문득 일 처리 방법을 바꿔야 하는 건 아닌지 반성해 보았다. 하지만 잭 조직원들을 단도로 처단해 온 습관을 갑자기 바꾸기는 어려울 것 같았다.

스녠에게는 사람을 죽음에 이르게 하는 일이 그리 어렵지 않지만, 그 부담과 위험성은 만만치 않다. 사냥꾼을 자처한 그는 목숨을 걸고 이 일을 한다. 그러니 이미 루틴이 굳어진 상황에서 섣불리 무기를 바꾸는 것은 현명하지 않다는 생각이 들었다.

게다가 뒷수습 과정은 번거롭긴 해도 별로 곤혹스럽지는 않다. 스녠의 목적은 누군가가 봤을 때 의구심이 생기지 않도록 살인 현장을 깨끗한 상태로 만드는 것이다. 사실 그는 완벽한 증거 인멸에는 그리 집착하지 않았다. 핏자국을 닦아낸다고 해서 모든 증거가 사라지지는 않는다. 마음만 먹는다면 현장에 남겨진 각종 단서를 찾아내 사건의 진상을 밝힐 수 있을 터였다.

더러운 것을 끔찍하게 싫어하면서 아이러니하게도 매번 현장을 난장판으로 만들고 있다니, 설마 자신은 무의식적으로 청소 후의 성취감을 즐기고 있는 건 아닐까? 혹시 사방에 낭자한 피를 보고 싶어 굳이 이런 사냥법을 택한 건 아닐까? 점점 '저들'과 닮은 쪽으로 치우치는 것은 아닐까? 스벤은 스스로를 의심해 보았다.

괴물과 맞서는 사람이라면, 자신이 괴물이 되지 않도록 경계해야 한다. '나도 점점 이들과 같은 존재가 되어 가는 걸까?' 스벤은 자문했다. 답은 금세 얻을 수 있었다. 자신은 결코 그들처럼 되지 않을 것이다.

스벤은 그들과 자신의 차이점을 잘 알고 있다. 그가 하는 일은 무차별 살인과는 거리가 멀다. 더욱이 살인 행위를 즐거움으로 삼지도 않는다. 순전히 마지못해 하는 일이다. 출발점이 서로 다르다면 그 끝도 다를 것이다. 스벤의 칼은 오직 잭 조직원을 향하며, 조직원 이외의 사람들은 목표가 아니다. 만에 하나 불행히도 저들을 닮는 때가 온다면, 그때는 스스로 자신을 없애 버리리라. 스벤은 그렇게 변한 자기가 이 세상에 남아 악행을 저지르도록 허락하지 않을 것이다.

청소를 마친 뒤에는 탈취 스프레이를 뿌려 마무리했다. 상쾌한 박하 향이 역겨운 비린내를 덮었다. 스넨은 만족스러운 표정으로 자신의 성과를 둘러봤다. 이제 이곳은 깨끗했다. 아무 일도 일어난 적 없던 것처럼. 누군가 여기에 갇힌 적도, 죽어 나간 적도 없다. 불을 끄고 조용히 떠나는 흑발의 소년이 있을 뿐이다.

스넨은 자연스럽게 우산을 챙기고 대문을 꼭 닫은 뒤 장갑을 벗어 주머니에 찔러 넣었다. 겉으로만 보면 의심스러운 부분은 조금도 남지 않았다. 업자처럼 스넨에게도 위장이 필요했다. 그는 이곳에 모습을 드러냈을 때와 마찬가지로 여유로운 모습 그대로 저택을 나섰다.

스넨이 떠난 지 얼마 되지 않아, 멀리서 검은 우산 하나가 이쪽으로 다가와 여자의 저택 앞에 멈춰 섰다.

우산 아래의 남자는 흰 셔츠에 양복 조끼 차림이었다. 한 손에는 우산을 받쳐 들고 다른 한 손에는 술병이 담긴 나무상자를 안은 모습이 바텐더 같았다. 남자는 스넨이 멀어져 가는 방향을 한 번 보고는 고개를 돌려 어딘가로 걸음을 옮겼다.

～

스녠은 한적한 주택가로 왔다. 오래된 집들이 가득한 이곳에선 세월에 버려진 냄새가 났다. 장점은 무척 조용하다는 것. 이 골목은 용건이 없는 행인은 지나다닐 일이 거의 없었다. 특히 거센 비가 주룩주룩 내리는 오늘 같은 날은 한층 더 을씨년스러웠다.

그는 골목의 낡은 아파트로 들어갔다. 빗물을 머금어 한층 진한 색을 띠는 이파리와 나뭇가지가 2층의 철제 처마를 온통 뒤덮고 있었다. 정문 앞에 오토바이 몇 대가 제멋대로 주차되어 있고, 한 짝만 남은 정문은 간신히 그 역할을 하고 있었다. 떨어져 나간 나머지 한 짝은 상징물처럼 담벼락에 기대어 있다. 계단실에서는 오랜 세월 밴 담배 냄새가 났고, 시커멓게 짓밟힌 바닥에는 꽁초가 수북했다.

스녠은 미간에 잔뜩 힘을 주며 청소하고 싶은 충동을 참았다. 공개적인 장소에서 사람들의 이목을 끄는 행동은 삼가야 하기 때문이다. 특히 이렇게 청결의 중요성을 모르는 주민들 사이에서라면, 보고도 못 본 척 넘기는 법을 배워야 했다.

그는 눈앞에 보이는 것들을 애써 무시하며 우산을 접고 계단을 올랐다. 발걸음이 고양이처럼 가볍고 고요해 우산 꼭지에서 떨어지는 빗물 소리가 발소리보다 오히려 더 크게 들렸다.

옥상 입구의 철문에는 자물쇠가 채워져 있었다. 열쇠를 꺼내 문을 열자 옅은 빛과 빗방울이 바람을 타고 문틈을 통과해 계단실로 쏟아졌다. 상쾌한 바람이 담배 냄새를 말끔히 씻어 내렸다. 스녠은 큰 숨을 몇 번 들이마셔 시원한 비 냄새를 폐에 가득 채웠다.

드넓은 옥상이 펼쳐지자 시야가 확 트였다. 시선을 멀리 두면 큰 도로 너머까지도 보였다. 구옥 밀집 지역이다 보니 시야를 가리는 고층건물이 적은 편이다. 스녠이 있는 이 아파트가 근처에서 가장 높은 축에 들 터였다.

옥상은 이 주택가와 어울리지 않게 청결했다. 휴지나 담배꽁초 하나 떨어져 있지 않았다. 옥탑 벽면에는 잘 가꿔진 스킨답서스 화분이 몇 개 놓여 있고, 외벽 역시 소박하지만 깨끗한 아이보리색으로 칠해져 있었다.

이곳은 스녠이 뜻밖에 얻게 된 새 보금자리였다.

스녠은 철문을 꼭 닫고 자물쇠를 도로 채웠다. 다른 세입자가 들이닥치지 않도록 별도의 자물쇠를 몇 개 더 달았고, 옥탑에도 같은 수준의 방범 장치를 마련했다.

스녠이 머물렀던 잭 조직원의 거처들 중에서는 이 집이 가장 깔끔했다. 약간 서늘한 듯한 실내에는 옅은 시트러스 향이 은은하게 감돌았다. 부드러운 햇살이 들어와 불을 켜지 않아도 집 안을 볼 수 있었다. 집주인이 공들여 골랐을 북유럽풍 가구들은 짙은 남색 벽면과 잘 어울렸다. 눈에 거슬리는 잡동사니 하나 없이 꼭 필요한 물품으로만 간결하고 소박하게 꾸몄다. 비록 원수지만 스녠은 전 주인의 탁월한 인테리어 감각을 인정하지 않을 수 없었다. 그가 만난 잭 조직원 가운데 단연코 가장 세련되고 깔끔한 자였다.

스녠은 1인용 소파에 웅크리고 앉아 몸이 서서히 파묻히도록 내버려 두었다. 목재 실링팬이 천천히 회전하며 이따금 미풍을 일으켰다. 스녠은 몸 안에 쌓인 혼탁한 기운을 모조리 토해 낼 요량으로 크게 숨을 내쉬었다. 이 틈을 타 고단함이 온몸의 세포에 침투하는 듯 팔다리가 노곤하고 무거워졌다. 아무 생각 없이 소파에 틀어박혀 졸았으면 좋겠다고 생각했다.

무척 고단하다.

눈꺼풀이 막 내려앉으려는 순간, 스녠은 갑자기 무엇인가 생각난 듯 어지러운 이마를 짚은 채 다급히 부엌으로 가 냉동고를 열었다.

무럭무럭 쏟아지는 냉기 속에 네댓 살도 못 되어 보이는 벌거벗은 남자아이가 들어 있었다. 아이의 손발은 부자연스러운 각도로 꺾여 있었다. 분명 강제로 냉동고에 처박혔을 것이다. 손발이 머리를 감싸며 바큇살처럼 뻗어 나간 기괴한 모습이었다. 눈을 반쯤 감은 아이의 앳된 얼굴에는 하얀 서리가 덮여 있었다. 왼쪽 무릎 옆에는 꽁꽁 언 고깃덩어리가 놓여 있다. 전체적인 모양이나 밖으로 관 형태의 조직이 삐져나온 걸 보면 틀림없이 심장이다.

이는 전 집주인의 걸작이다. 그는 어린아이의 몸을 가르는 것에 그치지 않고 심장까지 파내고는 조롱하듯 아이를 냉동실에 넣었다. 아이는 결국 악마의 장난감이 되었다. 오랜 세월 잭 조직원들의 주위를 맴돌았던 스넨은 이것이 현실인지 환상인지 스스로 물을 필요도 없이 또렷하게 알 수 있었다. 모두 부인할 수 없는 현실이다.

몇 초간 침묵하며 그 광경을 지켜본 스넨은 냉동고 문을 세게 닫고 빠른 걸음으로 집을 나섰다. 비는 아직 그치지 않았지만 오히려 그게 더 나았다. 지금은 비를 맞고 싶었다.

스넨은 어린아이가 표적이 된 범행을 가장 참을 수 없었다. 그 아이들의 가능성은 그렇게 끝이 나 아무것도 남지 않게 된다. 하얀 얼음덩어리가 되어 버린 냉동고의 아이가 무력하고 무능했던 어린 날의 자신을 떠올리게 했다. 누나의 죽음이 선명하게 재현되는 것 같았다.

어차피 망자는 안식을 얻을 수 없다. 그래서 스넨은 아이를 그 자리에 남겨 두기로 했다. 무고한 희생자가 끊임없이 생기고 있음을, 잭 조직원들이 매 순간 얼마나 악랄했는지를, 그들이 얼마나 용서받을 수 없는 존재인지를 잊지 않기 위해서였다.

차가운 비를 맞았는데도 불덩이처럼 몸이 뜨거웠다. 피

로감이 한순간에 달아났다. 쉴 수는 없었다. 씨가 마를 때까지 저 괴물들을 사냥한다면, 더 이상 죄 없는 아이들이 희생되는 일은 없을 것이다.

설령 이 일에 남은 삶을 전부 바쳐야 한대도 후회나 원망은 없을 터였다. 스넨은 죽는 날까지 이 일을 멈출 수 없다고 다짐했다.

3

사람이
사람을 먹는
익숙한 풍경

기어코 도시를 침몰시켜야 직성이 풀리겠다는 듯, 잦아
들던 빗줄기가 순식간에 폭우로 바뀌었다. 상자 속의 시체
가 흔적도 없이 지워질 운명인 것처럼, 차창을 때리는 거센
빗물도 와이퍼의 움직임에 따라 지워지고 또 지워질 운명
이었다.

　어두침침한 차 내부에서 계기판 속 숫자만이 눈에 띄는
초록빛을 발했다. 운전석과 조수석에 앉은 택배기사 차림
의 남자 둘은 수거업자다. 운전을 맡은 업자는 스넨이 항상
보던 남자다. 암호명은 오소리. 모든 업자는 성과 이름 대
신 각자의 코드명을 갖고 있다.

　조수석에 앉은 신입의 코드명은 사자다.

　스넨의 의뢰를 처리한 업자의 화물차는 잘 포장된 시체
세 구를 싣고 거침없이 시내를 달리다 어느 사유지의 주
차장으로 진입했다. 입구의 관리요원이 자동차 번호를 기

억하고 있어 별도의 확인 없이 차단봉이 올라갔다. 오소리
는 지정된 자리에 반듯하게 주차했다. 멀지 않은 곳에 주차
된 같은 모델의 화물차는 다른 업자의 것이다. 이들은 사유
주차장에 만들어진 여러 개의 거점 중 의뢰 장소와 가까운
곳을 자유롭게 이용한다.

오소리는 주차 후 시동을 껐지만 차에서 내리지 않았다.
이렇게 꼼짝하지 않을 작정이었다. 그는 무표정한 얼굴로
5센티미터 전방의 허공을 응시했다. 가끔 눈을 깜빡이지만
않는다면 사람이 아니라 지나치게 사실적으로 만들어진
밀랍인형으로 보였을 터였다.

사자 역시 침묵을 지키고 있지만, 오소리보다는 사람 같
아 보였다. 그렇다고 해도 그 역시 평범하지 않은 기운을
지니고 있었다. 모자의 그늘에 가려진 두 눈동자가 무엇을
바라보고 있는지, 눈을 뜨긴 했는지도 알 수 없었다.

이 음침한 2인 1조는 아무런 대화도 나누지 않았다. 업
자로 만나지 않았더라면 평생 교집합이 없었을 사이다. 사
실 업자들은 2인 1조가 아니라 각자 독립적으로 작업하지
만, 오소리만은 당분간 예외다. '공장'의 특별 지시가 있었
기 때문이다.

주차장이 임시 거점이라면 공장은 시체 수거 사업의 본
진이다. 모든 업자는 반드시 공장의 지시를 따라야 한다.
오소리는 공장으로부터 기억을 잃은 신입 업자를 교육하

는 임무를 받았다.

"콜 발생. 오소리." 공장에서 보내는 암호 방송이 흘러나왔다. "의뢰인 코드명 캐슈너트. 총 한 구. 장소는 스린±林 구······."

"접수." 전원 스위치가 켜진 기계처럼 다시 움직이기 시작한 오소리가 무전기에 대고 짧게 대답했다. 그는 한 손으로 핸들을 돌리며 다른 한 손으로 내비게이션에 주소를 입력했다.

시체 수거용 상자를 화물칸에 싣고 다시 출동할 시간이다. 수거 의뢰는 매일 발생하기 때문에 오소리는 지금껏 하루도 쉰 적이 없다. 특별히 잔혹하거나 변태적인 일도 아니었다. 그저 사람이 사람을 먹는 세계의 아주 일상적인 풍경일 뿐이다.

∿

오소리와 사자는 내비게이션 안내에 따라 스린구의 호화 주택 단지에 도착했다. 쇼윈도에 진열된 가장 화려한 상품처럼, 이 단지의 외관도 주거 실용성보다는 과시 목적에 충실한 듯 보였다.

입구를 지키던 중년의 경비원이 화물차를 발견하고 달갑지 않은 표정을 지었다. 가뜩이나 처진 입꼬리가 한층 보기 흉한 하향 곡선을 그렸다. "택배기사요?" 그가 경비실 창문으로 머리를 쑥 내밀고 물었다.

오소리가 차창을 내리고 고개를 끄덕였다.

"몇 호?" 경비원의 말투는 피의자를 조사하는 경찰이라도 되는 양 까칠했다.

오소리는 건조한 어투로 호수와 의뢰인의 이름을 말했다. 평소에는 의뢰인을 코드명으로 부르지만, 이번에는 다른 한 손에 의뢰인의 기본 신상정보가 적힌 종이를 쥐고 있었다.

"잠깐 기다리쇼!" 경비원이 수화기를 들어 거주자에게 연락했다. 수화기는 경비원의 귓가에 한참을 머물렀다. 의뢰인이 전화를 받지 않는 듯했다. 결국 전화를 끊은 경비원은 짜증 섞인 표정으로 고개를 다시 내밀었다. "차는 밖에 세우고 사람만 들어오쇼. 배달 다 했으면 빨리 가고. 알아들었소?"

오소리는 대꾸를 생략하고 바로 후진해 입구에 주차했다. 사자는 화물칸에서 빈 상자를 꺼냈다. 이것이 요즘 그에게 주어진 임무다. 제 몫을 성실히 수행하는 인턴 업자.

경비원이 문을 열자 두 업자는 연못과 작은 꽃밭이 딸린 중정을 지나 1층 로비로 들어갔다. 이곳을 지키는 또 다른 보안요원이 오소리와 사자를 한 번 흘낏 봤지만 더는 신경 쓰지 않았다.

오소리 역시 그들은 안중에 없었다. 임무와 관련 없는 일은 업자의 관심사가 아니다. 그는 사자를 이끌고 성큼성큼 걸어 엘리베이터의 상향 버튼을 눌렀다. 좁은 공간에 들어서자 사자가 끌어안은 빈 상자의 크기가 새삼 실감이 났다. 상자는 엘리베이터 공간의 거의 절반을 차지했다. 층을 가리키는 숫자가 일정한 리듬으로 바뀌다가 6에서 멈췄다.

도착했다.

엘리베이터에서 내리니 패턴이 돋보이는 카펫이 복도 끝까지 깔려 있었다. 복도 양쪽으로 세대가 배치된 구조였다. 오소리는 호수를 일일이 확인하며 의뢰인의 위치를 찾았다. 현관문을 사이에 두고 있지만 말소리와 음악 소리가 희미하게 새어 나왔다.

오소리가 초인종을 누른 지 몇 분이 지났지만 문은 열리지 않았다. 한 번 더 누른 뒤에도 몇 분이 또 흘렀다. 오소리는 오른쪽 가슴께에 달린 작업복 주머니에서 은색 구식 휴대전화를 꺼냈다.

"캐슈너트 무응답." 오소리는 의뢰인이 아니라 공장에 연락했다. 휴대전화는 공장으로 전화를 거는 기능만 쓸 수 있도록 개조한 것이다.

"현장 대기." 휴대전화 저편에서 들려오는 목소리는 그저 공기의 진동일 뿐이라는 듯 아무 감정이 느껴지지 않았다. 전화를 끊은 뒤 이어지는 신호음이 오히려 더 생기 있게 들릴 정도였다.

몇 분 후 음악 소리가 커지면서 문이 살짝 열렸다. 그 사이로 너무 작아서 동공이 잘 보이지 않는 두 눈이 나타났다. 그가 바로 의뢰인 캐슈너트였다. 30세가량의 남성으로, 작달막한 키에 비해 과도하게 살이 쪄 두 다리가 울룩불룩한 지방 덩어리 같았다. 통통하고 둥그런 얼굴에 검은 뿔테 안경을 쓴 그는 가식적인 미소로 업자들을 맞이했다.

"아, 오셨군요. 가져가실 물건들은 저 안에 있어요……."
그는 '물건'이라고 말하면서 목소리를 확 줄였다. 겁에 질린 마음을 감추기 어려워하는 것 같았다.

캐슈너트는 쩔쩔매며 업자들을 현관문 안으로 들여보냈다. 호화 저택답게 평수며 층고가 일반 가정집과는 비교가 되지 않았다. 무도회장으로 삼아도 위화감 없을 만큼 넓은 거실에서는 남녀가 짝을 지어 몸을 밀착시킨 채 음악에 맞춰 음란하게 몸을 흔들거나 입을 맞추고 있었다. 소파에 앉아 마리화나를 피우는 이들의 얼굴은 매캐한 연기에 반쯤 가려져 있었다. 향수 냄새와 땀내가 뒤섞여 났다. 커다란 유리 테이블에는 병과 캔에 담긴 온갖 주류, 급하게 뜯은 듯한 약물 들이 아무렇게나 나뒹굴었다. 거실과 연결된 몇 개의 방에서는 간간이 높은 신음이 흘러나왔다. 방 안의 남녀들은 하나같이 광기와 쾌락에 빠져 갑자기 나타난 방문객들에게 전혀 관심을 주지 않았다.

"물건은?" 오소리가 물었다.

"이쪽입니다." 캐슈너트는 이마에 기름진 땀을 흘리며 꽤 급하게 걸었다. 그는 오소리와 사자를 이끌고 사람들을 요리조리 피해 어느 방으로 향했다. 입가에 하얀 거품을 문 여자가 킹사이즈 침대에 누워 있었다. 짙은 화장도 그녀의 창백한 안색을 가리지는 못했다.

침대 옆에는 창백하고 매끈한 피부의 청년이 깡마른 상반신을 드러내고 있었다. 소위 퇴폐미를 자랑하는 스타일이었다. "왜 이렇게 시간을 끌어? 누가 보면 어쩌려고? 얘 빨리 치워!" 퇴폐미는 캐슈너트를 보자마자 못마땅한 듯 외쳤다.

"이겁니다. 그럼 수고하세요." 캐슈너트는 퇴폐미보다 몇 배는 공손한 태도로 요청했다.

사자는 시체를 담을 상자를 내려놓고 여자에게 걸어갔다.

"빨리 좀 해. 느려 터져서는……." 퇴폐미가 신경질을 부렸다.

사자는 퇴폐미의 태도에 언짢아하기는커녕 그의 말이 들리지도 않는 듯 굴었다. 그런데 여자의 팔을 잡아 상자에 담으려던 사자의 움직임이 갑자기 뚝 끊기듯 멈췄다. 뭔가 이상함을 감지한 사자가 여자의 목에 손가락을 대 보았다. 맥박이 짚이는 것을 확인한 사자는 퇴폐미의 재촉에도 아랑곳하지 않고 오소리 쪽을 돌아봤다.

"살아 있어."

"살아 있다고? 네가 분명 죽었다고 했잖아…….." 캐슈너트가 기겁한 얼굴로 퇴폐미에게 물었다.

"그걸 내가 어떻게 알아? 딱 보면 죽었잖아? 아무튼 난 모르겠고, 치우기만 하면 돼. 얘네 원래 이런 거 뒤처리하는 애들이라며?" 퇴폐미가 어깨를 으쓱해 보이며 자기 알바 아니라는 식으로 대답했다.

"살아 있는 건 안 받아." 오소리가 단호하게 거절했다. 캐슈너트는 이미 만회할 수 없는 실수를 저질렀다. 퇴폐미는 못마땅한 듯 흰자위를 드러내며 이죽거렸다. "너희가 보기에는 얘가 살 수 있을 것 같냐?"

오소리가 전혀 움직이지 않자 퇴폐미는 또다시 눈알을 뒤집으며 말했다. "안 받는다고? 너희 돈 좋아하는구나? 얼마 더 줄까?" 그는 지갑을 뒤져 천 타이완달러*짜리 지폐 몇 장을 꺼내 적선하듯 건넸다. "적어? 적으면 카드 긁고."

캐슈너트는 두 사람이 충돌하면 수습할 수 없을 것 같아 황급히 그 사이로 끼어들었다. 그는 지폐를 건네는 퇴폐미의 손을 억지로 저지하며 중재해 보려 애썼다. "됐어. 그만해. 빨리 구급차나 부르자!"

그 말에 퇴폐미는 캐슈너트를 확 밀치며 폭주했다. "구

---

* 한화로 약 4만 5천 원이다.

급차를 부르자고? 야, 너 누구 죽이려고 환장했냐?"

"그…… 그게 아니고……." 캐슈너트는 말문이 막혔다. 아둔한 그조차 사태의 심각성을 눈치챈 것이다. 캐슈너트는 난감한 듯 오소리를 바라보다 또 애원하는 눈빛으로 사자를 봤다. 하지만 사자는 여자를 데려갈 생각은 추호도 없다는 듯 이미 침대에서 멀찌감치 떨어져 있었다.

캐슈너트가 어쩔 줄 몰라하며 발을 동동거리자 퇴폐미는 점점 더 화를 냈다. 알코올과 약물에 취한 그는 인사불성인 여자의 몸 위에 걸터앉아 두 손으로 목을 조르기 시작했다. "죽어야 치운단 말이지? 그럼 죽이면 될 거 아냐!"

자기 일이 아닌 오소리는 팔짱을 끼고 퇴폐미의 원맨쇼를 싸늘하게 쳐다봤다. 한참을 낑낑대던 퇴폐미는 별안간 자포자기한 듯 손을 떼더니 침대에서 뛰어내려 오소리의 멱살을 잡았다. "못 치운다고? 그럼 경찰에 신고할 거야. 너랑 나랑 여기 있는 사람들 다 같이 죽는 거지!"

"다들 여기서 뭐하고 놀아? 엄청 시끌벅적하네." 그때 웃음 섞인 남자의 목소리가 방문 쪽에서 들려 왔다. 고개를 돌리자 피트니스 센터에서 죽치고 살 것 같은 근육질의 남자가 서 있었다. 근육맨은 결코 호의가 아닌 미소를 지으며 뻔히 알면서 굳이 물었다. "사람이라도 죽였나 보지?"

"아니거든!" 퇴폐미가 놀란 눈을 부릅뜨고 다급하게 부인했다. 근육맨은 믿을 만한 사람이 아니다. 그러니 절대로 그의 손에 약점을 쥐어 줄 순 없었다.

"내가 눈이 안 달린 것도 아니고, 저 여자 딱 봐도 가망 없네. 근데 얘네 둘은 뭐야? 오늘 뭐 코스프레 파티 해?" 근육맨이 오소리를 힐끗 보며 조소를 지었다. 캐슈너트가 손사래를 치며 근육맨에게 더 이상 도발하지 말라는 신호를 보냈지만, 근육맨은 퇴폐미가 당황할수록 신이 나서 더욱 그를 약 올렸다.

"뒤처리하러 온 사람들이야. 제발 목소리 좀 낮춰……." 캐슈너트는 결국 솔직하게 말할 수밖에 없었다.

"뒤처리? 그럼 빨리 해야지 이렇게 놔 두면 어떡해? 뭐, 시체랑 한 번 하시게요? 이야, 나도 아직 그런 구경은 못했는데 말이지. 누가 먼저 하냐? 빨리 해 보세요, 형님. 얼마나 어마어마한지 이 동생이 좀 보고 배우게요." 근육맨의 이죽거림은 끝없이 선을 넘었다.

하지만 오소리는 여전히 변함없는 어조로 같은 말만 반복했다. "살아 있는 건 안 받아."

"어이!" 근육맨이 한쪽 입꼬리를 올리며 사자에게 다가가 그가 들고 있던 상자를 툭 쳐서 떨어뜨렸다. 상자는 바닥에 부딪치며 겉모습과는 어울리지 않는 묵직한 소리를 냈다.

근육맨은 오소리의 말에서 위화감을 느끼지 못하고 그를 아래위로 훑었다. "안 받는다고? 택배기사가 고객 요청을 거절할 수 있는 건가? 우리가 고소해도 괜찮다는 거야? 아니면 정말 시체랑 한 번 하려고?"

"빨리 치워! 어서!" 퇴폐미는 근육맨이 나타나 분위기를 휘저은 틈을 타 큰소리쳤다. 사람을 세워 두고는 함부로 호통 치는 전형적인 '갑질'이었다. 캐슈너트가 중재해 보려 했지만, 끼어들 타이밍을 찾지 못해 애를 먹었다. 내내 거들먹거리며 웃던 근육맨은 문득 뭔가 이상하다는 생각이 들어 물었다. "그런데 택배기사가 왜 시체를 수거해? 당신들 도대체……."

근육맨이 끝까지 말하기도 전에 오소리가 낮게 외쳤다. "사자!"

사자는 느닷없는 주먹 한 방으로 침묵을 갈랐다. 아래턱에 묵직한 충격을 받은 근육맨은 연체동물처럼 맥없이 쓰러져 사자의 우악스러운 두 손에 목을 졸렸다. 근육맨은 희미해져 가는 의식 속에서 모자 그늘에 어렴풋이 가려진 업자의 두 눈동자를 보고는 어린아이처럼 흐느꼈다. 사자가 손아귀에 힘을 주어 가볍게 비틀자, 근육맨의 두려움은 이내 끝이 났다.

사자의 빠른 공격에 혼이 나간 캐슈너트와 퇴폐미는 한동안 정신을 차리지 못했다. 모자란 사람처럼 입을 헤벌린 퇴폐미는 눈앞에 일어난 일을 보고도 믿을 수가 없었다. 약을 너무 많이 해 환각이 보이는 건 아닐까 했는데, 문득 뺨을 누르는 생생한 감촉이 전해졌다. 퇴폐미는 감촉의 정체를 알고 싶어 무의식적으로 손을 뻗었다.

하지만 오소리는 그에게 더는 탐구할 기회를 주지 않았다. 사자와 똑같은 방법으로 손을 약간 비틀자, 퇴폐미는 의문에 대한 답을 영영 얻을 수 없게 되었다.

동료 둘이 나란히 살해되는 모습을 본 캐슈너트는 뒷걸음질 치다 털썩 주저앉아 떨리는 목소리로 애원했다. "제…… 제발……. 죽이지 마세요……."

"의뢰인의 비밀 유지계약 위반." 오소리가 지적했다.

"아닌데. 몰랐는데!" 캐슈너트는 일이 이 지경이 되었는데도 어린아이 수준의 문장만 구사했다. 식견과 교양이 그가 온몸에 축적한 지방과 비례하지 않는 모양이었다.

캐슈너트가 오소리에게 비는 동안 사자는 퇴폐미와 근육맨의 시체를 상자에 담았다. 손발을 억지로 꺾는 통에 '우두둑' 하고 뼈 부러지는 소리가 들렸다. 캐슈너트는 겁에 질려 땅바닥에 주저앉았다.

퇴폐미와 근육맨을 넣고 나니 상자에 캐슈너트를 넣을 자리가 없었다. 그 모습을 지켜보던 오소리가 캐슈너트에게 짧게 경고했다. "규정은 지켜야지." 그러고는 사자를 데리고 현장을 떠났다.

죽을 고비를 겨우 넘긴 캐슈너트는 뻣뻣하게 굳은 채 바닥에 앉아 방아 찧듯 고개를 주억거렸다. 그는 비밀 유출은

커녕 업자의 존재 자체를 까맣게 잊고 싶었다.

단지 입구로 돌아오자 불만 가득한 얼굴의 경비원이 전염병 환자라도 보듯 둘을 경계하며 문을 열었다. 운전석으로 돌아온 오소리는 화물차의 시동을 거는 대신 공장에 보고부터 올렸다. "의뢰인 캐슈너트가 비밀 유지계약을 위반했습니다."

인사불성인 여자의 생사를 제대로 확인하지 않은 것도 문제지만, 제삼자에게 경솔하게 업자의 존재를 알린 사실이 결정적이었다. 엄격히 검증받은 의뢰인만이 공장과 거래할 수 있기 때문이다. 사실 의뢰인은 다른 사람에게 업자를 추천할 권리가 있다. 단, 사전에 공장 측에 통보한 후 소정의 검증 절차를 거쳐야 한다. 업자들은 되도록 조용하게 행동하기 때문에 이 정도의 장치는 필요했다.

"접수 완료." 공장으로부터 짧은 회신을 받고 나면 그 뒷일은 이제 오소리와 무관하다.

어차피 오소리는 더 이상 캐슈너트의 의뢰를 받지 않을 것이다.

그는 두 번 다시 의뢰할 수 없을 테니까.

# 4

죽은 왕녀를
위한 파반느

오소리와 사자가 임시 거점인 주차장으로 돌아가는 길에 공장에서 다시 방송이 들려 왔다.

　이번에는 임무 배정 방송이 아니라 음악이었다. 〈죽은 왕녀를 위한 파반느〉. 음울한 현악기 선율이 비 오는 밤에 썩 잘 어울렸다. 이 곡은 공장이 수거업자들에게 보내는 신호이기도 했다.

　오소리는 경로를 바꿔 인적 드문 근교로 화물차를 몰았다. 근처에 있던 다른 차량 몇 대가 합류하면서 긴 대오를 이루었다. 이들은 밤의 어두운 도로를 일렬로 질주했다. 화물차들은 모두 같은 기종이고 운전자들도 예외 없이 택배 기사 유니폼 차림이었다. 전부 시체 수거업자들이다. 화물차 행렬은 산간지대로 진입해 끝도 없이 이어진 커브 길을 따라 나아갔다. 사위에 암흑이 깔릴수록 차량의 하얀 전조등만이 유일한 광원이 되었다.

밤하늘에서 이 행렬을 내려다본다면 거대한 구렁이가 기어가는 것처럼 보일 것이다. 산 중턱에 자리한 관 모양의 건물이 이 구렁이의 목적지다. 건물 왼쪽 지붕에 솟은 거대한 굴뚝은 잔뜩 발기한 페니스를 닮았다.

이곳이 '공장'이다.

화물차들은 공장 앞 평평한 공터에 질서 있게 주차했다. 오소리는 제일 먼저 내려 질척한 흙바닥에 작업화를 신은 발을 디뎠다. 그가 화물칸 냉동고에서 시체가 담긴 상자를 꺼내자 다른 업자들도 하나둘씩 같은 동작을 수행했다. 그들은 침묵 속에서 상자를 옮기고는 줄에 엮인 생선처럼 공장 입구 앞에 나란히 섰다.

육중한 철문이 쇳소리를 내며 천천히 열렸다. 회색 유니폼을 입은 키 작은 남자가 나와 그들을 맞이했다. 건장한 수거업자들에 비해 초라해 보이는 남자는 입구에 우두커니 서서 줄지어 입장하는 업자들을 살폈다. 깡마른 체형에 신경질적인 시선이 교활한 잿빛 박쥐 같았다.

모든 수거업자에게 복귀 신고 의무가 있는 것은 아니다. 여기 모인 이들은 일부이며, 다른 이들은 지시받은 대로 시내의 거점 주차장에서 임무 대기 중이다.

기계 돌아가는 소음이 가득한 공장에서는 회색 유니폼 차림의 남녀가 각자의 위치를 지키고 있었다. 하나같이 꼭 두각시처럼 딱딱한 표정에 미소도 움직임도 없고 대화도 하지 않았다. 업자, 꼭두각시 할 것 없이 말할 권리를 박탈당하기라도 한 듯 지극히 조용했다.

수거업자들이 시체가 든 상자를 공장 중앙부의 컨베이어 벨트에 올리면, 상자들은 물결에 유유히 떠내려가는 꽃잎처럼 어디론가 향하다 컴컴한 구멍으로 들어가 버린다. 컨베이어 벨트 관리를 담당하는 회색 꼭두각시가 그 옆에 서서 업자들의 동선을 따라 바쁘게 눈동자를 굴렸다.

상자를 전달하고 난 뒤의 일은 업자들과 무관하다.

업자들은 미리 준비된 빈 상자를 받아 각자의 화물차에 차곡차곡 실은 뒤 공장으로 되돌아와 오른쪽 검사실 앞에 줄을 섰다. 또 다른 꼭두각시들이 그들을 맞이했다. 꼭두각시들은 업자들의 체온, 혈압, 심박수, 호흡량, 산소포화도 등 기본적인 건강 정보를 측정했다.

모든 과정에서 대화는 일절 오가지 않았다. 여기 있는 사람들은 모두 무엇을 해야 하는지와 하지 말아야 하는지를 정확히 알고 있었다. 잘 훈련받은 꼭두각시들의 동작은 군더더기 없이 효율적이었고, 업자들은 질서정연하게 검사를 받았다.

사자도 다른 업자들과 마찬가지로 검사 대기줄에 섰다. 오소리는 보이지 않았다. 사자는 그가 공장 어딘가에서 윗선에 보고하는 중일 거라 짐작했다. 보고 주제는 아마도 인턴 업자인 사자일 것이다.

사자의 차례가 왔다. 그는 산소포화도 측정 장치를 손가락에 끼울 수 있도록 꼭두각시에게 가까이 다가가 손을 내밀었다. 꼭두각시들은 죽음과도 같은 침묵 속에서 수치만 기록했다.

검사를 마친 사자는 다른 업자들과 함께 검사실 통로를 지나 공장과 연결된 철제 창고로 들어갔다. 그곳에는 각종 체력단련 기구가 있다. 또 업자들이 각자에게 배정된 고강도 훈련 프로그램을 철저히 수행하는지 감시하는 꼭두각시가 네 귀퉁이에 한 명씩 배치되어 있었다.

업자들은 자신에게 할당된 체력단련 프로그램을 확인하고 운동기구 앞에서 자세를 잡았다.

사자도 프로그램의 수치에 맞춰 바벨에 중량을 추가한 뒤 두 다리로 바닥을 단단히 딛고 서서 깊이 숨을 들이마셨다. 발을 적당히 벌려 안정성을 확보한 후, 코어 근육에 힘을 다잡고 쭈그려 앉는 자세를 취했다. 두 다리의 근육이 거칠게 갈라졌다. 한밤중의 숲이라 한기가 도는데도 사자의 몸에서는 뜨거운 김이 피어올랐다. 땀이 흥건히 배어 나왔다. 얼굴은 터질 듯 붉어졌고, 이마에는 지렁이 같은 굵은 핏대가 솟았다.

창고 안은 더 이상 조용하지 않았다. 밭은 숨을 몰아쉬며 표정에 변화가 나타나기 시작하자 업자들은 이제야 조금 사람처럼 보였다. 얼굴을 잔뜩 일그러뜨린 사자가 낮게 기합을 넣고 힘껏 바벨을 들어 올렸다. 몇 번을 반복하니 콩알만 한 땀방울이 뚝뚝 떨어져 발밑에 둥그런 웅덩이를 만들었다. 정해진 횟수를 달성한 사자는 바벨에 몸을 기대 숨을 헐떡였다.

그때 오소리가 상의를 벗은 채로 나타나 바벨을 쥐었다. 그는 하중을 늘리기 위해 어깨에 굵은 쇠사슬까지 걸었다. 힘을 주어 바벨을 들어 올릴 때마다 널찍한 등에 자리한 큰 근육들이 돋을새김한 조각처럼 또렷하게 드러났다. 유니폼에 가려져 보이지 않던 외복사근과 광배근이 유난히 발달되어 있었다. 팔뚝도 위협적일 만큼 굵고 건장했다.

이 정도의 체력이 아니라면 어떻게 시체를 담은 철제 상자를 운반하겠는가.

하지만 오소리가 사람을 주눅 들게 만드는 이유는 뛰어난 신체 능력보다는 표정 때문이었다. 그는 정교하게 만든 인피 가면을 쓴 것처럼 표정이 달라지는 법이 없었다. 오소리는 수거업자 중 가장 위험한 존재가 아닐까? 사자는 어쩐지 자신의 예상이 맞을 것만 같았다.

∿

사자는 체력이 바닥날 때까지 몸을 단련하고 혼자서 화물차로 돌아왔다. 조수석에 털썩 앉았지만 아직도 땀이 흘렸다. 다리 근육이 의지와 상관없이 부들부들 떨렸다. 그는 땀을 닦고 천천히 호흡을 가다듬었다. 오소리가 돌아오기 전까지 휴식을 취할 생각이었다.

하지만 피로에 전 뇌 속에 혼란하고 잡스러운 생각들이 떠올랐다. 처음부터 답이 없던 질문들, 아예 답 찾기를 포기한 질문들……. 사자는 그 질문들이 허공에 매달린 채 아무렇게나 흔들리도록 내버려 두었다. 질문들은 오랫동안 거기서 흔들리고 흔들릴 뿐 풀리지도 해결되지도 않았다. 시간이 흐를수록 더욱 지독하게 그를 괴롭힐 뿐이었다.

'내가 누구인지가 중요할까? 알면 어떻고 모르면 또 어떻다고?'

'나는 누구인가'라는 질문에 접근하려 할 때마다 형언할 수 없는 열패감이 그를 휘감았다. 기억을 잃은 사자는 신분과 과거 찾기를 포기하고 공장에 남기로 했다.

"남든 떠나든 그건 네 자유다. 단, 여기 남기를 선택한다면 너는 죽을 때까지 공장 소속이라는 점을 잊지 말아야겠지." 오소리는 그를 만난 첫날 이렇게 말했다.

사자는 기억을 잃긴 했지만 사회생활에 필요한 상식과 눈치는 지니고 있었다. 업자와 공장은 절대로 세상에 드러나서는 안 되는 존재라는 것을 잘 알고 있었다.

시체 수거업자가 되기로 마음먹은 이유는 간단하다. 더는 어딘가로 떠나고 싶지 않았기 때문이다. 닥치는 대로 내

디뎠던 한 걸음 한 걸음이 지금까지 자신을 나락으로 이끌고 있었는지도 모른다.

그때부터 사자는 오소리를 따라 여기저기 다니면서 살해된 시체를 수거하고 다양한 살인마를 접하며 일을 배우는 인턴 업자 노릇을 했다. 살인마들의 특징은 특징이 없다는 점이다. 성별, 지위, 외모 등 그 어떤 분류에서도 공통점을 찾을 수 없었다. 유일한 공통점은 '사람을 죽인다'는 사실뿐이다.

시체는 살인마의 취향에 따라 오만 가지 모습을 하고 있었다. 사자는 이에 대해 특별히 불평하지 않았다. 주어진 본분대로 수거하는 데에만 열중했다. 적어도 캐슈너트의 의뢰를 받기 전까지는 그랬다.

처음에 사자는 업자의 역할이 청소부와 비슷하다고 생각했지만, 지금은 그렇게 단순하게 생각하지 않았다. 대신 '업자가 살인 사건이 일어나도록 조장하는 것은 아닐까?' 하는 합리적인 의문이 생겨났다. 사자가 보기에 살인범들은 업자가 뒤처리를 맡아 주는 덕분에 더욱 무분별하게 범행을 저지른다. 이런 구조라면 업자도 공범이다.

'물론 나도 흉악한 살인범이지.' 사자는 생각했다. 시체 수거만을 두고 드는 생각이 아니다. 얼마 전 캐슈너트와 그 일당의 목을 직접 비틀었을 때의 느낌은 무척이나 비현실적이었다. 인간은 이렇게도 연약하고 죽이기 쉬운 생물인 걸까?

돌이켜 생각해 봐도 믿을 수가 없었다. 자신은 분명 일말의 망설임도 없이 사람의 목을 비틀었다. 명령이니 조금도 의심하지 않고 실행에 옮겼다. 업자들과 오래 지내다 보니 그들처럼 공장의 기계가 된 걸까?

"나도 저들처럼 될까?" 사자는 스스로에게 질문을 던지는 동시에 부정했다. '과거의 내겐 대체 무슨 일이 있었기에 이런 상태가 되었을까? 뭔가 처절한 패배를 겪었을까? 그래서 직면하기 두려운 것은 아닐까?'

질문만 있을 뿐 사자에게는 탐구할 여유가 없었다. 열패감이 또다시 뒤엉켜 그를 휘감았다. 사자는 바깥의 찬 공기가 들어오도록 아예 차 문을 열어젖혔다.

오소리의 체력단련이 끝날 때까지 시간을 좀 더 보내야 했다. 사자는 이참에 주변을 탐색해 보기로 했다. 만약 어느 날 갑자기 공장의 지배에서 벗어나기로 결심한다면 한시라도 빨리 탈출해야 하니, 이 부근의 지리를 익혀 두는 게 유리할 터였다.

사자는 직감에 의지해 차를 몰고 조금 멀리 나가 보았다. 산중에는 불빛 하나 없어 달빛만이 길을 비췄다. 달빛이 닿지 않는 곳은 한없이 어두웠고, 겹겹이 교차한 나무 그림자가 으스스한 분위기를 더했다. 벌레 우는 소리가 파도처럼 끊이지 않았다. 이따금 멀리서 이름 모를 산새 울음소리도 들려왔다.

사자는 지나온 길을 기억하고 방향을 확인해 가며 더욱 깊은 숲 지대로 들어갔다.

키 작은 나무들로 이루어진 숲을 지나자 별안간 눈앞이 탁 트였다. 완만한 경사 지대에 돌담으로 둘러싸인 오두막 집이 있었다. 담 위에는 끝이 뾰족한 쇠막대가 솟아 있었고, 입구의 철문은 반쯤 열려 있었다.

'이런 깊은 산속에도 사람이 산다니…….' 사자는 시내에서 공장으로 돌아올 때마다 매번 산에 올라야 했는데, 지금껏 사람의 흔적을 발견한 적은 한 번도 없었던 터라 의아했다.

오두막 한쪽에는 좁다란 포장도로가 나 있었다. 공장으로 가는 방향이었다. 사자는 집주인이 공장과 어떤 관계일지 추측해 보았다.

사자는 발소리를 죽이며 천천히 오두막집으로 다가갔다. 멀리서 봤을 때는 아담해 보였는데 가까이서 보니 제법 넓었다. 반쯤 닫힌 철문 사이를 비집고 들어가자 담장 안은 놀랍게도 꽃밭이었다. 수많은 종류의 꽃이 조용히 피어 있었다. 사자는 꽃에 대해 잘 알지 못하지만, 꽃봉오리가 하나같이 탐스럽고 꽃잎 색이 선명하며 윤기가 나는 것으로 보아 꽃들이 세심한 보살핌을 받은 것만은 분명하다고 생각했다.

얼마간 정찰하듯 꽃밭을 둘러보던 사자의 시선은 다른 곳으로 향했다. 창문을 통해 집 안을 들여다보고 집주인이 누구인지 확인하려 했지만, 모든 창문이 커튼으로 가려져 있었다. 사자는 집을 따라 한 바퀴 돌아본 후 다음 기회를 노리기로 했다.

그는 철문을 나와 이번에는 다른 쪽으로 나 있는 오솔길을 따라갔다. 잡목으로 뒤덮인 숲길보다 걷기가 훨씬 수월했기에 거침없이 걸음을 옮겼다. 하지만 얼마 가지 못해 사람이 있는 걸 발견하고는 걸음을 멈췄다.

앳돼 보이는 소녀가 서 있었다.

소박한 검은색 원피스를 입은 소녀는 진흙땅에 맨발로 태연히 서 있었다. 고개를 꼿꼿이 든 채 긴 생머리를 허리까지 늘어뜨렸다. 달빛 때문인지 아니면 타고난 피부색이 그러한지 살결이 눈처럼 희었다. 그녀는 마치 이 세상의 존재가 아닌 것처럼 맑은 기운을 뿜어냈다.

소녀는 순수한 시선으로 눈앞의 하얀 꽃을 응시했다. 그러다 깨지기 쉬운 물건이라도 만지듯 조심스럽게 한 송이를 들고 골똘히 바라봤다.

사자가 공장으로 돌아갈 다른 길을 찾아보려고 돌아서는 순간 가녀린 비명이 들렸다. 고개를 돌려 보니 소녀가 입을 틀어막고 서 있었다. 그를 본 것이다.

"아, 지금 막 가려던 참인데……." 사자가 말을 끝내기도 전에 소녀가 그를 향해 달려왔다.

무슨 상황인지 파악하기도 전에 얼음처럼 차가운 기운이 사자의 입술에 닿았다. 사자는 멍하니 얼어붙었다. 소녀가 검지로 그의 입술을 누른 채 조용히 하라고 손짓했다. 어째서 입을 다물어야 하는지는 알 수 없었지만, 어차피 업자들이 가장 잘하는 일이 침묵 아닌가. 사자는 소녀의 뜻대로 입을 다물었다.

소녀가 큰 눈을 동그랗게 떴다. 가까이서 보니 어렴풋이 봤을 때보다 더욱 풋풋함이 엿보였다. 소녀는 여전히 사자의 입술을 손가락으로 누른 채 그의 유니폼을 가리켰다.

사자는 또 한 번 얼이 빠지는 것 같았다. 소녀는 지금 그에게 옷을 벗으라고 요구하고 있었다.

상황이 무척 기묘했지만 사자는 일단 소녀가 시키는 대로 하기로 했다. 무슨 속셈인지 알고 싶기도 했다. 사자는 유니폼 상의를 벗고 떡 벌어진 어깨와 두 팔을 드러냈다. 다행히 민소매를 받쳐 입어 벌거벗은 모습은 보이지 않을 수 있었다. 소녀는 땀에 젖은 유니폼을 받아 들더니 얼른 달려가 멀리 있는 키 작은 관목에 걸쳐 두고는 진흙을 밟으며 돌아왔다.

숨을 고르는 소녀의 양 볼이 붉게 물들었다. 두 손은 치맛자락을 세게 움켜쥐고 놓지 않았다. 그녀는 일부러 얼굴을 옆으로 돌려 사자의 시선을 피하는 것 같았다.

"수거업자는 여기 오면 안 돼요." 소녀가 아주 작은 목소리로 말했다.

"나도 그 규정은 알아요." 사자는 정말 알고 있었다. 업자는 공장으로 복귀하는 길에 자유행동을 할 수 없다. 업자의 일거수일투족은 정해진 가이드라인에 따라야만 했다.

"들키면 골치 아파져요." 소녀는 치맛자락을 더 세게 쥐었다. 소금쟁이가 수면을 지나가듯 소녀의 동공에 불안한 물결이 일어났다.

"옷은 왜 벗어야 하죠?" 사자는 이해할 수가 없어 소녀에게 물었다.

"왜냐면…… 거기 도청 장치가 있을 거예요."

"도청 장치요?" 사자가 물었다. "업자들 유니폼에 전부 도청 장치가 있다고요?"

소녀는 미안해서 어쩔 줄 모르는 사람처럼 보였다. 모든 게 자기 잘못이라도 되는 양.

"당신들을 감시해야 하니까요. 그리고 여기도 오면 안 돼요."

"여기가 어딘데요? 그쪽은 누구고요?"

사자의 질문이 뜻밖이었는지, 소녀는 겁에 질린 듯 어깨를 움츠렸다. 그녀는 꾸지람을 두려워하는 아이처럼 자꾸만 뒤로 물러나 사자와 일정한 거리를 유지하려 했다. 사자는 이내 소녀가 겁먹은 것을 알아차리고 부드러운 어조로 말했다. "미안해요. 따지려는 건 아니었어요."

"나…… 나는……." 소녀는 한참을 망설이다 결심한 듯 입을 열었다. "탄화曇花*라고 해요. 나는…… 항상 여기에 있어요."

"혹시 여기 갇혔어요?" 사자는 공장에 얼마나 많은 비밀이 숨어 있는지 궁금해졌다.

"아니요. 난 어쩔 수가 없어요. 정말 어쩔 수가 없어서……." 탄화는 잔뜩 풀이 죽어 대답했다. 대단한 잘못이라도 저지른 듯 고개를 푹 숙이고는 진흙이 덕지덕지 묻은 가느다란 발가락만 하릴없이 바라봤다. 그녀는 사자를 똑바로 바라볼 엄두를 내지 못하고 시선을 피했다.

이토록 연약하고 쉽게 상처받을 것 같은 소녀라니. 사자는 탄화에게서 알 수 없는 친밀감을 느꼈다. 기억을 잃기 전에 비슷한 사람을 알았던 것은 아닐까 하는 생각이 들 정도였다. 때때로 그를 괴롭히는 열패감과 형언할 수 없는 죄책감이 더욱 강해지는 것 같았다.

'도대체 나는 무엇을 망친 걸까? 누군가에게 실망을 안 겼던 걸까?' 사자는 또다시 자문했지만, 가슴을 쿡 찌르는 듯한 통증만 지나갈 뿐이었다.

순간 눈앞에 선 탄화의 모습이 다른 누군가의 모습과 겹

---

* 불교 경전에서 3천 년 만에 한 번 핀다는 전설의 꽃 우담바라를 가리킨다.

치는 것 같았다. 당장이라도 포효하고 싶을 만큼 괴로움이 몰려왔다. '되돌릴 수만 있다면, 이것이 만약 내게 주어진 마지막 속죄의 기회라면……'

"다시 올게요. 내가 여기 왔던 건 비밀로 해 줄래요?" 사자가 부탁했다.

탄화가 믿을 수 없다는 표정으로 고개를 들었을 때, 사자는 이미 그녀 곁을 스쳐 지나가 키 작은 관목에 걸린 유니폼을 찾아 입고 있었다.

떠나는 길에 사자는 생각했다. 이번에는 절대 같은 실수를 저지르지 않으리라.

**5**

······

# 눈을 감거나,
# 감지 않거나

스녠의 새로운 거처에 손님이 찾아왔다.

"와! 여기 진짜 근사하다!"

샤오쥔曉君은 현관에 들어서자마자 북유럽풍 인테리어에 온통 마음을 빼앗겨 탄성을 내뱉었다.

"옥탑방은 다 누추한 줄 알았는데, 이렇게 쾌적할 수도 있구나!" 샤오쥔은 가방도 내려놓지 않고 엉덩이를 소파 깊숙이 묻었다. 고개를 들어 보니 천장에 설치된 실링팬이 가볍게 돌아가고 있었다. 샤오쥔은 신기한 듯 실내를 한참 두리번거렸다. 부드러운 색감이며 아기자기한 실내장식을 보니 예쁜 에어비앤비에 온 듯 마음이 편안해졌다.

스녠은 샤오쥔의 과도한 리액션에 어찌 반응해야 할지 알 수 없어서 굳이 그녀와 멀리 떨어진 의자에 걸터앉았다.

"꼭 휴가 온 것 같아." 샤오쥔은 그제야 가방을 내려놓으려고 어깨끈을 들어 올렸다. 그 묵직함이 새삼 현실의 무게를 일깨우며 에어비앤비에서 휴가를 보내는 환상도 한 방에 날려 주었다.

"언젠가 반드시 제대로 된 휴가를 가고야 말겠어."

샤오쥔은 길게 탄식하며 가방을 발치에 내려놓았다. 퇴근 후 바로 오는 바람에 가방에는 내일 아침 회의 전까지 숙지하고 정리해야 할 서류가 한 보따리 들어 있었다. 순간 이것들을 창밖으로 확 던져 버리고 싶은 충동이 타올랐지만, 고래고래 소리치는 팀장의 얼굴이 떠오르자 이내 식어 버렸다. 다른 이야기를 하는 편이 좋을 것 같았다.

"이렇게 좋은 집을 어떻게 구했어? 월세가 만만치 않지?"

"운이 좋았어." 스녠은 적당히 말을 얼버무렸다. 집에 대해 솔직하게 얘기하고 싶진 않았다. 여기서 살인이 일어났다는 사실을 알면 샤오쥔은 놀라 나자빠질 터였다.

"네가 직접 꾸몄어?"

"전에 살던 사람이 두고 간 그대로야." 스녠이 아주 거짓말을 한 건 아니었다.

"진짜 멋지다. 그래! 나도 이참에 내 원룸을 잘 꾸며 봐야겠어." 샤오쥔은 결심한 듯 연신 고개를 끄덕이고는 튕겨 오르듯 소파에서 일어나 보물찾기라도 하는 것처럼 사방을 두리번거렸다. 우선 아일랜드형 조리대로 거실과 구분된 주방으로 갔다. 물 한 방울 묻지 않은 개수대 앞에 멈춰 서서 샤오쥔이 물었다.

"요리는 전혀 안 해?" 스녠은 어깨를 으쓱했다.

"오!" 샤오쿼이 이번에는 짧은 감탄사와 함께 냉장고로 손을 뻗었다.

"잠깐……." 스녠이 재빨리 막았지만 샤오쿼은 이미 냉장 칸을 열고 안에 있는 생수 몇 병과 사과를 보며 기가 찬다는 듯 말했다.

"너 설마 사과만 먹고 사니?"

"가끔 골목에 있는 마트에서 이것저것 사다 먹어." 스녠은 재빨리 다가가 냉장고 문을 냅다 닫고 샤오쿼과 냉장고 사이에 우두커니 섰다.

"뭐야? 왜 밀고 그래?" 샤오쿼이 석연찮은 듯 물었다. "너 뭐 숨겼구나?"

"안 씻은 사과야. 더러워." 스녠이 둘러댔다.

"아! 난 또 뭐라고. 별걱정을 다 한다." 샤오쿼은 고개를 절레절레 흔들며 진지하게 말했다.

"너 이렇게 먹으면 몸 상해. 배도 안 부를 테고. 근처에 마트 있다고 했지?"

"왜? 또 뭐하게?" 스녠이 방어하듯 물었다. 무뚝뚝한 표정에 미간에 약간의 주름까지 잡은 스녠과 대조적으로 샤오쿼은 신이 나 보였다.

"뭐하긴? 재료 사서 요리하려고 그러지!" 샤오쿼이 엄지손가락을 척 내밀어 보였다.

스녠의 안색이 이상해지자 샤오쥔이 물었다. "왜? 싫어? 잠깐만, 너 설마 내 요리 실력을 못 믿는 거야? 요즘 자주 하진 못하지만, 달걀부침이나 국수 같은 건 잘해. 걱정하지 마. 먹고 설사하게 만들지는 않을게."

스녠은 간절히 도망치고 싶은 얼굴이었지만, 냉동실 문을 지켜야 하는 사명이 있는 터라 줄행랑칠 수도 없었다.

"어휴! 식재료 박박 씻을게! 하여튼 이 결벽증하고는……. 정 미덥지 않으면 요리하는 내내 일회용 장갑 낄게. 됐지?" 샤오쥔은 이 까탈스러운 남자애 때문에 언젠가는 미쳐 버릴지도 모른다고 생각하며 혀를 끌끌 찼다. 그녀는 별안간 스녠에게 몸을 불쑥 내밀었다. 둘 사이의 거리가 좁아지자 스녠은 눈을 가늘게 떴다. 상당히 귀찮아질 것 같은 예감이 몰려왔다. 과연 샤오쥔이 그의 손목을 덥석 잡고는 콧소리 섞인 목소리로 말했다.

"어우 야아~ 우리 마트에 쇼핑하러 가자."

"배불러." 스녠은 목욕을 피하는 고양이처럼 잡힌 손목을 빼내려 안간힘을 썼다. 그런 스녠의 반응에 샤오쥔이 깔깔거리며 웃었다.

"괜찮아. 야식으로 먹으면 되지."

"살쪄." 스녠이 고개를 저었다.

"이봐요, 스녠 동생. 얌전히 이 누나 말을 듣는 게 좋을 거야. 삼시 세끼는 꼬박꼬박 챙겨 먹어야 하고, 영양소가 고루 담긴 음식을 선택해야 해. 네 몸을 함부로 대하면 몸이 언젠가 너한테 보복한다니까!" 샤오쥔이 잔소리를 늘어놓으며 스녠을 현관 쪽으로 끌고 갔다. 스녠은 샤오쥔이 다칠까 봐 소극적으로 저항하면서도 말만은 가차없었다.

"나이로 누르기 시작하는 건 꼰대가 되어 가는 징조라던데……."

"뭐? 꼰대?" 아픈 곳을 찔린 샤오쥔이 소리치며 맞섰다. "아니거든! 나 너랑 몇 살 차이 안 나거든? 대학 졸업한 지 2년밖에 안 됐어!"

둘은 한참을 그렇게 대치했다. 스녠의 힘을 이길 수 없는 샤오쥔은 결국 전략을 바꿔 풀 죽은 목소리로 말했다.

"치이, 나 요리에 자신 있는데……. 이렇게까지 내 자신감을 꺾어 놔야 속이 시원해? 좀 같이 가 주지……."

강약 조절을 훌륭히 이용한 공세에 스녠은 하는 수 없이 그녀를 따라 가장 가까운 까르푸로 향했다. 소기의 목적을 달성한 샤오쥔이 싱글벙글하며 카트를 끌어 오자 스녠은 눈을 동그랗게 뜨고 물었다.

"그렇게 많이 사야 해?"

"아니. 하지만 카트를 밀고 싶은걸. 어릴 때 온 가족이 마트에 가면 동생이랑 나랑 누가 카트에 탈지 싸우다가 매번 엄마 아빠한테 혼났어. 시끄럽다고." 샤오쥔의 얼굴에 그리움을 담은 미소가 피어올랐다.

"누구랑 마트에서 장 보는 거 정말 오랜만이야. 특히 타이베이臺北에 와서는 정말 그럴 기회가 없었어."

샤오쥔은 카트를 밀며 곧장 신선식품 구역으로 향했다. 스녠은 내내 따라다니긴 했지만 진열된 상품에는 별 관심을 보이지 않았다. 평일 저녁 8시가 넘은 시간이라 손님이 많지 않았다. 샤오쥔이 갑자기 고개를 휙 돌리더니 음흉한 미소를 지었다. "너 카트 안 타 볼래?"

"아니. 절대 싫어." 스녠은 단박에 거절했다. 어려서부터 이상한 보육원에 갇혀 외부와 단절된 유년을 보내서인지 그는 천진난만한 동심 같은 욕구가 거의 없었다. 게다가 이미 성인이 되었으니 마트에서 카트 타기 따위에 관심을 가질 리 만무했다.

"쯧쯧. 아깝네. 카트 타기 진짜 재밌는데." 샤오쥔이 불쌍하다는 듯 고개를 젓자 스녠은 몸서리를 쳤다.

신선식품 구역으로 오자 은은한 채소와 과일 향이 났다. 조금 떨어진 조리식품 판매대에서는 달콤한 빵 냄새가 풍겨 왔다. 샤오쥔은 카트를 구석에 세워 두고 채소와 과일 더미들 사이로 들어갔다. 토마토를 손에 들고 손으로 무게를 가늠하더니 그중 신선하고 빛깔이 좋은 놈 몇 개를 골랐다. 다음은 양파, 당근과 쪽파였다. 그녀는 채소를 한 아름 안고 돌아와 카트에 쏟아 넣었다.

"너 편식 안 하지?" 한참 신난 샤오쥔이 물었다. 어차피 스넨이 음식을 가려 먹는다 해도 다 먹을 때까지 괴롭힐 작정이었다.

카트 옆에서 내내 기다린 스넨 역시 가볍게 고개를 끄덕였다. 샤오쥔은 스넨이 보육원에서 겪은 일들에 대해 알지 못한다. 삼키기 곤란할 만큼 맛없다고 해도 스넨에게는 별로 문제가 되지 않았다. 스넨이 맛보다 중요하게 생각하는 조건은 음식의 위생 상태다.

샤오쥔은 주변을 빠르게 돌며 다른 재료를 골랐다. 장보기에 이토록 열중하는 샤오쥔을 보며 스넨은 말로 표현할 수 없이 이상한 느낌이 들었다. 무언가에 감염된 듯 자꾸만 가슴속이 간지러웠다.

"꺄악! 스넨!" 놀란 샤오쥔의 목소리가 들렸다. 스넨은 빠른 걸음으로 샤오쥔에게 다가갔다. 소매 속에 감춰 둔 단도는 이미 스넨의 손바닥에 안착했다. 하지만 그곳에는 '50퍼센트 할인 특가'라고 적힌 딱지가 붙은 돼지고기를 가리키며 눈을 반짝이는 샤오쥔이 보일 뿐이었다. 스넨은 묵묵히 칼을 다시 소매 속으로 숨겼다.

"왜? 지금 그건 무슨 표정인데?" 스넨에게 질문하며 샤오쥔이 돼지고기 두 팩을 집어 들었다. 그러다가 고개를 갸웃하며 조금 생각하더니 두 팩을 더 담으며 의기양양하게 말했다.

"어렵사리 요리하는 거니까 이참에 든든하게 먹어야겠

어."

스넨은 여전히 말이 없었다. 그는 부탁하지 않았는데도 알아서 커다란 쇼핑 봉투를 양손에 들었다. 덕분에 빈손이 된 샤오쥔의 머릿속은 어떻게 하면 요리 솜씨를 제대로 보여 줄 수 있을까 하는 생각뿐이었다.

둘은 나란히 걸었다. 그런데 차들이 밀려드는 거리를 지날 때 스넨이 갑자기 멈춰 서서 경계하는 눈빛으로 먼 곳을 뚫어져라 쳐다봤다.

"왜 그래?" 샤오쥔도 따라서 걸음을 멈췄다.

"아무것도 아냐." 스넨은 대수롭지 않게 대답했다.

"너무 무거운 거 아냐? 내가 하나 들게." 샤오쥔이 쇼핑 봉투를 건네받으려 손을 뻗었지만 스넨은 고개를 저었다.

옥탑방에 도착한 샤오쥔은 곧바로 요리 준비를 시작했다. 하지만 그녀 옆에서 난감한 듯 내내 서성이는 스넨을 보고는 재료에서 손을 뗐다. 그녀는 특별히 사 온 일회용 장갑을 꺼내 보란 듯이 손에 끼웠다.

"이러면 안심할 수 있지?" 샤오쥔은 한껏 눈을 흘기고 싶은 마음을 참으며 퉁명스럽게 말했다. "방해하지 말고 저기 앉아서 국수 다 될 때까지 기다리기나 해."

주방에서 쫓겨난 스넨은 거실에 앉지 않고 현관문 밖으로 나가 골목길을 내려다봤다. 오가는 사람들과 차에서 이상한 징후는 보이지 않았다. 스넨은 자신이 미행당하고 있다고 확신했지만, 조금 전에는 지나치게 반응했다고 생각했다. 아무것도 알아차리지 못한 듯 능청스럽게 굴었어야 했는데. 스녠은 자신의 뒤를 밟는 자가 누구일지 곰곰이 생각했다. 언제부터 행적이 발각된 걸까?

닥터 야오<sup>姚</sup>일까? 하지만 그녀와는 화해했다고 봐도 좋았다. 설령 닥터 야오가 막 나가려 한대도 이하오<sup>以豪</sup>가 막았을 것이다. 스녠은 다른 방향으로 생각을 뻗어 보았다. 이하오는 줄곧 목숨을 걸고 닥터 야오에게 복종해 왔으니, 닥터 야오가 또다시 끔찍한 마음을 먹는다면 그녀의 요구를 곧이곧대로 받들 것이다. 다만 닥터 야오에게는 또다시 스녠을 가지고 놀 만한 동기가 없었다. 스녠은 집게손가락으로 콘크리트 벽을 두드리며 생각에 잠겼다.

또 다른 방향으로 생각해 본다면, 모든 의혹의 끝에는 결국 잭이 남는다. 피 냄새에 굶주린 미치광이들이 드디어 그동안 어둠 속에서 은밀히 그들을 사냥해 온 스녠의 존재를 알아차린 것일까?

"밥 먹자!" 고개를 빼꼼 내밀고 부르는 샤오쥔의 목소리가 스녠의 생각을 뚝 끊었다. 스녠은 집으로 들어가기 전 다시 한 번 골목 어귀를 둘러봤지만 아무도 없었다. 놈은 지금 어디에 몸을 숨겼을까?

스녠은 신이 난 샤오쥔의 손에 이끌려 식탁에 앉았다. 식탁에는 뜨거운 김이 피어나는 국수 두 그릇과 고기볶음 한

접시가 놓여 있었다. 식욕을 자극하는 냄새가 코를 간지럽혔다.

"다 먹어야 해. 특별히 정성을 쏟아 만들었다고!" 샤오쥔이 젓가락을 쥐여 주며 강조했다.

스녠은 우선 음식의 상태를 유심히 살폈다. 하얗고 넓은 국수 면에 먹기 좋은 크기로 잘라낸 토마토와 대파, 폭신해 보이는 두부가 올라가 있고, 맑은 국물에 풀어 익힌 달걀이 꽃처럼 떠 있었다. 전분으로 걸쭉하게 만든 간장 소스와 마늘을 넣고 볶아낸 고기 요리도 식탁 불빛 아래서 매혹적인 윤기와 향내를 뿜내고 있었다.

"어서 먹어 봐!" 샤오쥔은 기대에 찬 눈으로 스녠을 봤다.

국수와 고기볶음을 번갈아 보던 스녠은 국수 고명인 토마토를 제일 먼저 집었다. 간이 담백했지만 맛은 나쁘지 않았다. 한 입 먹자 풍부한 과즙이 터졌고, 파의 식감도 적당히 아삭했다. 음식에 큰 문제가 없다고 판단한 스녠이 마침내 국수를 크게 한 젓가락 집었다.

샤오쥔은 고기 한 조각을 스녠의 국수에 얹어 주며 말했다. "자, 고기도 먹어. 고기가 짭짤하게 돼서 국수는 일부러 삼삼하게 했거든. 같이 먹으면 간이 딱 맞지. 맛이 어때?"

스녠은 샤오쥔의 기대에 부응하듯 고개를 크게 끄덕여 주었다. 샤오쥔은 그제야 흐뭇한 미소를 지으며 젓가락을 들었다. 종일 분주하게 움직인 그녀는 음식이 입에 들어오자 그제야 자신이 무척 배고팠다는 사실을 깨달았다.

스녠은 국수를 우걱우걱 먹는 샤오쿤의 모습에 별로 놀라지 않았다. 그는 샤오쿤을 따라 국수 그릇을 들고 뜨거운 국물을 천천히 마셔 보았다. 이런 따뜻한 느낌이 어쩐지 자신을 불편하게 만드는 것 같기도 했다. 낯설면서도 익숙한 이 느낌 말이다.

갑자기 누나의 얼굴이 떠올랐다가 이내 흐릿해졌다. 스녠은 누나의 얼굴과 목소리를 기억해 내려 애썼지만, 떠올리려 노력할수록 누나의 이미지는 희미해져 갔다. 스녠은 지척도 분간할 수 없는 두꺼운 안개 속에서 누나를 찾고 또 찾았다.

일찌감치 식사를 마친 샤오쿤은 빈 그릇을 싱크대에 넣고 남은 재료는 봉지채 냉장고로 가져갔다. 냉장실에 다 들어갈 것 같지 않아 일부는 냉동실에 넣으려던 참이었다. 잠시 기억의 미궁에 빠져 있던 스녠은 샤오쿤이 냉동고를 열도록 내버려 두고 말았다. 곧 샤오쿤이 비명을 질렀다.

정신이 퍼뜩 든 스녠이 본 것은 냉장고 앞에 주저앉은 샤오쿤과 처참하게 살해되어 냉동 칸에 보관된 남자아이였다. 그는 재빨리 달려가 냉동실 문을 닫으며 그 악몽 같은 물건을 봉인하려 했다.

"저거…… 뭐야?" 놀란 샤오쿤이 울먹이며 물었다.

"전에 살던 사람이 두고 간 것." 부축하려 했지만 온몸의 힘이 풀린 샤오쥔은 몸을 가누지도 못했다. 스녠은 자책의 한숨을 내쉬며 그녀 옆에 주저앉기를 택했다.

"대체 왜?" 여전히 혼비백산한 샤오쥔이 눈을 부릅뜨고 물었다. 그녀는 이 상황을 전혀 이해할 수 없었다.

"아는 게 적을수록 좋아."

"우리가 처음 만났을 때도 너는 비슷한 말을 했지." 샤오쥔은 뜬금없이 웃음을 터뜨렸다. 어딘지 뻣뻣하고 부자연스러운 웃음이었지만, 눈물도 동시에 흘렸지만, 아무튼 분명히 웃었다.

"너 아직도 그놈들한테 집착하는 거 맞지?"

스녠의 침묵은 곧 인정이다.

"왜 너 혼자 모든 걸 짊어지려고 해? 정말 다른 선택은 없는 거야?" 샤오쥔은 도무지 모르겠다는 듯 물었다.

"없어." 스녠은 샤오쥔의 질문을 듣자마자 곧바로 대답했다. 생각할 필요도 없는 문제였다.

"난…… 사실 널 막을 생각은 없어. 막을 수 없다는 것도 알아. 억지로 막는다고 해도 네가 내 말을 듣진 않을 테니까. 넌 내가 본 사람 중에 가장 고집쟁이거든. 다만 불공평하다는 생각이 들어. 왜 네가 해야만 해? 왜 네가 아니면 안 되느냐고?" 샤오쥔이 추궁하듯 물었다.

'차라리 내가 죽는 편이 나았으니까. 누나가 아니라.' 스녠은 그렇게 생각하며 대답 대신 샤오쥔에게 휴지를 건넸다. 그녀의 눈물이 멈추지 않았기 때문이다.

"약속해. 꼭 무사하겠다고." 샤오쿤이 애원하듯 말했다. "그럴 거지?"

"응. 반드시 무사할게." 스넨이 짧고 단호하게 대답했다.

∿∿

샤오쿤은 가까스로 마음을 가라앉힌 뒤 힘껏 코를 풀며 자조적으로 말했다.

"이 꼴로 울다니 창피하다. 시간도 늦었으니 난 그만 갈게. 내일 회의 자료를 준비해야 해. 너…… 진짜 몸조심해야 해!"

샤오쿤은 황급히 작별 인사를 하고 철문을 지나 총총걸음으로 계단을 내려갔지만 결국 1층 현관에서 멈춰 섰다. 스넨 걱정을 멈출 수가 없었다. 이대로 그를 두고 떠나기가 싫었다. 그때 뒤에서 누군가 다가왔다. 샤오쿤은 그제야 자신이 문 앞에서 길을 막고 있다는 걸 알았다. "앗, 죄송합니다." 샤오쿤이 비켜서며 연신 사과했다.

거기 서 있는 사람은 뜻밖에도 스넨이었다.

"너는 왜 내려왔어?" 샤오쿤이 의아해하며 물었다.

"오토바이 어디 세웠어? 거기까지 같이 좀 걸을까 해서." 샤오쿤은 새삼스럽게 다정한 스넨의 행동에 얼이 빠져 있다가 겨우 정신을 차렸다.

"으응……." 그녀가 고개를 끄덕였다. 오토바이는 건물에서 10미터 정도 떨어진 곳에 세워 두었다. 20세기에서 주워 온 고물 같은 중고 오토바이에는 세월의 더께가 앉아 있었다. 샤오쥔은 칠이 벗겨진 헬멧을 꺼내 썼다.

스녠은 한쪽에 서서 조용히 그녀를 지켜봤다. 샤오쥔에게서 눈을 떼지 않는 듯 보였지만 실은 주변의 모든 동정에 정신을 집중하고 있었다.

왔다. 놈이 다시 한 번 이쪽을 훔쳐봤다. 결코 우호적이지 않은 시선이 이곳을 향하고 있었다.

"그럼 이만 갈게." 샤오쥔이 다시 작별 인사를 건네는 순간 스녠이 그녀에게 바짝 다가섰다. 두 사람은 서로의 숨소리가 들릴 만큼 가까워졌다. 샤오쥔은 귀밑에서부터 열이 올라 얼굴이 온통 빨개졌다. "야, 스녠…… 저기……." 샤오쥔이 기어들어 가는 목소리로 불렀다. 작은 심장이 미친 듯 날뛰었다.

'역시 이럴 때는 눈을 감는 게 맞겠지?'

"집으로 곧장 가지 말고 몇 바퀴 돌아. 집 반대 방향으로 가면 더 좋고." 스녠은 샤오쥔이 생각하던 전개와는 전혀 다른 말을 귀에 대고 속삭였다. 목소리가 얼음처럼 차가웠다. "며칠 동안은 외출할 때 조심하고."

"또 그놈들이야?" 샤오쥔은 겁이 더럭 났다. 잭에게 납치된 이후로 그날의 일을 잊은 적은 단 한 번도 없었다.

"뭐든지 조심해." 스녠이 헬멧에 딸린 마스크를 내려 주자 샤오쥔의 겁에 질린 표정이 감춰졌다. 샤오쥔은 곧 오토바이를 타고 떠났다. 스녠은 아무것도 보지 못한 척했지만 이미 염탐꾼이 있는 방향을 알아냈다. 샤오쥔이 걱정됐지만 그녀를 집까지 바래다줄 수는 없었다. 상대방의 목표는 스녠 자신이다. 샤오쥔은 그의 곁에 오래 머물수록 위험한 처지에 놓이게 될 것이다.

적의가 가득한 염탐꾼의 시선은 샤오쥔이 떠난 후에도 사라지지 않았다. 스녠은 차라리 마음이 놓였다. 놈의 시선이 완전히 이쪽으로 고정되었다는 뜻이니까. 그렇다면 적어도 당장 샤오쥔을 찾아내진 못할 터였다. 하지만 그 시간도 길지는 않을 것이다. 시간을 끈다면 상대는 결국 샤오쥔을 끌어들이려 할 터였다.

최대한 빨리 상대방을 처리해야 한다.

스녠은 팔을 아래로 뻗었다. 소매 속에 감췄던 단도가 손바닥 위로 미끄러져 내려오자 칼자루를 단단히 쥐었다. 견고하고 차가운 이 촉감은 스녠에게 그 어떤 느낌보다 친숙했다.

여기가 진짜 스녠의 세상이었다.

**6**

레이디 퍼스트

며칠째 사람을 우울한 나락으로 이끄는 날씨가 이어졌다.
주간 일기예보에는 '흐림' 표시가 가득했다. 먹구름이 끝
없이 이어져 타이베이 상공을 뒤덮었고 바람이 종일 불었
다. 층진 구름 아래 우뚝 솟은 시멘트 빌딩은 오래전에 죽
은 짐승 같았다. 행인들은 이 거대한 유해에 흥미를 잃은
듯 빌딩을 등지고 멀리멀리 걸었다. 구름이 물러가는 날이
아주 가끔 찾아오긴 했지만, 맑은 하늘을 누리는 것은 찰나
의 사치였다. 갑자기 쏟아지는 호우가 오히려 익숙한 날들
이 길어졌다.

오늘도 비가 내렸다. 오소리는 차 앞 유리에 끊임없이 흘
러내리는 빗물을 멍하니 쳐다봤다. 이 비는 당분간 그칠 것
같지 않았다.

오소리와 사자는 여느 때처럼 화물차에서 대기 중이었
다. 둘은 좀처럼 대화를 나누지 않는다. 오소리는 수거업자

의 행동 수칙을 사자에게 모두 가르쳤다. 이제 남은 임무는 사자 혼자서도 알아서 실무를 수행할 수 있도록 이끄는 것이다.

업자의 업무는 간단하다. 시체를 가져오면 된다. 그들은 과묵하고 토를 다는 법이 없으며, 의뢰인이 번거롭게 여기는 '사소한' 일을 조용하고 깔끔하게 처리한다.

하지만 시체 수거를 요청하는 의뢰인들이 선량한 시민일 리 없으니 업자들은 자신을 보호하는 방법을 알아야 했다. 다행히 업자들의 외모는 퍽 위협적으로 보이기 때문에 업자를 건드리는 의뢰인은 거의 없다. 바보가 아닌 이상 이토록 편리하면서도 철통같이 비밀을 지켜 주는 업자에게 시비를 걸 이유 또한 없다.

하지만 바보는 반드시 존재하는 법. 계약서에 주의사항이 명시되어 있는데도 규칙을 깨고 일을 만드는 의뢰인이 이따금 있었다. 멍청한 캐슈너트의 머릿속은 기름 덩어리로 가득 차 있었을까? 그 사건 이후 고정 의뢰인이 한 명 줄었지만 업자로서의 일상에는 아무 영향이 없었다. 새로운 의뢰인이 수시로 나타나 캐슈너트의 빈자리를 채웠다.

"콜 발생. 오소리. 의뢰인 코드명 개구리알. 최초 의뢰. 총 한 구. 수거 장소는 중산中山구……." 암호화한 수거 의뢰 음성이 들리자 운전석에서 곤히 자던 두 마리의 짐승이 동시에 깨어났다. 오소리가 시동을 걸자 사자가 내비게이션에 주소를 입력했다. 우천이라 길이 미끄러워서 도로 위의 모든 차가 속도를 줄여 주행할 수밖에 없었다. 의뢰 장소에 가까워질 때쯤 도로 사정은 더욱 혼잡해져 차는 가다 서다를 반복했다.

화물차는 지하철 민취안시루民權西路역 인근 상권으로 진입했다. 역 주변은 제법 북적였다. 오소리는 비교적 한적하고 행인 출입이 적은 골목을 찾아 주차했다. 두 업자는 쏟아지는 비에도 우산을 쓰지 않고 골목길 곳곳의 웅덩이를 밟으며 대로변의 건물로 들어갔다.

의뢰인 '개구리알'은 벌써 그곳에서 기다리고 있었다. 그는 세상만사를 통달한 듯한 온화한 미소를 띤 장년의 남성이었다. 군더더기 없는 심플한 흰 셔츠에 재단이 훌륭한 양복 조끼와 바지를 입고 광을 낸 구두를 신고 있었다. 그는 정말로 택배라도 기다리는 듯 여유로운 모습이었다.

비에 젖은 오소리와 사자를 보고 개구리알이 조금 의아하다는 듯 물었다.

"왜 우산을 쓰지 않으셨습니까?"

"이게 편해서." 오소리가 대답했다.

"그렇군요. 이쪽으로 오십시오." 개구리알이 대꾸했다.

그가 반쯤 올라간 철제 셔터를 가리키며 오소리와 사자를 안내했다. 두 업자는 아래층으로 이어진 계단마다 젖은 발자국을 남기며 걸었다. 계단 끝에 로즈골드 색 철문이 나타났다. 문에 걸린 남색 간판에는 상호명이 금빛 필기체로 쓰여 있었다.

'화이트 채플'White Chapel[*]

개구리알이 문을 열고 두 업자를 들였다. 그곳은 어둑한 오렌지색 조명에 나른한 기운이 감도는 위스키 바였다. 지금은 영업시간이 아니라 텅 비어 있었다.

"마실 것 좀 드릴까요? 제가 대접하죠." 개구리알이 바 안쪽 진열대에 놓인 수백 병의 위스키 중 하나를 꺼내 유리잔에 부었다.

"물건은?" 오소리는 의뢰인이 보내는 호의에 전혀 반응하지 않았다.

"음료 생각이 없으신 모양이군요. 저기 같이 오신 분도?" 개구리알이 묻자 사자는 시체를 담을 상자를 끌어안은 채 고개를 저어 보였다.

"편하게 생각하셔도 되는데." 개구리알이 빙긋 미소 지었다. 그가 섬세한 자태로 조끼를 벗어 의자에 건 뒤 벽면에 붙은 작은 덮개를 열자 그 안으로 버튼이 여러 개 보였다. 개구리알이 그중 하나를 누르자 그들이 열고 들어왔던 철제 셔터가 삐걱대며 내려왔다.

---

[*] 영국 런던의 지역명. 1888년 '잭 더 리퍼'의 연쇄살인이 발생했던 곳으로 유명하다.

"어디까지나 예방 차원입니다. 호기심 많은 행인이 함부로 들어오면 곤란하지 않겠습니까? 이쪽으로 오시죠. 물건은 저 안쪽에 있습니다." 개구리알은 위스키 한 병을 챙겨서 두 사람을 데리고 바 앞을 지났다. 홀 끝까지 걸어가자 문이 또 하나 나타났다. 개구리알이 주머니에서 꺼낸 열쇠로 문을 열었다.

그러자 널찍한 공간이 펼쳐졌다. 서른 살 안팎의 직장인으로 보이는 남자와 여자가 굵은 쇠사슬에 발목이 묶여 거꾸로 매달려 있었다. 쇠사슬의 한쪽 끝은 천장에 돌출된 커다란 고리와 이어져 있었다. 둘의 축 늘어진 양손에는 수갑이 채워져 있었고, 재갈을 물려 놓은 입에서 흐르는 거품 섞인 침이 볼을 타고 이마로 흘러 머리카락을 축축하게 적셨다.

이 방에 있는 사람은 모두 살아 있었다. 시체는 보이지 않았다.

"살아 있는 건 안 받아." 오소리가 선언하듯 말하고 다시 덧붙였다. "수량도 안 맞고."

공장에서 받은 의뢰 내용에 따르면 회수할 시신은 한 구였다.

"확인해 보죠. 제가 의뢰하면서 한 구라고 말씀드린 것 같은데…… 아닌가요?"

"맞아."

"그럼 틀린 게 없습니다. 오늘은 한 명만 죽을 거니까요. 다만 두 분의 시간을 좀 뺏어야겠네요. 급한 일 없으시죠? 그런데 정말 뭐 안 드시겠어요?" 개구리알이 잔을 들어 보이며 위스키를 한 모금 홀짝였다.

"제가 쇼맨십이 있는 편이라, 처리할 때 누군가 옆에서 지켜보는 걸 선호하거든요. 두 분이 모든 과정을 지켜본다고 생각하니 정말 흥분되는군요. 머리 꼭대기까지 저릿저릿해지는 느낌이에요." 개구리알이 혀로 입술을 할짝거리며 말했다.

"서둘러." 오소리는 특유의 감정 없는 말투로 재촉했다.

"잠깐만 기다려 봐요." 개구리알은 위스키를 내려놓고 구석에 놓인 나무 상자를 거칠게 뒤졌다. 금속이 부딪치는 소리가 계속해서 들리는 것으로 봐서는 손에 맞는 흉기를 찾고 있는 것 같았다. 그는 고기 칼을 골라 돌아왔다. 날붙이가 불빛 아래서 예리한 빛을 반사했다.

"두 분 생각에는 누구부터 시작하는 게 좋을 것 같나요? 이쪽의 신사분? 아니면 그 옆의 숙녀분부터?" 흥분한 개구리알은 선물 상자를 열어 보기 직전의 아이처럼 신나 보였다. 하지만 오소리는 대답하지 않았고 사자는 처음부터 말이 없었다.

개구리알이 말하는 신사와 숙녀는 꽤 오랫동안 거꾸로 매달려 있어 정신이 혼미했지만, 자신의 처지를 오판할 정도는 아니었다. 개구리알이라는 자는 곧 둘 중 한 명을 죽일 것이다. 두 사람은 허우적거리기 시작했다. 쇠사슬과 수갑이 부딪치며 쩽강거렸다. 살려 달라는 애원은 입에 억지로 쑤셔 넣은 재갈 때문에 목구멍에 걸려 나오지 못했다.

"누구부터 죽일까요?" 개구리알의 눈동자가 좌우로 움직이며 광기를 띤 미소가 짙어졌다. 양옆으로 쭉 늘어난 입술이 공포 영화에서 튀어나온 흉악한 피에로 같았다.

"누·구·부·터·죽·일·까·요?" 개구리알이 일부러 한 자 한 자 강조하며 재차 물었지만 오소리와 사자는 침묵을 지켰다. 공장의 규칙에 따르면 업자는 반드시 중립을 지켜야 했다. 그러니 누구를 죽이든, 누가 죽든 상관할 일은 아니다.

개구리알은 질문해 봤자 헛수고임을 깨닫고 손바닥을 탁탁 털며 말했다. "알겠습니다. 그냥 제가 결정하죠."

그는 허리를 굽혀 인질들의 입에서 재갈을 빼냈다.

"살려 주세요! 살려 주세요!"

입안을 채우던 물건이 빠져나가자 여자가 두 업자를 향해 처절하게 소리쳤다.

"경찰에 신고해 주세요! 빨리요!" 남자도 큰 소리로 외쳤지만, 업자들은 둘의 외침에 전혀 관심을 주지 않았다.

"어젯밤 두 분의 대화를 엿들었는데, 직장 동료 사이가 맞지요?" 개구리알이 격앙된 목소리로 절규하는 남녀에게 물었지만, 둘은 죽을힘을 다해 구조를 요청할 뿐 질문에 대답하지 않았다.

"남성분, 여기 여성분한테 관심 있으세요?" 개구리알이 계속 물었지만 그의 목소리는 남녀의 절규에 묻혀 본인에게만 들리는 웅얼거림이 되었다. 자기가 무시당했다고 생각한 개구리알은 술병을 던진 뒤 칼자루를 반대 방향으로 쥐고 남자의 배를 가격했다.

남자는 얼굴을 찡그리며 헛구역질을 했고, 그를 기점으로 시큼한 냄새가 나는 액체를 연거푸 토했다. 어젯밤 마신 술과 역류한 음식물 찌꺼기가 남자의 얼굴을 뒤덮었다. 여자는 처참해진 남자의 얼굴을 보고는 입을 꾹 다물었다.

"아주 좋습니다." 개구리알이 만족스러운 듯 고개를 끄덕였다. "이 여성분을 좋아합니까?"

남자는 고분고분 대답하는 편이 낫다고 판단했는지 얌전히 고개를 끄덕였다.

"당신은 어때요? 이 남자한테 관심 있나요?"

여자는 멈칫했다가 함께 거꾸로 매달린 신세가 된 동료를 멍하니 쳐다봤다. 위액과 음식 찌꺼기를 얼굴에 잔뜩 묻힌 남자가 복잡한 눈빛으로 여자를 바라보고 있었다. 상처 입을까 봐 두려운 마음과 기대하는 마음을 반씩 담아서.

"거짓말할 필요는 없어요. 본인의 마음을 똑바로 직시하세요." 개구리알이 격려하듯 부드럽게 말했다. 여자는 숨을 깊이 들이쉬고는 용기를 내 고백했다.

"아니요! 저 남자 진짜 역겨워요! 왜……? 도대체 왜 억지로 여길 끌고 왔어? 내가 술 마시기 싫다고 분명히 말했잖아! 다 너 때문이야!"

남자는 한 대 얻어맞은 듯 멍해졌다. 이런 극한의 상황에서 오랫동안 마음에 담아 둔 여자의 고백을 들을 수 있을 줄 알았는데……. 이런 결말일 거라고는…….

"브라보! 누굴 먼저 죽여야 할지 알겠군. 레이디 퍼스트!" 흥분한 개구리알이 선언하자 여자는 비명을 지르며 미친 듯 허우적대기 시작했다. 개구리알이 일부러 느린 동작으로 칼을 높이 치켜들자 겁에 질린 여자가 애원했다.

"제발 그러지 말아요……. 제발……."

"두려워하지 마세요. 금방 끝납니다." 개구리알은 주사 맞기를 겁내는 아이를 타이르듯 여자를 다독였다. 그러고는 섬뜩한 미소와 함께 팔을 쭉 뻗어 힘껏 찔렀다. 칼끝은 말랑한 복부를 겨냥해 직선으로 나아갔다.

비명을 지른 쪽은 남자였다. 개구리알은 칼날을 남자의 몸속에 박아 둔 채 그의 셔츠 단추를 풀었다. 피를 뿜고 있는 늘어진 뱃살이 드러났다.

"브라보! 이렇게 물컹한 배를 가르는 일은 무척 쉽지요." 개구리알은 남자의 뱃가죽을 움켜쥐더니 돼지고기의 품질을 가늠하듯 몇 번 꼬집어 보았다. 여자는 그 장면을 볼 엄두가 나지 않아 눈을 꽉 감았다. 오소리는 평소처럼 표정이 없었다. 아니, 무표정 속에 지루함이 엿보였다.

개구리알은 느린 속도로 칼날을 조금 빼낸 뒤 일부러 잠시 멈췄다. 이어서 조금 더 뽑았다가 또 갑자기 멈추기를 반복했다. 그의 손장난에 따라 남자의 절규는 다채로운 음역으로 변화했다. 개구리알은 칼을 완전히 뽑을 때 일부러 여자의 얼굴에 피를 튀겨 그녀가 혼비백산하게 했다.

"죄송. 부주의했네요." 말과 달리 미안한 기색 따위 없는 개구리알의 웃음은 놀이공원에 처음 가 본 아이처럼 천진했다. 그는 희생양들을 희롱하는 기쁨에 완벽히 도취해 자아를 잃은 것 같았다.

팔짱을 끼고 지켜보던 오소리가 의뢰인을 재촉하려는 순간, 사자의 호흡이 가빠졌다. 뒤돌아보니 사자가 창백해진 얼굴로 상자를 끌어안은 손을 맹수의 발톱처럼 구부리고 있었다. 무리하게 힘을 주는 바람에 손톱 끝이 하얗게 변해 있었다.

"어디 보자……." 아직 유흥이 끝나지 않은 개구리알이 남자의 갈라진 복부를 벌려 천천히 그 안에 손을 넣었다. 복강에 압력이 들어가자 피가 왈칵 쏟아지면서 남자의 목과 턱으로 흘러내렸고, 뺨을 가득 적신 뒤 바닥에 떨어졌다.

황야에서 죽음을 앞둔 동물이 내지르는 최후의 울부짖음처럼, 남자도 단말마의 비명을 질렀다.

오소리는 사자의 반응을 지켜보느라 이 광경을 보지 못

했다. 사자의 이상 반응이 두려움 때문인지, 아니면 연민 때문인지 가려내야 했다. 어느 쪽이든 사자는 도망치거나 의뢰인을 제지하는 등의 불필요한 행동을 해서는 안 된다.

개구리알은 평소보다 과하게 흥분했는지 너무 시간을 끌고 있었다.

"옳지, 이거다!" 개구리알이 드디어 남자의 복부에서 팔을 힘껏 뽑았다. 창자가 밖으로 쏟아져 내렸다. 개구리알의 몸에 피가 튀기고 창자를 끄집어낸 팔은 진홍색으로 물들었다.

"이것 봐! 네 배 속에 들어 있던 거야." 개구리알이 한쪽 무릎을 꿇고 귀한 보물이라도 바치듯 창자를 손바닥으로 들어 올려 남자에게 보이려고 했다. 하지만 남자의 눈동자는 더 이상 초점을 맞출 수 없었다. 심하게 놀란 여자도 정신을 잃은 뒤였다.

"끝난 것 같군요." 개구리알의 얼굴에서 웃음기가 사라졌다. 그는 남자의 숨이 너무 일찍 끊기는 바람에 충분히 즐기지 못해 아쉬운 것 같았다.

"다음부터는 죽이고 나서 의뢰해." 오소리가 경고하듯 말했다.

"하지만 전 관객이 필요한데요?" 개구리알은 끝까지 투덜대며 남자의 발목에 채웠던 쇠사슬을 풀었다. 시체가 바닥에 곤두박질치며 사방에 피가 튀었지만 그는 전혀 아랑곳하지 않았다.

"죽어야 의뢰할 수 있어." 오소리는 다시 한 번 강조하면서도 곁눈질로 사자를 유심히 관찰했다. 다행히 사자는 신중한 손놀림으로 시체를 상자에 넣을 뿐 다른 움직임은 없었다. 오소리는 상자가 채워지자 개구리알이 셔터를 열어주기도 전에 알아서 스위치를 찾아 문을 열더니 사자를 이끌고 떠났다.

바깥에는 아직 비가 내리고 있었다. 두 수거업자는 나란히 희뿌연 비의 장막으로 걸어 들어갔다. 오소리마저도 청량한 비 냄새가 코를 찌르는 피비린내보다 훨씬 낫다고 생각했다.

비에 흠뻑 젖은 오소리는 재빨리 운전석으로 파고들었지만, 사자는 바로 차에 타지 않았다. 백미러에 비친 그는 하수구 앞에 쪼그려 앉아 토하고 있었다. 오소리는 차에서 내리지도, 사자에게 관심을 두지도, 그렇다고 재촉하지도 않고 아무것도 보지 못한 것처럼 얼마간 사자를 그대로 두었다.

오소리보다 훨씬 더 젖은 사자가 마침내 차에 올랐다. 오소리는 이번에도 말 한마디 없이 가속 페달을 밟았다. 오만 가지 모습을 한 시체나 괴상한 의뢰인 모두 수거업자가 감내해야 할 업무의 한 부분이다.

사자는 이들에게 적응하는 법을 배워야 한다. 시간이 좀

걸리겠지만, 결국에는 익숙해질 것이다.

∿

개구리알은 벽 쪽으로 다가갔다. 피가 고인 웅덩이를 밟았던 구두 밑창이 바닥에 붉은 자국을 남겼다. 마음에 쏙 드는 처형장을 만들기 위해 그는 모든 벽면을 방음 처리해 두었다.

겉으로 보기엔 평범해 보이는 이 벽에는 개구리알 혼자만이 아는 비밀이 하나 있다. 특정한 타일 조각 하나를 벽에서 떼어내자 내부에 감춰진 감시 카메라가 드러났다. 개구리알은 조금 전의 살해 장면을 녹화한 영상을 다시 돌려보았다. 남자가 학대받는 과정이 고화질로 기록되어 있었다. 구도도 썩 마음에 들었다.

그는 여자 앞으로 돌아와 붉게 물든 셔츠를 벗어 힘껏 쥐어짰다. 생각과 달리 피는 겨우 몇 방울 떨어질 뿐이었다. 실망한 그는 고개를 저으며 셔츠를 버리고 뻣뻣해진 어깨와 팔 근육을 쭉쭉 뻗었다.

탈의한 개구리알의 가슴에는 울퉁불퉁 튀어나온 흉터가 있었다. 그 모양은 영락없이 알파벳 J였다.

7

⋮

대답하지 않으면
눈꺼풀을
찍어 버리겠어.

'띠링!' 오븐에서 경쾌한 알람이 울렸다.

이하오가 장갑을 끼고 오븐을 열자 고소한 버터 향이 주방에 퍼졌다. 오븐 트레이에 담겨 나온 머핀은 얼굴을 푹 파묻고 싶을 만큼 보송보송했다. 알맞게 노릇해진 표면에 박힌 초콜릿 칩이 덕분에 한층 더 먹음직스러워 보였다.

이하오는 닥터 야오 몫의 머핀 몇 개를 쟁반에 따로 담았다. 그녀는 식은 머핀을 좋아하니 굳이 서둘러 가져다주지 않아도 괜찮았다. 이하오는 머핀과 함께 내어 줄 음료를 생각하며 쟁반을 들고 주차장을 가로질러 배전함으로 위장된 비밀 입구로 향했다.

배전함 문을 열자 저편에서 고통에 찬 남자의 비명이 들려왔다. 이하오는 자기도 모르게 얼굴을 찌푸리며 조심스럽게 계단을 내려갔다. 지하실 한가운데 설치된 펜던트 조명 불빛 아래 불량한 '일진' 같은 소년이 수갑과 족쇄를 차고 철제 의자에 묶여 있었다. 요즘 유행하는 디자인의 티셔츠는 정중앙에서부터 잘렸고, 그 사이로 깡마른 가슴이 드러났다.

일진남의 벌거벗은 몸에 가득한 붉은 구멍에서 가느다란 핏줄기가 지렁이처럼 흘러나왔다. 가뜩이나 못생긴 얼굴도 화를 면치 못해 왼쪽 눈꺼풀이 피범벅이다. 자세히 보니 대형 금속 핀 몇 개가 아무렇게나 박혀 있었다. 먹이를 애걸하는 개처럼 무력해진 일진남은 겨우 멀쩡한 꼴을 유지하고 있는 오른쪽 눈으로 겁에 질려 앞에 선 소녀를 바라봤다.

이하오 쪽에서는 소녀의 뒷모습이 보였다. 소녀는 금속 재질의 물건을 열어 그 안에 무언가를 채워 넣었다. 장전을 마친 소녀는 손에 든 물건을 일진남의 오른쪽 눈에 갖다 댔다. '건 타카'*라고 하는 공구였다.

"촨한傳翰 오빠 어딨어?" 나이답지 않게 서늘한 목소리가 들렸다.

"몰라! 걔 만난 적도 없어! 촨한이 누군데?" 겁에 질린 일진남은 함부로 움직이지 못했다. 소녀가 또 핀을 눈꺼풀에 박아 버릴까 봐 두려웠다. 왼쪽 눈도 도망치려다 이 꼴

---

* 스테이플러 심과 유사한 ㄷ자 고정용 핀을 박는 도구. 별도의 동력 없이 방아쇠를 눌러 박는 것이 특징이다. 스테이플러로 눌러 박는 것보다 빠르고 편해서 포스터나 대자보를 대량으로 붙일 때 쓰인다.

이 되었다. 몸에 구멍 내기 정도는 소녀에게 준비운동쯤이 었던 모양이다.

"촨한 오빠 어딨어?"

소녀는 같은 질문을 반복했다. 이하오가 나타나기 전까 지 족히 백 번은 물었을 것이다.

"몰라, 정말 모른다고! 으아아아아아악!" 건 타카가 발사 되자 일진남은 끔찍한 비명을 지르며 미친 듯이 머리를 흔 들어 오른쪽 눈에 들어간 핀을 빼내려 했다. 보다 못한 이 하오가 한숨을 내쉬었다.

'바보 녀석. 자기를 제대로 통제할 수도 없는 지경에 이 르렀군.'

이하오는 쟁반을 든 채 다가가 가만히 소녀를 불렀다.

"페이야培雅."

뒤를 돌아본 소녀의 손에 들린 건 타카에서 피가 방울방 울 떨어졌다. 며칠이나 지하실에만 있어서인지 소녀는 부 쩍 초췌해 보였다. 뺨에 튄 자잘한 핏자국 때문에 피부가 한층 창백해 보였다.

"이제 그만해. 이 사람들한테는 더 들을 것도 없어." 이하 오가 타이르듯 말했다. "그러니까 뭐 좀 먹고 쉬라고."

"그럼 다른 질문." 페이야는 아랑곳하지 않고 건 타카를 다시 들어 일진남의 입술에 댔다. 놀란 일진남이 재빨리 입 술을 오므렸다.

"구이거鬼哥* 어디 있어?" 페이야가 물었다.

일진남은 입을 다문 채로 괴성을 질렀다. 고개를 끄덕이기도 하고 흔들기도 했지만, 입 앞에 들이민 건 타카 때문에 말을 할 수가 없었다. 자칫 잘못 움직이면 핀이 입술에 박히거나 목구멍에 쏟아질 수도 있으니까. 그렇다고 입을 꾹 다무는 게 능사는 아니라고 생각하는 순간, 페이야가 다시 한 번 건 타카를 발사했다.

"으아아아아아악!" 처참한 비명이 텅 빈 지하실에 메아리쳤다. 이하오는 페이야의 손목을 잡아끌어 건 타카를 빼앗았다. 굳은 얼굴의 페이야는 절대로 넘어가지 않겠다는 듯 저항했다.

"나 막지 마요." 무기를 다시 빼앗으려고 손을 뻗은 페이야는 곧 이하오에게 저지당했다. 이하오는 다크서클이 짙게 드리워진 페이야의 얼굴을 빤히 바라보며 물었다.

"이제 그만해. 너 마지막으로 잔 게 도대체 언제야?"

"내놔요." 페이야는 포기하지 않았다.

"안 돼." 이하오도 지지 않고 무기를 뒤로 숨겼다.

물에 빠진 동물이 필사적으로 통나무를 잡듯, 페이야가 이하오의 멱살을 잡아 끌어당기며 외쳤다. "촨한 오빠가 어디 있는지 알아야겠다고요!"

* 아귀 같은 남자라는 뜻이다.

또 그놈의 환한. 이하오는 환한이라는 자가 지구상에서 사라져 버린 건 아닐까 하고 생각했다. 다비도프가 나섰는데도 그의 행방에 대한 단서 하나도 찾을 수 없었다.

페이야와 환한 사이의 사연은 이하오도 대략적으로만 알고 있다. 대체 얼마나 중요한 사람이기에 페이야가 지금의 모습으로 '역변'했는지 이하오는 늘 궁금했다. 페이야는 하루하루 피가 차가워지기라도 하는 듯 목표물을 처리할 때 점점 망설이지 않게 되었고, 점차 잔혹해졌다. 지금 그녀는 원하는 답을 얻기 위해 구이거의 조무래기들을 납치해 끈질기게 고문하고 괴롭히기를 반복하고 있었다. 세척실의 큰 수조에는 불어 가는 시체 한 구가 아직도 떠 있었다. 어젯밤 페이야의 손에 익사한 자다.

"그 사람을 찾을 수 있도록 도와줄게. 하지만 조건이 있어. 지금 당장 들어가서 좀 쉬어." 이하오는 어렵사리 페이야를 타일렀다.

감정이 격할 뿐, 이하오의 멱살을 움켜쥔 페이야의 손에는 기운이 없었다. 멱살을 잡기는커녕 제 몸을 똑바로 가누기도 힘들면서 지금까지 악으로 버틴 듯했다. 방금 사용한 건 타카도 지금 같은 상태라면 다루기 버거웠을 것이다. 페이야는 마침내 체력이 고갈되었는지 손을 놓고 털썩 주저앉으며 축 늘어졌다.

"진짜 약속한 거죠……?" 페이야는 그렇게 말하고는 이하오가 알아들을 수 없는 말을 중얼거렸다. "그 사기꾼 놈 처럼…… 나한테 거짓말하지 말라고요……."

겨우 할 말을 마친 페이야의 몸이 한쪽으로 기울었다. 얼른 다가가 확인해 보니 다행히 극심한 피로로 탈진해 잠들 었을 뿐이었다. 이하오는 그녀가 갓 구운 머핀을 맛볼 수 없을 것 같아 허탈해졌다.

"형님, 저 좀 풀어 주세요. 진짜 아무것도 말 안 할게요!" 일진남은 페이야가 잠든 틈을 놓치지 않고 이하오에게 애 원했다. 고문을 당해 몸은 이미 만신창이가 되었지만, 어떻 게든 살 기회를 잡으려는 모습이 바퀴벌레처럼 끈질겨 보 였다.

이하오는 눈썹을 살짝 치켜올리며 부드럽게 말했다.

"비밀만 지킨다면 문제 될 것도 없지."

일진남은 실성한 사람처럼 통곡하며 불분명한 발음으로 연신 "고맙습니다, 형님! 감사합니다, 형님!"을 외쳤다. 의 자에 묶여 있지 않았다면 무릎 꿇고 절이라도 할 기세였다.

이하오는 일진남의 뒤쪽으로 천천히 돌아가며 말했다.

"그래. 지금 풀어 줄게."

"고맙습니다! 감사합니다!" 일진남은 악마 같은 여자애 의 손아귀에서 벗어나길 기대하며 머리를 조아리고 또 조 아렸다.

하지만 고맙다는 인사는 이내 피비린내 섞인 신음과 함

께 끊기고 말았다. 차가운 송곳이 목에 꽂히면서 그가 품었던 어리석은 단꿈도 함께 부서졌다. 송곳은 일진남의 경동맥을 관통했다. 이하오는 송곳을 뽑으려다가 피가 사방에 튀기면 뒤처리가 번거로워질 것 같아 그만두기로 했다. '현장을 엉망으로 만들어 놓고 열심히 청소하는 건 내 스타일이 아니지. 스녠도 아니고.'

이하오는 곧 숨이 멎을 일진남은 그냥 두기로 하고 정신을 잃은 페이야를 조심스럽게 둘러멨다. 가뜩이나 깡마른 페이야는 어깨에 올려놓고 보니 생각보다 훨씬 가벼웠다.

'이 녀석, 찬한을 찾기도 전에 말라 죽는 건 아닐까?'

이하오는 페이야를 3층 방으로 데려가 침대에 눕혔다. 물수건으로 손가락과 뺨에 묻은 핏자국을 꼼꼼히 닦고, 운동화 끈을 풀어 신발을 벗기고 이불도 꼭꼭 덮어 주었다.

'언젠가 야오 선생님을 이렇게 보살펴 줄 수 있다면 얼마나 좋을까.'

잠든 페이야를 보니 이하오는 아쉬운 감정이 들었다. 유감스럽게도 닥터 야오는 단 한 번도 무너진 모습을 보인 적이 없었다. 그녀는 언제나 그 모습 그대로 고결하고 우아하기만 했다.

"잘 자." 이하오는 허공에 대고 인사한 뒤 불을 끄고 방을 나섰다.

아래층으로 가면서 이하오는 억지로 미뤄 두긴 했지만

결국에는 피할 수 없을 문제에 대해 생각에 잠겼다. 그는 돌변한 페이야가 안쓰러우면서도 그녀가 가진 잠재적 위험에 신경을 더 곤두세우고 있었다. '이 모습이 페이야의 본성일까? 아니면 심한 충격으로 비뚤어진 자아가 잠시 나타난 걸까?'

이하오는 자신에게 페이야를 비난할 자격은 없다고 생각하면서도, 그에게 언제나 0순위인 닥터 야오의 안전을 걱정하지 않을 수 없었다. 페이야가 어느 날 갑자기 닥터 야오를 해치지 않으리라고 장담할 수가 없었다. 지금의 페이야는 처음 만났을 때의 아무것도 모르는 소녀가 아니니 만약의 일에 반드시 대비해야 했다. 그는 식힌 머핀을 들고 2층 응접실로 향했다. 닥터 야오는 응접실 안쪽의 상담실에서 서류를 읽고 있었다.

이하오는 한동안 문밖에 우두커니 서서 지켜볼 뿐 닥터 야오를 방해하지 않았다. 언제나 그랬듯 바라보는 것만으로도 충분했다. 그녀가 고개를 갸웃할 때 한쪽으로 쏟아지는 머리칼과 시종일관 옅은 미소를 머금은 듯 올라간 입꼬리를 바라봤다.

디저트를 만드는 시간 이외에 이하오가 가장 좋아하는 시간은 닥터 야오와 지내는 모든 순간이다. 사실 제빵을 시작한 이유도 닥터 야오를 기쁘게 해 주기 위해서였다. 적어도 이 순간 이하오는 페이야의 편집증적인 집착을 이해할 수 있을 것 같았다. 어느 날 갑자기 닥터 야오가 사라진다면 자신은 심각하게 미쳐 버릴 테고, 어떤 대가를 치르더라도 그녀를 찾아내려 할 것이다.

그러니 그와 페이야는 둘 다 바보인 셈이다.

이하오는 쓴웃음을 지으며 원래 보던 곳으로 시선을 돌리다가 마침 닥터 야오와 눈이 마주쳤다.

"아, 제가 방해했나요?" 이하오가 물었다.

"아니. 일부러 못 본 척했지. 네가 거기 얼마나 서 있을지 궁금해서." 닥터 야오가 장난스럽게 말했다. "빨리 들어오기나 해."

"선생님이 서 있으라면 여기 평생도 서 있을 수 있어요." 이하오는 머핀을 테이블로 가져가며 말했다. "이번에는 초콜릿을 얹어 봤는데 마음에 안 드시면 다시 블루베리로 바꿀게요."

닥터 야오가 빙그레 웃으며 물었다. "근데 왜 안색이 엉망이야?"

역시 감출 수 없었다. 그녀 앞에서는 비밀이란 게 존재할 수 없는데도 이하오는 굳이 미소를 지어 보였다. 닥터 야오가 손짓하자 그는 순순히 테이블을 돌아 그녀 앞으로 다가갔다. 이하오가 닥터 야오의 뜻을 거절한 적은 단 한 번도 없었다.

닥터 야오는 이하오의 손을 잡더니 가볍게 흔들며 물었다.

"페이야가 걱정돼?"

"페이야가 아니라 선생님을 걱정하는 거예요." 이하오는 떠오르는 의구심을 굳이 감추지 않고 말했다. "아무래도 선생님이 괴물을 키운 것 같아요."

"그렇다면 잘됐네. 나는 그 아이가 변신하길 바라거든." 닥터 야오의 옅은 미소 속에 감출 수 없는 환희가 보였다.

"고문하는 수법을 보면 잭 못지않게 잔혹해."

"페이야는 아직 자기 아버지가 왜 죽었는지 몰라요." 이하오가 걱정스럽게 말했다.

"알면? 그 아이가 뭘 어떻게 할 수 있을 것 같아?" 닥터 야오가 자신 있게 반문했다. 그녀는 잠시 가만히 있다가 손끝으로 이하오의 손바닥을 살며시 쓸었다. "페이야는 우리를 의지할 수밖에 없어. 걔가 우리 아니면 어떻게 찬한을 찾을 수 있겠니? 다비도프도 못 찾는 사람을. 어쩌면 벌써 죽었을지도 모르고. 나는 그 애가 언제까지 버틸 수 있는지 꼭 보고 싶어. 이렇게 끝이 보이지 않는 지난한 여정에서 그 아이는 어떻게 변할까?"

"끔찍한 악취미군요." 이하오가 말했다.

"그래서 싫어?" 닥터 야오가 손을 뻗어 이하오의 턱 끝을 톡 치며 말했다.

"그럴 리가 없잖아요." 이하오는 몸을 숙여 그녀에게 입을 맞췄다.

**8**

드디어
나타난 손님

검은색 밴 한 대가 골목으로 진입했다. 밴은 골목길에 무질서하게 주차된 차들 사이를 서행하다가 한 아파트 앞에서 더욱 속도를 줄였다. 짙은 색으로 선팅된 차창 안에서 밖을 훔쳐보는 눈동자들이 빛났다.

며칠간 잠복했지만 아무 수확이 없다가 오늘 모처럼의 기회를 잡았다. 쾌재를 부르고 싶었지만, 결코 드러내서는 안 되는 일도 있는 법. 그들은 더욱 은밀한 장소가 필요했다. 목표물의 현재 위치는 더없이 좋았다. 유일한 탈출로인 출구만 막으면 목표물은 투신하지 않는 한 절대 도망칠 수 없다.

그들은 일찌감치 일에 착수하고 싶었다. 밤이 깊어지면 너무 늦다. 한밤중에는 조금만 소동이 일어나도 금세 드러나 주민들을 놀라게 할 것이다. 지금은 저녁 9시가 조금 넘은 시간. 야근을 마친 직장인이나 학원에 다녀온 학생들이 귀가하는 시간이니 조금 시끄러워도 괜찮을 터였다.

기회가 된다면 더 완벽한 함정을 파고 싶었지만, 목표물이 사냥꾼을 물 수도 있기에 여유를 부릴 틈이 없었다. 목표물을 늦게 발견한 탓에 목숨을 잃은 사람들도 있으니 조금이라도 더 빨리 잡아야 했다.

조수석에 앉은 쪽이 마침내 결정을 내렸다. 운전석의 동료와 눈빛을 교환한 그는 차에서 내려 오랫동안 감시해 온 낡은 아파트로 재빨리 잠입했다. 입구의 녹슨 철문은 며칠째 열려 있었고, 그나마 한 짝은 일찌감치 떨어져 경계심 없이 그들의 방문을 맞이했다.

목표물은 옥상에 있다.

이방인의 방문을 눈치채지 못한 주민들의 집을 지나치며 그는 층을 세었다. 이 낡은 건물에는 감시 카메라가 없으니 영상이 남을 염려는 없지만, 엘리베이터도 없어서 시간을 다소 허비했다. 옥상으로 통하는 계단 앞에 도착한 그의 등에는 땀이 흥건히 배어 있었다.

입구뿐 아니라 계단실 끝의 철문도 활짝 열려 있었다. 자물쇠를 해체할 준비를 하던 그는 속으로 쾌재를 불렀다. 그 힘을 아껴 목표물 사냥에 쏠 수 있게 되었다. 매연 냄새를 눌러 담은 쌀쌀한 저녁 바람이 얼굴을 스치자 그 기운에 정신이 더욱 바짝 들었다.

여기까지 왔으니 더 이상 모습을 숨길 필요는 없었다. 그는 호흡을 가다듬은 뒤 바람막이의 지퍼를 열고 소가죽 칼집에 싸인 무기를 꺼냈다. 40센티미터는 되어 보이는 불규칙한 톱니 모양 칼날이 드러났다. 특수 설계된 이 칼은 근육과 힘줄을 완벽히 절단할 수 있을 뿐 아니라, 그 과정에서 피해자에게 더욱 큰 고통을 준다. 그는 매끄럽게 빛을 뿜는 칼날을 쓰다듬었다. 아랫배에서부터 간질간질한 느낌과 함께 쾌감이 솟구쳐 올라 몸을 떨었다.

그는 텁텁한 냄새가 나는 뜨거운 숨을 뱉었다.

'학대.'

이 얼마나 아름다운 어휘인가.

그는 조금 망설였다. 바로 끝낼 것인가, 아니면 얼마간 농락하고 학대할 것인가? 이 질문에 답하기 전 그는 무의식적으로 오른쪽 가슴을 만졌다. 옷 아래 숨겨진 흉터가 자신의 정체성이 무엇인지 일깨워 주었다. 쓸데없는 고민은 필요 없다. 답은 오직 하나니까.

그는 입술을 핥으며 몸 앞으로 칼을 쥐고는 최후의 몇 계단을 올랐다.

옥상에 증축한 작은 방에서 따뜻한 불빛과 음악이 새어 나왔다. 피아노와 플루트가 어우러진 음악이었다. '교향곡인가?' 음악에 문외한인 그는 막연히 추측해 보다가 곧 생각을 접었다. 그건 전혀 필요하지 않은 정보였다.

그런데 목표물이 지나치게 여유를 부리는 거 아닌가?

얼마나 멍청한지. 음악 소리는 불청객의 발소리를 감추기에 안성맞춤이었다. 그는 순조롭게 문 앞까지 잠입해 살금살금 문을 열고 집 안을 엿봤다. 거실에 아무도 없는 걸 보면 놈은 틀림없이 안쪽 방에 있을 것이다. 그는 음악 소리로 인기척을 감추며 성큼성큼 거실을 지나 안쪽 방 앞까지 왔다.

하지만 손쓸 겨를도 없이 등허리 쪽에 예리하고도 극심한 통증이 느껴졌다. 놀라서 돌아본 자리에 목표물이 있었다. 목표물은 예상과 달리 방이 아니라 내내 그의 뒤에 서 있었던 거였다.

열려 있던 철문부터 음악 소리까지, 모든 게 미끼였음을 그는 퍼뜩 깨달았다.

∿

며칠 동안 매일 자신의 뒤를 밟던 놈이 드디어 정체를 드러냈다. 그것도 스넨이 파 놓은 함정에 제 발로 걸어 들어왔다. 상대는 음울한 표정에 미간을 잔뜩 찡그린 청년이었다. 툭 튀어나온 광대뼈와 비쩍 말라 움푹 팬 볼 때문에 마치 좀비를 보는 것 같았다.

"움직이지 마십시오." 스넨이 경고했다. "묻는 말에 대답하세요."

좀비는 상처를 입었는데도 칼을 휘두르며 반격했다. 칼끝이 하마터면 스넨의 코끝을 그을 뻔했지만, 스넨은 아슬아슬하게 피한 뒤 과감하게 거리를 두고 경계에 집중했다. 놈이 쓰는 톱날이 달린 칼은 확실히 위협적이었기 때문이다.

등허리에 난 상처를 더듬던 좀비가 손을 펼쳐 보니 과연 새빨갛게 물들어 있었다. 흐리멍덩한 눈을 부릅뜬 그는 분노에 차 칼을 번쩍 들고 실성한 사람처럼 마구 휘두르기 시작했다. 스넨은 피하고 또 피하다 꽃병을 던져 놈이 팔을 들어 방어하도록 유도했다. 꽃병이 바닥에 부딪치면서 깨진 도자기 파편이 사방으로 튀었다. 물과 자잘한 꽃잎이 바닥에 쏟아졌다.

미리 거리를 계산해 둔 스넨은 그 짧은 틈을 놓치지 않고 돌진하며 팔을 뻗었다. 스넨의 단도가 좀비의 복부에 곧게 박혔다. 역시 계산대로 급소는 교묘하게 피했다. 깔끔한 솜씨였다.

좀비는 걸걸한 비명을 지르며 날뛰었다. 마구잡이로 휘두른 칼이 바람을 가르는 소리를 냈다. 스넨은 단도를 버리고 한 걸음 물러날 수밖에 없었다. 좀비는 그 일격으로 스넨을 후퇴시켰지만, 고통을 참지 못하고 복부의 상처에 손을 댔다. 손가락 사이로 붉은 피가 배어 나왔다.

칼을 버린 스넨은 바지 주머니에서 비상용 단도를 꺼냈다. 그는 처음 본 순간부터 좀비가 잭 조직원이라는 사실을 알아챘다. 잭 특유의 역겨운 악취가 너무 진해서 구역질이 날 지경이니 잘못 봤을 리 없었다. 정보를 캐묻지 않아도 된다면 1초라도 빨리 처단해 버리고 싶었다. 상대가 말할 기회를 가질수록 자신은 위험에 빠지게 될 테니까.

하지만 좀비의 진짜 목적이 무엇인지 알아내야만 했다. 사냥감을 찾던 중 우연히 그를 표적으로 삼은 것일까? 아니면 잭이 드디어 스넨이라는 '복수하는 자'의 존재를 알게 된 것일까? 좀비는 단독으로 행동하는 걸까, 아니면 조력자가 있을까? 이번 기회를 놓치면 상대는 다시는 스넨에게 속지 않을 것이다.

스넨은 침착하게 좀비를 관찰했다. 단도는 아직 그의 복부에 파묻혀 있었다. 과다출혈을 막기 위해 쉬이 칼을 뽑지 않을 것 같았다. 하지만 두 번이나 찔렸는데도 두려워하는 기색이 전혀 없는 걸 보니 미친놈 중의 미친놈이 분명했다. 언제든 반격할 수 있는 상대라면 스넨도 경계할 수밖에 없다. 놈이 앞뒤 가리지 않고 반격에 나선다면 그 어떤 상황보다 치명적일 터였다.

좀비가 서서히 다가오자 스넨은 그와 거리를 유지한 채 원을 그리며 신중히 움직였다. 머릿속으로는 상대를 어떻게 제압해야 할지 끊임없이 궁리했다. 놈은 생각보다 훨씬 독했고 광기에 차 있어 정보를 캐내기가 쉽지 않을 것 같았다. 스넨은 이제 가장 쉬운 방법으로 이 상황을 빠르게 마무리해야 할지, 다시 말해 놈을 단칼에 죽여야 할지 고민하기 시작했다.

두 사람은 서로를 뚫어져라 쳐다봤다. 사소한 실수라도 저지르는 순간 둘 중 누구라도 죽을 수 있었다.

스넨은 언제든지 공격하고 피할 수 있는 상태를 유지하며 흐트러진 호흡을 가다듬었다. 출구를 등지고 서서 유일한 퇴로를 막는 것도 잊지 않았다.

좀비는 스넨의 전략을 눈치채고는 더욱 조급해하며 괴상한 고함을 지르고 칼을 휘둘렀다. 그가 가진 톱니 모양 칼날 무기는 스넨의 단도보다 길어서 공격 범위 면에서 유리했다. 스넨은 끝까지 출구를 막고 싶었지만, 좀비가 자꾸만 그를 뒤로 몰아가는 바람에 결국 문밖으로 밀려나고 말았다.

이제 두 사람은 각각 집 안과 밖에 서서 밝음과 어둠의 양면을 딛고 있었다. 스넨은 꽂힌 단도를 중심으로 좀비의 복부에 붉은 반점이 번지는 것을 봤다. 시간을 더 끌 수만 있다면 놈은 조만간 과다출혈 때문에 힘이 빠질 터였다. 하지만 이는 스넨이 좀비를 계속 붙잡아 둘 수 있을 때에만 가능한 일이다.

'위잉- 위잉-' 좀비의 주머니 속에서 진동이 울렸다. 놈은 안색이 확 변하더니 별안간 실성한 맹수처럼 스넨을 덮쳤다. 스넨은 좀비가 결정적인 허점을 드러낼 때까지 억지로 맞서지 않고 놈을 지켜봤다. 하지만 그렇게 물러선 한 걸음이 좀비에게 충분한 공간을 주고 말았다. 상처 입은 맹수는 무시무시한 생존 본능을 발휘하곤 한다. 좀비는 부상도 아랑곳하지 않고 아래층으로 돌진했다.

'젠장······.' 스넨은 속으로 욕하며 놈을 쫓아 아파트를 빠져나갔다. 좀비는 젖 먹던 힘을 다해 골목 어귀로 달렸고, 스넨도 그를 바짝 뒤쫓았다. 좀비가 막 골목길 초입을 빠져나가려 할 때, 스넨은 갑자기 강한 빛에 휩싸이는 바람에 황급히 고개를 돌릴 수밖에 없었다.

그때 가속 페달을 힘껏 밟은 검은색 밴이 스넨을 향해 정면으로 달려들었다. 전조등의 강렬한 빛이 시야를 방해했고, 그 순간 엄청난 충격이 온몸을 덮쳤다. 스넨은 잠시 의식을 잃었다. 하늘과 땅이 한바탕 뒤집힌 뒤 그는 차갑다는 느낌에 정신을 차렸다. 얼굴이 거칠고 단단한 아스팔트 노면에 딱 붙어 있었다. 하지만 아직 무슨 일이 일어났는지는 깨닫지 못한 채였다.

스넨이 혼미한 정신으로 고개를 들었을 때 후진하는 타이어가 눈에 들어왔다. 검은 밴은 후진해 거리를 확보한 뒤다시 속도를 높여 스넨 쪽으로 돌진했다. 아예 스넨을 깔고 지나갈 요량인 듯했다. '부르릉'하는 엔진 소리가 들렸다. 스넨은 차바퀴가 점점 가까워지는 것을 두 눈 뜨고 지켜볼 수밖에 없었다.

그때 난리 통에 놀란 동네 주민들이 달려왔다. 그러자 검은 밴은 귀가 찢어질 듯 요란한 마찰음을 내며 골목 어귀로 빠져나가 이윽고 맞은편 길모퉁이로 사라졌다. 구경 나온 사람들이 점점 많아지면서 말이 끊이지 않았다. 창문을 통해 처음부터 사고를 지켜본 사람들도 꽤 많았다.

"아이고! 젊은 사람이 차에 치였네!" "저 검은 밴이 뺑소니차예요! 빨리 경찰에 신고해요!" "아니, 구급차부터 불러요!"

"사람이 치였다는데…… 왜 안 보이지?" "나도 봤어. 분명 누가 차에 치여서 쓰러졌는데!" 몰려든 구경꾼과 주민들은 불붙은 벌집 곁에서 야단법석을 떠는 벌떼처럼 한데 모여 우왕좌왕했다. 하지만 그 누구도 비틀거리며 현장을 떠나는 소년을 발견하지는 못했다.

스넨은 죽을힘을 다해 움직였다. 걸음을 뗄 때마다 극심한 통증이 밀려왔다. 들숨에서 통증이 느껴지고, 호흡이 짧고 가빠지는 것을 보니 아무래도 갈비뼈가 부러진 것 같았다. 엉덩이뼈의 상태도 좋지 않은 듯했다. 온몸을 관통하는 심한 통증 때문에 이마에 식은땀이 맺혔다. 하지만 경찰이 나타나기 전에 사고 현장을 떠나야 했다. 더욱이 잭 조직원들이 언제든 다시 찾아올 수 있다는 점이 가장 위험했다. 그렇게 되면 스넨의 처지는 더욱 험악해질 것이다.

스넨은 밴에 깔리기 직전에 일어난 일을 떠올려 보았다.

그는 오직 살아야겠다는 생각에 필사적으로 도망쳐 골목 진입로 옆에 주차된 차량 사이의 작은 틈으로 파고들었다. 덕분에 밴에 깔려 죽는 일만은 간신히 피할 수 있었다. 스스로도 믿기 어려울 만큼 강렬한 의지였다.

다행히 죽을 고비는 넘겼지만 부상 때문에 골치가 아팠다. 쉽게 처리할 만한 가벼운 상처가 아니니 반드시 치료받아야 했다. 하지만 스넨에게 병원에 간다는 선택지는 존재하지 않았다. 신분이 지워진 그가 병원에 간다면 의료 서비스를 받기도 전에 번거로운 일만 잔뜩 생길 터였다.

몇 블록 더 걷다가 도저히 버틸 수 없게 된 스넨은 급한 대로 가까운 대형 마트에 피신하기로 했다. 유동 인구가 많은 곳이라면 설령 잭이 들이닥치더라도 함부로 난동을 부리지는 못할 것이다. 꾀죄죄한 몰골의 스넨이 마트에 들어서자 점원이 곧바로 의심 어린 눈초리를 보냈다. 그는 아무렇지 않은 척 고객 대기실 소파에 앉았다.

"으윽." 스넨은 저도 모르게 신음을 토했다. 그저 앉았을 뿐인데 통증이 있는 쪽 옆구리가 이토록 쑤실 줄은 몰랐다. 그는 상처를 누르고 고통을 참으며 휴대전화를 꺼냈다. 지금은 다비도프에게 도움을 청할 수밖에 없었다. 하지만 다비도프의 휴대전화는 전원이 꺼져 있었다. 수거업자의 말로는 당분간 '잠수'를 타겠다고 했다지만, 이렇게 철저하게 사라질 줄은 몰랐다.

스넨은 망설였다. 선택지가 너무 적어서 몇 번을 생각한 끝에 마침내 다른 번호로 전화를 걸었다.

"나야." 스넨은 자기가 누구인지부터 밝혔다. "네 도움이 필요해."

"듣고 있어." 이하오였다.

"잭이 날 찾아왔어. 난 지금 다쳤고." 무척 간단하게 말했지만 이하오라면 일의 심각성을 충분히 인지할 것이라 믿었다.

잠시 침묵이 흐른 뒤 이하오가 진지하게 말했다. "내게 도움을 청하는 거라면, 나는 먼저 닥터 야오에게 허락을 받을 거야. 이 부분에 대해 네가 반대한다면 나는 네가 도움을 청한 적이 없다고 생각하고 선생님에게 알리지 않을게."

닥터 야오라는 골치 아픈 인물이 끼어든다고 생각하니 머리가 아팠지만, 아쉽게도 선택의 여지가 없었다.

"상관없어."

"좋아. 지금 어디 있는지 알려줘."

스넨은 장소를 말하고 통화를 끝냈다. 스넨은 이하오에게 다시 전화가 오기 전에 얼른 다른 번호를 휴대전화에 입력했다.

"왜? 나 야근 중인데……." 휴대전화 너머로 금방이라도 울 것 같은 샤오쥔의 목소리가 들려왔다.

"그 옥탑방 이제 절대 가면 안 돼. 나는 이미 거기서 나왔어." 스녠이 낮은 목소리로 경고하듯 일렀다.

"갑자기? 근데 너 목소리가 좀 이상한데? 왜 그래?"

"아무 일 없어. 외출할 때 조심하고, 주변 잘 살피고."

"또 그놈들이지? 너 지금 괜찮아?" 샤오쿤이 다급하게 추궁했다.

"난 괜찮아, 진짜야. 그만 끊는다." 스녠은 전화를 끊고 휴대전화를 힘없이 테이블에 올렸다.

통화를 끝낸 지 1분도 안 됐는데 다시 진동이 울렸다. 이 하오일 거라 생각했는데 자세히 보니 샤오쿤의 문자 메시지였다. "야, 무슨 일이 있으면 말을 해. 혼자서 끙끙 앓지 말고. 너 이미 충분히 삐뚤어졌다. 이사 가서도 잘 챙겨 먹어. 다음에 국수 또 끓여 줄게."

스녠은 그 짧은 메시지를 한참 쳐다봤다. 한숨을 내쉴 뻔했지만, 어쩐지 다시 읽고 싶어졌다. 그때 이어서 또 한 통의 메시지가 왔다. 역시 샤오쿤이었다. "너 꼭 무사해야 해."

길지도 않은 몇 글자일 뿐인데 가슴 한쪽이 따뜻해졌다. 스녠은 그 온기가 좋아서 화면에서 눈을 뗄 수 없었다. 그렇게 한참을 바라보고 나서야 휴대전화를 놓았다. 샤오쿤이 자신에게 잘해 주기 때문에 더욱 그녀를 멀리해야 했다. 스녠은 그녀가 자신 때문에 나쁜 일에 휘말릴까 두려웠다.

스녠은 누나의 죽음을 단 한 순간도 잊은 적이 없었다.

9

함부로 날뛰는
잭의 딸

꽤 오랫동안 기다린 뒤에야 스넨은 하얀 시빅과 마주하게 되었다.

방금 뽑은 새 차처럼 먼지 한 톨 없는 흰색 시빅이 마트 앞에 섰다. 스넨의 휴대전화가 울리는 동시에 차창이 내려갔다. 휴대전화를 쥔 이하오는 무표정한 얼굴로 마트 내부를 들여다보며 스넨을 찾았다. 시선이 마주치자 스넨은 전화를 받는 대신 고통을 참으며 비틀비틀 마트를 나섰다. 점원은 여전히 의심스러운 눈초리로 그를 쳐다봤다.

"생각보다 많이 안 다쳤네." 이하오가 스넨을 위아래로 훑어보며 말했다.

"실망하게 해서 미안하군." 스넨은 긴장을 늦추지 않고 주위 상황을 파악한 후에야 조수석에 올라탔다.

"미행은?" 이하오가 백미러를 통해 뒤차를 힐끔거리며 말했다.

"이제 없어." 안전띠를 맨 스녠은 다친 갈비뼈가 아파 손으로 그 부위를 잡았다.

이하오는 스녠의 상태를 알아차리고 천천히 출발했다. 차체의 진동을 최소화하려고 저속을 유지했고, 주행 중에도 경계를 늦추지 않고 후방 카메라를 통해 의심스러운 차량이 따라붙는지 확인했다.

잭에 대해서는 이하오도 조금은 알고 있었다. 사실 이런 상황에서 스녠에게 도움의 손길을 내미는 것 자체가 위험을 자초하는 일이다.

"상대가 몇 명이었는데?" 이하오가 물었다.

"확실치는 않지만 혼자는 아니었어."

"기습당한 거야?"

"그런 셈이지." 행운이 따르지 않았다면 스녠은 이미 밴 바퀴에 깔려 처참하게 죽었을 것이다.

시빅은 매끄럽게 커브를 돌아 중샤오忠孝교에 진입했다. 때때로 다른 차들이 요란하게 경적을 울리며 지나갔지만, 이하오는 신경 쓰지 않고 느린 속도를 유지했다. 스녠은 창문을 열어 강한 밤바람이 차 안으로 들어오게 했다. 강둑에 늘어선 가로등이 칠흑 같은 강물을 비추자 수면 위에 오렌지색 동그라미들이 빛났다.

"장린칭張霖靑 기억나?" 이하오가 대뜸 물었다.

"기억나." 물론 스녠은 그를 잊지 못했다. 잭 조직원인 장린칭을 암살한 뒤 경찰의 주목을 받는 바람에 한동안 숨어 지내야 했고, 닥터 야오의 계략에 걸려들기까지 했으니 말이다.

"장린칭의 딸 페이야도 기억해?" 차 안이 어두워 이하오의 진지한 표정은 제대로 드러나지 않았다.

"기억해. 그건 왜 물어?" 스녠이 반문했다. 그때 닥터 야오가 허위 정보를 제공하지 않았더라면 목격자가 생길 일도 없었을 것이다. 결국 그 남매는 아버지가 끔찍하게 살해당한 모습을 직접 목격하고 말았다.

"그 애를 지금 닥터 야오가 데리고 있어." 이하오는 어두운 표정으로 당부했다. "너는 진료소가 있는 층에서만 지낼 거야. 너희 둘이 마주치면 곤란하니까 절대 외출해서는 안 돼. 방에 욕실이 딸려 있고 세면도구랑 갈아입을 옷도 충분하니까 절대 더러워질 염려는 없어. 그 점은 걱정 마."

"나도 그 애를 만날 생각은 없어." 스녠이 선언하듯 말했다. 잭에게 쫓기는 지금 복잡한 사정을 하나 더 만들면 한층 곤란해질 터였다. 그 애가 무슨 행동을 할지 알 수 없는 상황에서 속수무책으로 목숨을 바칠 수는 없다. 물론 페이야가 경찰에 신고하려 할 수도 있지만, 닥터 야오가 그런 방법을 허락할 리 없다.

"그렇다면 다행이고. 그 애…… 아직 진실을 몰라." 이하오는 잠시 망설이다 덧붙였다. "그러니까 자기 아빠가 잭의 조직원이었다는 걸 모른다고." 페이야는 부친이 닥터 야오가 설계한 판에 놀아나 죽었다는 사실도 모른다.

"처음부터 닥터 야오의 계획에 있었던 건가? 내가 그 애 아버지를 먼저 죽이게 하고, 본인은 그 딸을 직접 거두는 것 말이야." 스녠은 그렇게 물으면서 그 애는 차라리 진실을 모르는 편이 낫겠다는 생각을 했다.

"아니. 한순간 떠오른 영감 같은 거였어."

"이런 일로 끔찍한 장난을 칠 수 있는 사람은 그 여자뿐이지." 닥터 야오의 피해자였던 스녠은 그녀를 누구보다 잘 알고 있었다.

한밤중의 네이후內湖는 오래전에 버려진 성처럼 텅 비었다. 도로에 차가 드물어 스녠은 미행이 있는지 쉽게 확인할 수 있었다. 닥터 야오의 진료소 앞에 도착한 이하오가 리모컨을 누르자 지하 주차장으로 통하는 철제 셔터가 올라갔다. 꽤 오랫동안 이곳에서 지낸 적이 있는 스녠은 진료소가 그리 낯설지 않았다. 그렇다고 이곳이 그리웠던 것은 아니다.

차에서 내리기 전에 이하오는 스녠에게 모자를 하나 던져 주며 특별히 당부했다.

"얼굴을 최대한 가려."

스녠은 하라는 대로 했지만 과연 효과가 있을지는 의문이었다.

"내가 유난이라고 생각하지 마. 너는 페이야의 상황을 전혀 모르니까." 이하오가 먼저 차에서 내려 배전함으로 위장된 비밀 입구를 확인했다. 반쯤 닫힌 배전함 문으로 지하로 이어지는 검은 틈이 드러났다.

또 시작이었다. 이하오는 지하실에서 간간이 들려오는 절규를 들으며 구이거의 부하들이겠거니 하고 생각했다. 페이야는 아직도 놈들을 닦달하면 구이거의 행방에 대해 알아낼 수 있을 거라 믿는 것 같았다.

"닥터 야오의 새로운 취미인가?" 차에서 내린 스녠도 이상한 소리를 들었다.

"선생님에게 이런 저질스러운 취미는 없어." 이하오는 스녠의 오해가 닥터 야오에게 모욕이 된다고 생각하며 힐난하듯 말했다. "선생님이 아니라 페이야야."

스녠의 얼굴에 이해할 수 없다는 표정이 스쳤다.

"네가 아는 그 페이야 맞아. 그 아이는 네가 처음 봤을 때와는 완전히 달라졌어. 물론 내가 처음 봤던 모습과도 달라. 변했지. 내가 왜 이렇게까지 신중하게 행동하는지 이해할 수 있겠지? 이 상태라면 저 애가 너를 죽인대도 전혀 이상하지 않다고. 아무튼 가자. 페이야가 바쁜 틈에 빨리 너를 데리고 올라가야겠어."

엘리베이터는 4층까지 곧장 올라갔다. 이곳은 원래 특별한 용도가 없는 빈 층이었지만, 불시에 필요할 경우에 대비해 이하오가 작은 병원으로 개조했다. 물론 정식 병원만큼 훌륭하진 않았지만, 스녠의 상처 정도는 충분히 치료할 수 있었다.

현관에는 일반적인 병원처럼 유리 자동문을 설치했다. 실내장식 또한 건조한 느낌을 주도록 전체적으로 순백색을 썼다. 병원 안은 에어컨의 찬 공기로 가득했고, 소독약 냄새가 코를 찔렀다.

"너를 여기 오게 하고 싶지 않았는데, 야오 선생님이 여기가 가장 안전할 거라고 특별히 당부했어. 그리고 의사도 모셔 왔다."

이하오가 말하는 '의사'는 스녠도 한 번 만나본 적이 있는, 비밀리에 일하는 늙은 의사다. 그때는 다비도프의 소개로 의사의 별장에서 치료받았는데 나중에야 그 '비밀 의료 서비스'도 닥터 야오가 소유한 사업 중 하나라는 사실을 알게 되었다.

뜨거운 차를 든 늙은 의사의 눈동자가 안개처럼 피어오르는 찻잔의 김을 응시하고 있었다. 그는 여전히 침착하고 진중한 모습 그대로였으며, 삶과 죽음을 질리도록 목격한 사람만이 가질 수 있는 태연함을 보여 주고 있었다.

두 명의 조수가 늙은 의사 곁에서 시중을 들었다. 여유로운 의사와 달리 그들의 눈빛은 날카로웠다. 아직 청년이지만 꽤 노련해 보이는 조수들은 벌써 가운을 입고 환자를 기다리고 있었다. 스녠이 지시에 따라 병상에 눕자 그들이 커튼을 치고 기본적인 검사를 시작했다.

이하오는 조수에게 몇 가지를 간단히 당부한 뒤 떠났다. 옷을 벗은 스녠은 천장을 바라보며 아직 안전하지 않다고 생각했다. 경계심을 늦춰서는 안 될 터였다. 이곳은 결국 닥터 야오의 손바닥 안이니까.

선택의 여지가 있었다면 절대 이곳에 발을 들여놓지 않았을 것이다.

∿

2층의 응접실.

"스녠에게 쉴 만한 곳을 마련해 줬어요. 의사가 상처를 살펴보고 있고요." 이하오가 보고했다.

"상처가 깊어?" 닥터 야오는 양손으로 턱을 받치고 물었다.

"그래 봤자 안 죽어요." 이하오가 별일 아니라는 듯 대답했다.

"너 질투하는구나?" 닥터 야오가 웃으며 묻자 이하오는 곧바로 부인했다.

"아니요. 다만 마음이 놓이지 않아요. 절대로 밖에 나다니지 말라고 주의시키긴 했어요. 페이야랑 마주치면 곤란하니까요."

닥터 야오는 한층 눈부신 미소를 지으며 신이 나서 말했다. "네가 그렇게 얘기하니까 둘이 만나면 어떤 광경이 펼쳐질지 궁금하다. 적당한 기회를 봐서 페이야를 4층으로 부르는 건 어떨까?"

"선생님!" 이하오는 자기도 모르게 언성을 높이고선 이내 자신이 선을 넘었음을 깨달았다. "미안해요."

"스녠이 그렇게 걱정돼?"

"그게 아니에요. 스녠한테는 선생님의 비밀을 지켜 줄 의무가 없잖아요. 녀석이 페이야한테 모든 걸 털어놓고 두 사람이 손을 잡을 수도 있다고요."

이하오는 닥터 야오의 집에 쳐들어온 스녠의 모습을 한시도 잊은 적이 없다. 그때 스녠은 이하오의 인생에서 가장 중요한 사람을 빼앗아 갈 뻔했다.

"그렇대도 어쩔 수 없지 뭐." 닥터 야오는 대수롭지 않게 대답했지만, 그 모습이 이하오를 더욱 불안하게 했다. 이하오가 만류하고 타이를수록 그녀는 더욱 의미심장하게 웃다가 마침내 두 손 다 들었다는 듯 말했다. "내가 이 흙탕물을 휘젓지만 않으면 되는 거잖아."

이하오는 허탈한 표정으로 책상에 걸터앉았다. 그는 웃고 있는 닥터 야오를 보고서야 그녀가 처음부터 자신을 놀리고 있었다는 걸 깨달았다. 그는 미간에 주름을 잡고 원망하는 눈빛으로 닥터 야오를 뚫어져라 쳐다봤다.

닥터 야오는 그런 이하오를 못 본 척하며 화제를 돌렸다. "스녠이 잭의 짓이라고 했다지? 드디어 스녠의 정체를 알아낸 모양이네. 솔직히 너무 늦었지. 조직원 간의 소통 방식 때문일까? 잭 조직원들은 아무래도 단독행동에 익숙할 테니까. 다크웹을 제외하면 사적인 왕래가 거의 없잖아." 그녀는 추억에 잠긴 듯 웃으면서 다크웹에 접속해 잭의 웹사이트를 열었다.

이하오는 몸을 굽혀 컴퓨터 화면을 함께 응시했다. 'WE ARE JACK'이라고 쓰인 익숙한 애니메이션 배너가 지나갔다. 그런데 그 다음 홈 화면에 나타난 것은 여느 때처럼 산 사람의 배를 가르는 스너프 필름이 아니었다.

스녠의 사진과 함께 피 흘리는 모양의 폰트로 적힌 'WANTED'라는 문구가 떴다.

스녠의 사진에는 핏자국을 연상하게 하는 영문 폰트로 설명이 달려 있었다. 스녠이 잭 조직원을 특정해 사냥하고 살해했기에 타이완 지역에 있는 잭 조직원들의 복수가 시작될 것이며, 그를 반드시 생포할 것이라고 맹세하는 내용이었다. 스녠의 행적을 아는 조직원은 언제든 제보해 달라는 호소도 함께였다. 글쓴이의 아이디는 미스터 J01. 그는 이미 스녠 사냥팀을 꾸렸다고 밝혔다. 스녠을 생포하면 가장 고통스러운 방법으로 학살할 예정이니 조직원 여러분들은 영상을 기대하라는 예고도 있었다.

"스녠 개, 아무래도 큰일 난 것 같다." 닥터 야오의 말투는 여전히 가벼웠다. 그녀는 언제나 위험지대를 맴돌길 좋아하니 이 모든 것을 두려워할 이유가 없었다. 하지만 이하오는 걱정돼 미칠 것 같았다. 스녠의 은신처를 알아내기만 하면 잭이 바로 행동을 시작할 게 분명했기 때문이다.

"스녠을 가능한 한 빨리 다른 곳으로 옮겨야 해요. 여기 두면 위험하다고요." 이하오는 한시바삐 재앙을 몰아내고 싶어서 솔직한 의견을 말했다.

"괜찮아. 잭이 여기까지 들어오진 못할 거야. 굳이 불필요한 소동을 일으키고 싶어 하지 않는 한은." 닥터 야오가 자신 있게 말했다. "여기 오는 길에 미행이 있는지 유심히 봤지? 있었어?"

"없었어요." 이하오는 당연히 그 부분에 신경을 썼다.

"그럼 됐어. 이 건물에 있는 사람 중에 비밀을 누설할 만한 사람이 있을까?" 닥터 야오가 물었다.

이하오는 잠시 생각해 보았다. 자신과 페이야는 불가능하고, 늙은 의사도 당연히 그럴 수 없다. 닥터 야오와 일하며 막대한 돈을 버는 것이 그녀를 배신하는 일보다 훨씬 낫기 때문이다. 그렇다면 스녠은……. 스녠의 존재 자체가 닥터 야오를 위험에 빠뜨릴 수는 있다. 그러니 지금 유일하게 경계해야 할 대상은 스녠이지만, 이하오는 스녠이 닥터 야오를 해치는 일은 불가능할 거라 생각했다.

닥터 야오는 이하오가 무슨 생각을 하는지 다 보인다는 듯 말했다. "걱정할 필요 없어. 우선 이렇게 하자. 혹시 내가 스녠을 편애한다고 생각해?"

"그렇다면요?" 이하오가 반문했다.

"그럼 질투하는 모습을 구경해야지!" 닥터 야오가 이하오의 얼굴을 장난스럽게 꼬집었다. 그녀의 손끝이 이하오의 보조개를 콕콕 찔렀다. "너랑 스녠은 나에게 각자 다른 의미가 있어. 하지만 오직 너만이 내 곁에 머물 수 있는걸."

이하오는 진지한 표정으로 닥터 야오의 말을 경청했다. 과거 보육원에 갇혔던 소년처럼. 그녀가 이하오를 선택했을 때도 그는 이렇게 열심히 닥터 야오의 말을 듣고 있었다. 그때부터 알았기 때문이다. 평생 이 사람을 따르리란 걸. 영원히, 내내, 언제나.

"너는 언제나 나를 안심시켜." 닥터 야오가 이하오의 볼을 가볍게 쓰다듬었다. "스녠과 너를 비교하지 마. 아무도 너를 대신할 수 없으니까."

그녀가 이렇게까지 강조하자 이하오는 마음을 놓았다. 사실 그는 스녠이 등장한 뒤로 자신이 닥터 야오에게 여전히 가치 있는 존재인지 확인하고 싶었다.

"적어도 사람들을 모을 수는 있게 해 줘요. 여럿이 지키면 좀 나을 거예요." 이하오가 제안했다.

"그러면 좀 나을 것 같아? '건반' 정리하고 겨우 새 일터에서 일하게 되었는데 또 휴업하면 그 아이들도 실망이 크지 않겠어?" 닥터 야오는 이하오가 잡은 손을 빼내며 말했다. 하지만 이하오도 더 이상은 물러서지 않을 것 같았다. "알았어. 널 안심시키는 것도 중요하니까. 그 친구들 불러 와."

"지금 바로 연락할게요." 마음먹은 일을 미루는 법이 없는 이하오는 즉시 행동했다.

닥터 야오는 총총 사라지는 이하오를 눈으로 배웅하며 자신도 모르게 빙긋 미소 지었다. 그는 늘 이토록 진지하게 자신을 위한다. 너무 진지해서 놀려 주고 싶은 마음을 참을 수 없을 만큼.

∿

비밀 지하실.

이미 피투성이가 된 구이거의 조무래기는 두 번 다시 애걸복걸할 수 없게 되었다. 갖은 학대에 시달린 그는 이미 울퉁불퉁한 케밥용 고깃덩어리 같은 모습이었다.

페이야는 살점이 덕지덕지 붙어 핏방울이 떨어지는 대패를 던져 버리고는 세척실로 향했다. 손바닥에 묻은 피를 씻어내자 수돗물은 빨간 핏물이 되어 배수구로 흐르며 어두컴컴하고 습한 실내에 메아리를 일으켰다.

요 며칠 이어진 고문 때문에 그녀는 더욱 초췌해졌고, 실망 또한 더욱 커졌다. 페이야가 품었던 희망은 하나하나 물거품이 되고 있었다. 찬한이 어디로 갔는지 아는 사람은 아무도 없었다. 구이거 또한 '인간 증발'이라도 한 듯 자취를 감췄다. 구이거가 실종되자 이 조무래기들은 리더를 잃은 오합지졸이 되었고, 덕분에 손쉽게 잡아 올 수 있었다.

페이야는 다시 지하실로 돌아갔다. 후각마저 마비되었는지 욕지기가 치밀던 역겨운 피비린내도 이제 아무렇지 않았다. 고문을 처음 할 때는 페이야도 머뭇거렸다. 하지만 지금은 눈 하나 꿈쩍하지 않는다. 고문 대상이 아무리 울부짖고, 애원하고, 절규해도 그녀는 감정 없는 나무토막처럼 대응했다.

페이야는 자신이 얼마나 급격하게 바뀌었는지 알지 못했다. 아니, 그런 일에는 관심조차 없었다. 요즘 그녀가 유일하게 신경 쓰는 것은 바로 그 '사기꾼'의 행방이다.

형체를 알아볼 수 없게 된 조무래기의 몸에 아무렇게나 방수포를 덮던 페이야는 순간 현기증이 밀려와 그 자리에 털썩 꿇어앉았다. 고개를 들자 천장의 전구가 여러 겹의 그림자로 변해 있었다. 페이야는 손으로 눈을 가린 채 고통스러운 숨을 내쉬었다.

*다 너 때문이야. 너 때문에 찬한이 실종된 거야…….* 뇌를 긁는 듯한 환청은 은신해 있던 요괴처럼 그녀가 가장 약할 때만 떼를 지어 나타나 소란을 피웠다.

"시끄러워! 닥치란 말이야!" 페이야는 있는 힘껏 귀를 틀어막았지만, 죄책감이 탈바꿈한 고통을 막을 수는 없었다.

*실종되었어야 할 사람은 너야. 네가 없어졌어야 해. 죽어. 죽으란 말야! 어서!*

목소리는 한층 방자하고 광기 넘치게 웃기 시작했다. 그 음성은 손톱으로 칠판을 긁는 소리보다 소름 돋았다.

페이야는 머리를 감싸 안은 채 쪼그려 앉았다. 온몸이 식은땀으로 흠뻑 젖었다. 끊임없이 들려오는 저 끔찍한 소리에 저항하려고 애써 스스로를 밀어붙였다. 질 수 없다. 아직은 아니다. 페이야가 자신을 모욕하고 조롱했던 사람들에게 복수하겠다고 마음먹었을 때부터, 그 목소리는 불청객처럼 시시때때로 찾아와 그녀를 괴롭혔다. 마치 살아 있는 사람이 끊임없이 귓가에 말을 거는 것 같았다. 목소리는 페이야를 더 어마어마한 재앙과 고통의 심연으로 끌고 가려 했다. 그 목소리에 무심한 척할 수 있기까지 정말 오랜 시간이 걸렸다.

환청이 물러날 때까지 견딘 뒤 더욱 기운이 빠진 페이야는 외투 주머니에서 은색 구형 휴대전화를 꺼냈다. 그리고는 미리 설정해 둔, 이 전화로 유일하게 걸 수 있는 번호를 눌렀다.

"여기…… 시체 한 구. 장소는 지난번과 같습니다."

'분명 며칠 전에 이하오의 성화에 못 이겨 쉬었는데 왜

이렇게 기운이 없지?'

페이야는 자신이 휴식한 뒤부터 지금까지 눈을 붙인 적이 없다는 점을 간과했다. 그녀의 편집증은 광적인 정신력으로 진화해 페이야가 끊임없이 움직이게 만들었다. 그녀는 별안간 심한 헛구역질을 했다. 병색이 완연한 얼굴이 더욱 창백하게 질렸다. 하지만 그녀는 멈추지 않을 것이다.

'아직은, 아직은 멈출 수 없어⋯⋯.'

그 '사기꾼'이 페이야의 손에 잡히거나, 그녀가 먼저 처절하게 무너지거나.

어차피 둘 중 하나일 것이다.

**10**

뱀허물

사자는 약속한 대로 다시 오두막을 찾았다.

　그는 몸을 옆으로 비틀어 반쯤 열린 철문 사이를 비집고 들어갔다. 세심하게 보살핀 꽃들은 여전히 고요하고 탐스럽게 피어 있었지만, 탄화의 모습은 보이지 않았다. 집에서 불빛이 새어 나오지 않는 걸 보면 아무도 없는 것 같았다.

　사자는 오두막에서 멀어져 오솔길을 따라 탄화를 처음 만난 곳으로 가 보았다.

　그날과 똑같은 달빛 아래, 그날처럼 소박한 검은 양장 원피스 차림의 탄화가 뒷짐을 지고 서 있었다. 그녀는 우거진 수풀을 올려다보며 무언가를 기다리는 듯했다. 얼굴에 드리워진 창백한 달빛이 속세에 물들지 않은 그녀의 순수한 모습을 더욱 두드러지게 했다.

　사자는 유니폼 상의를 벗어 키 작은 나무의 가지에 걸어 두었다. 밤의 숲에는 한기가 감돌아 얇은 민소매 조끼만 입은 그는 추위를 느꼈지만, 도청 장치를 경계하지 않을 수는 없었다.

사자는 탄화를 놀라게 할까 봐 부러 발소리를 내서 자신의 방문을 알렸다. 하지만 그 소리마저도 탄화를 놀라게 했다. 그녀는 놀란 토끼처럼 펄쩍 뛰다 중심을 잡지 못해 나무 덤불 속으로 넘어졌다. 탄화는 하늘을 향해 맨발을 버둥거리다 겨우 몸을 일으켰다.

검은 원피스에 잡초와 진흙이 잔뜩 묻었다. 허리까지 내려오는 머리카락이 마구 헝클어진 모습은 초라해 보이면서도 우스꽝스러웠다. 그녀는 영락없이 천방지축 어린 소녀처럼 보였다. 고개를 푹 숙인 탄화가 주저앉은 채 입술을 움찔거렸다. 금방이라도 울 것 같았다.

"괜찮은 거죠?" 사자가 얼른 다가가 가만히 물었다. 탄화는 애꿎은 자갈길만 노려볼 뿐 사자와 눈을 마주치려 하지 않았다. 대신 풀 죽은 표정으로 고개를 가로저어 괜찮다는 의사를 표시했다.

"일어날 수 있겠어요?" 사자가 물었다.

탄화는 천천히 일어나 잡초와 흙을 털어냈다. 이제 땅만 쳐다보지는 않지만, 그녀는 사자가 있는 곳의 반대 방향만 바라보고 있었다. 밤중인데도 해 질 녘 노을이 뺨에 고스란히 물든 것 같았다.

"아…… 창피해……." 탄화가 들릴 듯 말 듯한 목소리로 말했다.

"미안해요, 놀라게 할 생각은 아니었어요." 사자가 얼른 사과했다.

"나는 소리에 굉장히 예민해요. 특히 갑자기 들려오는 소리를 무서워해요." 탄화는 작은 목소리로 설명하는 동안 옷감이 너덜너덜해질 정도로 치맛자락을 꼭 쥐고 있었다. 사자는 탄화가 긴장할 때마다 이런 행동을 한다는 점을 주목했다.

"알겠어요." 사자가 단도직입적으로 물었다. "혹시 내가 무서워요?"

"사람이…… 무서워요." 탄화는 사자의 질문에 부인하지 않았다. "그쪽과 이렇게 얘기하는 것도 내게는 굉장히 어려운 일이에요. 싫은 게 아니라 익숙하지가 않다는 뜻이에요." 탄화는 쭈뼛거리며 사자를 힐끗 쳐다봤다. 그러다 사자가 이곳을 금방 떠날 것 같다는 생각이 들자 서둘러 해명했다. "그렇지만 연습할 거예요! 언제까지나 이렇게 살 수는 없으니까……. 여기에만 갇혀 있을 수도 없고요……."

"떠나고 싶어요?"

"아직은 안 돼요. 나도 어쩔 수가 없어요." 풀이 죽은 탄화가 무력감 때문에 무거워진 마음으로 말했다. "나는 아주 오랫동안 여기 살았어요. 처음에는 무서웠는데 나중에는 왜 무서워하게 되었는지조차 잊어버렸죠. 그런데도 도저히 밖에 나갈 수가 없어요. 사람만 보면 무섭거든요. 그래서 여기서만 지낸 지 아주 오래됐어요."

"오두막의 꽃들은 다 탄화가 심은 거예요?" 사자가 물었다. "꽃들을 봤어요?" 탄화는 뜻밖이라는 듯 사자를 올려다보고는, 자신이 그를 쳐다보고 있다고 인식하자마자 또 허겁지겁 고개를 돌렸다. 움츠린 탄화의 어깨가 여리게 떨렸다. "여기 살면서 매일 꽃을 돌봤어요. 내가 유일하게 할 수 있는 일이거든요. 이 꽃들…… 예뻐요?"

"예뻐요." 사자가 맞장구치며 말했다. "이렇게 활짝 핀 꽃은 처음 봐요."

"이 아이들 정말 예뻐요. 그래서 정말 좋아해요. 이 꽃들도 나처럼 보살핌을 받고 있어요. 아주 조심스럽고 보기 좋게. 하지만 그 모습은 진짜가 아니에요. 그래서 나는 여기서 기다려요. 꽃이 피기만을." 탄화는 아까부터 응시하던 덤불을 손가락으로 가리켰다. 거기에 웅크린 꽃잎들을 감춘 하얀 꽃봉오리가 몇 개 보였다.

"우담바라라는 꽃이에요. 이 꽃은 밤에 피었다가 낮에는 시들죠. 피어 있는 시간은 무척 짧지만 정말 아름다워요." 무언가에 열중해 설명할 때면 탄화 특유의 신비한 분위기가 느껴졌다. 말로 정확히 표현하긴 어렵지만, 그녀에게서 어떤 그리움과 동경 같은 것이 전해지는 듯했다.

아쉽게도 사자는 그 꽃이 필 때까지 기다릴 수 없었다.

공장에 매여 있는 것이나 다름없는 그가 여기 오래 머물면 오소리에게 의심받을 것이다.

"다시 올게요." 사자는 지난번에 이곳을 떠날 때도 이렇게 말했었다.

헤어지기 전 즈음 탄화는 어렵사리 사자를 바라볼 수 있게 되었다. 몇 초쯤 보다 얼른 눈을 돌리긴 했지만, 아무튼 크게 발전한 셈이다.

사자는 왔던 길을 따라 다시 컴컴한 숲에 발을 들여놓았다. 그는 오두막을 돌아보며 다시 탄화를 만난 게 실은 꿈이 아닐까 하고 생각했다. 하지만 그녀는 분명 거기 존재했다. 고요히 이 숲을 지키는 정령처럼, 틀림없이 거기에 있었다.

돌아오는 길에 양 볼에 차가운 기운이 느껴졌다. 숲의 이슬인 줄 알았는데 흩날리는 빗방울이었다. 다행히 세차게 내리지는 않았다. 사자는 가랑비에 몸을 적시며 어둑어둑한 숲을 건넜다. 얼마 후 빗줄기 뒤로 환영 같은 공장이 나타났다. 뜻밖에도 그 빗속에 오소리가 서 있었다.

감성이나 낭만 따위는 전혀 모르는 오소리가 이유 없이 비를 맞고 있을 리 없었다. 사자도 오소리에게 의심받을 경우를 예상 못 할 만큼 바보는 아니니 둘러댈 말은 진작 준비해 두었다. 하지만 오소리가 공장 밖에서 자신을 기다리고 있을 거라고는 예상치 못했다.

사자는 속마음을 드러내지 않으려고 태연한 표정을 지었다. 설정해 둔 상황대로라면 자신은 그저 발길 닿는 대로 산책했을 뿐이다. 오두막을 발견하지 않았고, 탄화라는 여자도 몰라야 했다.

'그런데 오소리는 이 모든 걸 알까?' 사자는 문득 궁금해졌다. 탄화가 지금껏 은둔자로 살아왔다면, 공장의 엄격한 규칙에 매인 수거업자인 오소리는 그녀의 존재를 모르는 것이 자연스럽다.

사자의 걱정과 달리 오소리는 그의 행적을 묻는 대신 언제나처럼 기계적으로 말했다. "차에 타. 의뢰가 왔다. 운전은 네가 해." 꼭 필요한 말만 하는 모습이 진정한 수거업자의 귀감이었다. 사자도 굳이 거짓말할 필요가 없어져 은근히 기뻤다.

하지만 운전석에 앉자 전혀 다른 느낌이 들었다. 지금까지는 인턴으로서 보조 역할만 하면 되었는데, 직접 운전하라는 지시를 받았다. 이는 홀로 작업할 날이 임박했으며 곧더는 오소리의 감시가 필요 없게 된다는 뜻이 아닐까? 사자는 유니폼에 설치되어 있다는 도청 장치에 대해 생각해 보았다.

그런 수단을 고집하는 공장의 입장도 이해할 수 있었다. 업자 중 '정상적인' 사람은 하나도 없는 것 같았다. 모두가 크든 작든 각자 사연을 안고 있는 듯했다. 이들은 공장의 수용과 교정을 받아 업자로 거듭나기에, 공장 측의 통제는 당연히 필요해 보였다.

사자는 그 '사연'을 생각하자 실소가 터졌다. 자신도 마찬가지 아닌가?

기억을 잃었다는 게 문제가 아니다. 사자는 캐슈너트 때 일을 저지르고 한참이 지나서야 공장의 비밀이 알려지는 걸 막기 위해 자신이 사용한 수법이 얼마나 예사롭지 않았는지 깨달았다. 더욱 두려운 점은 자신이 일말의 죄의식도 느끼지 않았다는 사실이었다. 그는 사람을 죽였는데도 거북함이나 후회 같은 감정이 들지 않았다. 그날의 모든 과정은 병뚜껑을 비틀어 따는 일만큼이나 쉬웠다.

하지만 사자가 비틀어 딴 것은 병뚜껑이 아니라 산 사람의 목이었다.

컴컴한 산길에 빛이라곤 화물차의 전조등뿐이었다. 가시거리가 극히 제한적인 데다 비까지 쏟아져 시야가 좋지 않아 사자는 더욱 조심스럽게 주행했다. 커브길이 계속 이어져 브레이크를 거듭 밟으며 속도를 조절해야 했다. 머릿속에 똬리를 튼 잡생각도 눈앞의 구불구불한 산길처럼 끝이 보이지 않았다.

'살인을 할 때도 무감각했던 내가 텅 빈 과거의 기억 때문에 죄책감을 느낀다고?' 사자는 잃어버린 기억 속에서 자신이 도대체 어떤 용납할 수 없는 일을 저질렀기에 이렇게 후회를 떨칠 수 없는 건지 궁금했다.

엉망진창이었다. 자신의 상황도, 점점 세차게 쏟아지는 빗줄기도 사자를 난감하게 만들었다.

가까스로 산길을 벗어나자 떠들썩하고 번화한 도시의 불빛이 나타났다. 길가에는 간판이 줄지어 서 있고, 광고판 속 모델들은 화려한 포즈를 취하며 상품의 결점을 가렸다. 우산을 쓴 행인이 삼삼오오 건널목을 건넜다. 요즘 유행하는 스타일로 꾸민 젊은이들이 건물 뒤에서 낄낄대며 담배 연기를 토해 냈다.

빨간불이 켜지자 폭우에 흠뻑 젖은 차들이 하나둘 건널목 앞에 멈췄다. 사자는 그사이 목적지를 다시 확인했다. 이번 의뢰인은 정보가 전혀 없었다. 처음 받는 의뢰인이었고, 코드명은 '뱀허물'이었다. 목적지는 번화가에서 멀리 떨어진 조용한 곳의 빌딩이다. 오소리는 사자에게 건물 뒤로 돌아가서 측면에 있는 주차장 입구로 가라고 지시했다. 세심하고 정확한 지시를 보니 오소리가 이전에 와 본 곳 같았다.

그런데 주차장 입구의 셔터 뒤에서는 아무 기척도 들리지 않았다.

사자는 공장에 확인을 요청했고, 일단 그 자리에서 대기하라는 지시를 받았다.

"물건은 언제 받을 수 있나요? 내일이요? 알겠습니다.
그럼 제가 내일 가죠."

이하오는 휴대전화를 내려놓고 짜증스러운 듯 관자놀이
를 눌렀다. 다른 사람들에게 진료소로 돌아와 합류하라고
통보한 뒤, 혹시 필요할지도 모르는 방어 수단을 마련하기
위해 전화를 걸었다. 하지만 이하오는 지금 후회하고 있었
다. 절대 건드려서는 안 되는 물건도 있는 법이다. 역시 거
래를 취소해야 할까? 그는 휴대전화의 잠금화면을 한참 응
시하며 몇 차례 한숨을 내뱉었지만, 결국 거래를 취소하진
않았다.

이하오에게는 닥터 야오의 안전이 언제나 1순위다. 그러
니 보험 역할을 하는 안전장치를 겹겹이 준비해 두어야 한
다. 이 거래는 보험 중 하나일 뿐이니 사용하지 않을 수도
있다. 사실 이하오는 그 어떤 장치도 쓸 일이 일어나지 않
기를 간절히 바랐다.

'만에 하나 어쩔 수 없이 사용해야 하는 순간이 온다면?
그때는 독한 마음을 먹을 수 있을까?' 그는 스스로에게 질
문을 던져 보았다.

그때 휴대전화가 울렸다. 발신자 번호 대신 비밀번호가
찍혀 있었다. 조심스레 통화 버튼을 누른 이하오는 상대가

먼저 입을 열기를 기다렸다. 휴대전화 저편의 목소리는 미리 녹음된 음성처럼 차갑고 딱딱했다. 이런 독특한 어조를 쓰는 걸 보니 수거업자다.

이하오는 재빨리 머리를 굴렸다. 페이야가 업자에게 연락해 뒤처리를 의뢰한 듯했다. 그런데 업자는 페이야에게 직접 연락하지 않았다. 페이야가 전화를 받지 않았던 걸까? 이하오는 하던 일에서 손을 떼고 서둘러 주차장으로 향했다.

기다리고 있는 업자는 뜻밖에도 두 명이었다.

처음 보는 일이라 퍽 궁금했지만, 질문해 봤자 헛수고였다. 어차피 아무 대답도 듣지 못할 테니까.

"물건은?" 두 업자 중 한 명이 물었다. 이하오에게도 익숙한 사람이다. 예전에도 저 업자가 몇 번 혼자서 현장을 처리한 기억이 났다. 하지만 나머지 한 사람은 정면에서 봐도 얼굴이 잘 보이지 않았다. 그는 챙이 긴 헌팅캡을 일부러 푹 눌러 써 얼굴의 아래쪽만 보이게 했다. 첫인상만 본다면 상당히 '비호감'이었다.

이하오는 두 명의 업자를 이끌고 지하실로 갔다. 조명 아래에 방수천으로 덮어 놓은 물체가 눈에 띄었다. 업자들이 수거해야 할 시체다.

그 옆에 페이야가 쓰러져 있었다. 눈을 질끈 감은 그녀의 얼굴은 놀랄 만큼 하얗게 질려 있었다. 이하오는 페이야의 호흡을 확인한 뒤 조심스레 그녀의 어깨를 흔들었다. "페이야! 눈 좀 떠 봐."

페이야는 간신히 눈을 뜨고 피곤한 목소리로 말했다. "촨한 오빠?"

이하오가 한숨을 푹 쉬었다. 멍청한 녀석. 이런 상황에서도 그놈 생각뿐이라니.

"나 이하오야. 더 쉬어야 하니까 빨리 위층으로 올라가라." 이하오는 벌써 몇 번이나 이런 식으로 페이야를 달랬는지 헤아려 보았다.

"싫어. 아직 대답을 못 들었단 말이에요……." 페이야는 겨우 몸을 일으켰다. 앞에 놓인 시체가 자신에게 고문받다 죽어 버린 사실도 잊고 촨한의 행방을 묻고 싶어 발버둥 쳤다.

페이야는 이하오의 어깨 너머로 두 명의 수거업자를 봤다. 그중 한 명이 페이야를 등지고 방수포를 젖혔다. 만신창이가 된 시체가 드러나자 그는 시체를 끌어다 상자에 쑤셔 넣고 뒤돌아 떠날 채비를 했다.

'잠깐……!' 놀란 페이야가 소리치려 했지만 목소리가 나오지 않았다. '잘못 본 걸까? 이 사람, 왜 이렇게 낯이 익지? 저 사람이 왜 수거업자가 된 거야?' 젖 먹던 힘까지 쥐어짰지만 목소리는 터지지 않았고 아무도 듣지 못했다. 페이야는 앞서거니 뒤서거니 하며 멀리 사라지는 두 업자를 쫓아가고 싶었지만 그만 픽 쓰러지고 말았다. 밤이고 낮이고 그리워한 그 뒷모습을 잡아 보려 손을 내밀었지만 손끝에는 공기만 닿을 뿐이었다.

'가지 마. 가지 마. 가지 마…….' 시야가 흐릿해지면서 모든 물체의 윤곽이 뭉개졌다. 찬한을 보기 위해 눈을 부릅뜨려 했지만, 며칠간 막무가내로 견딘 몸은 피로를 이기지 못했다.

페이야는 흐느끼다 곧 정신을 잃었다.

**11**

상자에
넣지 못하면
무효

페이야가 깨어난 건 사흘이 지난 뒤였다.

그녀는 먼지가 흩날리는 지하실이 아니라 푹신하고 안락한 곳에 누워 있었다. 몇 분간 황홀경을 맛보던 페이야는 곧 그곳이 자기 방이란 걸 깨달았다. 아주 오랜만에 딱딱한 바닥이 아니라 자신의 침대에서 잠든 것이다. 매일 그녀에게 시달리던 사람들의 숨소리와 신음도 들리지 않았다. 사위가 고요했다.

천천히 몸을 일으켜 앉으니 가벼운 현기증이 일었다. 눈앞으로 내려온 머리카락을 넘기려는데 손이 말을 듣지 않았다. 근육은 아직 잠에서 깨지 못한 듯 뻣뻣하고 움직임이 불편했다. 오른쪽 팔에는 링거가 꽂혀 있었다. 지하실에서 밤낮을 지낼 때보다 몸 상태가 훨씬 나아졌는데도 페이야는 여전히 창백하고 병색이 완연했다. 그녀는 학교에서 집단 괴롭힘을 당할 때보다도 더 허약한 상태였다.

그러나 의식이 또렷해질수록 실신 직전 뇌리에 각인된 광경이 선명하게 떠올랐다.

마침내 찬한의 행방을 알아냈는데 이렇게 침대에 누워 있을 수는 없었다.

페이야는 이불을 젖히고 침대에서 내려왔다. 하지만 며칠 동안 쓰지 않은 탓에 다리가 후들거려 그대로 단단한 바닥에 무릎을 꿇고 말았다. 세게 부딪치는 둔탁한 소리가 들렸고, 하마터면 링거대가 쓰러질 뻔했다. 하지만 아프지 않았다. 아픔 같은 것은 느껴지지도 않았다. 이런 아픔은 지금 그녀에게 아무것도 아니었다.

페이야가 침대 난간을 붙잡고 일어서서 거추장스러운 주삿바늘을 뽑으려는 순간 방문이 열렸다. 낯선 여자의 목소리가 황급히 페이야를 저지했다. "잠깐! 뽑으면 안 돼!" 소리가 나는 쪽으로 고개를 돌려 보니 처음 보는 단발머리 여자가 서 있었다. 머리끝부터 발끝까지 알록달록한 차림새를 보니 무채색 계통의 옷을 즐겨 입는 페이야와 정반대의 기질을 가진 사람임을 짐작할 수 있었다.

단발머리 여자의 옷차림은 퍽 귀염성 있었다. 데님 오버올 원피스에 분홍색 체크무늬 셔츠를 받쳐 입고, 검은 통굽 구두에 시선을 강탈하는 에메랄드빛 발목 양말을 신었다. 밝은 갈색으로 물들인 단발머리는 끝이 안쪽으로 돌돌 말려 있었다.

"너 누구야?" 페이야가 단발머리를 노려보며 차갑게 물었다.

"누구? 나?" 단발머리는 어리둥절한 표정으로 반문하면서도 페이야에게서 시선을 떼지 않았다.

"여기 너 말고 또 누가 있어?" 페이야의 대답은 여전히 차갑기만 했다.

"아, 그렇지. 난 샤오첸小茜이라고 해. 잠깐! 아이들이 열광하는 애니메이션 주인공이랑은 전혀 상관없어!"* 샤오첸은 대단히 진지한 태도로 설명했다.

페이야는 기가 차서 소리를 버럭 지르고 싶은 충동을 간신히 참았다. 지금은 시간 낭비할 때가 아니었다. 아니, 차라리 렁거대로 단발머리를 쳐서 기절시키는 편이 나을지도 모른다. 그러면 쓸데없는 대화를 주고받을 필요가 없으니까.

"이하오가 네 상태를 수시로 체크하고 돌봐 주라고 했어. 하도 오래 자길래 영원히 못 일어나는 줄 알았어. 그런데 다행히 일어났네." 샤오첸이 안심한 듯 가슴을 쓸어내리며 말했다.

"이하오가 지금 이 건물에 있어?" 이하오 얘기가 나오자

* 샤오첸은 일본의 유명 애니메이션 〈포켓몬스터〉 시리즈의 등장인물인 '아카네'의 현지화 이름이다. 한국에서는 '꼭두'로 번역되었다.

페이야는 그를 찾아가 확인해야 할 일이 있다는 생각이 퍼뜩 들었다.

"당연하지. 이하오는 닥터 야오 곁에서 한 발짝도 떨어지지 않으려고 하니까." 샤오첸이 확신에 찬 목소리로 말했다. 페이야는 체념한 듯 더 이상 입을 열지 않고 재빨리 링거 주사를 뽑았다. 바늘이 뽑힌 자리에 생긴 미세한 구멍에서 검붉은 피가 흘러내렸다.

"어우, 야! 잠깐! 잠깐!" 놀란 샤오첸이 요란스럽게 소리를 지르며 페이야 곁으로 달려와 티슈로 피를 닦아 주었다. "우선 꽉 누르고 있어. 내가 약솜을 찾아올게." "됐어." 페이야는 이를 악물고 여전히 힘이 들어가지 않는 다리를 이끌고 샤오첸을 지나쳤다. 무리해서 걷는 것쯤이야 아무것도 아니다.

닥터 야오의 곁을 지키고 있다면 이하오는 틀림없이 2층 진료실에 있을 것이다. 페이야가 벽을 짚고 힘겹게 아래층으로 내려가자 샤오첸도 어쩔 수 없이 그녀를 따라나섰다.

상담실 앞에 도착한 페이야는 노크한 뒤 응답도 기다리지 않고 문을 밀었다. 그런데 방 안에 있는 사람은 닥터 야오가 아니라 낯선 소년들이었다. 이하오도 보이지 않았다. 소년들은 페이야의 등장에 어쩔 줄 몰라 하며 그 자리에 굳어선 멀뚱히 그녀를 바라보기만 했다.

페이야도 마찬가지로 놀랐다. 자신이 의식을 잃고 있던

동안 이 건물에 드나드는 방문객이 이토록 많아진 것일까?
닥터 야오는 급기야 이곳을 보육원으로 삼을 작정이란 말
인가…….

"샤오첸, 이 여자가 혹시……." 한 소년이 물었다.

"아냐 아냐! 절대 아냐!" 샤오첸이 한바탕 손사래를 치고
는 중얼거렸다. "그 사람들 방금 전까지 분명 여기 있었어.
4층으로 가지 않았을까?"

'4층이라고?' 닥터 야오와 이하오가 4층에 대해서는 한
번도 말한 적이 없어서 페이야는 줄곧 그곳이 비어 있다고
생각했다. 그녀는 그 길로 뒤돌아 곧장 엘리베이터를 탔고,
뒤따라오는 샤오첸을 기다리지 않고 닫힘 버튼을 눌렀다.

"잠깐만 기다려!" 샤오첸이 손을 엘리베이터 문틈에 끼
워 넣으며 기어이 엘리베이터에 탔다. "너 4층에 가게?" 샤
오첸이 다급하게 물었다. 페이야는 대답 대신 4층 버튼을
누르는 것으로 의사를 전달했다. 샤오첸은 얼른 3층 버튼
을 누른 뒤 엘리베이터 문 앞을 온몸으로 막아섰다. "이하
오가 절대로 네가 4층에 가게 하지 말랬어. 왜냐하면 거기
는…… 거기는…… 이하오와 야오 선생님의……."

"그 사람들의 뭐?" 페이야가 물었다.

3층에 도착한 엘리베이터 문이 천천히 열렸다. 샤오첸
이 핑곗거리를 쥐어짜는 사이 문이 다시 닫히고 엘리베이
터가 4층으로 올라가기 시작했다. 샤오첸은 그제야 사태가

심각하다는 걸 깨달았다.

"아 나도 몰라! 그 둘의 뭐든 상관없고, 아무튼 너는 4층에는 못 가!" 샤오첸이 실점을 막으려는 골키퍼처럼 두 팔을 벌려 페이야의 앞을 가로막았다. 페이야는 눈을 흘겼다. 샤오첸을 보는 그녀의 눈빛은 처음의 냉담함에서 점점 상대방을 하찮게 여기는 냉혹한 시선으로 변했다.

샤오첸은 막무가내로 말을 뱉는 스타일이긴 하지만 속 없는 바보는 아니었다. 그녀는 아직 페이야가 지하실에서 저지른 각종 위업에 대해서는 알지 못했지만, 이런 부류의 사람을 수없이 만나 봤다. 그들은 위험한 사람들이었다. 정말 많이 위험했다. 샤오첸의 육감이 이럴 때는 경거망동하는 게 아니라고, 제발 좀 가만히 있으라고 타이르는 듯했다.

하지만 이하오가 어떤 일이 있어도 페이야에게서 눈을 떼지 말라고 샤오첸에게 지시했다. 또 페이야를 4층에 가게 해서는 절대 안 된다고 신신당부했다. 이하오와 친분이 두터운 샤오첸은 사실 얼마 전부터 이상한 분위기를 감지했다. 평소 차분하고 여유로운 성격인 이하오가 요즘 들어 그답지 않게 신경질적이었다. 이하오를 초조하게 만드는 이유는 단 하나다. '무언가'가 닥터 야오의 안전을 위협하고 있는 거였다.

닥터 야오의 중요성은 의심할 여지가 없다. 이하오뿐 아니라 샤오첸에게도 그랬다. 그날 보육원을 탈출할 기회를 얻지 못했다면, 샤오첸은 지금까지 살아 있지 못했을 것이다.

엘리베이터는 곧 4층에 도착한다. 샤오첸은 뒷목에 소름이 돋는 느낌을 참으며 마지막 수단을 펼쳤다.

"으아아아아앙!" 샤오첸은 거짓 울음을 터뜨리며 무릎을 꿇고 페이야의 허벅지를 와락 껴안았다. "제발 4층에 가지 마! 이하오를 만나야 하면 내가 불러다 줄게! 우리 제발 아래층으로 내려가자!"

"놔." 페이야는 습관적으로 주머니를 들여다봤지만, 정신을 잃었을 때 누군가 옷을 갈아입히는 바람에 늘 지니고 다니던 주사기도 함께 자취를 감췄다.

*저 미친년을 죽여!* 환청이 또 말을 걸기 시작했다. 페이야는 환청의 제안이 퍽 괜찮다고 생각했다. 지금처럼 허약한 몸 상태만 아니었다면 주저하지 않고 냉큼 실행에 옮겼을 것이다.

읍소 작전도 전혀 소용이 없자 샤오첸은 거짓 울음을 그치고는 페이야를 더 세게 끌어안으며 눈앞의 곤경을 어떻게 풀어야 할지 고심했다. 하지만 그녀의 고심은 오래가지 못했다. 엘리베이터 문이 열렸기 때문이다.

"너희들이 왜 여기 있어?" 쇠처럼 단단하고 서늘한 이하오의 목소리를 들은 샤오첸은 새파랗게 질려 손을 놓고 내

적 갈등에 빠졌다. 그녀는 운명을 받아들인 듯 한숨을 내쉬고는 담담하게 일어나 뒤로 돌았다. 닥터 야오도 거기 서 있었다.

샤오첸이 쓸쓸한 웃음을 짜내며 말했다. "야오 선생님…… 헬로!" 웃으며 손을 흔드는 닥터 야오는 여느 때처럼 우아하고 자상한 여신 그 자체였지만, 얼굴이 흙빛이 된 이하오를 모른 척할 수는 없었다. 심기가 매우 불편한 듯 눈썹을 찡그린 그는 얇은 살갗 아래에 극악무도한 악귀를 숨겨 둔 것 같았다.

'살인이 불법이 아니라면 이하오는 틀림없이 날 죽였을 거야.' 샤오첸이 생각했다. '가만. 그런데 쟨 진작에 사람을 죽여 봤잖아? 그렇다면 이제 죽을 일만 남았구나…….' 앞뒤로 적에게 끼인 샤오첸은 모든 걸 포기하고 죽음을 받아들이듯 두 눈을 감았다. '이미 일이 이렇게 됐으니, 말은 더 이상 필요치 않다. 때가 되면 다 가는 법.'

그때 페이야가 샤오첸의 뒤통수에다 대고 불쑥 물었다. "수거업자들 거점이 어디야?"

"업자는 왜 찾는데? 그 사람들은 구이거 조무래기들처럼 쉬운 상대가 아니니까 경거망동하지 않았으면 좋겠어." 페이야가 또 무슨 사고를 칠지 알 수 없어 불안한 이하오가 미간에 주름을 잡으며 말했다.

"어디 있는지는 안다는 뜻이네. 말해 줘!" 어디서 그런 힘이 나왔는지, 페이야가 앞으로 세게 미는 바람에 샤오첸은 몇 걸음 비틀거리다 벽에 몸을 부딪쳤다.

'엘리베이터에 페이야 혼자 남았어. 빨리 달려 내려가면 도망칠 시간은 충분하지 않을까?' 하지만 그때 이하오가 그녀의 계산을 꿰뚫어 봤다는 듯 샤오첸을 매섭게 노려봤다. 경고를 받은 샤오첸은 잔꾀 부릴 생각을 버리고 벌 받을 차례를 기다리는 아이처럼 얌전히 서 있기로 했다.

"아니, 나도 몰라. 업자들은 베일에 싸여 있어서 궁금하다고 함부로 알아볼 수가 없어." 이하오는 업자의 위험성을 가벼이 여기지 말라고 페이야에게 경고했다.

"조사도 못 할 게 세상에 어디 있어? 업자들은 어디 있는 건데?" 페이야는 집요하게 물었다.

"업자들 자신 말고는 그들의 거점을 아는 사람은 없어." 이하오는 폭발할 것 같은 분노를 삼켰다. 잭에게 쫓기는 스넨을 받아 준 것만으로도 벅찬데, 여기서 다른 골칫거리까지 떠안을 수는 없었다. 하지만 페이야에게 사태의 심각성을 설명할 수는 없다. 스넨이 여기 숨어 있다는 사실을 알게 되면 페이야가 무슨 행동을 할지 예측조차 할 수 없으니까.

이하오는 무의식적으로 닥터 야오를 호위하듯 그녀 곁에 섰다. 진실을 알아차리기 전에 이 아이를 먼저 해결하는 게 상책일까? 페이야는 이제 예전처럼 단순한 아이가 아니다. 비뚤어질 대로 비뚤어져 언제든 광기 어린 괴물로 돌변할 수 있었다.

멀찌감치 서 있는 샤오첸마저 느낄 수 있을 정도로 공기가 무거워졌다.

"페이야, 너 찾던 사람에 대한 단서를 얻었구나? 그러니까 이렇게 급하게 업자가 어디 있는지 캐묻는 거지?" 닥터 야오가 적절한 시점에 입을 열어 두 사람의 대치를 멈추게 했다.

페이야가 고개를 끄덕였다. 닥터 야오가 뭐라고 말하든 이 단서를 놓치지 않고 그 사기꾼을 찾아내고야 말 작정이었다.

닥터 야오는 온화한 미소를 지으며 난감한 듯 말했다. "미안해서 어떡하지? 그건 정말 내가 도와줄 수 없어. 업자의 정체는 늘 수수께끼거든. 나조차도 시체 수거하러 올 때나 그들과 만날 수 있어. 나뿐만 아니라 다비도프도 업자에 대해서는 거의 알지 못하는 것 같아." 닥터 야오는 이하오가 제지하기도 전에 페이야 옆으로 가 그녀의 머리카락을 부드럽게 쓰다듬으며 말했다. "나도 예전에 업자의 정체가 궁금해서 조사해 봤지만, 일부러 철저히 감춘 듯 아무것도 찾아낼 수가 없었어. 정 알고 싶다면 직접 시도해 보는 건 어때? 내가 도와줄게. 네가 오케이만 한다면."

"네, 그렇게 해 주세요." 페이야는 뒤로 돌아 엘리베이터에 탔다.

"페이야." 닥터 야오가 무언가 생각난 듯 부르자 페이야
는 몸을 살짝 기울여 닥터 야오가 있는 쪽을 봤다.

"모처럼 여기까지 올라왔는데, 진료실 구경 안 할래?" 닥
터 야오의 말에 이하오는 기겁했다.

'대놓고 불장난하려는 건가!'

이하오는 경악한 나머지 몸 어딘가에 숨겨 둔 송곳을 뽑
을 뻔했다. 그는 엘리베이터 문이 닫힐 때까지 악마와 가까
워져 버린 소녀 페이야의 일거수일투족을 경계했다.

∿

엘리베이터 안.

페이야와 함께 아래층으로 내려가게 된 샤오첸은 어찌
할 바를 몰랐다.

'어떻게 순식간에 빠져나올 수 있었던 거지?'

하지만 주변의 공기마저 얼어붙게 만드는 페이야를 보
고 있자니 자유의 몸이 된 지금의 처지도 썩 좋지만은 않
은 것 같았다.

"이하오가 날 감시하라고 했겠지." 페이야가 퍽 확신하
며 말했다.

샤오첸은 말문이 막혔다. 깨어난 지 얼마 되지도 않은 페

이야가 어떻게 이토록 빨리 눈치챌 수 있었을까? '설마 내 비밀이 모두 들통난 건가?' 샤오첸은 명석하고 야무지며 어떤 일이든 노련하고 빈틈없이 처리하는 자신이 이렇게 허무하게 속내를 들킬 리 없다고 생각했다.

페이야는 오로지 업자의 행방을 알아내겠다는 일념뿐이었지만, 그 와중에 이하오의 표정 변화를 놓치지 않았다. 게다가 4층에 접근하려는 자신을 필사적으로 막은 샤오첸의 행동으로 미루어 볼 때 이하오는 틀림없이 자신에게 뭔가를 숨기고 있다. 페이야가 그의 비밀을 알기를 원치 않는다면 이하오는 사람을 붙여 자신을 감시할 수도 있을 것이다.

"운전할 줄 알아?" 페이야가 물었다.

"그 정도야 당연히 할 수 있지! 나도 이하오의 다른 심복들 못지않다고!" 샤오첸은 페이야의 질문에 스스럼없이 대답했지만, 어쩐지 지금은 자랑스러워할 때가 아니라는 생각도 들었다.

"좋아." 계획을 이미 정한 페이야는 바로 외출 준비를 했다. 약을 주입한 주사기를 외투 안쪽의 개조된 주머니에 하나씩 넣은 뒤 상의를 훌렁 벗었다.

"세상에, 너 몸매 진짜 예쁘다……." 샤오첸은 페이야의 뽀얀 등을 보며 자기도 모르게 말했다가 곧바로 따가운 눈총을 받았다.

페이야는 후드 달린 묵직한 바람막이를 걸치고 모자를 썼다. 이제는 손에 익은 전기충격기도 잊지 않고 챙긴 뒤 운동화 끈을 단단히 묶었다. 그제야 무언가 눈치챈 샤오첸이 물었다.

"어디 가게?" 어느새 문 앞까지 걸어간 페이야가 대답했다.

"응. 운전은 네가 할 거야."

"아, 응. ……뭐?!" 샤오첸은 자기가 잘못 들은 줄만 알았다. 왜 갑자기 동행이 되라는 것일까?

"나를 감시할 기회를 줄게." 페이야는 그 길로 불을 끄고 방을 나가 버렸다.

방 안에는 이내 어둠이 깔렸다. 이제 샤오첸도 별수가 없었다. 페이야를 따라갈 수밖에.

∿

구이거가 실종된 뒤 그 수하들은 뿔뿔이 흩어졌다. 하지만 구이거로부터 벗어났다고 해서 개과천선할 리 없는 인간들인지라 제 버릇 개 못 주고 평범한 사람들에게 겁이나 주며 살고 있었다.

다웨이大尾라는 놈도 그중 하나다.

늦은 밤 잔뜩 취해 돌아온 그는 손가락 사이에 담배를 끼우고 요란하게 게다를 끌며 계단을 올랐다. 날씨가 제법 쌀

쌀한데도 커다란 관음보살이 그려진 반소매 티셔츠를 입고 있었다. 두 팔뚝에 새겨진 문신을 드러내고 싶어서였다.

집 앞에 도착한 다웨이는 담배꽁초를 아무렇게나 던진 뒤 열쇠를 꺼내 문을 열었다. 두고두고 빠지지 않을 듯한 담배 절은 내가 집 안에 가득했다. 탁자에는 술병과 먹다 남은 도시락이 쌓여 있었고, 재떨이에 쌓인 꽁초는 작은 언덕을 이뤘다.

빈랑* 찌꺼기와 얼룩덜룩한 자국을 그대로 밟고 지나친 다웨이는 소파에 엉덩이를 묻었다. 낡아빠진 소파의 스프링이 구슬픈 비명 같은 소리를 냈다. 새 담배에 불을 붙여 연기를 삼키던 그는 문득 생각난 일이 있어 전화 한 통을 걸었다. 그 뒤 탁자 위의 술병을 하나씩 들고 흔들어 봤지만 모두 비어 있었다. 어차피 시간은 충분하니 지금 내려가 술을 사 와도 늦지는 않을 것이다. 그래 봤자 상대방을 조금 기다리게 할 뿐이다. 돈을 벌기 위해 여기까지 와서 잠시도 기다리지 못하고 가 버릴 여자는 없다. 그는 손가락 사이에 담배를 끼운 채 나른하게 일어나 술을 사러 나갈 채비를 했다.

"뭐야, 씨발!"

---

* 타이완 등 동남아 지역에서 유통되는 기호식품. 저민 빈랑나무 열매에 석회질을 넣고 베틀후추잎으로 감싸 껌처럼 씹고 즙과 찌꺼기는 뱉는다. 각성 작용이 있어 야간에 일하는 노동자들이 많이 이용한다.

막 현관문을 열려는 찰나 외시경을 통해 문밖에 사람이 서 있는 걸 보고 화들짝 놀란 다웨이는 욕설을 내뱉었다.

정신을 가다듬고 다시 보니 고등학교를 갓 졸업했을까 싶은 앳돼 보이는 여자였다. 화장기 하나 없는 얼굴이었지만 청초하고 풋풋한 느낌이 매력적이었다. 다웨이는 무의식중에 바짓가랑이를 움켜쥐었다. 요즘은 업종에 상관없이 배달 서비스가 잘 되어 있다더니, 이렇게 빨리 올 줄이야. 게다가 아주 예뻤다. 밖에서 이런 아가씨와 놀려면 지폐 몇 장으로는 어림도 없다.

다웨이는 누런 이를 드러내며 음탕하게 웃어 보였다.

"아가씨, 이렇게 늦은 시간에도 장사해?"

"문 안 열어 줄 거예요?" 여자가 순진해 보이는 큰 눈을 깜빡이며 물었다.

"너 성질 급하네. 조금만 기다려 봐. 오빠가 금방 천국으로 보내 줄 테니까!" 욕정이 뇌를 지배한 다웨이는 재빨리 문을 열고 여자를 안으로 들였다. 현관에서 여자를 품에 안고 거실에서 방까지 원 없이 즐길 작정이었다. 그런데 문이 열리자마자 정체를 알 수 없는 섬광이 번쩍했다. 다웨이는 허물어지듯 그 자리에 주저앉고 말았다.

페이야가 전기충격기를 거뒀다. 순식간에 표정이 싸늘해진 그녀는 인사불성이 된 다웨이를 넘어 집으로 들어갔다. 그의 목덜미에 주사로 약물을 주입한 페이야가 문밖을 향해 명령조로 말했다.

"들어와."

반강제로 동행한 샤오첸이 커다란 여행 가방을 들고 따라 들어와 좌우를 살피더니 질색하며 말했다.

"대단히 역겨운 곳이네."

의식 없이 널브러진 다웨이를 보고서는 더욱 참지 못하고 한마디 덧붙였다.

"그리고 대단히 역겨운 놈이네."

"담아." 페이야가 지시하자 샤오첸은 한동안 머뭇거리다 입을 열었다.

"이 방법은 너무 무모해! 아래층으로 데려가면 분명히 들킬 거야. 경찰이 CCTV라도 찾아내면 어쩌려고 이래?"

"네가 했다고 하면 돼." 자기와 전혀 상관없는 일이라는 듯 말하는 페이야의 태도에 샤오첸이 투덜대기 시작했다.

"내가 뭘 했다는 거야? 주모자는 너잖아!"

전기충격기를 다시 꺼낸 페이야가 위협적인 불빛을 보이자 샤오첸은 그제야 입을 다물고 일을 처리했다. 페이야는 샤오첸을 감시하면서 아직 포획하지 못한 구이거의 조무래기들이 몇 명이나 될지 계산했다. 페이야의 계획은 간단하다. 업자를 찾을 수 없다면, 업자가 그녀를 찾아오게 만들면 된다.

*시체 한 구는 곧 한 번의 기회다.* 환청이 말했다. 페이야

는 그 목소리를 듣지 않으려 안간힘을 썼지만, 결국 구이 거의 수하를 미끼로 삼아 촨한을 다시 만날 기회를 얻으려 하고 있었다.

방 안에서 나는 온갖 악취에도 불구하고 짙은 향수 냄새가 가까워져 왔다. 페이야가 문 쪽을 내다봤다. 향수 냄새의 출처는 실제 나이를 가늠할 수 없을 만큼 파운데이션을 두껍게 바른 여자였다. 여자는 방금 목격한 모든 장면을 이해할 수 없어서 얼이 빠진 채 문밖에 우두커니 서 있었다.

여자가 넋이 나간 덕분에 시간은 충분했다. 페이야는 재빨리 그녀에게 다가가 잔주름 가득한 목덜미에 전기충격기를 댔다. 여자는 비명도 지르지 못하고 섬광과 함께 바닥에 쓰러졌다.

'미끼가 하나 더 생겼네.' 다른 주사를 꺼내 찌르자 파운데이션 여자는 곧 묽어진 점토처럼 흐물거렸다. 페이야는 그녀를 집 안으로 끌고 들어갔다.

"에? 하나가 늘었네?" 땀투성이가 된 샤오첸이 파운데이션 여자를 발견하고 얼굴을 찡그렸다. 일이 늘어난 것이다. 샤오첸은 여행 가방 밖으로 비어져 나온 다웨이의 발바닥을 걷어차며 잔뜩 불만을 터뜨렸다.

"야! 이러면 가방에 안 들어가잖아!"

**12**

⋮

# 관객 입장

스넨이 당분간 몸을 숨길 거처는 청결했다. 청결을 넘어 먼지 한 톨 없는 무균실에 가까웠지만, 스넨은 이곳이 마냥 마음에 들지만은 않았다. 규모야 어떻든 이곳은 병원이고, 이런 장소에서만 맡을 수 있는 특이한 냄새가 진동했다. 차갑고 극도로 무심해 죽음을 연상하게 하는 냄새 말이다.

오래전부터 목숨을 걸고 잭 조직원을 처단해 온 스넨은 죽음이 두렵지 않았다. 매번 삶과 죽음의 경계선에서 배회하는 그다. 한 번이라도 실수를 저지르는 날이 온다면 그날의 결말이 어떨지는 굳이 설명할 필요도 없다. 스넨은 잭을 두려워한 적은 없지만, 잭을 남김없이 소탕해 원한을 풀겠다는 목표를 이룰 수 없을까 봐 두려웠다.

스넨은 의사가 정기적으로 상처를 살펴보기 편리하도록 하얗고 헐렁한 환자복으로 갈아입었다. 그는 상처 치료를 위해 며칠간 거의 누워만 있다가 가끔 병상에서 내려와 움직였다. 활동이 허락된 범위는 아쉽게도 이 좁은 하얀 공간이 전부다. 활동량이 급감하자 잠을 청하기가 어려웠다. 먼지처럼 허공에 흩날리는 잡생각들이 어수선하게 떠올랐다가 또 깊이 가라앉곤 하면서 잠이 떠난 자리를 대신했다.

이하오의 말에 따르면 장린칭의 딸과 자신은 지금 이 건물에 같이 있다. '그 아이 이름이 페이야였구나.' 그날의 일이 바로 어제 일어난 것처럼 생생하게 떠올랐다. 스넨은 그소녀가 어떻게 저항했는지 잊지 못했다. 소녀는 스넨이 남동생을 해치지 못하도록 필사적으로 그를 막아섰다.

스넨은 그때 해답이 없는 곤경에 빠졌다. 남매의 입을 막아 버릴 수도 있었지만, 이는 스넨이 절대로 선택하지 않을 방법이었다. 그는 두 아이가 아버지의 죄에 대해 전혀 알지 못하는 무고한 제삼자임을 알고 있었기 때문이다.

살인에 심취한 자들에게서는 독특한 냄새가 난다. 스넨은 그 냄새를 통해 놈들을 알아볼 수 있다. 인간은 시각의 동물이라 겉모습에 현혹되거나 속기 쉽지만, 객의 모든 위장은 스넨에게 먹히지 않는다.

장린칭 역시 겉모습만 보면 다정다감한 초등학교 교사였다. 공부하는 사람 특유의 점잖은 기질을 가진 듯이 보였으니 학부모 사이에서도 평판이 좋았을 것이다. 장린칭은 오른쪽 가슴에 새겨진 각인과 함께 남들은 절대 모를 가학성애 성향을 교묘하게 감췄다. 함께 생활해 온 장린칭의 아이들조차 그가 뒤집어쓴 껍데기 속의 진면모를 눈치채지 못했다.

그런데 그 소녀에게 이토록 극적인 변화가 일어난 이유는 무엇일까? 이하오의 말이 사실이라면 지하실에서 비명이 끊이지 않게 하는 장본인이 바로 페이야다. 도대체 어떤 고통의 길을 걸었기에 순수한 여자아이가 그리도 처참한 모습으로 변했을까? 어떻게 페이야를 미혹시켰는지는 잘 모르겠지만, 닥터 야오의 개입이 있었다는 것만은 분명했다.

닥터 야오는 장린칭이 스녠의 손에 죽도록 함정을 팠다. 그런데 이제 와서 페이야를 돌보겠다고? 생각하면 생각할수록 의구심과 경계심이 강해졌다. 닥터 야오는 도대체 무슨 속셈일까? 페이야의 복수심을 깨우려는 걸까? 복수하려는 자가 또 다른 복수자에게 쫓겨 살해당하는 스토리라면 확실히 닥터 야오의 취향이긴 하다.

스녠은 닥터 야오의 공간에서 경계를 풀 정도로 순진하지 않다. 특히 지금처럼 약해진 상태에서는 더욱 그렇다. 그는 언제든 꺼내 휘두를 수 있도록 베개 밑에 단도를 숨겨 두었다. 지금 당장은 회복에 전념하기로 했지만, 상처가 어느 정도 나아 장시간 걸을 수만 있게 된다면 즉시 이곳을 떠날 예정이었다. 오래 머물수록 위험해질 테니까. 자신을 돌볼 수 없을 정도로 중상을 입지만 않았더라면, 온갖 비밀을 숨긴 거대하고 화려한 함정 같은 이 건물에 발도 들여놓지 않았을 것이다.

상처가 또 욱신거렸다. 스넨은 복부를 지그시 눌러 통증을 잊으려 했다. 다친 부위는 잭 조직원들이 피해자의 배를 가를 때 처음 칼을 꽂는 부위였다. 그러면 한 덩어리였던 피부는 둘로 갈라진다.

피해자는 죽기 전 온갖 수모를 당한다. 잭 조직원의 취향에 따라 농락하는 방식은 제각각이지만 피해자의 성별, 나이, 신분과 관계없이 배가 갈리는 결말만은 피할 수 없다. 배를 가르는 것은 '잭 더 리퍼'의 이름을 세상에 과시하는 그들만의 의식이자 약속이기 때문이다.

미치광이 살인마들. 스넨은 그들을 그렇게 설명할 수밖에 없었다.

심란해진 스넨은 아예 침대에서 일어나 두리번거리며 방 안을 둘러봤다. 눈에 익긴 하지만 용도와 조작법을 모르는 낯선 도구가 많았다. 그런데 유독 주의를 끄는 물건이 하나 있었다. 정갈하게 펼쳐 놓은 수술용 메스 세트였다. 손잡이까지 스테인리스 스틸 재질인데 날 모양이 용도별로 각각 달랐다. 스넨은 그중 하나를 손에 쥐어 보았다. 차갑고 단단한 감촉이 그가 즐겨 쓰는 단도와는 사뭇 달랐다. 손이 가는 대로 메스를 만지작거리던 스넨은 여분의 침대 시트를 시험 삼아 베어 보았다. 그는 가볍고 매끈한 손맛에 상당히 놀랐다. 수술용 메스는 예상보다 훨씬 잘 들었다.

스넨은 칼을 손에 쥐고 무게를 가늠해 보았다. 무척 가벼웠다. 칼의 몸체 부분이 튕겨 내는 빛을 주시하다 시계를 보니 새벽 3시 19분이었다. 불면의 밤이 계속 이어져 벌써 며칠째 잠을 못 잔 건지 가늠하기도 힘들었다.

문득 바깥세상의 풍경이 떠올랐다. 이상하게도, 정말 이상하게도 샤오쿤과 함께 갔던 대형마트가 생각났다. 서늘한 밤 작은 집에서 새어 나오던 불빛, 김이 모락모락 나는 국수 한 그릇……. 스넨은 고개를 저었다. 그 모든 것은 자신과 어울리지 않았다. 가져서는 안 되는 것들이다.

아니, 가질 수도 없는 것들이다.

∿

오렌지색 가로등 불빛 아래 검은 밴 한 대가 보란 듯 갓길에 멈춰 서 있다.

깊은 밤이다. 시선을 저 끝까지 두어도 차량 하나 보이지 않을 정도로 도로는 텅 비어 있었다. 건널목의 노랑 신호등은 홀로 깜빡인 지 오래다. 아주 가끔 쏜살같이 달려오는 차가 잠시간 작은 소란을 일으키고는 이내 사라졌다.

검은 밴의 뒷좌석 창문이 내려가고 시체처럼 초췌한 얼굴이 드러났다. 그는 얼마 전 옥탑방에 침입해 스넨을 죽이려 했던 잭 조직원이다. 동료 조직원들이 부르는 별명은

'좀비'. 개성 있는 그의 외모와 썩 잘 어울리는 이름이다.

좀비는 오랫동안 수면장애에 시달렸다. 통통 부은 눈에 다크써클이 짙게 드리워 유난히 신경질적으로 보였다. 건널목을 건넌 좀비는 상처 입은 사냥감의 숨이 끊어지기를 기다리는 대머리독수리처럼 목표물이 있는 건물을 뚫어지게 쳐다봤다.

운전석 문이 열리고 중성적인 옷차림을 한 여성이 차에서 내렸다. 남자처럼 짧게 자른 머리 모양 덕분에 블랙 스틸 귀걸이를 찬 오른쪽 귀가 시원스럽게 드러났다. 화장기 없는 얼굴에 빳빳한 셔츠, 가죽 부츠까지 온통 어두운 색으로 맞춰 입은 그녀는 날렵한 까마귀 같았다. 호리호리한 체형의 여자는 어지간한 남자들은 명함도 못 내밀 만큼 날카로운 기운을 풍겼다.

여자의 별명은 켈리. 잭 더 리퍼 사건의 마지막 희생자[*]의 이름에서 따 왔다. 켈리는 멘톨 계열의 보헴 시가를 한 개비 꺼내 불을 붙였다. 허공으로 흩날리는 담배 연기를 사이에 두고 선 켈리와 좀비의 시선은 같은 곳을 향하고 있었다.

"요 며칠 사이 드나드는 사람이 많아진 것 같네." 켈리가 곰곰이 생각하며 말했다.

---

[*] 1888년 11월 9일, 메리 제인 켈리(Mary Jane Kelly)라는 매춘부 여성이 자택에서 잭 더 리퍼에 의해 살해되었다. 영국 경찰은 이날의 사건을 잭 더 리퍼의 마지막 연쇄살인으로 보고 있다.

"귀찮게!" 좀비는 듬성듬성 난 머리칼을 신경질적으로 흐트러뜨렸다. 격렬히 움직이자 상처가 벌어져 이를 악물어야 했다. 어쩔 수 없이 스넨이 다시 떠올랐다. 상처들은 전부 그 가증스러운 놈이 남긴 것이다.

한 차례 실패해 후퇴하긴 했지만, 스넨을 찾아 죽이겠다는 의지는 꺾이지 않았다. 둘은 오히려 끈질기게 단서를 쫓아 스넨의 은신처를 찾아내 감시하고 있었다.

"무슨 상담 클리닉이라고 하던데, 네가 진료를 받는 척하고 들어가 보면 어떨까?" 켈리가 물었다. "너 원래 정신병자잖아."

약이 오른 좀비가 켈리를 매섭게 노려봤다. "너야말로 정신병자야!"

켈리는 좀비의 말에 어깨를 으쓱하더니 일부러 좀비의 얼굴에 대고 담배 연기를 내뿜었다. 좀비는 부상으로 불편한 몸을 이끌고 비틀대며 차에서 내렸다. 그가 외투 주머니에 손을 넣어 톱니 모양 날을 가진 칼을 더듬자 켈리가 좀비의 손목을 낚아채며 말했다. "뭐 하게? 나 죽일 기운 있으면 그 녀석부터 죽이지 그래? 지질하긴."

켈리의 비아냥거림에 좀비는 더욱 무안해져 귀까지 벌겋게 달아올랐다. 켈리는 희희낙락하며 분노한 좀비의 모습을 즐기다 담배꽁초를 멀리 튕기고 차 안으로 들어갔다. "오늘은 여기까지만 하자. 어서 타."

좀비가 꿈쩍도 하지 않고 켈리를 노려봤지만, 켈리는 전혀 개의치 않고 가벼운 말투로 말했다. "오늘 밤에 쇼가 열리잖아. 미스터 J01을 너무 오래 기다리게 하지 말자고. 갈 거야 말 거야? 쇼에 관심 없으면 가서 공짜 술이라도 마시든지." 켈리가 핸들을 톡톡 두드리며 재촉했다. "안 갈 거면 차 문 닫아! 난 간다!"

"아오! 저걸 그냥!" 잔뜩 약이 오른 좀비는 버럭 소리를 지르고 차에 올라타 문을 힘껏 닫았다. 뒷좌석에 탄 그는 손을 뻗어 켈리의 목을 거의 조를 기세로 틀어쥐고 말했다. "그 자식 죽인 다음에는 네 차례다."

"오케이. 기대할게!" 켈리는 좀비의 외침을 가볍게 무시하며 새 담배를 물고 한 손으로 핸들을 돌리며 다른 한 손으로는 능숙하게 불을 붙였다.

켈리는 지하철 민취안시루역 부근 번화가로 차를 몰았다. 좀비는 화가 풀리지 않았는지 목적지에 도착하자마자 차 문을 내동댕이치듯 세게 닫고 내렸다. 켈리는 가볍게 미소를 지으며 담뱃갑을 셔츠 주머니에 넣고 차 키를 챙겨 아케이드를 지났다. 그녀는 몸을 굽혀 반쯤 올라간 철제 셔터 아래로 들어가 지하로 통하는 계단을 내려갔다. 계단 끝에 나타난 로즈골드 색 철문에는 남색 바탕에 금빛 필기체로 '화이트 채플'이라 쓴 간판이 걸려 있었다.

정장 조끼에 흰 셔츠를 받쳐 입은 남성 바텐더가 칵테일

셰이커를 흔들고 있었다. 술과 얼음 조각이 이리저리 흔들리며 경쾌한 소리를 냈다. 바텐더는 방금 들어온 두 사람을 향해 미소를 지으며 편한 자리에 앉으라고 눈짓했다. 유리컵에 주황색 칵테일을 따르자 얼음과 오렌지 조각이 컵 안에서 흔들리기도, 두둥실 떠올랐다 가라앉기도 했다.

바텐더는 또 다른 유리잔에 압생트를 붓고 로즈마리 조각을 띄웠다. 촉촉해진 로즈마리에 불을 붙이자 이내 컵 안에 푸른 불꽃이 피어올랐고, 이때 로즈마리를 재빨리 꺼내 칵테일 위에 올렸다. 푸른 불꽃이 잦아들자 로즈마리 향이 가득 퍼졌다. 바텐더는 완성된 칵테일을 금발에 푸른 눈을 가진 남자 앞으로 살며시 내밀었다.

"주문하신 아이스볼입니다. 천천히 즐기세요."

"고마워요. 미스터 J01." 남자는 외국인 특유의 억양이 두드러지는 중국어로 바텐더에게 인사를 건넸다. 미스터 J01이라고 불리는 바텐더는 이 바의 소유주이자 '개구리알'이라는 코드명으로 공장과 거래하는 의뢰인이다.

이 금발 외국인 역시 술을 마시러 온 손님이 아니다. 그의 별명은 '매부리코'. 여기 있는 미스터 J01, 켈리, 좀비와 같은 잭 조직원이다. 오늘 밤은 잭 조직원들만의 파티가 열리는 날이다.

미스터 J01이 친절하게 물었다. "어떤 술로 하시겠습니까?"

"스팅어." 켈리가 1초도 고민하지 않고 대답했다.

"과연! '톡 쏘다'라는 뜻을 지닌 이름이 켈리 당신과 무척 잘 어울리죠." 미스터 J01은 회심의 미소를 지었다. 물론 좀비의 몫도 잊지 않고 챙겼다. "당신은?"

"쟤는 우유나 주면 돼요." 켈리가 조롱 섞인 웃음기를 감추지 않고 말했다.

또 약이 오른 좀비가 테이블을 쾅 치며 외쳤다. "우유는 너나 마셔. 위스키 주쇼! 얼음도 물도 넣지 말고 순도 백 퍼센트 위스키로!"

"오늘은 상황이 어땠나요?" 미스터 J01은 흥분한 좀비를 무시한 채 칵테일을 만들기 시작했다. 그의 손이 능숙하게 브랜디와 크렘 드 멘트*를 꺼내 스팅어를 제조했다. 이 바는 그의 왕국이다. 모든 술의 위치를 손바닥 들여다보듯 훤히 알고 있으니 굳이 눈으로 찾을 필요가 없었다.

"그 녀석은 아직 나타나지 않았는데 엉뚱한 사람들이 자주 들락거려요. 어쩌면 경비를 서는 건지도 모르죠." 켈리가 자신만만하게 말했다. "아무튼 놈을 잡는 건 시간문제예요. 평생 숨어 살 수 있을 리는 없으니까요."

"물론입니다. 나는 서두르지 않아요. 나타났을 때 바로 잡아들이기만 하면 됩니다." 리듬감 있게 셰이커를 흔드는

---

* 주정에 실당과 민트 잎을 넣어 숙성시킨 리큐르.

미스터 J01에게서 퍽 전문가다운 태가 났다.

"꼭 산 채로 잡아 와요. 그놈이 우리에게 죽여 달라고 애원할 때까지 아주 천천히 데리고 놀아 줍시다." 매부리코는 아름다운 푸른 눈동자와 어울리지 않게 음험한 구석이 있었다. 미스터 J01이 고개를 저으며 말했다. "애원해도 소용없죠. 그놈은 고통스럽고 또 고통스럽게 죽을 겁니다."

"쇼는 언제 하는 거요?" 좀비가 불쑥 끼어들었다. 그는 술이나 이런 종류의 대화에 전혀 관심이 없었다. 스넨에게 당한 분노와 원한이 잔뜩 쌓였기에 쇼를 보며 이를 발산하고 싶을 뿐이었다. 쇼에 직접 참여할 기회가 있다면 더욱 좋고.

"이 잔부터 비우고요." 미스터 J01이 웃으며 잔을 가져와 완성된 스팅어를 천천히 따랐다. 켈리가 J01에게 눈인사를 보내며 칵테일을 한 모금 홀짝이자 좀비가 옆에서 재촉했다. "시간 낭비하지 말고 단숨에 털어 버려!" 그러자 켈리는 일부러 무척 천천히 술을 음미하며 좀비의 성질을 긁었다.

"젠장. 야! 이 무식한 년아. 내가 너 반드시 죽인다!" 계속해서 도발당한 좀비가 켈리를 위협했다. "남장한다고 남자가 된 줄 아나?"

켈리는 집게손가락을 세워 가볍게 좌우로 흔들며 말했다. "'너는 내 손가락 하나도 못 건드린다'에 한 표!"

미스터 J01이 배를 잡고 웃었다. 지나치게 유쾌한 웃음소리가 울려 퍼지는 동안 좀비의 얼굴은 분노로 창백해졌다. 그는 깡마른 몸을 부들부들 떨며 주먹을 불끈 쥐었다.

"이봐!" 그때 매부리코가 소리쳤다. 좀비가 별안간 무기를 뽑아 들었기 때문이다. 울퉁불퉁한 톱니 모양 칼날이 켈리의 목 근처에서 멈췄다. 하지만 켈리는 칼날 따위 보이지도 않는다는 듯 아무렇지도 않게 칵테일을 마셨다.

미스터 J01이 몇 차례 손뼉을 친 뒤 아이들을 달래듯 말했다. "그만하면 됐습니다. 우선 칼은 내려놓으세요. 완전히 거둘 필요는 없고요. 곧 쓰게 될 테니. 오늘의 피날레를 당신에게 양보할게요."

"참말이요?" 좀비는 뜻밖의 말에 반색했다. 그의 폭 꺼진 뺨에 활기가 돌았다.

"물론입니다. 그게 뭐 대수라고요." 미스터 J01이 바에서 나오자 무기를 쥔 좀비도 쭈뼛대며 그의 뒤에 섰다. 켈리는 감정 조절이 서툴어 무척 손쉽게 다룰 수 있는 좀비를 곁눈질하다 매부리코와 눈이 마주쳤다. 둘 다 냉소를 감추지 못하고 있었다. 그녀는 잔을 내려놓고 새 담배에 불을 붙인 뒤에야 매부리코와 함께 홀 끝 쪽에 있는 비밀의 방으로 향했다.

지난번에 혼자 살아남은 여자 직장인이 아직 그곳에 갇혀 있었다. 거꾸로 매달려 있지는 않았다. 미스터 J01이 바닥에 두 발을 디딜 수 있도록 허락했기 때문이다. 밤낮으로 우는 바람에 눈이 빨갛게 부어올랐고, 볼에는 반쯤 마른 눈물 자국이 남아 있었다. 씻지 못해 기름진 머리카락이 볼과 어깨에 들러붙어 꾀죄죄한 몰골이 전쟁 난민을 연상케 했다.

여자는 비밀의 방에 들어온 미스터 J01과 톱날 칼을 든 좀비를 보자 또다시 혼란과 공황에 빠졌다. 그녀는 발버둥을 치며 좀비를 피하려 했다. 하지만 두 발이 쇠사슬에 묶여 있었고, 그 쇠사슬의 한쪽 끝은 천장에 달린 고리에 연결되어 있었다. 그러니 아무리 애를 써 봐도 도망칠 수 있는 범위는 처음부터 한정돼 있었다.

미스터 J01이 한 발 한 발 그녀에게 다가가자 여자의 얼굴이 공포로 일그러졌다. 그녀는 목 놓아 섧게 울어 보기도 하고, 아기처럼 발작적으로 울기도 했다. 미스터 J01은 여자가 통곡할수록 살인 충동으로 온몸이 근질근질했다.

켈리는 팔짱을 끼고 벽에 기대 선 채 다른 세 조직원이 여자를 에워싸는 광경을 지켜봤다. 흥분한 좀비가 톱날 칼을 휘두르며 바람을 가르는 소리를 냈다. 직장 동료의 참혹한 죽음을 목격한 여자는 곧 자신에게 닥칠 참극을 알고 있었다. 그녀는 미친 듯이 머리를 좌우로 흔들었다.

"싫어……. 싫어……."

미스터 J01이 목청을 가다듬고 중대 발표라도 하듯 선언했다.

"자, 그럼 지금부터 쇼를 시작합니다!"

**13**

⋮

악마와
악마의
거래

페이야는 새로운 미끼를 또 하나 손에 넣었다.

기존 미끼는 총 세 구. 두 구는 구이거의 부하고, 다른 한 구는 갑자기 나타난 파운데이션 여자였다. 그녀는 죄 없는 사람이었지만 페이야는 어떤 기회라도 놓치고 싶지 않았다.

찬한을 만나기 위해 희생을 치러야 한다면 페이야는 주저하지 않을 것이다.

구이거의 부하들은 아직 여럿 더 남아 있었다. 놈들은 하수구에 숨어 사는 벌레처럼 끝도 없이 나타날 테고, 페이야는 찬한을 만나기 전까지 벌레잡이를 멈추지 않을 것이다. 모든 것을 잃는대도 상관없다. 물론 동창들도 잊지 않았다. 페이야는 그들이 자신을 어떻게 대했는지 아직도 기억하고 있다. 가뜩이나 정신 상태가 뒤틀린 지금, 그 원한은 더욱 깊어졌다. 지금 잡은 미끼들을 이용한 뒤에는 과거의 원한까지 한꺼번에 매듭지을 작정이다.

샤오첸은 페이야의 폭주로 곤욕을 치르고 있었다. 그녀는 운전기사 역할뿐 아니라 미끼들을 지하실로 운반하는 일까지 도맡게 되었다. 샤오첸의 임무는 페이야를 감시하는 것인데, 어찌 된 일인지 파견 집사 노릇을 하고 있었다.

샤오첸은 미끼의 발목을 움켜쥐고 한 걸음 한 걸음 힘겹게 계단을 내려갔다. 그녀의 깡마른 팔뚝이 팽팽하게 당겨진 로프처럼 미세하게 떨렸다. 방금 잡아 온 미끼는 사지가 결박돼 한 마리의 거대 지렁이 같았다.

쿵, 쿵, 쿵. 계단을 내려갈 때마다 미끼의 머리가 시멘트 계단에 부딪쳤다. 옮기는 것만으로도 온 힘을 쥐어짜야 해서 거기까지 신경 쓸 겨를이 없었다. 간신히 지하실에 도착해 펜던트 조명 아래서 미끼를 보니 이미 온몸이 찰과상투성이였다. 얼굴에도 시퍼런 멍이 군데군데 들었다.

"네가 하나 골라 봐." 페이야가 지시했다.

"뭘 골라?" 샤오첸은 미끼를 밟아 움직이지 못하게 하고 헐거워진 로프를 잡아매며 물었다. 고된 노동에 땀범벅이 된 그녀는 페이야가 무슨 말을 하는지 갈피를 잡지 못했다.

"셋 중에 하나만 고르라고." 페이야가 귀찮다는 듯 말했다.

하지만 샤오첸은 난색을 표했다. "나 영화 좀 봤거든? 내가 고른 사람을 제일 먼저 죽이려는 거지? 그러면 나만 나쁜 사람 되는 거 아니야? 그런 죄까지 뒤집어쓰긴 싫어!"

로프를 칭칭 감아 매듭을 몇 개나 묶는 바람에 발밑에 깔린 미끼는 유난히 화려한 미라가 되었다.

"하지만 굳이 고르라면 다웨이가 좋겠어. 왜냐고? 딱 봐도 역겹게 생겼잖아. 먼저 해치우고 업자한테 빨리 치워 가라고 하는 편이 좋을 것 같아." 샤오첸이 막대사탕의 맛을 고르듯 천진난만하게 말했다. 화법이 정말 솔직했다. 아무나 먼저 죽이려던 페이야는 샤오첸의 뜻에 따르기로 했다.

"끌어와. 지금 데려온 한 마리도 잊지 말고 가두고." 페이야가 명령했다. 다웨이와 파운데이션 여자는 어제 잡아 와서 일단 세척실에 가둬 두었다. 그녀는 구이거의 부하를 축생을 헤아리는 단위로 묘사했다. 사람으로 대할 생각이 없다는 뜻이다.

샤오첸은 털썩 주저앉아 여봐란듯이 양손을 벌리고 항의했다. "이제 더 이상 기운이 없다고! 나 손 떨리는 거 안 보여? 네가 직접 옮기든가."

페이야가 천천히 다가와 거만한 눈으로 샤오첸을 내려다봤다. "네가 골랐잖아."

"네가 고르라고 했지." 샤오첸이 반박했다.

"그럼 너부터 시작하지 뭐."

"뭐? 뭘 시작해? 설마 나를?" 샤오첸이 도저히 믿을 수 없다는 듯 소리쳤다. "너 어떻게 나를 이런 식으로 대할 수 있어?"

"이하오한테는 네가 덜렁대서 사고가 났다고 하면 그만

이야."페이야는 오늘 날씨라도 말하는 것처럼 대수롭지 않게 말을 뱉었다. 샤오첸은 뒷덜미가 저릿했다. 페이야가 이어서 덧붙인 말을 듣자 등골이 더욱 오싹해졌다. "이하오도 의심하지 않을 거야. 뭐, 의심해도 그땐 이미 늦었고."

"진짜 악마는 어떤 얼굴을 하고 있을지 늘 궁금했는데, 바로 너였어!" 샤오첸은 서늘한 한숨을 내뱉었다. 선택의 여지가 없으니 페이야의 명대로 복종하는 수밖에 없었다.

그사이 정신이 든 다웨이가 퍼덕거리기 시작했다. 그는 미끼들 중에서도 유독 격렬히 발악하고 굴러다니며 샤오첸의 손아귀에서 빠져나오려 했다. 샤오첸은 다웨이의 발버둥에 얻어맞으며 겨우 그를 세척실에서 끌어냈다. 그녀는 괘씸해서 다웨이를 짓밟으며 외쳤다. "아프잖아!"

"비켜." 페이야가 걸리적거리지 말라는 뜻으로 샤오첸에게 명령했다.

샤오첸은 페이야가 정말 자신마저 미끼로 삼을지도 모른다는 걱정을 안고 화를 삭이며 한쪽으로 물러났다.

페이야가 김빠진 멜론 소다 같은 황록색 액체가 담긴 주사기를 꺼냈다. 다웨이는 그 액체가 제 몸에 주입되리란 걸 알고 더욱 필사적으로 발버둥 쳤다. 그의 비명은 재갈 물린 입안에서 답답하게 맴돌았다. 미끼는 용서를 구하는 게 아니라 저주를 퍼붓고 있었다.

"그런데 왜 음료수를 주사해?" 한나절 고생한 샤오첸은 뭐라도 마시고 싶었다. 얼음을 가득 넣은 멜론 소다라면 딱 좋을 것 같았다.

"락스야." 페이야가 주사기를 살짝 누르자 화장실에서 자주 맡던 인공 향내가 훅 끼쳤고, 샤오쳰은 코를 감싸 쥐었다.

다웨이의 소리 없는 끔찍한 비명을 들으며 샤오쳰은 '팔라리스의 황소'라는 형벌을 떠올렸다. 놋쇠로 만든 황소에 사람을 가둔 뒤 불을 지펴 서서히 익혀 죽이는 벌인데, 놋쇠 황소가 가열되면 산 채로 구워지는 사람이 내는 처참한 비명이 놋쇠 소의 입 부분과 연결된 금관을 통해 울려 퍼진다. 그 비명은 진짜 황소의 울음소리와 닮았다고 전해진다.

"이러면 정말 죽어?" 샤오쳰은 호기심을 참지 못하고 물었다.

"직접 맛볼래?" 페이야가 또 다른 주사기를 꺼내 보이며 말했다.

"이 괴물! 악마! 너는 진짜 양심도 없는 악덕 고용인이야!" 샤오쳰은 대들면서도 페이야에게서 멀찍이 떨어졌다. 페이야도 더 이상 샤오쳰을 놀릴 마음은 없었다. 업자에게 시체 수거를 의뢰하는 게 더 중요하니까.

의뢰를 마친 페이야는 곧바로 주차장 입구로 가서 대기했다. 업자가 그곳으로 드나들기 때문이다. 기대에 찬 페이야와 달리 샤오쳰은 걱정이 태산이었다. 페이야와 늙은 의사를 제외한 이 건물의 모두는 닥터 야오가 현재 잭의 표적이 된 녀석을 보호하고 있다는 사실을 안다. 잭은 어쩌면 벌써 이 부근에 매복해 있는지도 모른다. 평상시에는 잠깐씩 드나들었기 때문에 큰 문제가 없었지만, 지금은 광고하듯 주차장 입구에 서 있는 데다 문까지 활짝 열어놓았다. 잭에게 어서 들어와 구경하라고 초대하는 꼴 아닌가. '잭 조직원 여러분을 환영합니다.'라고 써 붙인 것과 다를 바 없다.

샤오첸은 어떻게 구슬려야 페이야가 주차장 안에서 업자를 기다리게 할 수 있을지 머리를 굴렸다. 최대한 외부에 노출되지 않아야 불필요한 위험요인을 막을 수 있다. 하지만 안타깝게도 샤오첸은 짧은 시간 동안 페이야가 어떤 사람인지 알아 버렸고, 그녀가 지하실에서 행한 일들에 대해 들었다. 락스 주사보다 훨씬 엽기적인 이야기들을. 할리우드의 잔혹한 장르 영화 범인 역할에 페이야를 캐스팅하면 안성맞춤일 것이다. 결국 샤오첸은 머릿속에 떠오른 모든 방법을 하나씩 포기했다. 페이야의 협조를 기대할 바엔 스스로 목숨을 끊는 편이 깔끔할 듯했다.

샤오첸은 팔짱을 끼고 선 악마 같은 소녀를 곁눈질로 뜯어봤다. 오후의 석양이 비쳐서인지 페이야는 평소처럼 병약해 보이지 않았고, 창백하던 얼굴에도 핏기가 도는 것 같았다. 사람을 벌레 보듯 하는 차가운 분위기도 어쩐지 사라진 것 같았다.

초조하게 업자를 기다리는 페이야는 주위를 두리번거리는가 하면 이따금 아랫입술을 깨물기도 했다. 샤오첸은 그 모습에 적잖이 당황했다. 저건…… 사랑에 빠진 소녀의 모습이 아닌가. 그 독하디 독한 악마의 모습은 어디로 갔단 말인가?

한참을 기다리자 엔진 소리가 들렸다. 페이야가 기대에 차 고개를 쭉 뺐지만 다가오는 것은 업자의 화물차가 아니라 시선을 강탈하는 빨간색 마세라티였다. 실망한 페이야는 이내 얼굴을 찌푸리며 불쾌한 듯 물었다. "이거 누구 차야?"

"나한테 묻는 거야? 나도 처음 봐." 샤오첸은 다가오는 차량을 주시했다. 빨간 마세라티는 부드럽게 통로로 진입해 두 소녀 앞에서 멈춰 섰다.

운전자의 얼굴이 낯익었다. 언제나와 같이 말끔한 수트 차림에 여유로운 미소를 띤 다비도프였다. 명차가 그의 품격에 무척이나 잘 어울렸다.

"오랜만이네요. 그런데 두 분이 나를 마중 나온 건 아니겠죠?" 다비도프는 페이야의 시큰둥한 표정에도 기죽지 않고 더없이 낭랑한 목소리로 물었다.

"어떻게 알았지?" 샤오첸이 무심코 던진 대답에 다비도프가 가볍게 웃었다.

"두 분은 환영하지 않는 것 같지만, 저는 닥터 야오와 약속이 있어서……. 이만 실례하겠습니다."

페이야는 다시 차도 쪽으로 고개를 돌려 이쪽으로 다가오는 차들을 응시하며 기다림에 열중했다.

∿

켈리와 좀비는 멀리 떨어진 곳에서 잠복 중이었다.

검은 밴 내부에 담배 연기가 자욱했다. 켈리의 입에서 연기가 천천히 뿜어져 나와 실내를 부유하다 차 지붕에 닿은 뒤 사방으로 흩어졌다.

"누가 있어!" 뒷좌석에서 좀비가 소리쳤다.

켈리는 곁눈질로 차창 밖을 봤다. 이 위치에서는 건물 주차장 출입구가 훤히 보였다. 빨간 세단 한 대가 입구에서 잠시 멈췄다가 건물로 들어갔다. 그녀는 주차장 입구에 서 있는 두 여자아이를 유심히 관찰했다. 처음에는 소녀들이 빨간 차를 기다린 줄 알았으나 그게 아니었다. '쟤들 도대체 뭘 기다리고 있는 거지? 혹시 미끼인가?' 켈리는 곰곰이 생각하며 담뱃불을 비벼 껐다. 정말 미끼라면 너무 조악했다. 아무튼 진짜 목표물이 나타나기 전에는 결코 무모하게 움직이지 않을 작정이었다.

켈리는 담배 케이스 뚜껑을 반복해 여닫으며 다른 생각에 잠겼다. 그녀가 미스터 J01의 제안에 흔쾌히 응한 이유는 무방비 상태의 일반인 사냥에 더는 재미를 느낄 수 없어서였다. 마음 한구석에서는 언제나 가학의 욕망이 꿈틀거리지만, 그녀는 자제할 줄 아는 인간이므로 불필요한 실수는 저지르지 않았다. 섣불리 덤벼드는 것보다 영리한 사냥을 더 즐기는 타입이기도 했다. 움직일 타이밍을 신중하게 선택할 필요는 있다. 하지만 지금과 같은 소모는 시간 낭비일 뿐이니 한층 더 공격적인 수단을 동원해야 한다는 생각이 들었다.

잭 조직원들은 주로 은밀히 잠복했다가 아무도 모르게 목표물을 납치해 학살하지만, 꼭 그래야만 하는 건 아니다. 배를 가르는 의식 외에 반드시 지켜야 할 금과옥조는 없다.

미스터 J01이 어젯밤 사냥 프로젝트에 몇 명의 멤버가 더 합류했다고 말했다. 더 많은 조직원이 스넨을 공동의 사냥감으로 정한 뒤 추적하기 시작했다는 뜻이다. 사냥꾼이 충분하다면 선택의 여지도 많아지니 더 과감한 전략을 취할 수 있다.

잠복은 충분히 했다. 켈리는 이제 게임의 룰을 바꿀 때가 왔다고 생각했다.

∿

"오랜만이네." 다비도프의 인사말은 오래전과 똑같았다.

두 사람이 응접실의 고급 소파에 앉자 이하오가 다과를 내왔다. 단맛 중독자인 다비도프는 홍차에 각설탕을 몇 개나 넣다가 알갱이가 표면에 둥둥 뜨자 그제야 멈췄다.

반대로 닥터 야오는 홍차 본연의 맛을 즐겼다. 그녀가 비꼬듯 물었다. "요즘 뭐 하느라 그렇게 바빠? 모르는 게 없는 정보 판매상께서 변이라도 당한 줄 알았잖아."

"좀 멀리 나가 봤지. 색다른 걸 보고 싶어서 말이야." 다비도프가 자조 섞인 설명을 덧붙였다. "나란 인간은 너무 쉽게 싫증을 내니까 여기저기 떠돌면서 낡은 것들을 벗어던지는 수밖에 없잖아."

"소득이 좀 있었어?" 둘은 어떤 면에서 동족이라, 닥터 야오는 다비도프의 심정에 자연스럽게 공감이 갔다.

다비도프가 턱을 쓰다듬으며 한동안 생각하다 말했다. "아직은 몰라. 하지만 기대되는군. 그것도 아주 많이."

"온 김에 스넨 병문안이나 하고 가지 그래?"

다비도프가 흥분해서 손가락을 튕기며 말했다. "나 페이야를 봤어. 그 아이랑 스넨이 만나면 무슨 일이 벌어질지 궁금해 미치겠더군."

"그건 나도 알고 싶어. 하지만 아쉽게도 아직은 때가 아니야. 스넨이 치료 중이거든."

"그 녀석 정말로 잭 조직의 습격을 받은 거야?" 다비도프가 흥미로워하며 물었다. "정말 이런 날이 오다니. 스넨은 똑똑한 애야. 행적을 잘 감출 줄도 알고. 그런 녀석을 찾아 냈다는 건 잭 조직이 나 못지않은 유능한 정보 라인을 보 유했다는 뜻이지."

"지금 자기 자랑하는 거지?" 닥터 야오가 피식 웃었다.

"내 능력이야 의심할 여지가 있나." 다비도프가 호탕하게 말했다. "이거 점점 더 흥미가 생기는데? 스넨의 정보까지 알아냈다니 짚이는 바가 있어. 누군지 대충 짐작이 가는군."

"동종업계 사람?"

"그렇지." 다비도프는 단 것을 향한 욕망을 참지 못하고 각설탕 한 조각을 또다시 찻잔에 빠뜨렸다. "나는 그들이 왜 잭 조직을 도와주는지 그 이유가 궁금해. 이익 때문인 지, 아니면 다른 이유가 있는지."

"내가 페이야와 스넨을 마주치게 할 테니, 그 정보를 나 한테 넘기는 건 어때? 당신 동료가 잭 조직과 함께 일하게 된 이유가 뭔지 나도 무척 궁금하거든." 닥터 야오가 제안 했다.

다비도프는 다시 한 번 손가락을 튕겼다. 손끝에서 작은 화약이 터지듯, 응접실 밖을 지키던 이하오에게도 들릴 정 도로 큰 소리가 울렸다.

"좋지. 그럼 이걸로 계약 체결!"

14

신입 업자의
단독 업무

똑같은 화물차. 변하지 않는 거리의 풍경.

과묵한 오소리가 없고 사자 혼자라는 점만이 달랐다. 어젯밤, 사자는 오늘부터 혼자서 의뢰를 처리하라는 공장의 지령을 받았다.

물론 사자는 이 순간이 오기를 무척이나 바랐다.

방식이 어떻든 감시당하고 싶어 하는 사람은 세상에 없을 것이다. 성가신 오소리가 없어도 유니폼에 설치된 도청 장치를 벗어날 수는 없다. 사자는 이미 도청 장치의 위치까지 파악했다. 옷깃 부분의 첫 단추가 달린 곳이다. 도청 장치의 효과가 얼마나 좋은지는 확신할 수 없지만, 일단은 대비하는 수밖에 없다.

공장에서는 분명 도청 장치 외에도 다른 장치를 준비했으리라고 사자는 추측했다. 가장 의심스러운 것은 업자들이 사용하는 화물차다. 업자들의 위치를 파악하고 싶을 테니 차에 추적 장치가 달려 있대도 전혀 이상하지 않다. 혹은 평범한 행인으로 위장한 공장 관계자가 사방에서 지켜보고 있을지도 모른다.

'어디로 가야 할까?' 요즘 사자가 고민하기 시작한 문제다. 그는 생각보다 훨씬 빨리 공장을 혐오하게 되었다. 곁에서 감시하는 오소리가 없으니 언제라도 도망치면 그만이다. 도청, 감시, 입막음……. 사자는 공장의 이런 일 처리 방식에 상당한 반감을 갖게 되었다. 공장이 자꾸만 그의 심리적 마지노선을 건드리는 것 같았다.

'다른 업자들은 왜 기꺼이 공장을 대신해 이런 일을 할까? 떠날 생각을 해 본 적은 없을까? 공장은 어떤 조건이나 수단으로 업자들이 무단이탈하지 못하도록 하는 걸까?'

회색 작업복을 입은 꼭두각시들에게 자살공격 세뇌라도 되어 있지 않은 한, 동료 업자를 제외하면 공장 내부에 다른 위협적인 존재는 없다. 하지만 그 어떤 가능성도 배제할 수는 없었다. 꼭두각시들이 자폭하며 업자들과 함께 파멸하는 장면이 떠올랐다. 선홍빛으로 부서진 살덩어리와 피가 사방에 난무하는 광경이 바로 눈앞에 펼쳐졌다.

"안 돼!" 사자는 고개를 저었다. 그동안은 공장의 주인이 누구인지 생각해 본 적이 없었는데, 문득 그게 궁금해졌다. 누가 이 거대한 공장을 관리하고 업자들을 보내 시체를 수거하는 걸까?

보이지 않는 것이야말로 가장 위험하다.

수수께끼는 점점 커졌다. 하지만 이럴 때일수록 복잡한 상념에 잠기는 일은 무익하기 짝이 없다. 얻을 수 있는 정보는 한정적이고, 베일에 싸인 공장 내부로 잠입할 기회 또한 없다. 업자나 꼭두각시들은 모두 자신처럼 '사연' 있는 사람들이라 이 문제에 어떤 답도 줄 수 없었다.

'병든 자들끼리 모여 있는 풍경이란 이런 것이군.' 사자가 자조했다.

사자는 자신도 모르게 한쪽 입꼬리를 올리며 코웃음을 쳤다. 그러다 거울에 비친 자기 얼굴을 보고 화들짝 놀랐다. '나는 왜 웃고 있지?'

의식을 잃은 것처럼 아무것도 느끼지 못하던 날들이 있었다. 그때에 비하면 지금은 온몸을 휘감는 죄책감 말고도 다른 감정들을 겨우 알아차리고 살 수 있게 되었다. 실어증을 앓던 사람이 마침내 말하는 방법을 기억해 낸 것처럼. 사막에서 평생을 살아온 사람이 갑자기 얼음을 만지게 되었을 때 그 느낌을 언어로 설명하기 힘들듯이 대단히 어색하고 미묘한 느낌이었다.

웃음에 대해 생각하다 사자는 문득 사람들이 자신을 향해 웃어 준 적이 한 번도 없다는 생각이 들었다. 한동안 함께 움직인 오소리는 감정이라고는 없는 사람처럼 종일 무표정이었다.

사자는 숲속에 감춰진 통나무집을 떠올렸다. 탄화는 아마도 공장에서 유일하게 사람다운 사람일 것이다. 하지만 그녀도 자신만의 '사연'이 있었다. 다른 업자들처럼 공장의 통제를 받는 것은 아니지만, 사자는 탄화도 분명 공장과 미묘한 연결고리가 있을 거라 믿었다. 설마 탄화가 공장의 주인은 아니겠지? 아니야. 그럴 리는 없다. 탄화가 어떻게 이 공장을 관리할 수 있겠는가. 그건 정말 말도 안 된다. 사자는 근거 없는 추측을 당장 멈추기로 했다.

"콜 발생. 사자. 의뢰인 코드명 뱀허물. 장소. 네이후구……" 공장에서 암호화한 음성이 예고 없이 들려와 출동을 재촉했다.

사자는 이 의뢰인을 기억하고 있다. 불과 얼마 전에 받은 의뢰였다. 당시 수거한 시체는 눈 뜨고 볼 수 없을 정도로 끔찍했다. 온몸에 뚫린 수백 개의 구멍과 두 눈에서 건 타카 핀이 반쯤 삐져나와 있었다. 생전에 끔찍한 고문을 당하지 않고서야 그런 몰골일 수는 없었다.

'사연이 업자에게만 있으란 법은 없지.'

사자는 임무 수행부터 하기로 마음먹고 가속 페달을 밟았다. 화물차는 임무 대기 구역인 주차장을 떠났다.

∿

　목적지에 도착한 사자는 오소리가 가르쳐 준 대로 정문을 돌아 주차장 입구로 향했다.

　이번에는 입구의 철제 셔터가 완전히 올라가 있었다. 안쪽에 여자 두 명이 보였다. 왼쪽의 명랑한 대학생처럼 차려입은 단발머리 여자는 뭔가 두려워하는 듯 허둥댔다. 오른쪽의 키가 크고 호리호리한 여자는 온통 검은색 옷을 입어서인지 하얀 피부가 유난히 돋보였다. 가슴 앞으로 단단히 팔짱을 낀 모습이 방어적으로 보였다.

　두 소녀는 페이야와 샤오쳰이다. 사전에 의뢰 자료를 검토한 사자는 페이야가 의뢰인 '뱀허물'임을 알고 있지만 그게 다였다. 그저 별다른 감흥 없이 일하다 스치는 사람이라고 생각했다.

　사자의 차량이 가까이 다가오자 페이야가 미간에 힘을 바짝 주고 차 앞을 가로막고 섰다. 사자는 하는 수 없이 차를 페이야 앞에 세웠다.

　그는 굳이 차에서 내려 여자들에게 길을 비켜 달라고 하지 않았다. 차창을 사이에 두고 얼마간 서로 바라보다 페이야가 참지 못하고 먼저 성큼성큼 다가와 신경질적으로 창문을 두드렸다. 폭우가 차창을 때리는 소리가 났다.

　사자가 창문을 내리자마자 손이 쑥 들어와 다짜고짜 그

의 멱살을 잡아당겼다.

"이러고 다니는 이유가 뭐예요?"페이야가 눈을 부릅뜨고 소리쳤다. 사자는 그녀가 왜 이러는지 몰라 어리둥절했다.

"왜 이렇게 오랫동안 나타나지 않았어요? 왜 시체 수거 업자가 됐느냐고요! 이렇게 멀쩡히 살아 있으면서 왜 나를 찾으러 안 왔어요? 왜 세상에서 사라진 사람처럼 굴었느냐 고요!"페이야는 오랫동안 쌓인 감정을 터뜨리려는 듯 격 한 어조로 몰아쳤다. "내가 그동안 어떻게 지냈는지 알기 나 해요?"

페이야는 사자가 갑자기 사라지기라도 할까 봐 그의 옷 깃을 더욱더 세게 틀어쥐었다.

"오빠가 어떻게……."페이야는 천천히 고개를 숙이며 후드득 눈물을 떨궜다. 그녀는 차창에 기대어 말을 잇지 못 하며 떨리는 손으로 사자의 옷깃을 쥐고 늘어졌다.

"물건은 어디에 있습니까?" 하지만 사자는 조금도 동요 하지 않고 사무적인 말투로 물었다.

"왜 그런 소리만 하는 거예요?"페이야가 고개를 홱 쳐들 었다. 눈물에 젖은 속눈썹이 반짝였다. 그녀는 아직도 믿을 수 없다는 듯 사자를 멀뚱멀뚱 바라보기만 했다. 이토록 냉 담한 그의 반응은 상상해 본 적도 없었다.

"물건이 어디 있느냐고 물었습니다만."사자가 다시 말 했다.

"왜 그런 소리만 하느냐고!" 페이야도 다시 물었다. "왜 지금 그런 걸 신경 써요? 나를 속이고 싶어? 이 사기꾼. 오빠 진짜 사기꾼이었어! 나한테 그런 장난 다시는 하지 마요! 내가 어떻게…… 어떻게 여기까지 왔는데……."

페이야가 속내를 꺼내며 아무리 눈물을 흘려도 사자는 그 마음을 받지 않았다.

"누구시죠?" 사자의 말투는 무서울 정도로 낯설었다.

페이야는 아연실색했다. 순식간에 얼굴에서 핏기가 싹 가셨다. 입술을 약간 벌리고 있었지만 한 마디도 할 수가 없었다. 새로 맺힌 눈물이 중력을 이기지 못하고 뺨을 타고 흘러내렸다. 한 방울, 한 방울. 조금씩, 조금씩. 결국 눈물은 비가 되어 흘렀다.

그 모든 과정을 목격한 샤오첸은 더 이상 보고 있을 수가 없어서 숨죽여 우는 페이야를 달랬다. 지금 샤오첸 앞에 있는 건 수단과 방법을 가리지 않는 악마가 아니라 어쩔 줄 몰라 울고 있는 소녀였다.

샤오첸은 못마땅한 듯 사자를 쏘아보며 말했다. "왜 모른 척해요? 페이야가 그쪽 찾다가 몇 번이나 쓰러졌는지 알아요? 어떻게 누구냐고 물을 수가 있어요?"

여전히 딱딱한 얼굴을 한 사자는 창문 너머에서 같은 말을 반복했다. "물건은 어디에 있습니까?"

화가 난 샤오첸이 사자를 향해 빽 소리쳤다. "지하실이다 왜! 그렇게 갖고 싶으면 직접 끌고 나오든가!" 엔진 소리와 울음소리가 뒤섞인 가운데 화물차는 두 여자를 지나쳐 경사로를 따라 주차장으로 내려갔다.

사자가 상자를 들고 지하실로 내려가자 울음소리는 더이상 들려오지 않았다. 경사로 쪽을 올려다보니 입구에서 들어오는 빛이 보였다. 초저녁의 석양빛이지만 어두컴컴한 주차장 안에서 보니 눈이 부셨다.

처리를 의뢰받은 시체는 쓰레기처럼 아무렇게나 놓여 있었다. 하염없이 허공을 쳐다보는 남자의 입술에는 허연 거품이 묻었다. 시선을 아래로 옮기자 목에 주사 자국이 보여 한눈에도 사인을 알 수 있었다. 그는 대형 폐기물을 버리듯 시체를 꾹꾹 누르고 접어 상자에 넣고는 뚜껑을 단단히 덮었다.

상자를 들고 주차장으로 돌아왔을 때, 사자는 자신도 모르게 다시 입구 쪽을 봤다. 역광을 받은 사람 형체가 천천히 걸어 내려오고 있었다. 잿빛 얼굴을 한, 의지할 곳 하나 없이 구천을 떠도는 혼백 같은 페이야가 거기 있었다.

사자가 못 본 척하며 작업을 계속하자 발소리가 다가왔다. 뒤를 돌아보니 페이야가 세 걸음도 안 되는 거리까지 다가와 있었다. 그녀는 복잡한 감정을 가득 담은 두 눈으로 사자의 얼굴을 뚫어져라 쳐다봤다.

그녀가 갑자기 손을 높이 들자 전기충격기가 손안에서

번쩍이며 전류를 내뿜었다. 하지만 사자는 재빨리 그것을 낚아채 던졌다. 전기충격기는 둔탁한 소리를 내며 저 멀리 바닥에 떨어졌다.

'철썩!' 이번에는 살과 살이 부딪치는 소리가 주차장에 울렸다. 페이야가 사자의 따귀를 올려붙인 것이다. 피하거나 숨지 않은 사자는 제대로 한 대 맞았다. 온 힘을 다해 사자를 때린 페이야는 몸을 휘청거렸다.

"나랑 약속했던 거 기억 안 나?" 핏기 없는 페이야의 얼굴에는 눈물 자국이 선명했다. "기억 안 나냐고 묻잖아!" 하지만 다그쳐 물어도 얻는 것은 사자의 침묵뿐이었다.

사자는 페이야에게 아무런 대답도 하지 않았다. 화물칸의 문을 닫고 순서에 따라 마무리 작업에 열중할 뿐이었다. 운전석에 타려는데 페이야가 뒤에서 유니폼을 잡아당겼다.

"착한 오빠⋯⋯. 가지 마요." 페이야는 버림받을까 봐 두려워하는 아이처럼 입술을 깨물고 고개를 세차게 흔들며 애원했다. 사자는 페이야의 손을 움켜쥐었다. 조금만 힘을 줘도 부러질 듯 가느다랗고 얼음장처럼 차가운 손가락이 섬뜩했다.

드디어 무언가 반응을 얻었다고 생각한 페이야는 저도 모르게 사자의 손을 더 강하게 움켜쥐었다. 하지만 사자는 매정하게도 그녀가 잡은 손을 뿌리쳤다. 잔뜩 힘이 들어간 페이야의 손끝이 허공을 허우적거렸다.

"저는 촨한이라는 사람이 아닙니다. 사람 잘못 보셨어요." 사자는 차 문을 닫고 가속 페달을 힘껏 밟았다. 덩그러니 남겨진 페이야는 뛰기 시작했지만 화물차를 따라잡을 수는 없었다. 그녀의 모습은 곧 백미러에서 사라졌다. 하지만 죽어도 단념하지 않겠다고 다짐하는 듯한 고함이 사자를 쫓아왔다.

"오빠! 촨한이야! 그게 오빠 이름이라고!"

화물차가 주차장을 빠져나오자 무정한 사자의 눈앞에는 장엄한 핏빛 황혼이 펼쳐져 있었다.

15

바보 같은 짓을
하기 전에
내일 아침 메뉴를
생각할 것

"페이야……."

업자의 화물차가 떠났다. 두 사람만 있을 수 있도록 떨어져 있던 샤오첸은 그제야 주차장으로 내려갔다. 페이야는 줄이 끊어진 마리오네트처럼 무릎을 꿇은 채 축 처져 있었다.

'역시 거절당한 걸까?' 샤오첸은 당사자를 대신해 주먹을 불끈 쥐었다. 그녀는 초점 없는 눈으로 바닥을 응시하며 소리 없이 우는 페이야 곁에 말없이 웅크리고 앉았다. 샤오첸은 페이야가 이 만남을 얼마나 기대했는지 알았다. 그 업자가 누구든 페이야에게는 무척이나 중요한 사람이었을 것이다. 그를 기다리면서 초조해하고 불안해하던 걸 보면 충분히 그 마음을 느낄 수 있었다.

샤오첸은 평소처럼 잔소리를 늘어놓는 대신 잠자코 페이야 곁을 지키다가 입구 쪽이 어두워지고 나서야 황급히

주차장 문을 닫았다. 그녀는 철제 셔터가 내려가는 동안에
도 경계를 늦추지 않고 사방을 둘러보며 잭의 침입을 경계
했다.

입구가 안전한 것을 확인한 뒤 샤오첸은 다시 페이야 곁
에 웅크렸다. 달리 해 줄 수 있는 게 없었다. 그녀는 페이야
와 업자 사이에 어떤 갈등이 있었는지 전혀 몰랐고, 업자가
왜 낯선 사람인 척하는지는 더더욱 몰랐다.

샤오첸은 생각할수록 화가 치밀었다. 이렇게 예쁜 여자
가 쫓아다니면 보통은 원래 모르는 사이라도 친한 척할 텐
데. 그 업자는 안목조차 별 볼 일 없는 남자일 것이다.

페이야가 얼마나 절망했을까? 페이야는 그 업자를 찾아
내기 위해 엄청난 정신적 스트레스를 감당했다. 육체적 스
트레스는 샤오첸의 몫이었으니까. 샤오첸은 스스로를 불
쌍히 여기며 뻐근한 손목을 주물렀다. 미끼 운반은 만만한
일이 아니었다. 그녀는 이하오에게 패스를 몇 장 얻어야겠
다고 생각했다.

"가자. 그만 올라가서 쉬어야지." 샤오첸이 페이야를 타
일렀다. 이대로 내버려 둔다면 내일 아침까지 이 자세로 있
을 것만 같았다. 억지로 끌어 일으키자 페이야도 굳이 반항
하지 않고 샤오첸의 손에 이끌려 위층으로 올라갔다. 제 방
침대에 눕히자 페이야는 샤오첸에게 등을 돌리고 몸을 동
그랗게 웅크렸다.

'정말 못 봐 주겠네.' 샤오첸은 낮게 한숨을 뱉고 팔걸이 의자에 웅크리고 앉아 휴대폰으로 스네이크 게임을 시작했다. 스네이크 게임은 다른 뱀들 사이를 누비며 적당히 덫을 놓고, 걸려든 작은 뱀들을 삼키는 방식으로 진행한다. 그녀는 화면 속의 알록달록한 뱀에 집중하려 했지만 게임을 온전히 즐기지 못하고 있었다. 샤오첸은 어느새 실연당한 이 바보를 어떻게 도울 수 있을지 진지하게 고민하고 있었다.

샤오첸의 뱀은 점수가 쌓이면서 다른 뱀들을 압도적으로 짓밟을 수 있을 만큼 커졌다. 하지만 그녀는 자기 뱀이 코너를 돌 무렵 벽을 들이받아 뱀을 자폭시켰다. 게임 오버. 다른 99퍼센트의 플레이어보다 높은 점수를 기록함과 동시에 샤오첸은 계획 세우기를 마쳤다.

페이야를 훔쳐보니, 그녀는 고치에 단단히 싸인 애벌레처럼 솜이불로 몸을 꽁꽁 싸매고 꼼짝도 하지 않았다. 샤오첸은 살금살금 침대 곁으로 가 옷걸이에 걸린 페이야의 재킷을 더듬었다. '나이스!' 그녀는 쾌재를 부르며 외투 주머니에서 은색 구형 휴대전화를 꺼냈다.

업자와 연락하려면 반드시 전용 휴대전화가 있어야 한다. 기술적인 원리는 모르지만, 이 휴대전화는 오직 특정한 번호로만 전화를 걸 수 있도록 설정되어 있다. 시체 수거업자와의 전용 연락수단인 것이다.

업자의 번호는 휴대전화 주소록이 아니라 샤오첸의 머

릿속에 남아 있었다. 업자의 번호를 숙지하는 것은 모든 의뢰인의 기본 의무사항이다. 호기심이 많은 샤오첸이 일반 휴대전화로 통화를 시도해 본 적이 몇 번 있었는데, 벨이 딱 한 번 울리더니 뚝 끊어지고 말았다.

그녀는 과거 이하오와 함께 수거업자에게 시체 뒤처리를 의뢰한 적이 있었다. 하지만 그때는 정식 의뢰인 신분이 아니라 닥터 야오의 이름으로 진행했었다. 샤오첸은 이 시스템이 코스트코 회원제와 비슷하다고 이해했다. 멤버십 카드를 소유한 회원은 그 권리를 다른 사람과 공유할 수 있다. 물론 업자가 닥터 야오에게만 특별대우를 한 건지도 모른다. 닥터 야오는 무척 대단하고 아름다워서 누구든 그녀에게 환심을 사려고 하니까.

샤오첸은 방에서 나와 엘리베이터를 타고 주차장 밑 비밀 지하실로 갔다. 그녀는 지하실을 가득 채운 공포의 냄새에 코를 막았다. 종일 환기가 되지 않은 공간에 녹슬어 가는 쇳내와 약품 냄새가 섞여 있었다.

그녀는 벽을 더듬어 전등 스위치를 모두 켰다. 갑자기 찾아든 밝은 빛에 반사적으로 눈을 찌푸렸지만 서서히 적응했다. '좋아. 훨씬 낫네.' 펜던트 조명 하나만 덩그러니 켜둘 때의 이곳은 꼭 귀신의 집처럼 보였다. 샤오첸은 귀신의 집에 생각이 미치자 갑자기 뒷덜미가 서늘해졌다. 여기서 사람이 적잖이 죽어 나갔으니, 귀신이 나온다 해도 전혀 이상할 게 없었다.

"하하……." 샤오첸은 자신도 모르게 헛웃음을 지으며 온 갖 신을 찾았다. "여러 형님, 동생 여러분! 좀 봐주십시오. 빚은 빚쟁이한테 받고 원한은 저지른 놈한테 푸세요. 저도 협박당해서 어쩔 수 없었어요. 노하시더라도 제발 저를 찾 아오지는 마세요. 하늘에 계신 아버지, 나무관세음보살!"

'아니지! 지금은 무서워할 때가 아니야!' 사람이 귀신보 다 무섭다는 이치를 그녀는 진작에 깨달았다. 샤오첸은 두 손을 가슴에 얹었다. 그녀는 어릴 적 보육원에서 겪은 일 때문에 사람에 대한 신뢰를 거의 잃었다. 더 정확히 말하 자면 남자를 믿지 않는다. 대충 초등학교 4학년쯤 되는 나 이였는데, 그때는 정말 최악이었다. 그 뚱뚱하고 역겨운 경 비는 무슨 낯짝으로 그 짧고 투실투실한 물건을 꺼내 보여 줄 생각을 했을까?

샤오첸은 혐오스러운 옛일을 한꺼번에 토해 내고 싶어 힘껏 숨을 내쉬었다.

그녀는 두 팔을 휘감는 뻐근함을 견디며 또 하나의 미끼 를 세척실에서 끌어냈다. 역시 구이거의 부하로 오늘 막 잡 아 온 놈이다. 세 살배기 눈에도 무능함이 엿보이는 별 볼 일 없는 흔한 날건달이었다. 미끼는 막 포획된 생새우처럼 요란하게 퍼덕거렸다. 샤오첸은 미끼가 지하실에서 허우 적거리도록 내버려 두고 입구 쪽 계단으로 향했다. 문단속을 제대로 했으니 설령 미끼가 계단 꼭대기까지 올라온다 해도 문을 열 수는 없을 것이다.

"내가 그렇다면 그런 것. 오해가 아니야. 누구나 소중한 존재인 걸. 진실도 거짓도 없어~" 샤오첸은 톈푸전田馥甄*의 '취하지 않았다면不醉不會'을 흥얼거리며 요리 전 재료를 손질하듯 적당한 연장을 찾기 시작했다. 페이야가 두고 간 주사기를 찾아냈고 표백제도 가져왔다. 페이야가 쓴 멜론 소다 락스는 아니지만, 성분표시를 확인하니 화장실 청소용 염산 계열 세제다.

'별문제 없겠지? 이런 게 혈관에 들어가면 분명 큰일 날 거야.'

샤오첸은 병마개를 열고 바늘을 담근 후 주사기 가득 세제를 빨아들였다.

"됐어, 됐어. 그렇게 흥분하지 말라고. 어차피 도망칠 수도 없잖아." 샤오첸은 소풍 가듯 경쾌한 발걸음으로 미끼에게 다가갔다.

미끼는 머리를 계단에 바짝 붙이고 올라가려 하고 있었다. 안간힘을 쓰는 그의 이마와 목에 두꺼운 핏줄이 도드라졌다. 얼굴은 잘 익은 토마토처럼 빨갰다. 샤오첸이 미끼

---

* 타이완의 여성 가수이자 배우. 샤오첸이 흥얼거리는 노래는 2013년 발매한 세 번째 앨범 〈Insignificance〉의 수록곡이다.

의 머리를 밟아 밀어내자 그의 턱이 시멘트 계단에 부딪치면서 둔탁한 소리를 냈다. 하지만 미끼가 계속 주제 파악을 못하고 날뛰는 바람에, 샤오첸은 발끝을 들어 움직이지 않을 때까지 미끼를 짓밟았다.

"그래. 이제 좀 착하네." 샤오첸은 몸을 굽혀 주삿바늘을 미끼의 목덜미에 찌르고 내용물을 전부 주입했다. 얼마 지나지 않아 미끼의 호흡이 가빠지며 몸에 경련이 일어나기 시작했다.

샤오첸은 한쪽으로 물러서서 미끼의 숨이 끊기기를 기다리며 조회 시간의 교장 선생님처럼 훈계를 시작했다. "거 봐. 그러게 왜 깡패 짓을 하고 다녔니? 이게 뭐야. 염산이나 맞고 다니고. 깡패 짓은 리스크가 굉장히 큰 일이야. 설령 나한테 잡히지 않았더라도 아마 너희 형님 죄를 뒤집어쓰고 감방에 몇 년은 갇혔을 걸? 여자가 있다면 네놈이 출소할 즈음에는 벌써 딴 놈이랑 도망쳤겠지. 도망가지 않았더라도 나중에 애를 낳으면 네 애라고 확신할 수 있겠니? 다음 생이 있다면 꼭 착하게 살렴. 내 말 명심해야 한다!" 샤오첸은 굳이 미끼의 내세까지 걱정해 주며 혀를 쏙 내밀었다.

"쌤통이다!" 입이 막힌 미끼는 말대꾸하지 않았다. 물론 입이 자유롭더라도 대답할 기회는 없었을 것이다.

성공적으로 거사를 치른 샤오첸은 만족스러운 듯 고개

를 끄덕이고는 업자에게 전화를 걸었다.

∿

"사자. 콜 발생. 의뢰인 코드명 뱀허물……." 공장에서 암호 방송이 들려왔다.

대기 중인 사자는 의뢰 내용을 들었지만 즉시 출동하지는 않았다.

자신을 '촨한'이라고 불렀던 그 의뢰인이다. '촨한. 나의 예전 이름일까?' 사자는 답답한 마음을 헤집고 곰곰이 생각해 보았다. 아마 틀림없을 것이다. 뱀허물은 자신의 과거를 알고 있다. 뱀허물은 시체를 처리하기 위해서가 아니라 그를 만나기 위해 의뢰를 했다.

상대방은 그를 만나기 위해 살인도 불사했다. 사자는 정말로 이 의뢰를 거절하고 싶었다. 하지만 업자가 할 수 있는 선택은 아무것도 없다. 업자는 그 무엇을 잴 필요도, 따질 이유도, 그럴 필요도 없다. 사자는 이번에도 말 잘 듣는 충견이 되어 출동할 수밖에 없었다.

이번에는 샤오첸 혼자 입구에서 기다리고 있었다. 그를 대차게 비난하던 지난번과는 달리 미소를 띠고 있었고, 심지어 안으로 친절하게 안내까지 했다.

"오느라 수고하셨어요. 이번에도 수고해 주셔야겠습니

다. 물건은 지난번처럼 지하실에 있어요. 뭐 마실 것 좀 드릴까요? 끝내주는 탄산수 제조기가 있거든요. 탄산이 아주 빵빵하답니다!" 사자는 샤오첸의 헛소리를 흘려들으며 배전함으로 위장한 입구로 들어갔다. 시체는 지하실로 통하는 계단 맨 밑에 있었다.

사자가 입구로 들어가자, 그 순간만을 기다린 샤오첸이 멀리서 도움닫기를 하며 달려가 사자의 등을 발로 가격했다. 계획대로라면 업자는 계단에서 굴러 지하실 바닥으로 추락해야 했다.

그러나 몸이 아주 조금 흔들렸을 뿐, 업자는 안정적으로 계속 서 있었다.

"어…… 어떻게?" 당황한 샤오첸이 눈을 끔뻑였다.

사자가 천천히 고개를 돌렸다. 모자 아래에서 날카로운 눈빛이 쏟아졌다. 고요하지만 기묘하게 험악한 기운에 놀란 샤오첸은 몸을 바들바들 떨었다. 마치 살아 숨 쉬는 진짜 사자와 대치하고 있는 것만 같았다. 샤오첸은 간신히 공포를 참으며 배전함 입구를 닫고 허겁지겁 자물쇠를 채웠다.

그때 갑자기 엄청난 힘이 느껴졌다. 샤오첸은 순간 머릿속이 하얘지면서 정신을 잃었다. 깨어나 보니 자신은 몇 미터 떨어진 곳에 쓰러져 있었다. 배전함의 문은 억지로 가해진 완력의 여운으로 아직도 흔들거리며 삐걱대는 소리를 내고 있었다. 입구로 나온 사자는 맨손으로 샤오첸을 갈기갈기 찢어 버리기라도 할 듯 흉포한 얼굴이었다.

"으악!" 공포에 질린 샤오첸은 괴성을 지르며 연신 뒷걸음질 쳤다.

샤오첸의 계획은 사자를 지하실에 가두는 것뿐이었다. 가둬 두기만 하면 나머지 일은 페이야가 충분한 시간을 가지고 알아서 대응할 거라 생각했다. 하지만 샤오첸은 업자가 얼마나 강한지 몰랐다. 이 정도의 속임수로는 사자를 전혀 붙잡아 둘 수 없었다.

사자가 성큼성큼 다가오자 샤오첸은 반쯤 자포자기해 에라 모르겠다는 듯 소리쳤다. "그래! 차라리 날 죽여! 넌 페이야도 못 알아보잖아. 넌 처음부터 냉혈한에 무정한 데다 눈 하나 깜짝 않고 사람을 죽일 수 있는 나쁜 놈이었어!"

사자가 문득 걸음을 멈췄다. 샤오첸은 그가 멈춰 서 있는 것만으로도 엄청난 위압감을 느껴 거의 호흡곤란이 올 지경이었다.

"까불지 마." 사자가 나지막이 경고하고는 지하실로 돌아갔다.

샤오첸은 말문이 막힌 채 그의 뒷모습을 봤다. 지금이라면 아직 업자를 붙잡아 둘 수 있을 터였다. 하지만 찌그러진 배전함이 자신에게 더 이상 바보 같은 짓은 말라고, 그러지 않으면 너도 이 꼴이 될 거라고 충고하는 듯했다. 샤오쳰은 우선 얌전히 구는 편이 좋겠다고 생각하며 마른침을 삼켰다. 이렇게 죽을 수는 없다. 내일도 무사히 아침 식사를 하고 싶었다.

무슨 일이 있어도 임무를 완수해야 하는 사자는 얼이 빠진 샤오쳰을 지나쳤다. 샤오쳰은 더 이상 어찌할 방법이 없다는 게 고통스러웠다. 이제 구슬프게 하소연이라도 해 보는 수밖에 없었다. "야, 너 정말 페이야를 이렇게 두고 갈 거야?"

"실컷 가지고 논 뒤에 싫증나니까 모른 척하겠다는 속셈이지?" 샤오쳰은 이제 두 사람의 과거를 멋대로 추측하며 아무 말이나 던지기 시작했다. "너 페이야한테 몹쓸 짓 하고 임신 중단시킨 거 맞지? 그게 아니라면 애가 왜 저렇게 허약해졌고 왜 툭하면 쓰러지겠어? 야! 말을 하라니까? 뭐라고 반응 좀 해 줄래?"

사자가 샤오쳰을 노려보며 조용히 협박했다. "여기 상자가 남는데, 널 담아 버릴 수도 있어."

"허! 그러든가 말든가. 아예 페이야를 담아 가는 건 어때? 어차피 쟤는 어떻게든 네 곁에 있고 싶어 하는 것 같은데. 야! 촨한인지 뭔지 너 말야……."

"나는 촨한이 아니야." 사자는 그렇게 말하고 화물차에 올라타 문을 쾅 닫았다. 이번에도 가속 페달을 힘껏 밟았고, 화물차는 요란한 엔진 소리를 내며 이내 샤오쳰의 시야에서 사라졌다.

"촨한이 아니야." 그는 자신을 구속하듯 허공에 대고 중얼거렸다.

"나는 사자라고."

∿

주차장에 남겨진 샤오첸의 몰골은 말이 아니었다. 아픔을 참으며 천천히 일어나 욱신거리는 팔을 살펴보니 여기저기 시퍼런 멍 자국이 보였다. 조금 전 튕겨 나갔을 때 입은 상처일 터였다. 어질어질한 머리를 부여잡고 있자니 혹 뇌를 다친 것은 아닌지 걱정이 되었다. 머리를 다치면 정신이 이상해질 수도 있다는데.

샤오첸은 옷에 묻은 먼지를 턴 뒤 업자를 욕하며 철제 셔터를 닫으러 가다가 거기 우두커니 서 있는 사람 그림자를 발견했다. "어이구. 업자님께서 드디어 마음을 돌리셨나보지? 이제야 페이야와 대화할 마음이 생기셨나?" 샤오첸은 그림자를 향해 잔뜩 비꼬며 말했다.

하지만 안타깝게도 그는 돌아온 업자가 아니라 좀비처럼 추한 외모를 가진 남자였다.

어안이 벙벙한 샤오첸은 그 초췌한 이목구비를 멀뚱멀뚱 쳐다봤다. 불길한 한기가 머리 꼭대기부터 발끝까지 흘렸다. 그녀는 온몸이 오싹해졌다.

남자는 입을 헤벌리고 역겨운 웃음을 지었다.

손에는 칼을 들고 있었다.

**16**

⋮

왔어,
왔어!

블라인드 너머로 들어온 금빛 노을이 썰물처럼 물러나자 땅거미가 내려앉았다. 밤의 색채가 블라인드 틈새를 메우자 상담실의 인공조명이 유난히 눈부셨다.

　이하오는 오후 내내 닥터 야오가 돌보는 환자들의 차트를 정리하느라 시간 가는 줄도 몰랐다. 번거롭고 복잡하긴 했지만 그를 지치게 할 정도는 아니었다. 이하오는 닥터 야오의 손에 이끌려 보육원을 벗어난 후부터 그녀 곁에서 일을 도왔고, 까다로운 일 하찮은 일 모두 도맡아 처리해 왔다.

　그는 중요한 사람으로 인정받는 느낌이 좋았다. 또 인정받아야만 했다. 이하오는 보육원에서 겪은 갖가지 사건 때문에 폐기물 취급받거나 경멸당할지도 모른다는 불안과 항상 싸워 왔다. 그는 오직 닥터 야오 곁에서만 자신의 가치와 사명을 확인받을 수 있었다.

버려진 아이였던 이하오에게 이렇다 할 유년의 기억은 없다. 어른이 된 후에도 자신만의 인생은 필요치 않았다. 그는 오래전부터 모든 것을 닥터 야오에게 바치기로 마음먹었고, 원망도 후회도 없이 기꺼이 그렇게 할 터였다. 다만 영원히 닥터 야오의 곁에 머물 수 있기를 바랄 뿐이다.

이하오는 마지막 차트를 정리하고 폴더를 닫았다. 기지개를 한 번 켠 그는 탄산수 제조기로 파인애플식초 에이드를 만들었다. 한 입 마시자 기포가 터지면서 혀를 자극하며 나른한 몸을 깨웠다. 덕분에 멈추지 않고 생각을 이어갈 수 있었다.

현재 두 개의 난관이 있었다. 하나는 잭, 다른 하나는 페이야와 스넨의 원한 관계다. 어느 쪽이든 난해하긴 마찬가지였다. 가장 이상적인 상황은 스넨이 하루속히 상처를 회복해 이곳을 떠나 잭 조직원들이 전멸할 때까지 사냥을 계속하고, 페이야는 영원히 아무것도 모르는 거였다.

하지만 일이 그렇게 순조롭게 풀리지만은 않을 것 같았다. 그래서 이하오는 사람들을 불러 모았다. 그가 소집한 이들은 모두 이하오처럼 닥터 야오의 눈에 들어 보육원에서 나온 고아들이다. 여기에 방범용 CCTV까지가 기본적인 경비 조치다. 사설 경비업체를 고용할 수는 없었다. 이 빌딩에서 일어나는 그 어떤 일도 외부에 알려져선 안 되기 때문이다. 이를테면 페이야가 지하실에 남긴 걸작들 같은 것 말이다.

스녠을 보호한다는 것은 곧 잭을 적으로 돌린다는 뜻이다. 닥터 야오의 안전 문제만 아니라면 이하오도 스녠을 보호하는 것에 이견은 없다. 하지만 스녠은 미치광이 살인마들을 불러 모으는 난감한 상황을 만들 수 있었다.

어둠 속에서 정체를 감추고 활동하는 잭 조직원들이 어디 있는지 먼저 알아내기는 쉽지 않았다. 또 그들이 언제 움직일지도 알 수 없었다. 이토록 수동적인 처지가 이하오를 골치 아프게 했다. 차라리 스녠과 연합해 잭이라는 재앙을 뿌리 뽑는 방법마저 고려했을 정도다.

그 방법이라면 다른 동료들에게 맡길 수는 없다. 아무리 건반에서 '특식'을 만든 경험이 있다지만, 그때는 '손질'된 재료를 다뤘을 뿐이다. 그 일은 살아서 날뛰는 미치광이들을 상대하는 것과는 천지 차이다. 결국 해야 한다면 이하오가 직접 나서야 했다.

하지만 스녠에게 진 빚을 갚는 셈 치더라도 그 방법 또한 너무 까다롭다. 이하오는 닥터 야오가 스녠의 몸에 무슨 짓을 저질렀는지 낱낱이 알고 있다. 그 때문에 가슴에 응어리가 맺혔지만, 그래도 여러 해 동안 그 비밀을 지켜 왔다.

이하오는 캐비닛을 열고 위장용 책을 치운 뒤 숨겨 둔 철제 상자를 꺼냈다. 상자 안에는 주사기 몇 개와 그 개수에 맞춰 준비한 작은 유리병들이 들어 있었다. 만에 하나 극단적인 상황이 일어날 것에 대비해 얼마 전에 입수한 고농도 마약이다.

이하오는 얼마간 망설이다 결국 상자를 지니고 다니기로 마음먹었다. 최악의 상황을 염두에 두고 특별히 준비한 약물이니, 제발 이것을 쓰는 지경까지 가는 일이 없기를 간절히 바랐다. 그는 모든 물건이 제자리에 있는지 확인하고 나서야 안심하고 불을 껐다.

이제 저녁 식사를 준비할 시간이었다. 닥터 야오를 배고프게 할 수는 없다. 이하오는 오늘은 무엇을 준비해야 닥터 야오에게 서프라이즈를 선사할 수 있을지 고민하며 모퉁이를 돌아 엘리베이터로 향했다.

그런데 조용한 복도에서 자신의 발소리와 겹치는 소리가 들렸다. 한 사람이 더 있었다. 엘리베이터 쪽이다. 이 시간에 상담실을 찾는다면 십중팔구 닥터 야오일 터였다.

이하오는 미소를 머금고 여느 때처럼 그녀를 맞을 준비를 했다. 그러나 그 미소는 복도 끝에서 튀어나온 낯선 얼굴을 보자마자 사라졌다. 이내 한 번도 느껴 보지 못한 전율이 이하오의 온몸을 휘감다가 뼛속까지 파고들었다.

낯선 이가 그를 향해 웃었다. 좀비처럼 바싹 마른 얼굴에 빽빽한 주름이 거친 나무껍질을 연상시켰다. 낯선 이가 손에 든 무언가가 이하오의 시선을 빼앗았다. 붉은 무엇. 그 붉은색은 심장 한가운데를 찔려 흘리는 따뜻한 피처럼 지나치게 선명해서, 이하오는 소리를 지르고만 싶었다.

방울진 붉은 피가 소나기의 끝물처럼 띄엄띄엄 내리다 후드득 떨어졌다.

그자는 손에 머리채를 쥐고 있었다. 그 아랫부분이 허공에서 흔들렸다.

샤오첸의 눈동자, 샤오첸의 얼굴……. 그자가 든 것은 샤오첸의 머리였다. 한때 영악스럽게 빛나던 큰 눈은 지금 이하오는 볼 수 없는 먼 곳을 노려보고 있었다.

먼 곳. 아주 먼 곳을.

건물 내부의 비상벨이 요란하게 울렸다. 침입자를 발견했다는 신호이리라.

하지만 너무 늦었다.

이하오는 즉시 뒤로 돌아 달렸다. 점점 긴박해지는 비상벨 소리만큼 발소리도 다급해졌다. 두려웠다. 제멋대로 침입한 불청객이 두려운 게 아니라, 생을 걸고 지켜야 할 가장 중요한 사람의 안전을 보장할 수 없을까 봐 두려웠다.

그는 계단을 뛰어 내려가다가 하마터면 아래층에서 대기 중이던 소년들과 부딪칠 뻔했다. 소년들은 각자 소방 도끼를 둘러메고 이하오가 명령을 내리기만을 기다렸다.

"저 남자 막아!" 이하오의 손가락이 복도에 있는 잭 조직원을 가리켰다.

좀비가 흉악하게 웃었다. 울퉁불퉁한 톱니 모양 날을 지닌 긴 칼을 미친 듯이 휘두르는 그는 미치광이 포식자 같았다. 소년들이 소방 도끼를 막무가내로 휘두를 때, 복도 끝에서 또 다른 잭 조직원 두 명이 나타났다. 둘 다 장년층 남성으로 한 명은 키가 작고 뚱뚱했고 다른 한 명은 보통 체격이었다. 둘 사이의 공통점은 단 하나, 스스로 제어할 수 없는 광기를 지닌 눈이었다.

긴장한 나머지 숨을 헐떡이는 다섯 소년은 서로를 번갈아 쳐다보고만 있었다. 결단이 빠른 이하오는 재빨리 철제 상자를 꺼내 준비해 둔 마약을 소년들에게 주사했다. 소년들은 반항하지 않고 이하오의 처분에 몸을 맡겼다.

강한 마약이 몸에 주입되자 제일 먼저 주사를 맞은 소년부터 약효가 나타났다. 소년은 극도로 흥분해 고함을 지르며 앞뒤 따지지 않고 앞장서서 돌격했다. 나머지 소년들도 포효하며 하나씩 사나운 짐승이 되어 갔다. 이하오는 자신이 택한 방법이 너무 가혹하다는 생각에 자책하면서도, 닥터 야오를 보호하기 위해 조금도 주저하지 않았다. 그도 페이야와 꼭 닮은 바보였기 때문이다.

소년들이 목숨을 걸고 벌어 준 시간을 낭비할 순 없었다.

이하오는 다시금 질주했다. 다행히 이 건물은 계단과 엘리베이터가 각각 복도 끝에 있어서, 필사적으로 달려 엘리베이터로 올라오는 잭 조직원을 따돌리고 계단을 통해 위층으로 올라갈 수 있었다. 닥터 야오의 방까지 달려간 이하오가 황급히 문을 밀어젖혔다.

닥터 야오는 비상벨이 울리는데도 휴대전화 화면만 바라보고 있었다. 화면은 감시카메라와 연결돼 2층 응접실 밖의 처참한 상황을 중계하는 중이었다. 그녀는 태연하게 미소 지으며 뻔히 아는 답을 일부러 물었다. "무슨 일인데 이렇게 허둥대?"

이하오는 닥터 야오가 무사한 모습을 보고 일단 안심했지만, 지금은 결코 긴장을 늦출 때가 아니었다. 잭은 바로 아래층까지 따라잡았을 터였다.

"그런 약물을 쓰다니……." 닥터 야오는 휴대폰 화면을 통해 다른 소년들의 이상행동을 관찰했다. 그 마약은 즉각적인 반응이 위험할 뿐 아니라, 인체에 비가역적인 후유증을 남긴다. 그녀는 그 사실을 잘 알고 있었다. "이건 너답지 않은 방법이야." 닥터 야오가 안타깝다는 듯 말했다.

"나답든 아니든 그런 건 상관없어요. 빨리 가요! 놈들이 오고 있다고요!" 이하오는 한달음에 닥터 야오에게 달려가 그녀의 손을 잡아끌고 방을 나섰다. 짧은 순간에 이하오는 그 어느 때보다 정신을 집중했다. 휴대전화 화면을 통해 핏빛으로 얼룩진 광경이 보였다. 바깥 상황이 무척 나쁜 듯했다.

이하오는 늘 지니고 다니는 송곳을 꺼냈다. 손쉽게 피부를 꿰뚫을 만큼 날카롭긴 했지만 잭 조직원이 지닌 위협적인 무기가 마음에 걸렸다. 길이부터 송곳과 비교가 되지 않으니 교전이 일어난다면 자신이 먼저 나가떨어질 터였다. 그는 맞붙어 싸우면 누가 우세일지를 생각하지 않으려 애썼다. 닥터 야오가 이곳을 무사히 떠나도록 하는 게 급선무였다.

그는 요 며칠 자주 안절부절못했다. 불길한 예감이 엄습했다. 닥터 야오는 과거에 죽음을 위장했던 적이 있었다. 이하오는 그 일로 처절하게 무너졌고, 그의 세상도 붕괴했다. 가슴이 갈기갈기 찢기는 듯한 그 아픔을 두 번 다시 느끼고 싶진 않았다.

이하오의 걸음이 빨라지자 닥터 야오도 서둘러 걸었다. 그는 바로 뒤따라 붙는 하이힐 소리를 들으며, 놓칠까 두려운 그녀의 손을 꽉 쥐었다.

2층으로 돌아오자 소년들의 고통에 찬 비명이 들렸다. 잭과 소년들이 한데 뒤섞여 아수라장이었다. 이하오는 피아의 소리를 구별할 수 있었지만, 독한 마음을 먹고 멈추거나 뒤돌아보지 않으며 닥터 야오만 이끌고 1층 출구로 향했다.

여기서 더 지체할 수는 없었다.

이하오는 주위를 살핀 뒤 문밖에 사람이 없음을 재차 확인하고 닥터 야오와 함께 진료소를 빠져나왔다. 잭이 줄곧 엘리베이터를 통해 위층으로 침입해 온 점으로 미뤄 볼 때, 그들은 주차장을 통해 곧장 침입했을 가능성이 컸다. 이 난리 통에도 전혀 훼손되지 않은 1층 입구가 그의 추측을 뒷받침했다. 그러니 지금 주차장으로 가 차를 몰고 탈출한다면 십중팔구 다른 잭 조직원들과 마주칠 터였다.

밤의 네이후는 낮과 확연히 다르다. 그 많던 행인들은 마치 멸종이라도 된 듯 단 한 명도 보이지 않았다. 이하오와 닥터 야오는 아무도 없는 거리를 달리고 또 달렸다. 또 다른 잭 조직원과 마주칠 때까지.

남자처럼 옷을 입은 키가 껑충한 여자, 켈리였다. 담배를 문 그녀의 분위기는 전혀 호의적이지 않았다. 켈리의 도발적인 시선은 '여기서 먹잇감이 걸려들기를 기다리고 있었노라'라고 선언하는 것 같았다.

"역시 생각이 깊어." 닥터 야오는 위험한 상황은 안중에도 없는 듯 부드러운 목소리로 이하오를 칭찬했다. 이하오가 가장 걱정하는 점이 바로 닥터 야오의 이런 면이었다. 평온한 삶을 지루해하는 그녀는 언제나 일부러 온갖 위험에 접근하곤 했다. 이하오는 닥터 야오가 언젠가 그 불장난으로 스스로를 태워 버릴까 봐 두려웠다. 처음부터 일부러 잭과 접촉했고, 의도적으로 스넨을 움직이게 했고, 페이야를 전혀 다른 인간으로 만들기까지 한 그녀다.

닥터 야오는 영원히 만족하지 못하고 언제까지나 더 많은 자극을 찾을 것이다.

"저쪽으로 가요!" 이하오는 닥터 야오의 손을 꼭 잡고 켈리의 반대 방향으로 달렸다. 켈리는 사냥감을 특정한 치타처럼 일정한 속도를 유지하며 그들을 뒤따랐다. 이하오도 켈리가 적당한 기회를 찾고 있다는 걸 알았다.

멀지 않은 곳으로 택시 한 대가 지나갔다. 이하오는 드디어 닥터 야오를 현장에서 벗어나게 할 기회가 생겼다고 기대했지만, 이내 예리한 직감으로 돌연 나타난 택시를 경계하기 시작했다.

'이런 시간에, 이런 장소에, 이런 우연이 있다고? 그럴 리 없어!' 두려워진 그는 닥터 야오의 손을 손바닥으로 꼭 감싸 쥐었다. 택시는 이하오의 직감을 증명이라도 하듯 갑자기 인도로 침입하더니 무서운 속도로 두 사람을 향해 질주했다.

다급해진 이하오는 닥터 야오를 밀어낸 뒤 차에 들이받혔다. 순간 의식을 잃었다가 깨어난 그는 엄청난 통증 속에서도 머리를 굴리려 애썼다. 눈부신 전조등 앞에 주저앉아 팔을 들어 간신히 빛을 가렸을 때, 택시 문이 열리는 모습이 어렴풋이 보였다.

키가 큰 외국인 남자가 차 밖으로 빠르게 튀어나왔다. 오뚝한 콧날이 가뜩이나 각진 얼굴에 흉포한 인상을 더하는 잭 조직원 매부리코였다. 그는 굶주린 늑대처럼 닥터 야오에게 달려들어 그녀의 팔을 꽉 잡았다.

그때 제압당한 듯 보였던 닥터 야오가 발을 들어 하이힐 굽으로 매부리코의 발등을 찍어 눌렀다. 매부리코는 처참한 비명을 지르고는 약이 올라 그녀를 멀리 던져 버렸다. 바닥에 쓰러진 닥터 야오는 있는 힘을 다해 옆쪽으로 굴러 이하오가 놓친 송곳을 집어 들고 천천히 일어섰다. 무척 위태로운 상황인데도 그녀는 여전히 우아했다. 상대방이 사교 파티에서 마주친 사람이라도 되는 것처럼 두려운 기색이라고는 전혀 찾아볼 수 없었다.

낫을 든 택시 기사가 차에서 내려 매부리코와 나란히 닥터 야오에게 다가갔다.

"그 여자한테서 떨어져!" 이하오가 황급히 소리쳤다.

닥터 야오는 멀리서 이하오를 보며 옅은 미소를 짓고는 준비해 둔 주사기를 허리춤에서 꺼냈다. 그 속에는 물처럼 투명하지만 치명적인 독성을 지닌 약이 담겨 있었다. 송곳과 주사를 각각 한 손에 든 그녀는 고개를 들고 잭 조직원들과 맞설 준비를 했다.

그때 닥터 야오가 이하오를 바라보며 소리 없이 입술로 뭔가를 말했다. 오랫동안 닥터 야오의 곁을 지켜 온 이하오는 단번에 그 뜻을 이해했다.

"선생님……. 아니 커린可鄰*, 제발 그러지 마……." 이하오는 통증을 참으며 어떻게든 일어나 보려 애썼다. 하지만

---

* 닥터 야오의 이름.

켈리가 불쑥 다가와 다리를 거는 바람에 다시 바닥에 고꾸라지고 말았다. 아스팔트의 거친 입자가 피부를 긁었지만 이하오는 아랑곳하지 않고 다시 일어나려 했다. 닥터 야오와 잭이 실랑이를 벌이는 소리에 눈에 보이는 게 없었다.

귀찮으면서도 흥미로워 죽겠다는 듯한 목소리가 들려왔다. 켈리였다. "뭐 때문에 이렇게 필사적인 거야? 누워서 구경하면 너도 편할 텐데?"

"꺼져!" 이하오가 성가신 파리를 쫓듯 팔로 허공을 휘갈겼다. 켈리는 민첩하게 뒤로 물러나 두 손을 재킷 주머니에 찔러 넣고 경박하게 휘파람을 불었다.

겨우 몸을 일으켰을 때, 이하오는 닥터 야오가 택시 뒷좌석에 억지로 구겨 넣어지는 찰나를 목격해야 했다. 이 모든 일을 막아 보려 했지만, 택시는 돌연 후진하면서 도로에 검은 스키드마크를 그리고 홀연히 떠나 버렸다. 빨간 후미등이 도로 저편으로 사라졌다.

억장이 무너져 내린 이하오가 야수처럼 오열했다. 그는 부러진 갈비뼈를 부여잡고 절뚝거리며 택시를 쫓아갔다. 구경하던 켈리는 휘파람만 불어댈 뿐 더 이상 이하오를 공격하지 않았다. 그녀는 닥터 야오의 진료소를 향해 서늘한 미소를 지어 보였다. 지금 그곳에서는 한창 흥미진진한 일이 벌어지고 있을 터였다.

**17**

⋮

죽여 버려.

죽여 버려.

죽여 버려.

죽여 버려.

죽여 버려.

죽여 버려.

"미친놈들. 얘들 아무래도 우리보다 더 미친 거 같지 않아?" 뚱뚱한 잭 조직원이 벽을 타고 주르륵 미끄러지며 바닥에 털썩 주저앉았다. 등 뒤의 벽에 넓게 퍼진 핏자국이 남았다.

피로 물든 셔츠가 찢어져 드러난 가슴팍에서는 끈끈한 피가 끊임없이 새어 나왔다. 발치에 시체 한 구와 피가 묻은 소방용 도끼가 굴러다녔다. 그는 자신이 살아서 돌아갈 확률은 없다는 것을 잘 알고 있었다.

뚱뚱한 조직원의 이마에 기름진 땀방울이 맺혔다. 두툼한 눈꺼풀은 반쯤 늘어졌다. 그는 초점을 잃어 가는 눈에 간신히 힘을 주며 사방에 널린 시체를 눈에 담았다. 전부 이 건물을 지키던 소년들이었다. 깨끗했던 응접실 밖 복도는 도살장처럼 더러운 핏자국이 가득했다.

약물 때문에 미쳐 날뛰는 소년들과 서로 죽고 죽이는 전

쟁을 치르면서 잭도 어느 정도 피해를 보기는 했지만, 소년들은 결국 피를 탐하는 살인마들을 피하지 못하고 학살당하는 최후를 맞이했다. 하나를 잃고 다섯을 해치웠으니 잭 입장에서는 썩 나쁘지 않은 수확이다.

뚱뚱한 조직원을 등지고 쪼그려 앉은 좀비는 쉬지 않고 톱니 모양 칼을 휘둘렀다. 한 번 또 한 번. 살점이 갈리는 소리가 치켜든 칼끝과 함께 하늘 높이 솟아오르고, 곧이어 짓이겨진 고기가 사방으로 튀었다.

"이건 천상의 소리야." 뚱뚱한 조직원은 그렇게 생각하며 만족스럽게 숨을 거뒀다.

또 다른 조직원은 스위스제 칼을 들고 시신을 하나씩 뒤집으며 차례로 목을 그어 행여 남은 생존자가 없게 했다. 좀비의 무기에 목불인견의 지경이 된 한 구를 제외하고는 모두 목이 잘려 나갔다. 그들의 붉은 피가 하얀 대리석 바닥을 거의 모두 덮어 버렸다.

"놈은 여기 없어. 찾아내야 하지 않을까?" 그가 피 묻은 손을 아무렇게나 벽에 문지르며 물었다. 하지만 좀비는 시체를 써는 데 열중할 뿐 전혀 조직원을 상대하지 않았다. 광기 어린 톱질 소리와 쉰 웃음소리만 들릴 뿐이었다. 아무도 대답하지 않자 질문을 던진 조직원도 더 묻지 않았다. 어차피 잭은 규율이 엄격한 조직이 아니니 특별히 누구의 명령을 들을 필요는 없다. 이들이 여기에 모인 이유는 단지 다양한 먹이를 사냥하고 즐기기 위해서였다.

잭 조직원은 소방 도끼를 손에 들고 무게를 가늠했다. 튼튼하고 손에 착 붙었다. 홀로 복도 모퉁이를 돌았더니 계단실이 나왔다. 그는 고개를 쭉 내밀어 층계 사이의 틈을 살폈다. 귀를 쫑긋 세워 봐도 자신이 내뿜는 묵직한 콧바람 소리 외에는 아무것도 들리지 않았다.

'위로 올라가야 할까? 아니면 내려가야 할까?' 그는 잠시 망설이다가 위층을 택했다. 이 건물에 아직 살아남은 사람이 있는지 샅샅이 뒤질 작정이었다. 특히 그놈을. 최종 목적은 그놈이었다.

3층 복도로 통하는 문은 굳게 닫혀 있었다. 강철 재질로 만든 두꺼운 문으로, 비밀번호가 걸린 잠금장치가 달려 있었다. 그는 손에 든 소방 도끼를 가만히 쳐다봤다.

'내리칠까? 아니면…….'

머뭇거리는 동안 문 뒤에서 희미한 소리가 들렸다. 상대는 상처 입은 다리를 끌며 걸어오는 듯했다. 그는 회심의 미소를 지으며 문 옆으로 몸을 숨겼다.

'띠리릭-' 신호음에 이어 문이 열렸다. 조직원은 선물 포장을 뜯는 아이처럼 흥분해 급히 문손잡이를 잡아당겼다.

'이거 정말 운이 좋군!' 그가 발견한 것은 홀로 남겨진 소녀였다. 창백한 안색도 그녀의 예쁜 생김새를 가리진 못했다. 차가우면서도 치기 어린 소녀의 분위기에 조직원은 한층 더 흥분했다. 소녀를 철저히 괴롭히고 싶다는 짐승 같은 욕망이 일었다.

비상벨이 멎었다.

전에 없는 위기에 처한 페이야에게 주어진 선택지는 도망뿐이었다. 아무리 광기 어린 기질이 있다 해도 그녀는 소방 도끼를 든 성인 남성과 맞대결할 만큼 어리석지는 않았다. 페이야는 얼른 뒤로 돌아 방 쪽으로 달려갔지만 두 다리가 마음대로 움직이지 않았다.

페이야가 방문을 열려 손을 뻗는 순간 뭔가가 뒷덜미를 단단히 조여 왔다. 이윽고 시선이 심하게 흔들리더니 문손잡이로 향하던 초점이 억지로 천장에 고정되었다. 밀려오는 통증 덕분에 페이야는 자신이 땅바닥에 내동댕이쳐졌다는 사실을 깨달았다.

땅에 닿은 오른쪽 어깨가 심하게 아팠지만 페이야는 기어서라도 도망치려 애썼다. 하지만 이내 발목을 잡혀 방으로 끌려 들어가고 말았다. 당황한 그녀는 재빨리 주머니에서 미리 준비해 둔 주사기를 꺼내 공격할 기회를 기다렸다.

'쾅!' 묵직한 바람과 함께 굉음이 페이야의 뺨 바로 옆에서 울렸다. 잭 조직원이 찍어 내린 소방 도끼가 아슬아슬하게 얼굴에서 떨어진 지점에 박혀 있었다. 몇 밀리미터만 어긋났다면 귀가 잘렸을 것이다. 페이야의 의도를 간파한 잭 조직원의 경고였다.

"손에 쥔 것 버리고 똑바로 누워." 페이야를 잡은 잭 조직원이 명령했다. 죽음의 문턱에서 허우적대는 모습을 수없이 봐 와서인지, 그는 피해자들이 부리는 온갖 꾀를 알고 있었다.

페이야는 움직이지 않았다.

뺨 바로 옆에 박힌 도끼가 들어 올려진 뒤 다시 내리꽂혔다. 이번에는 머리카락이 잘려 나갔다. 페이야는 아무 소리도 내지 못한 채 천천히 주사기를 버렸다.

"천장 보고 누워." 조직원이 다시 명령했다.

페이야는 숨을 깊이 들이마신 뒤 입술을 깨물며 몸을 돌렸다. 그녀는 발가벗겨진 양 수치스러워 두 손을 가슴팍 앞으로 가져가 필사적으로 몸을 보호하며 눈앞의 남자를 쳐다봤다. 자신을 괴롭히던 학우들을 바라보듯.

"외투 벗어." 잭 조직원이 그녀를 내려다보며 마치 주인이 노예에게 명령하듯 횡포를 부렸다. 페이야가 자신의 말을 따르지 않자 그는 다시 도끼를 들어 반대쪽 머리카락을 베었다. 페이야의 긴 머리는 순식간에 들쭉날쭉한 단발이 되었다.

"외투 벗고 나머지 옷도 다 벗어. 안 그러면 콱 죽여 버리고 나서 네 시체랑 할 테니까." 머릿속에 욕정만 그득한 조직원이 허리띠를 풀었다. 페이야가 발가벗으면 그녀의 옷으로 손을 묶을 작정이었다. 페이야는 울고 싶었지만 참으려 애썼다. 겁에 질려서가 아니라 억지로 수영장에 끌려가 구이메이 일당 앞에서 옷을 벗었던 때가 떠올라서였다.

힘들게 여기까지 왔지만 자신의 처지는 변하지 않았다. 여전히 누군가에게 괴롭힘당하는 최후를 맞게 되었다. 하지만 그때는 적어도 찬한이 있었다.

밤낮없이 귓가를 맴돌던 환청이 드디어 기회를 잡았다는 듯 악랄한 목소리로 속삭였다. *찬한은 너를 버렸어. 너를 버렸어.*

"찬한 오빠가 나를 버렸어. 버렸어……." 페이야는 주문처럼 환청을 따라 중얼거렸다. 그녀를 외면하고 '사자'로 변신해 버린, 그녀와 가장 친밀한 사기꾼에게 던지는 말이었다.

그러나 눈앞에 있는 이름 모를 잭 조직원만이 페이야의 목소리를 들을 수 있었다. 그는 영문을 알 수 없다는 표정을 짓다가 무언가 결정을 내린 듯 소방 도끼를 높이 쳐들었다. *죽으면 뭐 어때.* 환청이 말했다. 페이야도 동의했다. 그냥 죽어서 모든 고통을 덜어내고 싶기도 했다. 죽음을 결심한 그녀는 눈을 감았다. 뜨거운 눈물방울이 흘러내렸다.

소방 도끼가 아래로 떨어지기 직전에 남자의 비명이 터져 나왔다.

페이야는 깜짝 놀라 눈을 떴다. 남자의 손에서 벗어난 도끼가 그녀의 얼굴로 떨어지고 있었다. 닳은 도끼날이 선명하게 시야에 들어오며 점점 커지고 있었다.

'피하기엔 늦었다.' 페이야가 생각하는 동안 누군가 날듯이 달려와 도낏자루를 잡았다. 페이야의 동공이 놀라서 커다래졌다.

'그 사람이야! 아빠를 죽인 사람!'

스넨은 속으로 안도의 한숨을 내쉬었다. 상처를 회복하는 동안 심심풀이로 한 수련이 이렇게 유용할 줄은 생각지 못했다. 조금만 더 수련하면 다음에는 정확하게 목덜미를 맞춰 수월하게 상대방의 숨통을 끊어 놓을 수 있을 것 같았다.

스넨은 두 손으로 소방 도끼를 단단히 고쳐 잡았다. 상처 입은 잭 조직원은 손으로 배를 움켜쥐었다. 그 손가락 사이로 수술용 메스의 손잡이가 보였다. 조직원은 우리에 갇힌 괴수처럼 괴성을 지르며 메스를 뽑아내려 했다. 하지만 스넨은 그보다 빠른 동작으로 도끼를 내리찍어 조직원을 쓰러뜨렸다. 분수처럼 뿜어져 나오는 피가 시트를 적셨다.

"침대를 더럽혀서 미안합니다." 스넨이 피 묻은 칼을 거두며 말했다. 물론 소독용 알코올로 깨끗이 닦은 후에야 안심하고 칼을 품에 넣었다.

"당신이 왜…… 여기 있어?" 페이야가 겨우 일어나 양손에 주사기를 하나씩 잡았다. "왜 우리 아빠를 죽였어?"

"반드시 죽여야 했으니까." 스넨은 별다른 설명을 하지 않았다.

"나도 반드시 당신을 죽여야겠어." 페이야가 스녠에게 다가가며 말했다.

이자만 아니었다면 페이야의 가족은 해체되지 않았을 것이다. 그녀와 남동생이 친척 집으로 뿔뿔이 흩어져 살 필요도, 전학을 갈 필요도 없었고, 구이메이를 만나지도 않았을 것이며…… 물론 찬한을 만날 일도 없었을 것이다.

이 사람은 마치 재앙의 별처럼 홀연히 나타나 페이야의 세상을 통째로 뒤집어 놓았다. 떨칠 수 없는 원한이 페이야를 복수의 구렁텅이로 내몰았다. 불길에 기름을 부은 듯 분노가 타올랐다.

*그를 죽여 버려. 죽여 버려. 죽여 버려. 죽여 버려. 죽여 버려. 죽여 버려!* 그 목소리가 외쳤다.

필사적으로 자신을 공격하려는 페이야를 마주한 스녠은 일단 뒤로 물러섰다. 이하오의 걱정은 옳았다. 이 소녀는 이미 저 너머의 세계에 발을 들였고, 잭과 유사한 종류의 괴물이 되기 일보직전이었다. 하지만 아직 괴물에게 완전히 먹힌 것은 아니니 구할 수 있을 터였다. 잭 조직원이 풍기는 악취는 여전히 나지 않았다.

스녠은 페이야와 대치하기를 피했지만, 페이야의 생각은 달랐다. 잭 조직원을 깔끔하게 해치워 버린 스녠의 솜씨도 잊고 증오와 원한에 가득 차 막무가내로 스녠을 들이받았다. 어쩌면 자포자기한 건지도 몰랐다. 죽으면 더는 고민할 필요도 없으니 얼마나 좋은가. 더 이상 환한을 찾아 헤맬 필요도 없다. 그녀를 낯선 사람 취급하는 사기꾼 놈 따위 다시는 쫓아다니지 않아도 될 터였다.

페이야가 잠깐 틈을 보인 사이에 스넨은 재빨리 그곳을 빠져나왔다. 하지만 페이야는 필사적으로 스넨을 뒤쫓았다. 스넨은 복도를 통과해 계단으로 내려갔다. 쫓아오는 발소리가 그치지 않자 그는 속으로 한숨을 쉬었다.

2층을 벗어나는 마지막 계단에 발을 디딘 순간, 바람을 가르는 날카로운 소리가 들렸다. 스넨이 재빨리 피하자 소방 도끼가 바닥에 부딪치는 소리가 요란하게 울렸다.

페이야처럼 스넨에게 깊은 원한을 품은 좀비였다.

"찾·았·다!"

거무튀튀한 눈두덩에 혼탁한 눈동자를 지닌 좀비가 광적인 환희를 드러냈다.

**18**
·····
다음에도
왼쪽 다리

외나무다리에서 원수를 마주친 좀비가 음산한 미소를 지었다. 그는 의심 많은 대머리독수리처럼 목을 쭉 빼고서 스넨을 노려보고 있었다. 좀비는 스넨이 자신에게 준 수모를 잊지 않았다. 이번에야말로 받았던 모든 것을 돌려주고, 녀석의 살을 도려내고 그 피로 대가를 치르겠다고 다짐했다.

막다른 계단실 출입구에서 좀비가 성큼성큼 다가오자, 스넨을 뒤따라 온 페이야는 뭔가 잘못됐음을 알아채고 계단 사이 층계참에서 둘을 지켜봤다. 페이야는 스넨을 노려보다가 이어서 좀비를 훑어보고는 진저리치며 말했다.

"이렇게 끔찍하게 생긴 놈은 또 어디서 나타난 거야?"

페이야의 일갈에 화가 머리끝까지 난 좀비가 톱니 모양 칼을 휘두르며 그녀를 위협했다. "네 얼굴 가죽을 도려낸 뒤에 누가 더 끔찍한지 보자!" 좀비와 페이야 사이에 있던 스넨은 둘이 실랑이하는 틈을 타 난간을 짚고 재빨리 반대편 계단으로 넘어갔다. 그는 발끝이 아래층 계단에 닿자마자 1층으로 내달렸다. 스넨이 도망치자 좀비는 페이야에게 신경을 끄고 당장 소방 도끼를 주워 든 뒤 스넨을 따라붙었다. 페이야는 발을 동동 구르며 그들을 뒤쫓았다.

건물에서 탈출한 스넨은 도망칠 기회를 잡았지만, 어째서인지 텅 빈 도로 쪽으로 달려가지 않고 건물을 한 바퀴 돌아 주차장으로 향했다. 양손에 흉기를 든 좀비는 어색한 자세로 스넨을 쫓았다. 무거운 소방 도끼 때문에 몸이 한쪽으로 기울어 금방이라도 넘어질 듯 보였지만, 그는 넘어지기는커녕 기괴할 만큼 빠른 속도로 다가와 스넨의 등을 조준해 힘껏 도끼를 던졌다. 소방 도끼가 회전하며 허공을 가로질러 날았다. 하지만 진작에 방어 태세를 갖춘 스넨은 옆으로 몸을 날렸다. 표적을 잃은 도끼가 아스팔트 위에 떨어지자 좀비가 달려와 재빨리 도끼를 다시 주웠다.

좀비는 스넨이 주차장으로 달려가는 뒷모습을 보고 피식 웃었다. 그의 눈코입이 기괴한 모양으로 일그러졌다. '도망치는 경로가 저게 뭐야. 한 바퀴 빙 돌아 제자리로 돌아오다니, 너무 놀라서 멍청해진 모양이군!' 그는 스넨을 쫓아 주차장으로 들어갔지만, 그 안에는 주차된 차 몇 대와 머리가 없는 시체들밖에 보이지 않았다.

"나와!" 좀비가 고함치며 비틀비틀 경사로를 내려왔다.

"숨어도 소용없어."

그는 머리가 없는 샤오첸의 시체를 넘어갔다. 반쯤 굳어 끈적끈적해진 피를 구둣발로 밟으며 사방을 훑어보는데, 철제 셔터가 내려가는 소리가 들렸다.

뒤이어 스녠의 담담한 목소리가 들려왔다. "잡았다."

좀비가 두리번거리는데 별안간 날카로운 빛이 번쩍했다. 형광등에 반사된 칼끝이었다. '피해야 한다……' 그 순간 예리한 통증이 허벅지를 파고들었다. 좀비는 고통에 괴성을 질렀다. 놀란 눈으로 오른쪽 다리를 보니 칼날이 완전히 살에 파묻혀 손잡이만 보였다. 수술용 메스였다.

양손에 수술용 메스를 하나씩 쥔 스녠의 실루엣이 어둠 속에서 나타났다. 스녠이 4층의 병원에서 찾아낸 새로운 장난감이다. 가볍고 손에 착 달라붙으면서 살상력도 충분했다.

"다음은 왼쪽 다리입니다. 더 이상 걸을 수 없게 하겠습니다." 스녠이 선고하듯 말했다.

"올 테면 와 봐!" 상처 입은 좀비가 다친 다리를 질질 끌며 다가와 톱니 모양 칼로 샤오첸의 시체를 가리키며 외쳤다.

"목을 베어 주지. 이 여자처럼! 그 뒤에는 배를 가를 거야."

스녠은 좀비의 협박을 무시하며 태연하게 팔을 들어 칼을 내리꽂았다. 손목에 힘을 가해 살짝 비틀자 칼날은 완전히 좀비의 살 속으로 파고들었다. 좀비의 계획은 톱니 모양 칼로 메스를 쳐서 떨어뜨리는 거였다. 하지만 메스가 그린 궤적은 좀비의 예상 밖이었고, 미친 듯이 휘두른 칼은 애꿎은 공기만 갈랐다. 순간 어깨에 극심한 통증을 느낀 좀비는 손에 힘이 풀려 소방 도끼마저 떨어뜨렸다.

좀비는 놀란 동시에 분노하며 어깨를 쳐다봤다. 수술용 메스가 박혀 있었다. 아직 결판을 내지도 못했는데 왼쪽 어깨와 오른쪽 다리가 망가진 것이다.

'속았어.' 스넨이 왼쪽 다리를 공격할 거라고 굳이 예고한 건 좀비를 속이기 위해서였다. 그런데 정말 속을 줄이야.

스넨은 여유롭게 뒤로 물러났다. 그는 회복 기간 동안 연습을 반복해 상대에게 가장 치명적인 상처를 남길 수 있는 거리를 파악했다. 그는 왼손에 든 메스를 오른손으로 바꿔 쥐고 다시 한 번 선고했다. "이번에도 왼쪽 다리입니다."

"그걸 믿으라고?" 자신이 속았다는 걸 깨달은 좀비는 피가 바짓가랑이로 흘러내리는데도 포효하며 허겁지겁 톱니 모양 칼을 휘둘렀다. 하지만 아쉽게도 칼은 스넨의 근처도 스치지 못했다. 좀비가 두 걸음 다가오면 스넨은 두 걸음 물러났고, 좀비와 자신의 거리를 정확히 계산한 후 번개같이 공격했다.

이번에도 스넨이 거짓말을 할 거라 확신한 좀비는 예고를 무시하고 기세 좋게 왼쪽으로 피했다. 그 바람에 정확히 왼쪽 다리를 겨누던 수술용 메스가 이번에는 오른쪽 무릎에 꽂히고 말았다.

부릅뜬 좀비의 눈에서 눈물이 쏟아졌다. 그는 두 번 찔린 오른쪽 다리를 끌어안고 쓰러져 비명을 지르면서도 욕설을 멈추지 않았다. "쓰레기 같은 사기꾼 놈아. 죽어! 내가 널 죽이고 말 거야! 으아아아악!"

좀비가 사방으로 침을 튀기는 바람에 스넨은 가능한 한 그의 얼굴 주변을 피하면서 또 다른 메스를 꺼냈다. '이제부터는 아무데나 꽂아도 되겠군.' 어차피 눈앞에 있는 놈은 이제 살덩어리로 만든 과녁이 되었으니, 아무렇게나 던져도 맞을 터였다.

"당신의 목적이 무엇입니까?" 스넨이 메스를 쥐고 물었다.

"네 놈을 죽이는 거!" 좀비는 고함을 지르며 손을 땅에 짚고 일어나려 했다. 스넨은 목표를 정확히 조준해 오른손을 휘둘렀다. 메스는 좀비의 등에 날아가 박혔고, 또다시 처참한 비명이 이어졌다.

"목적이 무엇입니까?" 스넨은 같은 질문을 반복했다. 이렇게 고문과도 같은 공격을 반복하는 이유는 가능한 한 많은 정보를 얻기 위해서였다.

화가 치밀어 오른 좀비가 몸에 박힌 메스를 뽑아 스넨에게 던졌다. 하지만 조준이 엉망이라 살상력이 없었다. 스넨은 그 자리에서 꿈쩍도 하지 않고 메스가 땅에 떨어지는 장면을 냉랭하게 쳐다봤다. 좀비는 다시 톱니 모양 칼을 미친 듯이 휘둘렀다. 하지만 곧 수술용 메스가 팔에 박혔고, 그는 밀려오는 통증에 오들오들 떨었다. 그 와중에도 분신처럼 지니고 다니는 톱니 모양 칼은 여전히 손에 쥐고 놓지 않았다.

"당신들은 모두 몇 명입니까?" 스녠이 물었다.

좀비가 누런 이를 드러내자 반쯤 벌린 입에서 피 섞인 침이 흘렀다. 그는 기괴한 웃음을 터뜨리며 말했다. "무척 많지. 영원히 너를 쫓아다닐 수 있을 만큼. 네가 죽여도 죽여도 끝이 없을 만큼 많지!"

"그렇습니까?" 스녠이 또 한 번 칼을 꽂자 무기를 움켜쥔 좀비의 두 손에서 힘이 풀렸다. 그는 이제 더 이상 그 무엇도 잡지 못할 것이다. 스녠은 좀비에게 다가가 톱니 모양 칼을 저만치 걷어찼다.

"젠장! 내가 반드시 죽인다. 찢어 죽여 버릴 거야! 내가 반드시 널……."

스녠은 잠시 쪼그려 앉았다 일어나며 순식간에 좀비의 목을 그었다.

잠금 기능이 망가진 수도꼭지가 물을 토해 내듯 피가 콸콸 쏟아졌다. 좀비는 이제 스녠을 멀뚱멀뚱 쳐다볼 수밖에 없었다. 그토록 죽이고 싶었지만 죽이지 못한 사냥감을. 그는 얼마 전까지만 해도 이번에야말로 스녠을 죽여 책의 눈엣가시를 제거하겠다고 굳게 믿었다.

그런데 어째서 바닥에 쓰러져 피를 쏟고 있는 쪽이 자신일까?

답답해진 좀비는 한바탕 소리라도 지르고 싶었으나 목소리가 나오지 않아 스넨이 떠나는 뒷모습을 그저 바라볼 수밖에 없었다. 그리고 곧 눈동자를 굴릴 힘도 남지 않게 되었다. 좀비의 손가락에 자신이 흘린 피가 닿았다. 그가 마지막으로 느낀 온도였다.

철제 셔터를 올린 스넨은 만일을 대비해 손에서 메스를 놓지 않았다.

바깥에는 페이야도 잭 조직원도 보이지 않았다. 스넨은 왔던 길을 따라 건물 입구로 돌아왔다. 성가시긴 하지만 페이야를 여기 두고 갈 수는 없었다. 조금 전 줄행랑을 친 것도 좀비를 끌어내기 위해서였다. 다행히 좀비는 멍청해서 그의 계획대로 움직여 주었다.

스넨은 길 쪽을 살펴본 뒤 2층 응접실 밖 복도로 향했다. 그곳에 펼쳐진 참상에 절로 얼굴이 찌푸려졌다. 시체 여섯 구에 머리통 하나. 천장까지 피가 튀어 있었다. 시체를 하나하나 살펴보니 잭 조직원은 한 명뿐이고, 나머지는 이하오가 배치해 둔 사람들 같았다. 그중에는 예전에 '건반'에서 마주친 얼굴도 있었다. 머리통만 남은 소녀 역시 낯이 익었다.

응접실 안의 가구며 집기들은 멀쩡했다. 복도의 참극은

내부까지 번지지 않았다. 상담실 안으로 들어가 봤지만 역시 아무도 없었고, 이하오와 닥터 야오도 보이지 않았다. 스넨은 상담실 내부 전화를 들고 내선번호를 눌러 4층으로 전화를 걸었다.

"안전합니다." 스넨은 의사와 그의 조수에게 상황을 알려 주었다.

그는 블라인드를 열고 바깥의 동정을 살폈다. 건물 안팎이 전혀 다른 세계처럼 느껴졌다. 건물 밖 세상이 여기보다 평화로울까? 그럴 리는 없다. 스넨은 그런 착각에 빠질 만큼 어리석지 않다. 위험은 안팎을 막론하고 도사리고 있을 것이다. 위험은 장소를 가리지 않으니까.

스넨은 남은 메스의 수량을 점검한 후 몸에 지녔다. 그러고는 숨겨 둔 단도를 바지 주머니 속에서 움켜쥔 채 건물을 나섰다. 그는 페이야가 자신을 사로잡거나 죽이기 위해 건물 안팎을 배회할 거라 예상했지만, 그녀도 닥터 야오와 이하오처럼 보이지 않았다. 잭을 피하려고 먼저 떠난 걸까? 이리저리 추측해 봤지만, 그와 페이야 사이의 원한을 어떻게 풀어야 할지 조금도 갈피를 잡을 수 없듯 답을 얻을 수가 없었다.

페이야를 죽이는 것은 당연히 처음부터 스넨의 선택지에 없었다. 하지만 잭 조직원을 처단한 일을 후회한 적은 단 한 번도 없다. 잭 조직원에게 가족과 친구가 있다면 피해자도 마찬가지다. 이런 이유로 임무 수행에 제동이 걸려서는 안 된다.

하지만 정말 불가피한 상황이 아니라면 페이야에게 진 빛이 있으니 그녀에게 칼을 겨누지는 않을 것이다. 페이야의 아버지가 잭의 일원이라는 사실도 밝히지 않을 생각이었다. 결국 스넨은 이 문제에서 대단히 수동적인 입장일 수밖에 없었다. 페이야가 어떻게 나올지 지켜본 후에야 대응할 수 있을 터였다.

스넨은 정말 간절히 바랐다. 더는 페이야와 마주치지 않게 해 달라고.

∿

좀비와 맞닥뜨린 스넨이 계단실에서 도망친 직후.

페이야가 주차장 입구까지 따라갔을 때, 철제 셔터는 이미 끝까지 내려가 있었다. 페이야는 후들거리는 두 다리를 원망하고 허약한 자신을 더욱 원망했다. 하는 수 없이 건물로 돌아가 다른 통로로 주차장에 들어가야만 했다.

그자는 반드시 대가를 치러야 했다. 페이야는 이대로 넘어가지 않을 작정이었다.

페이야는 비로소 자신의 마음속에 오랫동안 묵힌 증오가 있다는 걸 깨달았다. 그녀는 과거의 온갖 경험과 뒤엉켜 나타나는 복잡다단한 감정에 사로잡혔다. 핵심은 증오지만, 결이 다른 여러 가지 부정적인 감정들이 뒤섞여 있었다. 그 감정들을 일일이 구분 짓고 분해할 수는 없었다.

구이메이 등에 대한 원한, 동창들과 친척에 대한 분노, 아버지를 여의고 사람들에게 손가락질을 당했을 때의 수치심, 살인과 몸부림, 그 뒤에 움트는 불안, 그토록 만나길 바랐던 찬환의 냉대로 인한 슬픔……. 이 모든 감정이 얽히고설켜 어마어마한 살상력을 지닌 어떤 정서로 태어났다.

그 감정은 용광로처럼 페이야의 안에서 들끓는가 하면, 얼음송곳이 되어 뼈를 찔렀다. 페이야는 이 감정을 쫓아 극단으로 치달았고 혼돈과 무질서에 빠졌다. 그녀는 이제 예전 모습에서 점점 멀어지고 있었다. 그 감정이 또 페이야를 어지럽게 했다. 지금은 반드시 뭔가를 해야 한다고 생각했다. 뭐라도 해야 한다.

그녀는 힘없이 건물 입구로 돌아왔다. 거기에 누군가 있었다. 담배를 문 키 큰 여자가 동물원의 앵무새를 구경하듯 흥미진진한 눈빛을 페이야에게 던졌다.

페이야는 눈살을 찌푸렸다. 여자의 정체는 잘 모르지만 혐오스러웠다. 이 여자에게 주사를 놔야겠다고 마음먹은 페이야는 자신도 모르게 주머니에 손을 넣었다.

여자는 페이야의 움직임을 파악하고는 눈썹을 살짝 치켜 올리며 말했다.

"너 설마 나한테 깜짝 선물이라도 주려는 건 아니지?"

켈리는 질문을 마치고 빙긋 웃어 보였다.

**19**

......

진흙탕

달빛이 내리는 오두막집. 마당에 탄화와 사자가 서 있다.

"어떻게 하면 좋을까요? 얼마나 오랫동안 여기에 갇혀 있었는지 모르겠어요. 더는 안 돼요. 평생 여기에 숨어 지낼 수는 있겠죠. 하지만 그건 천천히, 아주 천천히 썩어 가는 것이나 다름없어요. 시든 꽃잎이 흙바닥에 떨어지는 모습을 본 적 있어요? 아무리 선명한 색을 자랑했다 하더라도 결국에는 흙과 동화되고 말아요. 만약 여기 계속 갇혀 있기만 한다면 나도 그런 최후를 맞게 될 거예요. 그래서 막 여기를 떠나려는 참에 그쪽이 나타난 거예요. 이거…… 어떤 계시 아닐까요? 나는 연습을 충분히 해야만 여길 떠날 수 있거든요."

탄화는 무척 급하게 말을 쏟아냈다. 구구단 외우기 숙제를 내 준 선생님 앞에서 행여 잊어버릴까 봐 숨도 쉬지 않고 구구단을 외는 초등학생처럼, 해야 할 말을 잊어버리지는 않을까 하고 두려워하는 듯 보였다.

말수가 적은 업자와 가깝게 지내다 보니 탄화는 부쩍 말을 잘하게 되었다. 그전까지 탄화는 말하는 행동 자체를 어색해했다. 탄화는 거의 단숨에 말을 끝내고 숨을 헐떡이며 들썩이는 가슴을 손으로 눌렀다. 검은 원피스의 네크라인을 따라 새하얀 쇄골이 드러났다. 탄화는 무척 마른 편이지만 뼈다귀를 연상시키는 수척한 느낌이 아니라 꽃의 줄기처럼 조금만 힘을 주어도 꺾일 것 같은 가냘픈 느낌을 풍겼다.

탄화는 말이 없는 사자를 보고는 시선을 아래로 떨구고 괜스레 꽃봉오리만 만지작거렸다. 수많은 꽃들이 울타리를 따라 피어 오두막 전체를 감쌌고, 두 사람은 꽃으로 둘러싸인 담장 안에 있었다. 꽃은 생김새만 겨우 구별할 줄 아는 사자도 탄화가 이 꽃들을 얼마나 공들여 보살폈는지 충분히 알 수 있었다.

"혹시…… 내가 귀찮아요?" 탄화가 조심스럽게 물었다.

사자는 고개를 저었다.

"나는 사람들과 거의 대화를 나누지 않거든요. 말할 상대도 없어요. 나한테 말을 거는 사람이 없어서 그런 건 아니에요. 내가 무서워서 그래요." 탄화는 겁먹은 눈으로 애써 미소를 지어 보였다. 입꼬리가 양쪽으로 살짝 일그러진 부자연스러운 미소였다. 미소도 아직 연습 중이었다.

탄화는 사람이 무서웠다.

그녀는 어느 날인가부터 사람들에게 막연한 두려움을 갖게 되었다. 사람들 앞에 서면 저주에 걸린 듯 몸이 뻣뻣해지고 호흡이 빨라지곤 했다. 상대방의 눈동자 속에 그녀를 해칠 만한 위험한 뭔가가 숨어 있기라도 한 것처럼 사람의 눈을 똑바로 볼 수가 없었다. 그럴 때마다 탄화는 반사적으로 상대를 회피하고 접촉을 거절했다.

처음에는 번화가를 피하느라 외출을 꺼렸다. 그다음에는 차 안에만 있어도 행인을 보면 감당할 수 없는 공황이 찾아왔다. 길에는 사람이 너무 많았다. 너무 많은 소리가 들렸다.

소리. 탄화는 사람들이 대화하는 소리만 들어도 작은 벌레들이 모여 두피에서 기어 다니는 것처럼 머리 꼭대기부터 저릿함이 몰려왔다. 그것들이 귀를 파고들어 고막을 뚫고 곧장 뇌로 침범해 대뇌피질을 잘근잘근 씹어 뇌에 들쭉날쭉한 자국을 남길 것만 같았다.

귀를 막아 외부의 소리를 차단해도 그 벌레들을 쫓아낼 수는 없었다. 하루는 교실에 앉아 수업을 듣는데 그날따라 주변 친구들이 속삭임을 멈추지 않았다. 그녀는 어떻게든 참아 보려고 교과서를 보며 흰 종이에 인쇄된 까만 글자에만 집중하려고 애썼다.

하지만 눈물이 교과서에 떨어지는 소리마저 신경을 긁

어 도저히 참을 수가 없었다. 종이 위에서 번지다 마른 눈물 자국의 윤곽은 불에 그슬린 모양 같기도 했다. 탄화는 애써 눈을 부릅떴다. 몸은 아프지 않았지만 탄화의 영혼은 마치 불길에 그슬린 듯 고통스러웠고, 금세 전부 타올라 없어질 것만 같았다.

그 후 탄화는 학교에도 가지 못하고 집 안에만 틀어박혀 있게 되었다. 나이 많으신 아버지가 전국 각지에서 명의를 불러들였지만, 진료도 해 보지 못하고 돌아가기 일쑤였다. 탄화는 의사가 질문할 때마다 그 성대의 울림이 예민하게 느껴져 공포에 떨었다. 의사의 얼굴은 기억하지 못했지만 환자를 대하는 의사 특유의 관찰하는 눈빛, 당장이라도 탄화를 뚫어 버릴 것 같은 그 눈빛이 뇌리에 박혀 떨칠 수가 없었다. 곤충의 날개를 핀으로 고정해 표본을 만드는 것처럼, 의사가 그녀에게 핀을 박아 산 채로 박제할 것만 같았다.

그날 탄화는 비틀거리며 일어나 쓰러질 것 같은 몸으로 문을 밀어젖혔다. 그녀가 입 밖으로 내뱉지 못한 고함을 대신 터뜨려 주듯 문소리가 유난히 요란했다. 탄화는 침실로 통하는 긴 복도를 달렸다. 그러다 발끝을 잘못 디뎌 발목을 삐었지만, 아픔을 무시하고 달리기만 했다. 상어로부터 도망치는 거센 파도처럼 달리고 또 달렸다.

그토록 넓은 집에 살고 있다는 사실이 처음으로 원망스러웠다.

탄화는 방에 도착하자마자 문을 걸어 잠그고 침대로 몸을 던져 이불로 온몸을 꽁꽁 싸맸다. 아버지가 문을 두드렸지만 열어 주지 않았다. 모세혈관에서 뿜어내는 열기가 이불 속에서 서서히 팽창했다. 얇은 실내복은 이내 축축하게 젖었다. 땀이 흥건해 불쾌했지만 탄화는 참고 또 참았다. 절대 밖으로 나가고 싶지 않았다. 결국 아버지는 한숨을 내쉬며 돌아갔고, 탄화는 그 뒤로 지금까지 계속 스스로 지은 감옥에서 벗어나지 못하고 있었다.

탄화는 며칠 동안 밤마다 자신의 이야기를 때로는 거침없이, 때로는 머뭇거리며 사자에게 털어놓았다. 사자는 참을성 있게 들어 주었고, 탄화가 과거를 회상하고 말하기를 연습할 수 있도록 곁에 있어 주었다.

"질문 하나 해도 돼요?" 탄화가 조심스레 물으며 손가락을 배배 꼬았다. 그녀는 지금 무척 도망가고 싶었다. 사자가 음험하거나 무서워서가 아니다. 사자는 분명 좋은 사람이다. 좋은 사람만이 좋은 마음으로 그녀를 대하는 것을 안다. 하지만 탄화는 여전히 사람이 무서웠다.

"그래요." 사자의 대답은 언제나처럼 짧았다.

"왜 여기로 보내졌어요?" 탄화의 얼굴이 붉게 물들었다. 긴장할 때 흔히 나타나는 반응이다. 그녀는 잠시 멈췄다가 신중하게 단어를 골라 말을 이어 갔다. "그쪽은…… 무척 정상으로 보이는데."

"기억을 잃었어요. 아무것도 기억나지 않아요."

"그 사람들이 치료해 주지 않았어요? 여기 온 사람들은 다 치료받으러 온 사람이잖아요." 탄화는 어리둥절해하며 물었다. 그녀가 아는 사실과 어딘가 달랐다.

"치료 같은 거 필요 없어요. 나는 이대로가 좋으니까."

"왜요? 그쪽은 나랑 다르잖아요. 분명 고칠 수 있을 거예요……." 탄화는 이해할 수가 없었다. 사자가 뭔가를 낭비하고 있다는 생각이 들었다.

사자가 자신을 빤히 쳐다보자 탄화는 얼른 시선을 피해 애꿎은 잎맥만 뚫어져라 쳐다봤다. 거기 무슨 비밀이라도 숨겨져 있는 것처럼. 하지만 비밀 따위는 없다. 그녀는 다만 사람의 시선을 피하고 싶을 뿐이었다. 아무리 신뢰하는 사자라도 예외일 수는 없었다.

탄화는 발이 저렸다. 도망치지 않고 억지로 오랫동안 서 있던 탓이다. 굳은 근육이 경련을 일으키며 주인에게 소리 없이 항의했다. 하지만 탄화는 숨을 깊이 들이마시며 공포를 억눌렀다.

연습. 모든 것이 다 연습이다.

사자는 자연스럽게 의혹이 생겼다. 탄화가 말하는 그곳과 자신이 몸담은 공장의 이미지에는 상당한 괴리가 있었다.

"탄화도 업자예요?" 사자가 물었다.

"아니요……. 난 아니에요. 여기 오는 사람들은 다 치료받으면서 일을 하는 거 아닌가요? 사회로 복귀했을 때 탈선하지 않고 생계를 유지할 수 있도록 기술도 가르쳐 주잖아요. 그래서 업자라는 직업을 준 걸로 알고 있는데."

"다른 업자와 만난 적 있어요?" 사자가 다시 물었다.

"옛날에는 있었어요. 그런데 얼마 지나지 않아서 내가 또 도망쳤거든요. 그때는 이곳에 지금처럼 사람이 많지 않았어요. 굴뚝에서 연기도 나지 않았고요. 참! 공장에서는 매일 뭘 태우는 거예요? 연기가 보이긴 하는데 도저히 가까이 가 볼 엄두가 나지 않아요. 거긴 사람이 너무 많아서……."

"그냥 폐기물이죠 뭐." 사자는 어느 정도 확신이 생겼다. 탄화가 기억하는 건 공장의 초창기 모습일 것이다. 그렇다면 탄화는 공장이 세워졌을 때부터 줄곧 이곳에 머물렀다는 말이 된다. 그녀는 자발적으로 이 깊은 산중에 갇혀 적어도 몇 년을 이곳에서 벗어나지 않았다.

"안 찾을 거예요?" 탄화는 사자가 행여 자신을 귀찮게 여길까 봐 조심스럽게 물었다.

"뭘 찾아요?"

"잃어버린 기억…… 같은 거요……." 탄화는 사자의 기분을 살폈다.

"필요 없어요." 사자도 기억을 찾아볼까 고민해 본 적은 있지만, 결국 필요하지 않다는 결론을 내렸다.

"왜요? 자기가 누군지 모르는 게 무섭지 않아요?"

"내가 누구인지 알게 된 뒤가 더 무서울걸요. 아마 나는 예전에 쓰레기였겠죠. 그래서 지금 이 꼴이 된 걸 테고. 무슨 일이 있었는지 기억나지는 않지만, 아무튼 그런 느낌이 들어요. 아무래도 누군가를 크게 저버린 것만 같아요." 사자가 말했다. 그는 오랫동안 떨칠 수 없는 양심의 가책과 죄책감에 시달렸고, 그 기분은 나날이 더해만 갔다. 그래서 과거의 자신을 부정하기에 이르렀다.

탄화는 조심스럽게 사자의 말에 반기를 들었다. "그쪽은 그런 사람이 아니에요. 절대로."

"그걸 어떻게 알아요?" 사자가 되물었다.

"그냥 그럴 리 없어요." 근거가 없을지라도 탄화는 자기 생각을 굽히지 않았다. 그건 그냥 마음에서 우러나오는 믿음 같은 것이었다.

사자는 어쩐지 마음이 거북해져 다른 곳으로 시선을 돌렸다.

'탄화는 어떻게 그렇게 단정할 수 있을까? 아마 나는 구제불능의 인간 말종이었을 텐데. 그 인간 말종의 면모가 마침 기억과 함께 삭제되었으니 그녀가 지금의 나를 믿게 된 거겠지.'

과거는 잊었지만, 기억을 잃고 난 뒤 이어지는 기억에는 전혀 문제가 없었다. 사자는 '뱀허물'이라는 코드명을 가진 의뢰인이 자신과 만나기 위해 어떻게 했는지 기억하고 있었다. '뱀허물'이 무력하게 쓰러지던 모습도 기억한다. 그것은 기억상실 이후로 가장 또렷하게 남아 있는 장면인데, 의지와 상관없이 자꾸만 떠오르곤 했다. '꼭 알아야만 하는 사람이었을까? 내가 정말…… 찬한일까?'

"나 어떤 사람을 만났는데, 그 사람이 나를 알고 있었어요." 사자는 말을 마치자마자 후회했다. 갑자기 이런 고백을 해서는 안 됐다.

탄화가 놀라며 물었다. "진짜요? 그 사람이 기억났어요?"

"아니요. 그럴 필요도 없어요." 사자는 여기서 멈추는 편이 낫다고 생각했다. 업자는 너무 많은 것을 누설해서도, 이런 문제들을 생각해서도 안 되는 사람이다.

"하지만 그 사람이 먼저 당신을 알아봤잖아요. 분명 걱정하고 있을 거예요. 실종된 지 오래됐으니 내내 찾았을지도 몰라요."

'그 애가 나를 찾았던 건 맞지.' 사자는 생각했다. '하지만 그 애가 나를 죽이고 싶어 할 정도로 무너진 것도 기억하고 있어. 그러니 최대한 그 애한테서 멀리 떨어져 있는 게 좋을 것 같아. 과거의 나는 분명 쓰레기였을 테니까.'

"그만 가 봐야겠어요." 사자는 일방적으로 이야기를 끝내고 멀리 던져 둔 유니폼 상의를 주웠다.

탄화가 쫓아와서 다급하게 물었다. "화났어요? 미안해요……."

"화 안 났어요." 돌아보지 않고 천천히 멀어지는 사자의 뒷모습을 음산한 나무 그림자가 금세 삼켜 버렸다. 사자는 키 큰 잡목을 헤치며 앞으로 나아갔다. 손에 든 유니폼에 이슬이 맺혀 젖은 자국이 남았다.

숲속을 벗어난 사자는 유일한 은신처로 돌아왔다. 공장 굴뚝에서 짙은 연기가 뿜어져 나왔다. 오늘 밤도 '폐기물'이 소각되고 있었다. 연기의 검은색과 밤하늘의 검은색에는 뚜렷한 차이가 있지만, 연기가 흩어질 때에는 하늘과 연기의 경계가 사라져 연기는 밤이 되고 밤은 연기가 되었다. 화염에 타 버린 시체는 육안으로 변별할 수 없는 작은 입자가 되어 밤하늘의 일부가 된다.

공장 앞 광장에 화물차 몇 대가 서 있었다. 광장과 이어진 창고에서 불빛이 새어 나왔다. 그곳은 업자의 일상 중 일부다. 사자는 탄화를 만나러 가기 전에 항상 그곳에서 체력단련을 먼저 마쳤다. 이제 화물차를 몰고 시내로 돌아가 임무 대기를 하면 된다.

사자는 운전석에 앉자마자 홀연히 차 밖에 나타난 오소리를 발견했다. 오소리가 무슨 생각을 하고 있는지는 전혀 알 수 없었다. 어쩌면 아무 생각이 없는지도 모른다. 그는 감정을 표현하지 않았다. 겉으로 드러난 모습은 오소리를 겨우 사람처럼 보이게 하는 위장용 껍데기인 것만 같았다. 말없이 서 있는 오소리를 앞에 두고 사자는 화물차의 윈

도우 버튼을 눌렀다. 차창이 내려가자 오소리가 경고했다.

"가서는 안 될 곳에 가지 마."

"알고 있습니다." 사자가 대답했다. 자신이 숲속 오두막에 간 걸 알고 하는 말일까, 아니면 으레 하는 충고일까? 물론 전자일 확률이 높다고 생각했다. 오소리도 오두막의 존재를 아는 것이다.

"유니폼은 항상 착용하도록." 오소리가 덧붙였다.

사자는 고개를 끄덕이며 조수석에 올려 둔 유니폼을 걸쳤다. 목덜미 쪽이 다소 불편했고 옷깃 어딘가에 숨어 있을 도청 장치 때문에 불쾌했다. 하지만 자신의 속마음을 들켜서는 안 된다. 또 그 누구도 자신에게서 이상함을 눈치채지 말아야 했다. 공장 근처에서는 더욱 그렇다.

오소리는 작별 인사도 없이 다시 사자의 시야에서 사라졌다. 사자는 이렇게 신출귀몰할 수 있는 오소리에게 감탄하면서 상자에 담긴 폐기물로 전락하지 않으려면 한층 경계해야겠다고 다짐했다.

오늘의 몫을 모두 처리했는지 굴뚝은 더 이상 검은 연기를 내뿜지 않았다. 사자의 화물차는 공장을 떠나, 언뜻 평화로워 보이지만 쉬지 않고 폐기물을 만들어 내는 도시로 향했다.

**20**

너를
버리지 않아.

단수이의 호화 저택에서 이하오는 마침내 닥터 야오를
찾아냈다.

 그는 활짝 열린 대문을 멍하니 바라보기만 할 뿐, 안으로
발을 들여놓을 용기가 나지 않았다. 매복을 두려워해서가
아니라 곧 목격하게 될 광경이 싫어서였다. 아무것도 믿고
싶지 않았다.

 이하오는 닥터 야오가 납치될 때 자신의 부상은 아랑곳
하지 않고 필사적으로 택시를 따라잡으려 했지만 결국 행
방을 놓치고 말았다. 그 이후에는 막무가내로 찾을 수밖에
없었다. 그는 닥터 야오를 되찾고 말겠다는 생각에만 사로
잡혀 미친 듯 차를 몰았다. 사방을 뒤졌는데도 수확이 없자
좀비처럼 도시를 떠돌았다. 희박한 가능성에 모든 것을 걸
고 싶었다. 그는 분별력을 잃은 듯 목적지도 없이 뛰고 또
뛰었다.

그러다가 이곳으로 돌아왔다. 닥터 야오와 그가 오랜 시간 함께 지낸 보금자리로.

아침 햇살이 통유리창을 넘어 실내로 쏟아졌다. 이하오는 잠자는 생물처럼 조용히 웅크린 책 더미를 물끄러미 쳐다봤다. 닥터 야오와 수없이 뒤엉키며 시간을 보내던 소파에는 책이 펼쳐진 채로 놓여 있었다. 닥터 야오가 즐겨 쓰던 향수 냄새가 은은하게 거실을 떠돌았다.

소파로 다가가 펼쳐진 책을 집어 들었다. 이하오는 닥터 야오의 부드러운 손끝과 그 온도를 떠올리며 그녀가 모서리를 접어 둔 페이지를 어루만졌다. 언제나 부드러웠던 그녀의 손길이 떠올랐다.

그는 납치되던 순간 닥터 야오가 입 모양으로 건넨 말을 생각했다.

'너를 버리지 않아.'

이하오는 눈을 감는 동시에 책을 덮었다. 눈물이 왈칵 쏟아졌다.

'그래, 선생님은 나를 떠나지 않을 거야. 그렇게 약속했어.'

다시 눈을 떴을 때 이하오는 마침내 결단을 내린 듯 더이상 머뭇거리지도, 움츠리지도 않겠다고 다짐한 사형수처럼 성큼성큼 방으로 들어갔다.

방문을 반쯤 열어젖히자 보였다. 저기 있다, 바로 저기 있다.

야오커린은 검은색 구스다운 이불을 덮고 2인용 침대에 반듯하게 누워 있었다. 두 눈을 꼭 감은 그녀는 단꿈을 꾸듯 편안한 얼굴이었다. 긴 머리카락이 등 뒤에 눌려 있었다. 이하오는 그녀의 머리카락 사이로 손가락을 넣었을 때의 촉감을 기억했다. 언제나 매끄럽고 매혹적이었다.

이하오는 사랑을 나눌 때마다 닥터 야오가 위에 올라가는 자세를 좋아했다. 그럴 때면 어깨를 따라 물결치는 그녀의 긴 머리칼이 이하오의 가슴팍에 닿았다 말았다 했다. 이하오는 간지러워서 웃음을 참지 못했고, 웃는 이하오를 보면 그녀도 웃곤 했다.

그러고 나면 이하오의 가슴에 손바닥을 대고 몸을 지탱하며 더 힘껏 움직였고, 이하오는 군살 한 점 없는 닥터 야오의 허리를 세게 부여잡았다. 그녀의 몸은 그토록 완벽했다. 신의 작품이었다. 이하오는 그녀가 이끄는 리듬에 몸을 맡겼고, 한 번 또 한 번……. 언제나 그녀를 가득 맞이했다.

닥터 야오는 이하오의 전부였고, 그는 닥터 야오에게 모든 것을 바쳤다. 이하오는 닥터 야오의 손바닥이 뜨거워지고 살짝 벌어진 입술에서 꽃향기가 터질 때, 몽롱한 그녀의 눈동자에 거꾸로 비친 자신의 실루엣을 보는 것을 좋아했다.

닥터 야오는 지금처럼 머리카락을 등 뒤로 베고 누워 잠을 청한 적이 한 번도 없었다. 이하오는 무거운 족쇄를 찬 것처럼 굼뜨게 그녀 곁으로 다가갔다.

"선생님……." 평소처럼 닥터 야오를 불렀지만, 끝 음에 어쩔 수 없는 떨림이 전해졌다.

야오커린은 여전히 편안해 보였고, 여전히 대답이 없었다.

이하오는 침대 옆에 무릎을 꿇고 손을 뻗어 닥터 야오의 얼굴을 어루만졌다. 그녀의 얼굴은 여름날의 계곡물처럼 차가웠다. 그는 닥터 야오의 어깨를 껴안고 몸을 앞으로 내밀어 그녀의 하얗게 질린 입술에 가볍게 입을 맞췄다. 그 우아한 향기 속에는 희미한 비린내가 섞여 있었다.

이하오는 그게 무엇을 의미하는지 알고 있었다. 그는 닥터 야오의 뺨에 얼굴을 가만히 대고 그녀의 어깨를 꼭 껴안았다. 그녀를 자기 안에 넣기라도 하려는 듯 아낌없이 끌어안았다. 그녀의 얼굴에 자기 얼굴을 세게 문지르며 고개를 저었다. "안 돼. 안 돼. 안 돼!"

의지할 곳을 잃은 아이처럼 이하오는 어찌할 바를 몰랐다. 영혼 깊은 곳에서 고통의 외침이 터져 나왔지만, 육신으로 고함치는 대신 그녀의 이름만 계속 불렀다. "커린, 커린……." 그러고는 다시 소리쳤다. "야오 선생님……."

그는 한참을 오열하다 침대로 올라가 야오커린을 끌어안고 이제 영원히 그녀에게서 떨어지지 않겠다고 다짐했다. 함정도, 음모도 더 이상은 없을 것이다. 아무도 그녀를 해치지 않을 것이고, 아무도 그녀를 빼앗아 가지 않을 것이다.

누구도 그의 닥터 야오를, 그의 커린을 빼앗을 수 없다.

하지만 이불을 걷었을 때 펼쳐진 잔혹한 광경에 이하오
는 울부짖을 수밖에 없었다.

닥터 야오의 나체는 광란의 흔적으로 가득 차 있었다. 붉
은색, 갈색, 기타 거무죽죽한 빛깔의 핏자국이 그녀의 젖가
슴과 허벅지를 가닥가닥 뒤덮고 있었다. 반듯하게 놓아 둔
두 팔은 텅 빈 배 속으로 시선이 가도록 강조하기 위한 장
치인 것 같았다. 잭 조직원들이 보란 듯이 드러낸 악의를
마주한 이하오는 너무나 고통스러워 자기 얼굴을 벅벅 긁
어 상처를 냈다.

이하오는 커린이 이 모든 것을 어떤 모습으로 견뎠을지
상상하지 않으려 애썼다. 그때 눈에 들어온 벽 모퉁이의 쓰
레기통이 어딘지 이상했다. 뚜껑이 완전히 닫히지 않은 채
어정쩡하게 열려 있었다. 그는 망가진 몸을 이끌고 굳이 그
안을 확인하려 했다. 그쪽으로 가는데 카펫에 암적색을 띠
는 가느다란 혈흔이 보였다.

그는 숨을 죽이고 쓰레기통 뚜껑을 열자마자 주저앉고
말았다. 무릎이 딱딱한 바닥에 그대로 부딪치면서 쿵 하는
소리를 냈다. 하지만 영혼이 죽은 이하오는 육체의 감각도
죽어 버렸는지 하나도 아프지 않았다.

쓰레기통 안에 붉게 덩어리진 끈적끈적한 물체가 들어

있었다. 사람의 장기였다.

쓰레기통을 끌어안고 울부짖는 이하오의 눈물이 피와 섞였다. 흐려진 시야가 온통 얼룩덜룩한 붉은색으로 가득 찼다. 이하오는 이것이 악몽이기를, 뇌에서 보여 주는 망상이기를 바라고 또 바랐다.

그는 눈물을 닦고 뒤로 돌아 침대를 봤다. 이를 악물었지만 울음을 그칠 수가 없었다. 애꿎은 벽을 후려치는 바람에 손바닥이 붉게 부어오르고 피가 맺혔다. 하지만 이런 아픔은 커린을 잃은 슬픔을 달래기에 충분하지 않았다.

이하오에게는 지금 충분한 고통이 필요했다. 혹은 어떤 이에게 충분한 고통을 주어야만 했다.

천천히 일어나 닥터 야오의 곁으로 돌아간 이하오의 얼굴에 섬뜩할 만큼 기괴한 미소가 떠올랐다. 이하오는 눈을 감고 그녀의 이마에 입을 맞췄다.

"선생님, 나 잠깐만 다녀올게요. 기다려요. 금방 돌아올 테니까……."

"선생님, 디저트로 뭐 먹고 싶어요? 요즘 과일 타르트를 자주 만드는데 꼭 맛봤으면 좋겠어요. 아니면 치즈 케이크가 좋을까요? 선생님 취향대로 표면의 캐러멜 층을 더 바싹 구워 볼게요……."

이하오는 목이 메었다. 눈을 깜빡일 때마다 눈물이 후드득 떨어졌다.

"잭 조직원 놈들의 심장을 식사 테이블 장식으로 쓰려고요. 선생님만 반대하지 않으면 그렇게 할게요." 그는 다시 몸을 구부려 닥터 야오에게 입을 맞췄다. 눈가에는 여전히 눈물이 맺혀 있었다.

"금방 다녀올게요."

∿

또다시 야근으로 보낸 밤.

샤오쿤은 멍한 상태로 중고 오토바이에 올라탔다. 시동을 켜자 낡은 엔진이 곡소리를 냈다. 성치 않은 엔진만큼 그녀도 녹초가 되었다. 머릿속에 남은 건 자고 싶다는 욕구 하나뿐이었다. 그녀는 너무너무 자고 싶었다. 식물처럼 침대에 뿌리를 내리고 영원히 이불 속을 떠나지 않고 싶었다.

하지만 내일 아침 회의를 대비하려면 정리해야 할 자료가 몇 가지 있으니 오늘도 언제쯤 잠을 청할 수 있을지는 알 수 없었다. 부족한 수면 시간보다 끔찍한 것은 몇 시간 후에 다시 일어나 출근해야 한다는 사실, 그리고 자신이 이 재앙이 무한 반복되는 윤회 속에서 살고 있다는 점이었다.

샤오쿤의 일상은 파리 떼가 날아드는 썩고 악취가 나는 고인 물이 되었다. 도대체 언제쯤이면 이렇게 사람을 죽일

듯 몰아붙이는 '사축'* 생활에서 벗어날 수 있을까? 환생해 다음 생을 선택할 수 있다면, 다음 생에는 꼭 곰팡이로 태어나고 싶었다. 곰팡이는 수명이 길지 않으니, 환생 후 곧 이 세상과 작별할 수 있을 테니까.

집중력이 흐트러진 샤오쥔은 골목으로 꺾어 들어가면서 맞은편에서 오는 오토바이와 부딪칠 뻔했다. 샤오쥔은 급히 브레이크를 밟았고, 이번에는 길가의 전봇대를 들이받을 뻔했다. 상대방은 헬멧도 쓰지 않은 채 역주행하는 소년이었다.

"저기요! 무슨 운전을 이렇게 해요?" 샤오쥔은 화가 나서 소리쳤다.

"꺼져, 미친년아!" 무서운 게 없어 보이는 빼빼 마른 소년이 뒤를 돌아보며 욕설을 내뱉고는 쏜살같이 샤오쥔을 스쳐 지나갔다. 샤오쥔은 이가 바득바득 갈렸다.

버릇없는 소년의 야마하 BW'S** 후미등이 빠르게 붉은 선 한 줄로 바뀌었다. 골목 입구의 신호등이 빨간색으로 바뀌었는데도 소년은 뒤도 돌아보지 않고 도로로 질주했다. 그런데 곧 날카로운 급제동 소리에 이어 뭔가 부서지는 꽝

* '회사에서 기르는 동물'이라는 뜻으로 박봉과 긴 노동시간, 고용불안 등의 현실에 놓인 직장인을 빗댄 신조어. 2015년경 일본 네티즌을 중심으로 사용되기 시작했다.
** 야마하에서 발매하는 스쿠터 타입의 오토바이.

음, 파편이 쏟아져 내리는 소리가 들렸다. 자동차든 오토바이든 둘 중 하나는 부서진 모양이다. '빠아아아앙!' 여기저기서 혼돈의 경적이 한데 뭉쳐 들려 왔다.

샤오쥔은 씨익 하고 미소 지었다. 녀석이 불쌍하다는 생각이 잠시 들긴 했지만, 이내 혓바닥을 쏙 내밀어 보였다.

이 해프닝으로 우울한 기분은 싹 날아가 버렸다. 하지만 샤오쥔은 곧 자신이 얼마나 위험하고 무서운 생각에 빠져 있었는지 깨달았다. 과로와 업무 스트레스에 수면부족까지 겹치면 사람이 이토록 염세적으로 변하고 세상을 탓하게 된다.

그녀는 깊은숨을 한 번 내쉬고는 고개를 흔들며 부정적인 감정들을 떨쳐 버리려 애썼다. 너무 많이 생각하지 말자. 정 못 견디겠으면 그만두자. 아무렴, 상사 눈치 보기보다는 목숨이 1억 배쯤 중요하지 않겠는가.

샤오쥔은 헬멧을 고쳐 쓰고 천천히 주행했다. 어차피 집에 거의 다 왔으니 특별히 속력을 낼 필요도 없었다. 마음을 여유롭게 먹으니 비로소 서늘한 밤바람이 쾌적하게 느껴졌다. 차가운 맥주를 사서 '야근 위로주'라도 마시고 싶었다. 어차피 수면 시간은 부족할 테니, 깨어 있는 시간이라도 상쾌하게 보내는 편이 더 나을 것이다.

샤오쥔은 집이 있는 골목으로 꺾지 않고 쭉 직진했다. 그때 검은색 밴 한 대가 정면에서 다가와 샤오쥔의 길을 막

왔다.

'또 역주행 차량이야? 요즘 사람들은 운전을 참 이기적으로 하네. 자기만 편하면 그만인가?' 샤오췐은 신경질적으로 경적을 울렸다. 하지만 밴은 그 소리를 듣고도 후진할 생각이 없어 보였다. 짜증이 솟구친 샤오췐은 몇 번이고 경적을 세게 울렸다.

"린샤오췐?" 검은 밴의 운전자가 불쑥 머리를 내밀며 물었다.

머리칼을 짧고 단정하게 손질한 남자였다. 아니…… 자세히 보니 여자였다. 다만 남자처럼 입고 있는 데다 밤이라 시야가 흐려 잘못 본 거였다. 그런데 어째서 상대방이 그녀의 이름을 알고 있는지가 무척 궁금했다.

샤오췐은 이 사람을 모른다. 그건 확실했다.

"내가 잘못 찾아오진 않았나 보네." 운전자의 지나치게 여유로운 태도에는 분명 뭔가 속셈이 있어 보였다. 불길한 예감이 활활 타올랐다.

샤오췐은 스녠의 경고를 떠올리고 오토바이를 반대 방향으로 돌려 가속 페달을 밟았다. 하지만 역주행하는 바람에 멀리 달아나지 못했고, 그 사이 승합차 한 대가 입구로 진입해 골목 한가운데 끼어 버린 꼴이 되고 말았다. 그녀는 어쩔 수 없이 급브레이크를 밟았고, 하마터면 승합차 앞 유리에 머리를 부딪칠 뻔했다. 승합차 운전자가 창문을 내리고 소리를 지르며 쉴 새 없이 경적을 울렸다.

샤오쿤이 황급히 방향을 다시 돌렸을 때, 검은 밴은 다른 쪽의 길을 막으며 그녀를 앞뒤로 옴짝달싹 못 하게 만들었다. 샤오쿤은 잠시 망설이다가 차라리 오토바이를 버리고 도망치기로 했다.

"아가씨, 차 빼요!" 승합차 운전자가 눈을 희번덕거리며 소리쳤다. 샤오쿤은 이륜차와 승합차로 어지러운 골목에서 좁은 틈을 뚫고 허둥지둥 큰길로 나갔다.

'놈들이 찾아온 거야! 그렇다면 스넨은? 그 녀석은 지금 어디 있을까?' 샤오쿤은 걱정이 앞섰지만 휴대전화를 꺼내 확인해 볼 여유조차 없었다. 검은 밴의 운전자가 차에서 내렸기 때문이다. 잭의 조직원 켈리였다.

모델 뺨치는 긴 다리를 가진 켈리는 샤오쿤보다 훨씬 민첩했다. 켈리는 인근에 주차된 스쿠터의 좌석 부분에 가볍게 발을 올리더니 도움닫기를 해 샤오쿤의 뒤쪽으로 훌쩍 넘어왔다.

"Mother fucker!" 조수석에 앉았던 매부리코가 밴을 맡았다. 매부리코는 맞은편 승합차를 향해 가운뎃손가락을 치켜들며 어리둥절해하는 승합차 운전자를 빤히 쳐다봤다. 검은 밴이 난폭하게 후진했다.

샤오쿤은 얼마 가지 못해 뒤에서 덮쳐 오는 공격을 받아야 했다. 켈리는 눈 깜짝할 사이에 샤오쿤의 팔을 등 뒤로 젖히고 그녀의 머리를 도로에 박으며 옆으로 뒹굴었다. 팔꿈치가 바닥에 쓸려 피가 흘렀다.

"반항하지 않는 편이 좋을 거야. 내가 힘 조절을 영 못하거든. 그래서 팔이 부러져 버리는 경우가 많아." 켈리는 일깨워 주듯 말하며 손에 더욱 힘을 가했다. 두 팔이 뻐근하게 아파 왔다.

"스녠은…… 어떻게 됐죠?" 샤오쥔이 고통을 참고 물었다.

"스녠? 아, 천이쉰陳奕迅* 노래를 말하는 건가?" 켈리는 아무것도 모르는 척하며 경박한 웃음을 터뜨렸다. "누구를 말하는지 알아. 걔는 무사해. 적어도 아직은. 그런데 그놈 걱정할 때가 아닐 텐데? 네 처지나 걱정하란 말이야." 켈리가 일부러 손바닥을 좌우로 움직이며 샤오쥔의 뺨을 아스팔트에 세게 문질렀다.

"날 납치해도 소용없어요. 나는 걔랑 아무 사이도 아니니까. 날 협박해 봤자 아무 소용없다고요!" 겁에 질린 샤오쥔이 급히 소리쳤다. '왜…… 왜 또 이런 일을 당한 걸까?' 그녀는 스녠을 위험에 빠지게 할 것 같아 소리 없이 자신을 원망했다.

---

* 홍콩의 배우이자 가수. 그가 2003년 발매한 첫 번째 앨범에 '스녠(十年)'이라는 수록곡이 있다.

켈리가 실소를 터뜨렸다. "이제 와서 시치미 떼 봤자 소용없어." 검은 밴이 갓길에 주차하자 쇠사슬과 수갑을 든 매부리코가 거기서 내렸다. 매부리코가 샤오쿤을 거칠게 묶어 뒷좌석으로 끌고 들어갈 때, 켈리는 담배에 불을 붙이고는 한가롭게 그 모습을 구경하며 비아냥댔다.

"나 이러다가 납치 전문가 되겠어."

**21**

**J의 초대**

스녠은 아직 새로운 은신처를 찾지 못했다. 그는 도시를 헤매는 망령처럼 가로등 불빛을 피해 움직였다. 비상용으로 봐 둔 거처가 몇 곳 있긴 했지만, 어느 곳에도 머무를 수는 없었다. 모두 잭 조직원에게서 탈취한 집이라 오래 있을 수가 없고, 쉽게 추적당할 수 있기 때문이다.

잭의 이번 행보는 스녠의 예상을 벗어났다. 지금까지 그들은 주로 혼자 행동했다. 학살 장면을 촬영해 웹사이트에 업로드하는 것 외에는 거의 서로 소통하지 않았다. 조직원끼리 왕래가 전혀 없다고 봐도 무방했다.

하지만 이번에는 사냥에 나선 늑대 무리처럼 조직적으로 움직이고 있었다. 무리 지어 다니는 맹수는 사냥꾼의 기를 죽이는 법. 지금의 잭은 분명 종전과 달랐다.

스녠은 살아서 탈출한 것 자체가 무척 운이 좋았다고 인정할 수밖에 없었다. 많은 조직원 중 하필이면 좀비와 마주

친 점도 행운이었다. 놈은 사납지만 총명함이나 교활함과
는 거리가 멀다. 그는 가장 원초적인 충동에 따라 움직이는
부류였다. 좀비가 아닌 다른 조직원이었다면 스녠이 판 함
정에 그토록 쉽게 빠지지는 않았을 것이다.

희끄무레한 하늘에서 옅은 빛이 새어 나왔다. 밤을 꼬박
지새운 스녠은 밤과 낮의 경계를 걸었다. 전깃줄에 앉은 참
새들이 쨉쨉거리기 시작했다.

스녠은 가까운 공원에서 쉬기로 했다. 그리 넓지 않은 녹
지공간이었고, 아침 운동을 나온 노인들이 여럿 보였다. 스
녠은 페인트칠이 벗겨진 하얀 벤치를 포기하고 입구를 감
시할 수 있는 자리에 앉았다. 몸은 쉬어도 머리는 한순간도
쉬지 않으며 잭의 다음 행보에 대해 생각했다.

사상자가 생길 위험을 무릅쓰고 닥터 야오의 영역에 침
입한 걸 보면, 잭은 스녠을 잡기 전에는 절대로 멈추지 않
을 터였다. 닥터 야오와 이하오의 행방도 신경이 쓰이긴 했
지만 잭의 손에 넘어갔거나 무사히 현장을 떠났거나 둘 중
하나일 테고, 전자라면 진작에 죽었을 것이다. 스녠은 후자
일 가능성이 크다고 생각했다. 그는 닥터 야오가 쉽게 죽을
사람은 아니라고 확신했다.

잭은 어쩌면 목표를 바꿨을지도 모른다. 예를 들면 샤오
쿤 같은 평범한 사람으로. 스녠은 그녀가 걱정되었다. 샤오
쿤처럼 지극히 평범한 일반인은 잭과 마주치면 속수무책

일 터였다. 그들은 샤오쥔을 이용해 스녠이 모습을 드러내게 만들 것이다. 물론 샤오쥔에게 자나 깨나 주의해야 한다고 당부해 두긴 했지만, 사태가 이렇게까지 악화됐으니 잭이 마음만 먹는다면 그녀가 아무리 조심해도 불길한 일이 닥칠 것이다.

아무튼 스녠은 샤오쥔의 안부를 확인하기 위해 전화를 걸었다. 긴 신호음 끝에 귀에 들어온 목소리는 그의 예상과 달랐다. 노골적이고 의기양양한 웃음기가 담긴 낯선 남자의 목소리가 들려 왔다.

"만나서 반갑습니다, 스녠 씨. 당신 무척 특별한 이름을 가지고 있군요. 제가 누군지는 소개 안 해도 아시겠죠? 당신이 어떤 이유로 우리를 죽이는지는 모르겠지만, 다행히 오늘은 이 문제를 따져 볼 시간이 충분히 있습니다. 유감스럽게도 당신 여자 친구가 내 손에 있군요. 아마 짐작했겠지만." 상대방이 말을 멈췄다. "듣고 있습니까? 혹시 이 여자의 안전에 관심이 없으신지요?"

스녠이 듣고 있다는 뜻으로 소리를 냈다.

"당신이 함부로 전화를 끊을 리 없죠. 아, 어디까지 얘기했지요? 우리는 반드시 만나야 합니다. 이번에는 도망칠 생각 마십시오." 상대방이 다시 말을 멈췄다. 스녠은 휴대 전화 너머로 전해지는 소리 없는 냉소를 느꼈다.

"어디 보자…… 시간이 아직 이르군요. 열 시 정각으로

합시다. 조금이라도 일찍 오거나 늦게 도착하면 안 됩니다. 정확한 시간에 나타나십시오. 긴말은 필요 없을 것 같군요. 혼자 오십시오. 설마 경찰에 신고할 만큼 어리석진 않겠죠? 알다시피 우리 같은 사람들은…… 그러니까 나와 당신을 포함한 우리 말입니다. 우리 같은 사람은 심해어류랑 비슷해서 수면으로 떠오를 수가 없잖아요. 영영."

"장소는?" 스넨이 물었다.

"화이트 채플. 런던 이스트사이드의 화이트 채플이 아니니 거기까지 갈 필요는 없습니다. 아주 가까워요. 지하철 민취안시루역 근처입니다. 칵테일과 안주를 준비해 둘 테니 와서 인사 나누시죠. 나머지 이야기는 얼굴 보고 하겠습니다. 분명히 말했습니다. 열 시 정각입니다." 상대방이 전화를 끊었다.

스넨은 곧바로 또 다른 사람에게 전화를 걸었다. 다비도프였다.

"스넨, 네가 이런 시간에 전화를 다 하다니." 다비도프의 목소리는 여전히 명랑하고 힘이 넘쳤다. 스넨은 혹여 그가 잠들어 전화를 받지 않을까 걱정했지만 기우였다.

"다행히 아직 안 자고 있었으니 말해 봐. 네가 꼭두새벽에 전화한 건 처음이라고."

"놈들의 근거지를 알았어요. 화이트 채플. 이 가게 주인의 정보를 알아낼 수 있겠어요?" 휴대전화 저편에서 손가락 튕기는 소리가 들려 왔다. "정말 너답다. 내 뒤를 이어서 정보 판매상으로 일해 보지 않을래? 말은 안 했지만 한 번도 네 재능을 의심한 적이 없어."

"놈들이 먼저 찾아온 거예요. 저는 아무것도 찾을 수 없었어요."

"조급하긴." 다비도프의 말투는 떼쓰는 아이를 타이르는 어른 같았다.

"열 시까지 정보를 얻어야 해요." 스넨이 재촉했다.

스넨은 현장에서 혈혈단신으로 잭 회원들을 섬멸할 수 있다고 생각하지 않았다. 그는 전면전보다는 암살에 강한 스타일이고, 상대방은 수적 우위가 있으니 정보를 많이 얻어야만 반격에 성공할 가능성이 커진다.

"조금 빠듯한데……." 다비도프는 또다시 손가락을 튕겼다. "하지만 걱정하지 마. 모든 정보력을 동원해 볼 테니. 내게 필적할 만한 놈들이 모습을 드러냈다니 나도 보고 싶군. 어떤 놈들일까? 아무튼 연락 기다려." 두 사람은 알 수 없는 '케미'를 발휘해 정확히 같은 타이밍에 전화를 끊었다.

스넨은 당장 사용할 수 있는 무기를 헤아려 보았다. 늘 사용하는 단도 두 자루와 새로 손에 넣은 수술용 메스 몇 자루뿐이다. 더는 없다. 언제나 고독과 함께한 스넨답게, 마지막 순간까지 그의 곁에는 이것들만 남아 있었다. 스넨은 슬프지는 않지만 아쉬웠다. 만약 잭의 손에 죽게 된다면 자신의 염원은 영원히 이루지 못할 것이다. 아직 복수를 끝내지 못했으니 죽을 수는 없다. 또 샤오쥔이 위험에 빠지는 일을 두고 볼 순 없었다. 샤오쥔을 이 판에 끌어들인 사람이 자신이기 때문이다.

그는 샤오쥔에게 책임감을 느꼈다.

스녠은 둘이서 저녁을 먹은 기억을 떠올렸다. 그날의 느낌은 말로 표현할 수 없을 만큼 낯설었지만 이상하게 익숙하기도 했다. 따뜻한 기분. 너무 따뜻해서 어색할 정도였지만 퍽 괜찮다고 생각했다. 하지만 그런 따스함은 그와 인연이 없다. 누릴 수도 없는 성질의 것이다.

그런데 어째서 그 느낌이 낯익기도 했는지 스녠은 퍼뜩 깨달았다. 오래전 누나와 폐가에 숨어 함께 간식을 먹었을 때 이런 기분이지 않았던가?

악몽은 반복되고, 지옥은 윤회처럼 돌아오는 모양이다. 스녠은 지금 악몽의 벼랑 끝에 서 있다. 여기서 한 발만 더 나아가면 악몽은 현실로 변모한다. 누나를 잃었듯 샤오쥔도 잃어야만 하는 것일까?

∾

드디어 이날이 왔다.

미스터 J01은 시체 해부와 훼손을 열렬히 사랑하며 뜻을 함께하는 동지 몇을 잃고 나서야 기쁜 마음으로 선언할 수 있었다. 감히 잭의 길을 가로막았던 그 소년이 오늘, 바로 오늘 죽음을 맞이하게 될 것이라고.

하지만 그는 이내 그날이 반드시 오늘은 아닐 수도 있다고 생각했다. 그 시점은 소년이 고통 속에서 구차한 목숨을 연장할지, 또는 순조롭게 숨을 거둘지에 달려 있었다.

다른 조직원들도 미스터 J01과 같은 생각이었다. 그들은 절대로 이 소년이 싱겁게 죽도록 내버려 두지 않을 터였다. 그들은 시체 해부 전문가일 뿐 아니라 죽을 때까지 목표물을 농락하는 데 일가견이 있었다. 그런 방법은 누가 가르쳐 주거나 책을 통해 배운 게 아니었다. 내면 깊은 곳에 처음부터 존재했다. 동물의 본능처럼 자연스레 갖게 된 수단이었다.

염기서열이 외모와 육체적 특성을 결정한다지만, 미스터 J01은 자신들과 같은 사람이 만들어지기까지 어떤 형이상학적 요인이 작용했다고 굳게 믿었다. 잭 더 리퍼가 등장한 이후 세상에 얼마나 많은 조악하고 촌스러운 모방 범죄가 넘쳤던가. 그런 살인은 그저 단순한 사망을 초래했을 뿐이다. 살인을 통해 전설을 쓴 자는 오직 잭 더 리퍼뿐이다. 잭 더 리퍼는 살인마들의 정신적 지주가 되었고, 그 누구도 범접할 수 없는 숭고한 상징이 되었다.

잭 조직원들은 자신의 존재에 대한 기원을 찾듯, 피비린내 나는 야만적인 학살의 한복판에서 수백만 년 동안 인류를 고뇌에 빠뜨린 철학적 질문, 즉 '나는 누구인가?'를 생각하고 해답을 얻는다. 물론 미스터 J01조차 두 손을 피로 물들이는 행위가 야만적이란 사실을 부정하지는 않는다.

배를 가르는 행위는 일종의 의식에 가깝다. 이런 행위를 통해 그들은 자신이 속한 위치를 확신하게 되고, 부유하는 영혼은 안식을 얻으며, 더 높은 경지로 승화한다.

미스터 J01은 지금 자신만의 왕국에 있다. 화이트 채플의 바 테이블은 연장된 신체처럼 익숙해 작은 인기척도 모두 들리고 보였다. 그래서 매부리코가 코를 후빈 손가락을 테이블 가장자리에 문지르려는 순간 그를 노려볼 수 있었다.

"냅킨을 비치했으니 별도의 문의 없이 쓰셔도 된답니다." 미스터 J01은 유치원생에게 예절을 가르치는 선생님처럼 훈계했다. 매부리코가 머리를 긁적이며 코딱지 묻은 손가락을 냅킨 쪽으로 뻗었다.

"좋습니다." 미스터 J01이 흐뭇하게 고개를 끄덕였다. 바 깥쪽의 철제 셔터는 영업시간처럼 올라가 있었다. 평범한 사람은 이런 아침 시간에 바를 찾지 않는다. 물론 그들은 평범한 사람이 아니었다.

"We are Jack." 미스터 J01이 잠시 묵념했다. 이런 행위는 그를 더없는 영광에 젖게 했다.

엎드려 졸다 깬 켈리가 고개를 들고 눌린 앞머리를 매만

지며 탄식을 내뱉었다. "술을 안 마셨다는 사실을 깜빡하고 숙취에 시달리는 줄 알았네."

그녀가 허리를 펴고 앉으며 바닥에 떨어진 후드 점퍼를 주워 툭툭 털었다.

"제 업장은 청결합니다만." 미스터 J01이 옷에 먼지가 묻을 염려는 하지 않아도 된다는 뜻을 비쳤다. 먼지가 존재하지 않기 때문이다. 그는 잭의 조직원으로서 반드시 갖춰야 할 미덕인 '해부 정신'을 관철하는 시간 외에는 모든 정력을 바의 유지와 운영에 쏟고 있었다.

"습관적인 행동이니 신경 쓰지 마세요." 켈리가 깊숙이 기대앉으며 다리를 꼬자 롱부츠의 쇠붙이가 가볍게 흔들렸다. "제가 잠든 사이에 손님이 오셨나 보네요? 기사님, 안녕하세요!" 입구 근처에 선 중년 남성이 고개를 끄덕이며 맥주잔을 들어 화답했다. 그는 주변에서 흔히 볼 수 있는 여느 택시 기사처럼 평범한 모습이었다. 잭 회원들 사이에서의 별명도 '기사님'이다.

기사님과 미스터 J01은 오랫동안 기분 좋은 협업 관계를 이어 왔다. 기사님은 술집을 찾는 승객이 있다면 적극적으로 화이트 채플을 추천했고, 술꾼들은 그렇게 기사님과 미스터 J01이 친 그물에 하나둘씩 걸려들었다. 물론 그들은 두 번 다시 바에서 나오지 못했다. 내부를 개조한 기사님의 애마는 움직이는 함정이다. 덕분에 승객들은 택시를 잘못 잡았다고 후회할 기회조차 얻지 못했다.

"숙취해소에 좋습니다." 미스터 J01이 꿀물을 건넸다. 컵 가장자리에는 신선한 레몬 한 조각이 꽂혀 있었다.

"술은 안 마셨지만 고마워요." 켈리는 레몬을 씹고는 손바닥에 레몬 씨를 뱉었다. 그녀는 문득 무척 궁금했던 일이 떠올랐다. "제가 기사님에게 알아서 처리하라고 한 그 여자는 어떻게 됐나요?"

아직도 그날 밤의 광경이 눈에 선했다. 켈리는 그 지경으로 혼비백산한 사람은 여태껏 본 적이 없었다. 어쩔 줄 모르던 이하오는 켈리를 내버려 두고 진작에 멀리 사라진 택시를 쫓아 달렸다. 나중에 떠올려 보니 심지어 미안한 감정마저 들 정도였다.

물론 사막에 떨어진 비 한 방울 정도로 약간이었지만.

"죽였죠." 기사님이 어깨를 으쓱하고는 미스터 J01을 쳐다봤다. "정말 예쁜 여자였어요." 미스터 J01이 확실히 하려는 듯 물었다. "교환조건이자 조력자의 요청이 있었습니다. 설마 함부로 대하진 않았겠죠?"

"어떻게 해 볼 수가 있나요? 어차피 죽었는데." 기사님이 또 한 번 어깨를 으쓱했다.

"어떻게 죽였어요?" 켈리는 여전히 궁금했다.

"그 여자 배 속에 든 건 모조리 꺼내 쓰레기통에 버렸어요. 그런데 피부가 정말 매끈매끈하더군요. 연두부 같았어요. 도저히 못 참아서 한 번 핥아 봤는데 향기가 나더라고요. 아쉽지만 시신을 온전하게 남겨야 한다기에……." 기사님은 접시에 든 땅콩을 한 움큼 쥐고 마음껏 즐기지 못한 한을 달래듯 입에 쑤셔 넣었다.

"다 온 것 같은데 언제 시작하죠?" 켈리가 물었다. "빠진 사람 없죠? 우리만 남았고 나머지는 다 죽었어요."

켈리는 드디어 줄곧 잊고 있었던 좀비를 떠올렸다. 물론 그리움이나 아쉬움 같은 감정은 전혀 없었다. 생각해 보니 좀비에게 내기를 걸지 않았던가. 그 멍청이는 아직도 그녀에게 손가락 하나를 빚지고 있었다.

미스터 J01이 웃으며 대답했다. "마지막으로 귀한 손님이 남았습니다."

"스넨이요? 걔는 메인 요리지 손님이 아니잖아요. 분명 저한테 식욕을 돋워 놓으라고 했잖아요. 이 술은 무효예요. 뭐, 술도 아니고." 켈리가 유리잔을 흔들자 꿀물이 출렁였다.

"아니요. 관객이에요. 저는 스넨한테만 집중하고 싶네요. 그러기 위해서는 우선 저 여자 둘을 데려가야겠죠." 미스터 J01이 말했다.

"시체를 치워 간다는 말이군요." 켈리가 부연했다.

"물론입니다." 미스터 J01이 웃었다.

# 사자가 사자인
# 이유

미스터 J01이 말한 귀한 손님은 그들을 오래 기다리게
하지 않았다.

　몇 분 뒤 문이 열리고 등장한 인물은 모두의 시선을 빨아
들였다. 불길한 분위기를 풍기는 과묵한 택배기사였다. 얼
굴은 모자 아래 반쯤 가려졌지만, 맹수처럼 음산하고 차가
운 두 눈동자가 얼핏 보였다. 시체를 담을 상자를 가슴에
안은 두 팔뚝에 불룩한 근육이 선명하게 드러났다. 작은 뱀
을 연상시키는 푸른 힘줄 또한 도드라졌다.

　"어서 오세요, 수거업자님. 이번에도 조금 기다리셔야
할 것 같은데, 음료 드시겠습니까? 제발 사양하지 마세요.
뺏은 시간을 조금이나마 변상한다고 생각해 주십시오. 마
티니? 위스키 온더록?"

　"물건은 어디 있습니까?" 업자는 이번에도 필요한 정보
만 물을 뿐 쓸데없는 말은 하지 않았다.

"안에요. 지난번과 같은 곳입니다. 그런데 약간 번거롭게 됐어요. 아직 살아 있거든요. 하지만 안심하십시오. 곧 수거하실 수 있을 겁니다." 미스터 J01은 의미심장한 눈빛으로 업자가 든 상자를 쳐다봤다. 그러고는 손뼉을 치며 모두의 주의를 끌었다. "여러분, 이제 이동합시다! 시작할 때가 됐어요."

모든 조직원이 자리에서 일어나 비밀의 방 문 앞에 모였다. 업자는 단 한 마디도 하지 않고 무리와 멀찌감치 떨어져 서 있었다.

마티니를 든 미스터 J01은 보물이라도 보여 주듯 숨겨진 방의 문을 열었다. 허공에 거꾸로 매달린 샤오퀸과 페이야가 한눈에 들어왔다. 두 사람의 안색은 처음 잡혀 왔을 때보다 훨씬 엉망이었다. 샤오퀸은 피가 얼굴로 쏠려 벌게졌고, 페이야는 무서울 정도로 창백했다.

"어느 쪽부터 할까요?" 미스터 J01은 사람들을 둘러보며 의견을 구했다.

"왼쪽이요. 어쩐지 거슬리게 생겼어." 매부리코가 거침없이 말했다.

"나는 오른쪽. 예쁜 여자의 살결과 냄새가 그립군요. 지난번엔 영 아쉬웠어요." 기사님이 허공에 대고 코를 킁킁댔다. "얘도 꽤 예쁘네요. 분명 날 만족시킬 수 있을 거예요."

"왼쪽을 남겨 두고 그놈이 오면 그 앞에서 죽이는 게 훨씬 재미있을 것 같지 않아요?" 켈리의 제안에 조직원 모두가 좋은 걸 깨달았다는 듯 통쾌하게 고개를 끄덕였다. 그들은 켈리의 아이디어가 흥미롭다고 여기며 약속이라도 한 듯 음흉하고 추잡한 미소를 지었다.

그들은 마치 시장에서 고기를 고르듯 두 여자를 품평했다. 웅성대는 소리에 취해 있던 페이야는 서서히 의식을 되찾았다. 그녀는 심한 현기증에 시달려 금방이라도 죽을 것처럼 약해져 있었다. 머릿속에서 팽이가 폭동이라도 일으키듯 돌고 도는 것만 같았고, 양쪽 관자놀이에서는 쇠못을 박는 듯 극심한 두통이 밀려왔다. 술을 한 방울도 마시지 않은 페이야는 이것이 숙취인 줄도 몰랐다. 묶인 팔다리는 움직이지 않았고, 힘없는 몸으로는 아무것도 할 수 없었다.

페이야는 혼미한 가운데 잭 조직원들을 힘겹게 둘러봤다. 자신이 처한 상태를 볼 때 결코 선한 자들은 아니라는 건 깨달았지만, 잭에 대해 아는 바가 없어서 저들의 목적이 무엇인지는 알 수 없었다.

그리고 페이야는 그를 봤다.

온갖 수단과 방법을 써서 겨우 만나게 되었지만, 자신을 낯설게만 대하는 그 사기꾼 놈.

"촨한 오빠!" 페이야가 외쳤다. 그가 왜 여기 있는지 알 수 없었다.

"촨한?" 미스터 J01이 호기심 가득한 어조로 그 이름을 되뇌어 보았다. "누구의 본명입니까?" 아무도 대답하지 않았고, 미스터 J01은 대강의 상황을 파악했다. "수거업자님, 저 여성분과 아는 사이입니까?"

"아니요." 업자가 대답했다.

"재미있는 아가씨네요. 궁지에 몰리니 뭐라도 하고 싶었나 보죠? 여기 아는 사람이 있으면 살 수 있을 줄 알고." 미스터 J01은 조롱하며 도구 상자에서 적당한 흉기를 고르기 시작했다.

미스터 J01은 연장을 고르느라 페이야의 수수께끼 같은 표정을 보지 못했다. 하지만 켈리는 이를 알아차리고 일부러 휘파람을 불었다.

"이거 어떻습니까?" 미스터 J01이 고기 칼을 들어 보이며 평했다. "심플하고 사용성 좋고, 클래식하죠."

하지만 기사님이 단호히 반대했다. "조금 작은 칼로 하시죠. 자칫 잘못하면 위장 모양이 망가질 수 있어요."

잭 조직원들이 도구 상자 옆에 옹기종기 서서 어떤 도구로 페이야의 배를 가를지 열띤 토론을 벌이는데도, 페이야는 코앞에 닥친 죽음에는 관심이 없었다. 그녀는 흐릿한 정신과 시야로 자신을 알아보지 못하는 건장한 남자만을 봤다. 이번 생의 마지막 만남으로 삼을 생각이었다. 그는 정말 많이 변했다. 체격은 우람해졌고, 어깨도 더 넓어졌다. 그런데 왜 저런 표정을 짓고 있는 걸까? 얼굴 근육이 다 죽

어 버려 울지도 웃지도 못하는 사람처럼 무표정한 모습이
무서웠다.

찬한은 지금까지 한 번도 그녀를 함부로 대한 적이 없다.
그가 저런 눈빛으로 페이야를 바라볼 리 없다. 찬한은 대체
왜 저렇게 변한 것일까? 분명 같은 공간에 있는데도 그가
아주 멀리 있는 것처럼 느껴졌다. 둘 사이에 흐르는 낯선
공기에 페이야는 숨이 막힐 지경이었다.

"내가 곧 죽는데 슬퍼하지도 않는 거야?" 그녀는 힘없이
물으며 차갑고 처량한 미소를 지었다.

업자는 대꾸하지 않았다.

"이걸로 결정합시다!" 미스터 J01은 크지 않은 세라믹
칼을 들고 동료들에게 둘러싸인 채 페이야에게 다가왔다.

거꾸로 매달린 페이야는 힘없이 흔들거렸다. 그들이 보
기 싫어 고개를 돌렸더니 바로 옆에 매달린 샤오췬과 눈이
마주쳤다. 그녀도 수심이 가득한 얼굴로 미간을 잔뜩 찌푸
리고 있었다. 거꾸로 매달린 게 불편해서 짓는 표정일 수도
있고, 죽음이 두려운 얼굴일 수도 있었다.

페이야는 신경 쓰지 않았다. 마음이 죽어 버린 그녀는 그
무엇에도 관심이 없었다.

"켈리, 숙녀분의 손을 고정해 줘요." 미스터 J01이 분부
했다.

켈리가 페이야의 손목을 묶은 밧줄을 풀고 두 팔을 뒤로

꺾었다. 반항할 힘이 없는 페이야는 켈리가 하는 대로 내버려 두었다. 미스터 J01이 페이야의 상의를 들어 올렸다. 군살 없이 희고 매끈한 복부가 드러났다.

"우리가 젊은 여성을 선호하는 이유가 바로 이것이지요." 미스터 J01은 감탄하며 연신 고개를 끄덕였다. "정말 아름답지 않습니까? 이 칼의 날처럼 희군요." 그는 상품을 보여 주듯 세라믹 칼을 들어 보이더니 하얀 칼을 페이야의 배에 대고 색을 비교했다.

지친 페이야가 앓는 소리를 냈다. 다가올 죽음이 무서워서인지, 찬한의 싸늘한 태도에 상처를 입어서인지는 알 수 없었다.

"그럼 이제 시작합니다!" 미스터 J01이 선언한 뒤 페이야의 뱃가죽에 칼날이 닿도록 칼의 방향을 돌렸다. 이제 베기만 하면 아름다운 신음을 얻을 수 있었다. 미스터 J01은 목표 위치를 확인하고 차가운 칼끝을 우윳빛 피부에 댔다.

곧 이 부분부터 새빨간 피가 솟구칠 것이다.

미스터 J01이 칼자루를 쥔 손에 힘을 주었을 때, 엄청나게 빠르고 다급한 그림자가 어른거렸다. 이윽고 그는 눈앞의 풍경과 빠르게 멀어졌다. 수많은 잔상이 보였지만 그의 두뇌는 아직 반응하지 못했고, 몸은 통제 불능 상태가 되었다. 그는 바람에 눕는 갈대처럼 흐느적거리다 벽에 부딪쳐 털썩 주저앉고 말았다.

잭 조직원들은 놀라서 말문이 막혀 어떻게 반응하지도 못했다.

구석에 있던 업자가 다가와 주먹을 날린 것이다. 주먹에서 김이 나는 것 같았다. 그는 먹이를 사냥하는 짐승처럼 사납되 정확한 한 방을 날렸다.

공격을 시도한 업자를 보고 페이야는 울음을 터뜨렸다. 저 남자는 역시 페이야가 다치도록 방관하지 않았다. 몇 번이고 손을 내밀어 주던 예전처럼 말이다.

켈리가 휘파람을 불고는 민첩하게 뒤로 물러나 업자에게서 멀어졌다.

사자가 뒤를 돌았다. 언제나 그의 몸을 휘감던 불길한 기운이 실체를 얻은 듯 팽창해 포악한 살의가 그대로 드러났다. 사자는 페이야 앞을 가로막고 서서 그녀를 감싸며 잭 조직원들과 홀로 맞섰다. 그가 위협적으로 입을 벌려 새하얀 이를 드러냈다. 눈동자에서 살기가 돌았다.

사자는 자신이 왜 미스터 J01을 공격했는지 알지 못했다. 하지만 어쩌면 처음부터 결정된 일일지도 몰랐다. 납치된 여자를 보자마자 마음을 먹었을지도. 아니다. 그보다 훨씬 전에, 의뢰인이었던 저 여자가 끝없이 울부짖고 애원했을 때 마음먹었다. 누구든 이 여자를 다치게 하면 가만두지 않겠다고. 가라앉았던 사자의 잠재의식이 해방되면서 모든 것을 파괴하고 소진하고자 하는 충동까지 함께 풀려났다.

놀란 잭 조직원들은 정신이 번쩍 들었다. 매부리코가 날쌘 동작으로 자신의 '람보 칼'*을 꺼냈다. 기사님도 재빨리 미스터 J01의 도구 상자에서 쓸 만한 흉기를 꺼냈다.

3대 1, 맨주먹 대 흉기지만 사자는 두려움 없는 눈동자로 그들을 둘러봤다. 칼을 최소한 몇 번은 맞아야 눈앞의 적을 겨우 섬멸할 수 있을 터였다. 가장 신경 쓰이는 사람은 뒤편으로 물러난 켈리였다. 저 여자는 분명 사자가 허점을 드러내기만을 기다리고 있을 것이다.

매부리코가 사자를 향해 피식 웃고는 람보 칼을 휘둘렀다. 사자는 칼이 날아오는 방향을 정확히 파악해 왼쪽으로 피한 뒤 곧바로 주먹을 날렸다. 그 한 방이 너무 빨라 매부리코는 칼을 거둘 틈도 없이 가까스로 팔을 들어 올려 사자의 주먹을 막았다. 매부리코는 거친 주먹에 밀려 비틀거리며 뒤로 몇 걸음 물러나다 겨우 자리를 잡았다.

혼비백산한 매부리코는 손을 마구 내저었다. 하지만 기사님이 호시탐탐 노려보고 있어서 사자는 그 틈을 타 돌진하지 않았다. 그 사이 매부리코가 욕설을 퍼부으며 다시 사자를 덮쳐 왔다. 단도가 날카롭게 바람을 가르는 소리가 났다.

---

* 미국의 도검 제작자인 제임스 블랙이 만든 외날 나이프. 영화 〈람보〉 시리즈의 주인공이 이 칼을 항상 휴대하고 다닌다.

사자는 매부리코의 공격을 피하며 다시 주먹을 뻗었다. 이번에는 기사님이 목표였다. 기사님은 장기 적출에 일가견이 있지만, 육탄전에 강한 타입은 아니라 사자가 달려오자 뒷걸음질 칠 수밖에 없었다. 하지만 주먹은 속임수였다. 사자는 자세를 고쳐 잡고 번개 같은 돌려차기로 기사님을 쓰러뜨렸다. 당황한 기사님은 영문도 모른 채 발차기에 날아가 반격할 틈조차 없었다. 그는 본능적으로 몸을 떨면서도 도망갈 생각은 하지 못했다. 사자는 순식간에 무척 가까이 그에게 다가갔다.

뒤따르던 매부리코는 결국 한발 늦고 말았다. 사자의 주먹이 기사님의 얼굴에 꽂혔다. 그 무지막지한 힘에 밀려 눈동자가 튀어나올 지경이었다. 흠씬 두드려 맞은 기사님이 벌렁 나자빠졌다. 뜨끈한 피가 웅덩이를 이뤘고, 코뼈가 보기 싫게 비틀렸다. 기사님의 두 다리는 몇 차례 실룩거리더니 더 이상 움직이지 않았다.

우위를 점한 사자가 기세를 몰아 달려들었다. 검은 실루엣이 매부리코의 눈앞을 휙 쓸고 지나갔다. 그는 재빨리 도망쳤지만 사자의 공격 범위를 벗어날 수는 없었다.

"Mother fucker!" 매부리코는 노발대발하며 떨어진 칼도 줍지 않고 분풀이하듯 겉옷을 벗어 던지고 떡 벌어진 어깨와 건장한 근육을 드러냈다. 학살과 시체 훼손을 평생의 유희거리로 여기는 그는 헬스광이기도 하다. 두 취미가 교차한 덕분에 매부리코는 백곰처럼 건장한 몸을 얻게 되었다. 하얀 가슴팍에는 배가 갈린 여자의 시체와 낙서처럼 갈겨 쓴 잭 더 리퍼의 이름이 핏빛으로 새겨져 있었다.

매부리코는 테크닉은 집어치우고 기관차처럼 사자에게 돌진해 그의 허리를 끌어안았다. 단순한 공격이 오히려 통했는지, 이번에는 사자가 막아내지 못했다.

두 발이 허공에 뜬 사자가 팔꿈치로 끊임없이 매부리코를 가격했지만, 매부리코는 고통을 느끼지 못하는 사람처럼 사자를 안고 달리기를 멈추지 않았다. 이윽고 둔탁한 굉음과 함께 사자가 벽에 부딪쳤다. 매부리코는 팔뚝으로 사자의 목을 압박했고, 허공에 반쯤 뜬 사자는 고개를 쳐들고 어떻게든 숨 쉴 공간을 확보하려 했다.

그렇게 얻은 산소마저 희박해지자 사자의 동공이 커졌다. 페이야의 비명과 외침은 이제 들리지 않았다. 메아리 같은 소음이 머릿속에 울려 퍼져 다른 소리는 아무것도 들을 수 없었기 때문이다. 몸이 타들어 가듯 뜨거워졌다. 혈액이 끓어올라 빠르게 온몸을 흐르는 것 같았다. 살고 싶은 본능과 파괴의 충동이 뒤엉키면서 그 원시적 욕망은 전에 없이 거대한 모습으로 부풀어 올랐다.

사자에게는 이제 단 한 가지 생각만 남았다. '죽여라!'

사자가 눈동자를 굴려 매부리코를 내려다봤다. 둘의 눈빛이 교차하는 순간, 사자는 두 손을 벌려 매부리코의 광대를 붙잡고 엄지손가락을 눈에 쑤셔 넣어 미친 듯이 헤집었다.

얼굴이 피투성이가 된 매부리코가 처량하게 울부짖었다. 그는 두 눈을 잃었다는 극도의 공포심에 사자의 몸에서 손을 뗄 수밖에 없었다. 매부리코는 흐물흐물해진 눈동자로 술 취한 사람처럼 비틀거리며 비밀의 방 안을 배회했다.

사자의 두 발은 마침내 바닥을 디딜 수 있었다. 손가락에 달라붙은 눈동자의 잔해가 부서진 젤리처럼 미끄러져 바닥에 떨어졌다. 사자는 매부리코의 비명이 그치기도 전에 성큼성큼 그에게 다가갔다. 이제 둘의 처지는 역전되었다. 사자의 두 팔이 커다란 펜치가 되어 매부리코의 목을 힘껏 조였다.

매부리코는 무의식적으로 자기 목을 조르는 굵은 팔뚝을 잡았다. 사물이 보이지 않는 두려움 속에서, 매부리코는 상대가 택배기사나 수거업자가 아니라 형용할 수 없을 만큼 사나운 짐승이라고 착각했다. 과연 사자는 사냥감을 찢어발기는 맹수 사자처럼 매부리코를 이리저리 쥐고 흔들었다. 기골이 장대한 매부리코가 폭풍우 속의 연처럼 이리저리 휘둘렸다. 그의 건장한 근육은 더 이상 사자에게 저항하지 못했다. 매부리코가 바닥에 짓눌려 산 사람에게서는 볼 수 없는 이상한 각도로 목이 뒤틀릴 때까지, 사자는 그의 목에서 손을 뗄 줄 몰랐다.

매부리코에게 이기긴 했지만 사자도 대가를 치렀다. 눈 깜짝할 사이 왼팔에 상처를 입은 것이다. 사자가 눈을 부릅 떴다. 어느새 정신을 차려 사자를 급습한 기사님의 칼끝에 묻은 피가 보였다.

페이야가 애처롭게 외쳤다. "빨리 도망쳐!"

"그래, 넌 그냥 도망쳐라. 남의 파티 방해하지 말고." 켈리 는 아침 식사 메뉴에 관해 얘기하듯 가볍게 맞장구를 쳤다.

습격을 들킨 기사님은 겁을 먹고 도망가려 했지만, 사자 는 기사님을 잡아끌어 무릎차기를 선사했다. 기사님은 허 공으로 날아오르며 물컹한 복부에 큰 타격을 입었다. 그가 신물을 왈칵 토했다. 사자는 배를 움켜쥐고 일어나지 못하 는 기사님을 쏘아봤다. 한 번 더 기사님을 호되게 공격하려 던 사자는 갑자기 들려온 비명에 행동을 멈췄다.

사자가 놀라서 뒤돌아보니 켈리가 페이야의 목을 베어 작은 상처를 남겼다. 칼끝이 갈라낸 피부에서 피가 새어 나 왔다.

"나 진지해. 장난 아니라고." 켈리가 경고했다.

"헛소리하지 말고 그냥 날 죽여!" 페이야가 소리쳤지만 돌아온 것은 도발적인 휘파람뿐이었다. 칼이 조금씩 깊이 들어갈수록 더 많은 피가 구불구불한 선을 그리며 흘렀다.

그때 마침내 의식을 회복한 미스터 J01이 되살아나는 좀 비처럼 서서히 몸을 일으켰다. 그는 뻐근한 목을 짚고 신중하게 좌우로 고개를 돌려 보았다. 뱉어낸 붉은 침에 부러진 치아 조각이 섞여 나왔다. 한바탕 신물을 토한 기사님도 슬 슬 일어나고 있었다.

미스터 J01은 손수건을 꺼내 입을 닦고 이가 빠진 위치 를 확인한 뒤 폭발할 것 같은 분노를 누르며 낮은 목소리 로 물었다. "수거업자는 의뢰 내용에 절대로 간섭하지 않 는다고 알고 있는데." 사자는 대답하지 않았다. 자신이 아 무리 빠르다 해도 켈리가 페이야의 목에 겨눈 칼보다 빠를 수는 없기 때문이다.

"그 여자 보내 줘." 사자가 요구했다.

"물론 그렇게는 안 되지." 미스터 J01이 놓쳤던 흉기를 집어 들고 집게손가락을 흔들어 보였다. "당신은 대가를 치르겠군." 사자는 천천히 기사님 곁을 스쳐 지나갔다. 사 자의 기세에 눌린 기사님은 손 하나 까딱할 수 없었다.

아직 살아 있는 3명의 잭 조직원은 수거업자가 곧바로 이곳을 떠나리라 생각했다. 그가 바닥에 떨어진 '람보 칼' 을 줍기 전까지는.

사자는 뜻밖에도 피가 흐르는 왼팔에 칼을 가져갔다. "그 여자 보내. 내가 남겠다. 우선 이쪽 손부터 잘라내지."

미스터 J01이 하늘을 쳐다보고 실소하며 고개를 절레절 레 흔들었다. "꽤 만족스럽긴 하지만, 그 정도로는 어림없 어. 다리 하나 더!"

"안 돼, 찬한 오빠. 제발 그러지 마." 페이야가 급한 마음에 울음을 터뜨렸다. 다리에 채워진 쇠사슬이 쟁쟁 소리를 냈다.

사자는 페이야를 응시했다. 사나웠던 표정은 점차 누그러졌고, 아무도 눈치채지 못했을 다정함과 미안함이 그 자리를 채웠다. "나는 아무것도 기억나지 않아. 내가 누군지도 모르고, 너도 기억나지 않아." 페이야는 사자의 고백에 말없이 울먹일 뿐 뭐라고 대답을 할 수가 없었다.

"하지만 너는 나를 기억하잖아. 예전에 내가 너에게 상처를 준 거지? 지금 여기서 한꺼번에 갚을게." 사자는 페이야의 젖은 눈을 피하며 왼팔을 쳐다봤다.

이를 악물었다.

칼날이 찬한의 피부를 갈랐다.

**23**

⋮

순정남의
광기

같은 인질인 샤오쥔은 이 모든 상황을 목격했다. 미스터 J01을 비롯한 잭 조직원들이 비밀의 방에 들어왔고, 업자가 갑자기 난동을 부리는 바람에 혼전이 일어났다. 업자는 이제 자기를 인질로 걸고 옆에 있는 여자를 보내 달라고 했다.

　허공에 매달린 샤오쥔은 지독한 어지럼증에 시달리느라 공포심마저 무뎌졌다. 운이 지지리도 없는 그녀는 스녠을 불러내기 위한 미끼가 되었다. 샤오쥔은 스녠이 그녀를 탓하지 않고 오히려 순순히 잭의 뜻에 따라 약속을 지키러 올까 봐 걱정하고 있었다.

　죽으러 걸어 들어오는 거나 마찬가지 아닌가!

　잭 조직원이었던 천보에게 납치되었던 날이 떠올랐다. 그때 샤오쥔은 찬물로 가득 찬 욕조에 담겨 덜덜 떠는 것밖에 할 수 있는 일이 없었다. 불안한 마음에 닥칠 수 있는 모든 불행한 시나리오를 상상했었다. 비좁은 욕실에는 곰 팡내가 가득했고, 암흑에 시각을 빼앗겨 아무것도 보이지 않고 축축한 물소리만 들렸다.

그러다 갑자기 밝은 불빛과 함께 스녠이 나타났다. 이번 에도 그럴 수 있을까? 샤오쥔은 스녠을 믿지만, 죽음이 가 까워져 온다는 예감이 들었다. 그녀는 이를 악물었다. 제멋 대로 흐르는 눈물을 막을 수가 없었다. 죽음 앞에서 어찌 담담할 수 있겠는가? 게다가 틀림없이 고통스럽게 죽을 것 이다. 하지만 스녠에게 짐이 될 바에는 차라리 죽는 편이 나았다.

보잘것없고 운도 없는 이번 생은 여기서 끝나 버릴지도 모른다고 샤오쥔은 생각했다.

그녀가 그렇게 자기 인생에 주석을 달 때, 업자와 잭의 대립은 또 다른 단계로 접어들었다. 업자는 눈앞에 위협이 닥쳤는데도 주변을 모조리 무시하고 소녀만 바라보고 있 었다.

"하지만 너는 나를 기억하잖아. 예전에 내가 너에게 상 처를 준 거지? 지금 여기서 한꺼번에 갚을게." 업자는 그렇 게 말하고는 람보 칼로 왼팔을 스스로 베었다. 선명한 붉은 색 피가 찢어진 소매를 따라 흘러 바닥을 불규칙한 모양으 로 물들였다.

소녀가 통곡하며 소리쳤고 미스터 J01은 신나서 손뼉을

쳤다. 업자는 신음 한 번 내지 않았지만, 이마에 맺힌 식은 땀이 그의 고통을 말해 주었다. 업자가 칼자루를 쥔 손에 더욱 힘을 가했다. 샤오쥔은 머리끝까지 소름이 끼쳐 눈을 질끈 감고 다시 뜰 엄두를 내지 못했다. 저 남자가 진짜로 한쪽 팔을 자르는 꼴을 보게 될까 봐 두려웠다.

마침내 비명이 들려왔다. 업자가 아무리 용감하고 건장하다 해도 저 정도의 극심한 고통은 참을 수 없었을 터였다. 이윽고 미스터 J01과 켈리가 나란히 우왕좌왕하며 비명을 지르는 바람에 샤오쥔은 호기심에 살짝 눈을 떴다가 곧 따라서 비명을 질렀다. 두려움의 비명이 아니었다. 잭 조직원의 비명과는 전혀 다른, 기쁨을 품은 외침이었다.

길고양이처럼 도시에 신출귀몰하는 고집스러운 소년이 언제나 그랬듯 특유의 담담한 표정으로 바 입구에 서 있었다.

"정확히 열 시 정각." 스넨이 말했다.

샤오쥔은 서 있던 잭 조직원 중 하나가 바닥에 꿇어앉은 걸 발견했다. 그의 종아리에 수술용 메스가 박혀 있었다. 조금 전 들은 비명의 주인공이 바로 저 사람이었다.

스넨은 메스를 단단히 쥐고 미스터 J01과 샤오쥔 쪽으로 성큼성큼 다가갔다. 업자도 페이야와 교환하는 조건이었던 자해 행위를 멈췄다. 사자는 사태에 전환점이 찾아왔음을 깨달았다.

미스터 J01이 손목시계를 확인했다. "맞습니다. 시간을 지켰네요. 다행히 아직도 3대 2 상황이고 인질도 우리 손에 있습니다." 그는 칼에 맞은 기사님의 상태가 목숨이 위태로울 정도는 아니라는 걸 확인하고 그를 전력에 포함했다.

종아리에서 피가 줄줄 흐르는 기사님은 숨을 헐떡이며 다친 다리를 잡고 힘겹게 일어섰다. 소리가 나는 방향을 파악한 스넨은 그쪽을 쳐다보지도 않고 손을 쭉 내밀었다. 유성 같은 은빛의 무언가가 스넨의 손을 떠났고, 기사님은 또다시 바닥에 쓰러졌다. 이제 그는 양쪽 다리를 못 쓰게 되었다.

"2대 2." 스넨이 굳이 정정해 말하자 미스터 J01은 경직된 가짜 미소를 지어 보였다.

"인질들이 있다는 사실을 잊은 모양인데, 일깨워 드리지요."

"저 여자가 다치면 당신은 살아서 이곳을 나갈 수 없습니다." 스넨은 무척 빠른 속도로 말했다. 이 약속에서 업자에게 발언권은 없지만, 그는 한쪽 팔에 상처를 입었을 뿐이다. 사자는 나머지 한쪽 팔만으로도 충분한 살상력을 가지고 있었다.

"굉장히 무서운 협박인걸." 켈리가 침착하게 말을 끊으며 샤오쿤의 등 뒤로 숨었다. 스넨의 2차 도발을 막기 위해 샤오쿤을 인간 방패로 삼은 것이다. 미스터 J01도 켈리의 의도를 알아차리고 얼른 샤오췬 뒤에 섰다.

"거래하자. 인질들을 줄 테니 여기서 안전하게 빠져나가게 해 줘." 켈리가 제안했다.

미스터 J01은 교활한 자였다. 이렇게 버티다가는 무엇도 얻을 수 없으니 차라리 탈출하는 편이 낫다는 사실을 알고 있었다. 목숨만 건진다면 스녠이라는 이 골칫덩어리는 훗날 얼마든지 없앨 수 있다.

업자가 규칙을 어기고 끼어들지만 않았다면 모든 일이 그의 예상대로 흘러갔을 터였다. 미스터 J01은 배후 세력을 건드려 후환을 부르게 된다 해도, 언젠가는 저 눈엣가시와 함께 업자도 없애 버리면 그만이라고 생각했다.

"물론 한 발씩 물러서는 게 현명한 선택이겠죠. 두 신사분, 여기 좀 보세요. 인질은 털끝 하나 건드리지 않았으니 꽤 수지가 맞지요?" 미스터 J01이 페이야의 상처는 없는 셈 치며 말했다.

"좋습니다." 스녠은 뜻밖에도 깔끔하게 받아들였다. 사자는 그런 스녠을 이해하기 힘들었다. 스녠은 계속해서 분명하게 태도를 밝혔다. "인질들을 나가게 하십시오." 사자는 영 못마땅한 표정을 지었다. 당장 스녠이 의심스럽긴 했지만, 그의 말대로 하는 게 지금의 상황을 타개하는 방법일 수도 있다고 생각했다. 사자가 페이야를 바라보며 말했다. "무서워하지 마."

"무섭지 않아." 페이야가 미소를 띠었다. 그녀는 겉보기에는 연약해 보일지 몰라도 내면은 단단했다. "오빠가 있으니까."

미스터 J01이 거칠게 끼어들었다. "연애는 거기까지만 하시죠. 이제 시간도 많을 텐데요. 지금부터 인질을 내보내겠습니다. 기회를 틈타 함부로 덤비는 분은 없었으면 합니다. 그러면 다 같이 죽을 수밖에 없겠죠. 물론, 저는 인질부터 죽일 겁니다."

"당신이나 함부로 덤비지 마." 사자가 협박했다.

"물론입니다." 미스터 J01이 답했다.

미스터 J01이 두 사람을 감시하는 동안 켈리가 샤오췬과 페이야에게 채워진 쇠사슬을 차례로 풀었다. 천장의 고리와 연결된 쇠사슬이 풀리는 순간 버팀목을 잃은 샤오췬이 고깃덩어리처럼 툭 하고 추락했다. 그리 높지는 않았지만 샤오췬은 바닥에 부딪치면서 앓는 소리를 냈다. 페이야는 바닥에 착지하자마자 환한에게 가까이 가려고 발버둥을 치다가 미스터 J01에게 끌려갔다.

"이거 놔!" 페이야가 소리쳤다.

"얌전히 굴라니까. 조금 있다가 다시 만나게 해 줄 테니까!" 미스터 J01이 귀찮다는 듯 페이야를 막았다. 두 인질은 팔다리가 묶인 상태로 각각 미스터 J01과 켈리 앞에서 인간 방패 역할을 하고 있었다.

"좀 떨어져요. 남자랑 가까이 있는 거 딱 싫거든요." 언제라도 달려들 것 같은 업자 때문에 영 마음이 편치 않은 켈리가 가볍게 경고했다.

잭 조직원들이 언제 약속을 깨고 다시 살의를 드러낼지 모르니, 사자는 방어하지 않을 수가 없었다.

"저기…… 나도 있어…… 살려 줘……." 스넨에게 맨 먼저 당한 기사님이 애원했다. 그는 아주 조금만 움직여도 상처가 벌어져서 지금은 주정뱅이처럼 바닥에 주저앉아 있었다.

기사님은 여기서 죽을까 봐 두려웠다. 사람을 죽일 기회도, 산 사람의 내장을 꺼낼 일도 더 이상 없을지 모른다. 그는 죽을 고비를 겪고서야 피해자들이 죽기 전에 느꼈을 감정을 알게 되었다. 하지만 깨달음을 통해 반성하기는커녕 학대를 향한 욕망이 더욱 활활 타올랐다. 이 희열을 이어가기 위해서라도 반드시 살아 나가고 싶었다.

"그 사람은 거래 대상에 포함되지 않습니다." 스넨이 차갑게 대답했다.

미스터 J01은 어깨를 으쓱해 보이며 말했다. "미안하게 됐네요. 자기 잠재력을 믿고 최선을 다해 살아남아 보세요." 기사님이 절망에 빠져 지켜보는 가운데, 미스터 J01과 켈리는 천천히 문 쪽으로 걸어갔다. 업자는 피가 흐르는 왼팔을 늘어뜨린 채 둘을 따라가며 페이야를 데려올 준비를 했다.

샤오쿼은 이 거래가 무척이나 불안했다. 잭 조직원들이 약속을 지킬 사람으로는 보이지 않았으니까. 그런데도 스넨은 이상할 정도로 침착했다. 하지만 샤오쿼은 이번에도 그를 믿기로 했다. 스넨은 그동안 여러 번 자신을 구했으니까.

거칠게 끌려가는 샤오쿼의 발이 바닥에 질질 끌렸다. 날씬하지만 힘이 좋은 켈리는 꽤나 센 힘으로 샤오쿼의 손에 깍지를 끼고 있었다.

"너 말야." 켈리가 샤오쿼의 귀에 대고 속삭이자 샤오쿼이 무의식적으로 대답했다. "네?"

"살 좀 빼야겠다." 켈리가 조롱하듯 깔깔 웃자 화가 치민 샤오쿼은 정신이 번쩍 들었다. 하지만 그때 들려온 예상치 못한 굉음에 대꾸도 잊고 말았다.

머리칼이 쭈뼛 설 듯 오싹하고 불길한, 과장된 그 목소리는 어쩐지······.

"으아아아아아아아아아아아아아악!"

역시 맨 먼저 방을 나선 미스터 J01의 비명이었다.

샤오쿼이 경악하며 고개를 돌리자 켈리의 어깨 너머로 감전된 듯 펄떡이는 미스터 J01의 모습이 보였다.

이 사태를 만든 장본인은 전기톱을 든 이하오였다. 미스터 J01의 피와 살점이 폭발하는 유정처럼 튀었다. 보란 듯 큰 소리로 깔깔 웃는 이하오의 두 손과 얼굴에도 피칠갑이 되어 있었다. 그 모습은 통제 불능의 미치광이라고밖에는 설명이 되지 않았다.

미스터 J01은 저항할 기회조차 없었다. 처음에는 목이 꺾이더니 전기톱에 무릎이 잘렸다. 악마가 들린 듯한 이하오는 여기서 멈추지 않고 짓이긴 고깃덩어리가 될 때까지 미스터 J01을 전기톱으로 유린했다. 피가 벽에, 바에, 천장에 분수처럼 솟구쳐 오르면서 미스터 J01의 자랑인 화이트 채플을 붉게 물들였다. 이로서 '화이트' 채플은 더 이상 순백색이 아니게 되었다.

스넨은 애초에 화이트 채플 밖에 이하오를 매복시켰기 때문에 잭의 조건을 흔쾌히 받아들였다. 복수심에 불타는 이하오는 당연히 스넨의 초대를 거절할 이유가 없었다. 어차피 닥터 야오가 죽은 후의 그는 살아도 산목숨이 아니었다.

샤오쿤은 놀라는 동시에 스넨에게 달려들었다. 다친 업자가 그 뒤를 따랐다.

스넨이 다가오자 켈리는 과감하게 샤오쿤을 밀쳐 스넨이 그녀를 붙잡기 위해 멈춰 서도록 만들었고, 이 동작으로 뒤따라오는 사자까지 막을 수 있었다. 그녀는 차갑게 웃으며 바 안쪽으로 뛰어들어 현관문을 향해 돌진했다.

켈리는 재빨리 문을 열었지만, 눈앞에는 계단이 아니라 끝까지 내려온 철제 셔터가 보였다.

'이게 언제 내려왔지?' 오판한 켈리는 아연실색했다. 그때 무릎에 날카로운 통증이 찾아왔다. 그녀는 뒤를 돌아볼 필요도 없이 그게 스넨이 던진 수술용 메스란 걸 알아차렸다.

죽을 때가 왔음을 직감한 켈리는 깨달음을 얻은 듯 활짝 웃고는 주머니에 손을 넣었다.

"으윽!" 켈리가 낮게 신음했다. 팔에도 칼을 맞은 것이다. 담뱃갑이 손에서 미끄러지며 바닥에 떨어졌다. 그녀는 절망적인 표정으로 담뱃갑을 쳐다봤다. 손끝을 타고 흐른 핏방울이 하필이면 '담배는 건강에 해롭습니다'라는 경고 문구에 떨어졌다.

'담배는 건강에 해롭지만, 피우지 않으면 마음에 해롭지. 어차피 산다는 것 자체가 소모야. 그러니 스릴 넘치게 살아야 하지 않나.' 켈리가 자조했다.

전기톱 소리가 등 뒤로 바짝 다가왔다.

'안타깝다. 마지막 담배 한 대 피울 기회조차 없네.' 그녀는 마지막으로 생각했다.

"우웩!" 위기에서 벗어난 샤오쿤이 바닥에 엎드려 구토하기 시작했다. 미스터 J01과 켈리는 이하오에게 연달아 당하면서 더 이상 인간의 형상이 아니게 되었다. 평범한 사람이 이토록 잔혹한 장면을 두 눈 뜨고 지켜볼 수 있을 리 만무했다.

'무섭다. 너무너무 무섭다.' 이하오가 광소하며 날뛰는 동안 샤오쿤은 토악질을 하면서 몸을 떨었다. 한때 강제로 인육을 삼킨 적이 있는 샤오췬은 처음부터 이하오가 무서운 사람인 건 알았지만, 이 정도로 미쳐 있는 줄은 몰랐다.

"안에 더 있어." 스녠이 친절하게 일깨워 주자 이하오는 핏방울이 떨어지는 전기톱을 둘러메고 붉은 발자국을 남기며 안으로 걸어 들어갔다. 이윽고 비밀의 방에서는 차마 또 듣기 힘든 처절한 비명이 들려왔다. 비명은 전기톱의 소음을 덮고도 남을 정도로 컸다.

"저 사람 도대체 왜 저래?" 샤오췬이 겁에 질려 물었다.

"합리적인 해소 행위랄까." 스녠이 별일 아니라는 듯 대답했다.

스녠은 이하오보다 훨씬 복잡하고 어려운 일을 처리해야 했다. 그는 페이야의 눈치를 살폈다. 다친 업자가 페이야의 몸에 묻은 핏자국을 닦아 주고 있었다.

마침내 소원이 이뤄진 소녀의 얼굴에서 창백함이 걷혔다.

"오빠, 진짜 다 잊었어요?" 페이야는 업자에게서 한시도 눈을 떼고 싶지 않은 듯 그만을 바라보며 물었다.

"응." 사자가 그녀의 뺨에 묻은 피를 닦자 페이야가 그의 손바닥을 움켜쥐었다. 페이야의 손끝은 부드럽고 차가웠다. 사자도 무의식적으로 그 손을 움켜쥐고 싶었지만 곧 단념했다. 하지만 손을 거두고 싶지도 않아서 페이야가 잡고 있도록 놔 두기로 했다.

"나까지?" 페이야가 끈질기게 물었다.

"전부. 아무것도 기억나지 않아." 사자가 고개를 가로저었다.

사자는 뭐라 말로 표현할 수 없는 감정이 북받쳐 오르는 걸 느꼈다. 그는 소녀의 손을 움켜쥔 채 놓고 싶지 않을 뿐만 아니라 그녀의 따뜻한 품을 갈망했다. 눈시울이 뜨거워진 사자는 그저 고개를 떨구고 모자가 눈물을 가려 주기를 바랐다.

"좋아. 괜찮아요. 하지만 잘 들어요. 지금부터는 나를 꼭 기억해야 해. 하나하나 다. 또 잊어버리면 그때는 정말 용서 안 할 거야!" 페이야는 마침내 딱딱한 가면을 벗어던지고 장난꾸러기 아이처럼 굴었다.

자신의 모든 것을 조건 없이 받아들여 주기를 원하는 사람은 세상에 그 하나뿐이었다. 페이야는 아직 열일곱 살이 채 되지 않은 상처받기 쉬운 소녀다. 오랫동안 사라졌던 이 못된 자에게 들려 줄 이야기가 아주 많았다.

그녀는 이제 사랑스러운 모습 그대로 그에게 어리광 부릴 것이다.

하지만 사자는 갑자기 일어서더니 의미를 알 수 없는 시선으로 페이야를 쳐다봤다. 페이야가 그의 옷자락을 잡기도 전에, 사자는 미스터 J01과 켈리의 산산조각 난 시신을 넘어 성큼성큼 출구로 걸어갔다.

"어디 가, 찬한 오빠?" 페이야는 업자의 진짜 이름을 부르며 후들거리는 두 다리를 무리하게 움직여 그의 뒤를 쫓았다. 철제 셔터는 아주 천천히 올라갔지만, 사자는 약간 열린 틈새를 파고들어 계단을 통해 순식간에 건물을 빠져나갔다. 너무 빨라서 페이야는 도저히 따라잡을 수가 없었다.

페이야는 그를 뒤따라가 마지막 계단을 밟았다. 쏟아지는 햇빛에 눈이 부시고 어지러웠다. 햇빛을 가린 손가락 틈새로 촨한이 점점 멀어지는 모습이 보였다. 페이야는 촨한이 보이지 않을 때까지 그의 뒤를 쫓았다. 방향도 분간할 수 없는 낯선 거리에서 그가 완전히 보이지 않을 때까지.

나쁜 놈, 또 사라져 버렸다.

∿

아직 화이트 채플에 남은 샤오쿼은 어리둥절했다.

"저 여자애는 왜 저래?"

"……역시 합리적인 해소 행위." 스녠도 어리둥절하기는 마찬가지였다. 하지만 페이야가 자신에게는 전혀 신경 쓰지 않고 가 버렸으니, 아무튼 한숨을 돌리게 되었다. 지금이야말로 탈출할 기회였다.

"여길 나가야 해." 스녠이 샤오쿼을 부축했다. 샤오쿼은 다리가 약간 불편해서 똑바로 걸으려면 스녠에게 기대야 했다.

샤오쿼은 자기도 모르게 살을 빼라는 켈리의 말을 떠올리며 한때는 켈리였던, 사방에 널브러진 살 조각을 힐끗 곁눈질했다. 하마터면 또 토할 뻔했다. 앞으로 적어도 며칠은 음식을 입에 대지 못할 것 같았다.

스넨에게 토하는 일은 절대로 만들지 말자고 다짐하면서도, 그런 일이 일어나면 이 결벽증 녀석이 어떤 표정을 지을지 궁금하기도 했다. 설마 이하오처럼 '역변'하지는 않겠지? 샤오쿼은 그런 모습을 보고 싶지는 않았다.

"이하오는?" 샤오쿼은 머뭇거리다 물었다.

"방해하지 않는 편이 나을 거야." 스넨이 샤오쿼을 이끌고 밖으로 나가며 말했다.

"바닥이 미끄러우니까 조심해."

"응……." 샤오쿼은 얼마간 망설이다가 목 끝까지 차오른 말을 스넨에게 했다.

"네가 무사해서 정말 다행이야."

"응. 너도."

∿∿

현장을 떠난 업자는 화물차로 돌아왔다. 진작에 그의 행적을 파악한 듯, 차 문을 여는 순간 암호 방송이 울려 퍼졌다. "사자. 즉각 공장으로 복귀할 것."

'올 게 왔구나.' 사자는 갑작스러운 지령에도 의아해하지 않았다.

오소리가 그를 가르칠 때 가장 강조했던 점은 '공장에서 내려오는 지령은 이유 불문하고 최우선 순위로 간주하고 반드시 준수해야 한다.'였다. 사자는 그 원칙을 잊지 않았고, 공장의 지시를 거스를 생각도 전혀 없었다.

그가 수거업자인 이상 틀림없이 공장의 감시가 따를 터였다. 페이야를 떠난 이유도, 공장으로 복귀하려는 이유도 그녀를 보호하기 위해서였다. 처음부터 자신은 페이야 곁에 있을 수 없는 운명임을 사자는 알고 있었다.

"확인 완료." 업자는 기계적으로 대답했다.

그에게 선택의 여지 같은 것은 없었다.

**24**

........

# 업자 처형 전야

공장으로 이어지는 구불구불한 산길은 업자들이 복귀할 때 반드시 거쳐야 하는 길이다. 하지만 오늘은 택배기사로 위장한 업자들 외에도 다른 이가 이 '장송葬送의 길'을 달리고 있었다.

산의 검은 그림자가 달리는 차량의 색을 뒤덮었다. 헤드라이트의 빛이 비칠 때마다 암흑 속에서 스포츠카의 색상이 살짝 드러났다. 농염한 붉은색이다. 마치 붉은 방울을 뚝뚝 떨어뜨리기라도 한 듯 윤기가 흐르는 선명한 색. 스포츠카는 코너를 돌아 차가운 산바람을 가르며 돌진해 아득한 안개를 갈랐다. 그 길을 따라가다 보면 공장에 도착한다.

차에서 내린 운전자는 빳빳한 수트를 차려입고 올백 스타일로 머리를 넘긴 전형적인 비즈니스맨 타입의 남자였다. 그는 모든 것을 장악하고 있는 자만이 보일 수 있는 자신감을 굳이 숨기지 않았다.

오소리가 한참 전부터 마중 나와 있었다. 괴상할 만큼 굳은 표정으로 꼿꼿하게 서 있는 그는 선 채로 잠든 시체 같았다. 얼굴에서 유일하게 사람다운 곳은 끊임없이 움직이는 눈동자뿐이었다.

"어디 있습니까?" 다비도프가 신이 나서 물었다. 오소리는 대꾸하지 않았지만 다비도프는 이러한 침묵이 이미 익숙했다. 쓸데없는 말을 많이 하지 않으니 오히려 편했다.

공장은 시내에서 멀리 떨어져 있었다. 속세의 번잡하고 자질구레한 일은 모두 산안개 너머에 있다. 이곳으로 통행이 허용된 존재는 더 이상 말할 수 없는 살덩어리들뿐이다. 높이 솟은 굴뚝에서 서서히 짙은 연기가 피어올랐다. 폐기물 소각은 언제나 야간에 행해진다.

두 사람은 나란히 공장을 통과해 바깥쪽 창고를 지나면 나오는 황폐한 우물가에 도착했다. 감시 임무를 맡은 두 명의 꼭두각시가 서 있었다. 이들은 업자들과 달리 죽은 자의 동공에 덮이는 얇은 막과 같은 색깔인 회색 점프수트를 입는다.

감시 대상은 우물 옆에 고개를 숙이고 앉아 있는 업자다.

업자는 유니폼 대신 몸에 딱 붙는 민소매 티셔츠를 입고 조각한 듯 아름답고 건장한 팔 근육을 드러내고 있었다. 베인 것처럼 보이는 왼팔의 상처에는 굳은 피딱지가 맺혀 있었다. 허리와 가슴에 감긴 자물쇠 달린 쇠사슬이 그와 마른 우물을 한 덩어리로 묶고 있었다.

궁지에 몰린 짐승 같은 업자는 발소리를 듣고 고개를 들었다. 이미 충분히 수모를 당했지만 굴복하거나 의기소침한 기색은 찾아볼 수 없었다.

다비도프는 언제나 모든 상황을 장악하고 있으면서도 서프라이즈를 갈망한다. 서프라이즈야말로 그가 꿈에서도 찾던 무언가라고 하면 맞을 것이다. 그는 모든 정해진 것이나 규칙적인 대상은 거들떠보지도 않았다. 그런 건 하품이나 유발하는 쓰레기다.

다비도프는 이 업자에게 아낌없는 칭찬을 보냈다. 코드명이 사자인 그는 의뢰인을 공격했는데, 그 모든 과정이 도청 장치를 타고 공장에 전달됐다. 다비도프는 오는 길에 녹음본 전부를 듣고 감동한 나머지 눈물이 날 것만 같았다. 하지만 그에게는 눈물이 없다. 선악의 경계선이 없는 것처럼.

오소리에게 사자와 단둘이 있겠다는 의사를 표하자 오소리가 꼭두각시를 데리고 물러났다. 다비도프는 앞으로 몇 발 나아갔다.

"당신은 여기서 죽을 겁니다." 다비도프가 재킷 앞주머니에 손을 넣어 와인색 담뱃갑을 꺼냈다. '다비도프'. 시가의 이름이 그의 별명과 같았다. 다비도프는 담배에 불을 붙이고 니코틴을 폐 깊숙이 들이마실 때까지 사자를 응시하며 그의 미세한 표정 변화를 관찰했다.

사자는 자신이 어떤 최후를 맞이하게 될지 진작에 알고 있었다. 그래서 놀라거나 두려워하지 않았고, 살려 달라고 빌지도 않았다. 다만 자신의 죽음으로 모든 걸 깔끔히 마무리하고 싶었다. 공장에서 더 이상 일을 추궁하지 않고 페이야를 건드리지 말기만을 바랐다.

"죽음을 두려워하지 않는군요. 아주 좋습니다." 다비도프가 칭찬했다. "오히려 죽음을 바라고 있다고 말하는 게 맞겠군요." 손가락을 튕기는 소리가 울려 퍼졌다. 그는 자신이 만든 소음에 개의치 않고 한 번 더 손가락을 튕겼다. 허공에서 무언가 터져 나가듯 통쾌한 소리가 산꼭대기까지 울렸다.

"공장에는 규칙이 있죠. 그러니 당신은 해가 뜨면 처형될 거예요. 뭐, 과정은 깔끔하니 걱정하지 마세요. 그리 아프지도 않을 겁니다."

사자는 대답하지 않았다. 물론 다비도프는 그의 침묵을 예상했다. 어차피 사자가 듣고 싶어 하는 말도 아니었을 테니까.

"지금껏 규칙을 어기는 업자가 한 번도 없던 것은 아닙니다. 하지만 의뢰인을 공격한 건 당신이 처음이었어요. 나중에는 정말 재밌어지더군요. 무슨 이산가족 상봉 같았어요."

다비도프는 말을 잠시 멈추고 그날의 광경을 머릿속으

로 그려 보았다. 그는 등장했던 캐릭터들 하나하나를 상상 속 공간에 정교하게 배치했다.

"참, 기억을 찾았나요? 아니면 아무것도 기억하지 못한 채 그렇게 비이성적으로 행동한 겁니까? 아, 오해하지 마세요. 비난이 아닙니다. 나는 당신의 행동을 상당히 높이 평가합니다. 북받치는 감정이 있어야만 예상치 못한 서프라이즈가 만들어지니까요.

당신 덕분에 아주 재미있는 걸 듣게 되었습니다. 이미 알고 있겠지만 유니폼에는 도청 장치가 있죠. 정말 아쉽게도 나는 그날 현장에 없었어요. 모든 찬란한 것은 금세 사라지죠. 재현할 수도 복제할 수도 없어요. 그래서 나는 상상력을 동원해 모든 세부 장면을 복원해 보는 수밖에 없었답니다."

사자는 자신도 모르게 미간을 찌푸렸다. 이 사람은 어떻게 자신이 도청 장치의 존재를 눈치챘다는 사실마저 알았을까? 다비도프는 사자의 얼굴빛이 변하는 순간을 놓치지 않았다. 그는 의기양양한 미소를 지으며 담뱃재를 털었다.

"아, 내게는 항상 손바닥 뒤집듯 쉬운 일이랍니다."

정말 그랬다. 놀라운 상상력을 발휘하는 일, 사자의 은밀한 움직임을 포착하는 일……. 다비도프에게는 언제나 너무도 쉬웠다.

다비도프의 만족도는 점점 커졌다. 순간적인 충동으로 주워 온 자가 이토록 다채로운 즐거움을 가져다줄 줄은 몰랐다. 낡아빠진 스토리 하나만 주고 다른 유흥거리는 전혀 만들어 주지 않는 스넨보다 훨씬 재미있었다. 찬한이라는 이 업자는 정말이지 감탄이 절로 나왔다.

다비도프는 자신의 기발한 아이디어에 감탄하지 않을 수 없었다. 이런 상황을 만든 장본인이 바로 자신이기 때문이다. 만약 현재의 사자가 수거업자가 아니었다면 페이야는 죽었을 테고, 잭 조직원들은 원하던 대로 스넨을 도륙해 한을 풀었을 것이다. 그랬다면 다비도프가 오랫동안 심혈을 기울여 투자한 작품은 잭의 제물이 되고 말았으리라. 하지만 멍청한 잭 조직원들은 아무것도 얻지 못했다.

'아니야. 다시 생각해 보니 내가 너무 엄격했군.' 다비도프는 앞서 한 생각을 주워 담기로 했다. 잭을 이렇게까지 비난해서는 안 된다. 사자의 한 수는 너무도 교묘해 자신조차 막지 못했으니 말이다.

다비도프는 결국 참지 못하고 유쾌한 웃음을 터뜨려 숲속의 새들을 놀라게 했다.

"그럼 잘 자요. 마지막 밤을 즐기시길." 다비도프는 존재하지 않는 모자를 들어 보이듯 인사한 뒤 우아하게 퇴장했다.

으스스하고 좁은 산길을 걸으면서도 다비도프의 얼굴에서는 웃음기가 사라지지 않았다. 공장의 지난하고 어두운 역사와 꼭 닮은 밤의 그림자가 거대한 산을 뒤덮었다.

공장의 기원은 오래전으로 거슬러 올라가야 한다.

이야기는 이렇게 시작한다. 옛날 옛적에…… 그러니까 아주아주 오래전에 억만장자가 살았다. 그에게는 끔찍이 사랑하는 딸이 있었다. 마음씨 착한 딸은 억만장자가 세상에서 가장 총애하는 보물이었다.

어느 날, 딸은 불행히도 병에 걸렸다. 예고도 없이 스위치가 고장 난 기계처럼 갑자기 제대로 작동하지 못하게 되었다. 딸의 내면은 순식간에 무너졌다. 딸은 모든 대인관계 능력을 잃었다. 딸의 눈에는 모든 사람이 괴물로 보였다. 딸은 하는 수 없이 사람들이 보이지 않는 곳에서 숨어 지내야만 했다.

가진 게 돈뿐인 아버지는 아끼지 않고 돈을 써서 명의, 정신건강 분야의 권위자, 학자 등 많은 사람을 두루 섭외했다. 하지만 딸의 마음을 치유할 수 있는 사람은 아무도 없었다.

딸은 이제 스스로를 방에 가두고 밖으로는 얼굴도 내밀지 않았다. 나이 많은 아버지는 걱정 끝에 한 전문가의 조언대로 해 보기로 했다. 외진 곳에 시설을 지어 딸과 같은 정신질환으로 사회에 적응하지 못하는 사람들을 모아 치료와 교육 등을 지원하고, 완치 후 사회에 복귀할 수 있도록 돕는 것이다.

가능한 모든 방법을 다 시도해 본 아버지는 이 방법에 희망을 걸어 보기로 했다. 오직 건강한 딸을 다시 볼 수 있는 가능성을 얻기 위해서였다. 시설 건설과 필요한 인력 수급, 환자 유치까지는 일사천리로 진행되었다. 모든 서비스가 무료로 제공되어 환자의 가족들은 하루라도 빨리 환자를 시설에 보내고 싶어 했다.

딸도 아버지에게 이끌려 시설에 입소하게 되었다.

하지만 딸은 매일매일 미친 듯이 비명을 질렀다. 털에 불이 붙은 쥐처럼 필사적으로 내달리기만 하며 모든 사람을 피하려 했다. 딸이 꼭 건강을 되찾길 바랐던 아버지는 눈물을 삼키고 지켜봤지만, 딸은 나아질 기색이 없었다. 아버지는 딸을 강제로 방에서 끌고 나온 그날의 기억을 떠올릴 때마다 자신의 선택을 후회하며 자책했다.

딸을 시설에 보낸 지 몇 년 만에 아버지는 병으로 세상을 떠났다. 그때부터 딸은 시설에서 멀리 떨어진 산속 오두막에 살았다. 식사와 생활용품은 정기적으로 문 앞에 가져다 줬지만, 아무도 그녀를 보지는 못했다.

딸은 그렇게 숨어 버렸고 아무도 만나지 않았다.

그리고 지금, 다비도프는 그 '딸'의 앞에 서 있었다.

**25**

.......

한 발만
나아가면

공장과 멀리 떨어진, 세상으로부터 잊힌 오두막. 창백한 달빛 아래 뜻밖의 손님이 찾아왔다.

　탄화는 문 뒤에 숨어서 얼굴 반쪽만 내밀고 겁먹은 눈으로 손님을 쳐다봤다.

　"오랜만이네." 다비도프는 자신감 넘치는 호탕한 웃음으로 상대방의 경계를 풀었다. 그는 웃음 아래 깊은 곳에 숨겨진 자신의 실체가 보이는 모습과 정반대임을 잘 알고 있었다. 이런 사람일수록 자유자재로 위장할 수 있는 법이다.

　지금 찾아온 사람이 바로 그 '딸'이니 이런 웃음은 필수였다. 다비도프는 그녀가 놀라서 도망치게 하고 싶지는 않았다.

　"여길 왜……." 탄화는 다비도프가 찾아온 이유를 알고 싶어 했지만, 다비도프는 그녀의 질문에 대답하지 않았다. "들어와서 앉으라고도 안 할 거야? 뭐, 괜찮아. 이해할 수 있어. 시간이 이렇게 많이 흘렀는데 네 병은 하나도 낫지 않았구나. 너는 아직도 그때의 어린아이니까. 계속 여기 서 있지 뭐. 괜찮아. 바깥 공기가 시원하기도 하고. 내가 왜 왔는지 궁금하지?"

할 말을 잃은 탄화는 고개를 끄덕일 수밖에 없었다.

다비도프가 손가락을 튕겼다. 탄화는 느닷없는 소리에 깜짝 놀라 문 뒤로 완전히 숨었다. 그녀는 촉수를 자극받은 겁쟁이 달팽이처럼 머뭇거리다 겨우 얼굴을 내밀었다. 다비도프는 실소를 터뜨렸다. 작고 약한 동물을 가지고 놀 때와 비슷한 재미가 느껴졌다. 하지만 그는 탄화를 조롱하려고 여기까지 온 게 아니었다.

"집배원 노릇 하러 왔어. 사자의 사망통지서를 가져왔지."

탄화는 아이처럼 맑은 두 눈을 크게 떴다. 가뜩이나 하얀 얼굴이 더욱 창백해졌다. 그녀는 파르르 떨리는 입술을 다물지 못했다.

다비도프가 의미심장하게 웃었다. 탄화는 그가 예상한 그대로의 반응을 보였다. "아, 깜빡한 게 하나 있어. 사망 '예정' 통지서야. 시간이 아직 좀 남긴 했지만, 해가 뜨면 죽을 거야."

"그 사람 어디가 아파? 사고라도 났어?" 탄화는 마음이 급해 캐물었다.

"그런 거라면 오히려 해결할 수 있을지도 모르지. 잘못

을 저질렀어. 의뢰인을 공격했거든. 처형을 피할 수 없게
됐어."

"그럴 사람이 아닌데……." 탄화는 사자의 편에 서서 그
가 겉으로는 사나워 보여도 마음씨가 착해 함부로 사람을
해칠 리 없다고 말했다.

"그런 사람이던데." 다비도프가 확신하며 말했다. "그 점
은 제외하더라도, 너와 개인적으로 접촉한 일만 해도 사태
가 심각해. 여긴 놈이 올 수 있는 곳이 아니잖아. 그런데 그
게 이렇게까지 놀랄 일이야? 내가 어떻게 알았는지 묻고 싶
지? 간단해. 이곳에서 내가 모르는 비밀은 하나도 없으니
까. 나는 전부 다 알아. 너를 포함해서. 도청 장치만 피해서
는 소용이 없어. 그건 어차피 눈속임용이었거든. 네가 거기
에 정신이 팔리면 다른 감시 장치는 의심하지 않을 테니까."

"죽이지 마! 내가 와 달라고 한 거야." 탄화가 애원하며
눈물을 흘렸다. 그녀는 사자와 만나는 것만으로 그에게 해
를 끼칠 거라고는 생각해 보지 못했다. 물론 여기에는 탄화
가 당황해 쩔쩔매는 모습을 보고 싶어 한 다비도프의 악의
가 있었다.

다비도프는 잠시 침묵하다 말했다. "자책할 필요 없어.
다 놈이 자처한 일이니까. 그런데 너 많이 좋아졌구나? 내
가 너무 늦게 발견했네. 예전에는 말도 제대로 못했잖아.
게다가 나를 이렇게 똑바로 바라보고. 너는 사람들 앞에 얼

굴을 내미는 걸 제일 어려워했잖아. 그런데 이렇게 사니까 꽤 좋지 않아? 어리석은 아버지는 애를 써서 이런 쓸데없는 것들을 만드셨는데, 그래도 마침내 보답을 드리는구나."

탄화가 세차게 고개를 저었다. "그 사람 해치지 마. 다시는 여기 오지 말라고 할게. 어차피 공장은 오빠 거잖아. 오빠가 그 사람 용서해 주면……."

"음…… 다른 업자들이 그놈을 따라하면 어떡하지?" 다비도프는 일부러 곤란한 척했다.

눈물이 탄화의 뺨을 타고 흘러내려 옷 위로 방울방울 떨어졌다. "그 사람도 나처럼 아픈 사람이잖아. 왜 이렇게까지 하는 거야? 잘못을 했으면 바로잡으면 되잖아."

"네 병은 다 나았어?" 다비도프가 되물었다.

탄화는 말문이 막혔다. 그녀도 알고 있었다. 익숙한 사람인 다비도프나 사자와는 정상인처럼 이야기를 나눌 수 있었지만, 다른 사람과는 절대로 그러지 못할 것이다. 이 정도도 아주 오랜 시간이 걸려 겨우 달라졌다. 과거에 그녀는 가장 사랑하는 아버지마저 필사적으로 피해 다녔다.

"나는 놈을 놓아 줄 수 없지만, 너는 할 수 있어. 공장 뒤편에 있는 우물 기억나? 사자는 지금 거기 묶여 있어. 이건 자물쇠를 열 수 있는 열쇠." 다비도프가 은색 열쇠를 하나 들어 보이며 말했다. 희미하게 흔들리는 열쇠가 오두막의 조명을 반사했다. 은은하게 반짝이는 작은 희망 같았다. "내가 풀어 주지 않았는데 사자가 스스로 도망쳤다면, 다른 업자들이 그를 따라 규칙을 어길까 봐 걱정할 필요가 없잖아. 단, 놈은 반드시 네 손으로 풀어 줘야 해."

다비도프가 손에 든 열쇠를 흔들었다.

"망설이는 거야? 아, 역시 넌 여기서 나갈 수 없는 모양이네. 바깥세상이 네게는 더없이 무서운 곳이라는 점을 내가 깜빡했구나. 그래, 세상은 너를 산 채로 잡아먹은 뒤 잔해조차 뱉지 않겠지. 네가 옳아. 이 산 밖에서는 살아 있는 사람들끼리 서로 물고 뜯고 잡아먹어. 얼마나 좋아. 너무너무 짜릿하지 않니? 나는 탐욕으로 일그러진 사람들의 표정을 구경하길 좋아해. 그들이 부리는 추태는 또 얼마나 재밌는지 몰라. 그런 구경거리를 접할 때마다, 나는 인간이란 껍데기가 규정하는 질곡에서 벗어나는 진화를 목격하는 기분이야. 정말 훌륭한 현상이지." 다비도프는 점점 열광했다.

"아니야. 싫어!" 귀를 막은 탄화는 고개를 마구 가로저으며 다비도프의 광기에 찬 말들을 거부했다. 그녀는 아까보다 더 격렬하게 울고 있었다.

"내가 훌륭하다면 훌륭한 거야." 다비도프의 눈빛이 순식간에 서늘하게 변했다. 그는 탄화의 손에 열쇠를 억지로 쥐여 주었다.

열쇠는 서늘했지만 다비도프의 손이 닿은 탄화의 피부

는 불에 그슬린 듯 뜨거웠다. 사람을 두려워하는 탄화는 당연히 육체적 접촉에도 큰 거부감을 가지고 있었다.

"선물을 하나 더 줄게." 다비도프는 탄화의 손목을 억지로 붙잡고 역시 서늘한 다른 물건을 쥐여 주었다.

탄화는 그 물건의 정체를 파악하자마자 자기도 모르게 숨을 헐떡였다. "싫어. 난 이런 거 필요 없어."

"필요할 거야." 다비도프가 선물한 것은 한 손에 쏙 들어올 만큼 작은 가스총이었다. "사용법은 예전에 가르쳐 줬는데, 기억나?"

"싫어, 이거 싫어!" 탄화가 힘껏 손을 뿌리치자 열쇠와 가스총이 차례로 손에서 튕겨 나와 그녀와 다비도프 사이에 떨어졌다.

탄화는 자신이 이렇게 변해 버린 바로 그날을 당연히 기억하고 있었다.

잔뜩 들떠서 총 사용법을 가르쳐 주던 다비도프의 얼굴도 기억했다. 그때 보여 준 총은 지금 그녀의 손에 억지로 들린 초소형 가스총이 아니라 일반적인 크기의 검은색 권총이었다. 그날 탄화는 의아해하며 자신보다 한참 위인 오빠의 열변을 가만히 듣고 있었다.

그녀는 다비도프를 따라 집을 나섰고, 둘은 어느 폐창고로 갔다. 얼마 후 당시의 다비도프보다 두어 살 어린 소년들이 도착했다. 다비도프는 그들에게 각각 권총 한 자루씩을 주며 그게 권총을 본떠 만든 가스총이라고 말했다.

그는 말을 마치는 동시에 지폐 다발을 꺼냈다. 탄화는 지폐를 보는 순간 반짝이던 두 소년의 눈을 아직도 잊을 수 없다.

"먼저 상대를 쏘는 사람이 이 돈을 전부 가져가는 거야." 다비도프는 게임 규칙을 설명해 준 뒤 탄화의 손을 잡고 뒤로 물러났다. 다칠까 두려워하면서도 호기심 가득한 두 소년은 흥분하며 다비도프의 제안을 받아들였다. 다비도프가 "시작!"이라 외치자 둘은 거의 동시에 총을 들었고, 속도가 조금 빨랐던 한 사람이 먼저 방아쇠를 당겼다.

총을 쏜 소년은 생각보다 큰 반동에 팔이 뻐근했다. 총에 맞은 소년은 자욱한 연기 속에서 피가 솟구치는 자신의 가슴을 어리둥절하게 바라보고 있었다. 총을 쏜 소년은 어찌할 바를 몰랐다.

다비도프가 준 것은 가스총이 아니라 사람의 숨통을 끊을 수 있는 진짜 총이었던 것이다.

"축하합니다! 돈다발의 주인공이 되었군요!" 다비도프가 열렬한 갈채를 보냈다. 박수 소리는 탄화의 고막을 찢어 놓을 듯 요란했다. 탄화는 넋이 나가 꼼짝도 할 수 없었다. 사람을 쏴서 다치게 한 소년은 감전이라도 된 듯 권총을 내던지더니 뒤도 돌아보지 않고 밖으로 내달렸다. 다비도프는 산책하듯 느긋하게 권총을 집어 들어 달아나는 소년을 머무르게 했다. 소년은 시체가 되어 창고를 탈출하지 못하게 되었다.

끔찍한 장면을 목격한 탄화는 귀를 틀어막고 비명을 질렀다. 그녀는 그때 다비도프가 보여 준 섬뜩한 웃음을 기억한다. 그것은 탄화가 평생 봐 온 모든 것 중 가장 악마와 가까웠다.

"선택권은 네게 있어. 사자를 죽일지 살릴지는 네가 결정해." 다비도프는 양복 소매의 주름을 펴며 말했다. "물론 계속 숨어 지내면서 사자가 죽는 걸 지켜봐도 돼. 너는 여기서 남은 인생을 편안하게 보내고 말이야. 괜찮지 않아?" 탄화는 뒤통수가 저릿했다. 골수에서부터 한기가 올라오는 것 같았다. 다비도프는 그녀의 약점을 찾아내 가차 없이 물어뜯었다.

"선택권은 네게 있어." 다비도프가 다시 한 번 강조하며 우아하게 인사를 건넸다. "다시 올게. 네가 나를 가장 보고 싶지 않을 날에."

손가락 튕기는 소리와 휘파람 소리가 점점 멀어졌다.

다비도프의 이야기는 아직 끝나지 않았다.

뒷이야기는 억만장자가 죽고 난 뒤 그의 아들이 시설을 인수해 개조하는 스토리로 이어진다.

입소 환자들은 수거업자라는 직업을 유지했지만 수거하는 대상이 달라졌다. 기존의 상담 치료팀은 해산하고 아들이 오래전부터 준비해 둔, 시설의 환자들을 통제할 수 있는 전문가들을 배치했다. 입소 환자를 고르는 기준도 바뀌었다. 공장은 이제 사람들을 치료해 사회로 복귀시킨다는 목적을 갖지 않았다. 대신 정보 판매상인 아들의 눈과 귀가 되어 그가 정보를 얻는 통로가 되었다.

아들은 태어나면서부터 모든 자원을 자신이 쓰기 편한 모양으로 왜곡할 수 있는 능력을 타고났다. 공장은 더 이상 공장이 아니었지만, 스스로 감옥에 갇힌 딸은 조금도 눈치채지 못했다.

탄화는 어찌할 바를 몰라 힘없이 널브러지고 말았다. 이 모든 것의 설계자는 다비도프였다. 서로에게 권총을 겨눴던 두 소년처럼, 그녀도 다비도프가 설계한 게임의 일부가 된 것이다.

탄화는 헤아릴 수 없을 만큼 이곳에 오래 있었다. 오두막에서 홀로 지내는 동안 그녀의 말벗이라곤 손수 기른 꽃들뿐이었다. 불안이 점점 커지면서 더 이상 피할 수만은 없다고 생각할 무렵 사자가 나타났다.

탄화가 예전에 말했던 것처럼, 사자가 온 것은 그녀가 떠날 때가 왔다는 계시였다.

그녀도 떠나고 싶었다. 떠날 수 있기를 무척이나 바라고 있었다. 이대로 살 수는 없다는 걸 알면서도 탄화는 도무지 발을 내디딜 수가 없었고, 그래서 갇힐 수밖에 없었다. 보이지 않는 벽이 그녀와 바깥세상 사이를 가로막고 있는 것처럼 느껴졌다.

탄화가 열쇠를 집어 들었다. 이것은 사자를 구할 열쇠다. '그게 아니야.' 탄화는 고통스럽게 부인했다. 사자를 구할 진짜 열쇠는 오두막 밖으로 나간 탄화다. 오직 그녀만이 사자를 구할 수 있다. 오두막을 떠나는 상상만 해도 온갖 두려운 풍경이 파도처럼 밀려왔다. 정체를 알 수 없는 악몽이 우글대는 벌레처럼 모든 구석에서 기어 나와 물줄기로 변하고 검은 바다가 되어 탄화를 삼켜 버릴 것만 같았다.

탄화는 겁에 질려 몸을 떨었다. 다비도프에게 받은 정신적 상처가 너무 컸다. 그날 악령에 홀린 듯 욕망에 찼던 두 소년의 얼굴을 잊을 수가 없다. 그날 창고에 있던 그들은 인간성을 잃었거나, 일반인과는 전혀 다른 인간성을 드러냈다. 탄화는 그 모습에 경악했다.

사자는 정말로 죽을 것이다.

탄화는 또다시 눈물을 주체할 수 없었다. 몸이 뜨겁게 달아올랐다가 차가워지기를 반복했지만 아직도 결심을 내릴 수가 없었다. 바깥은 너무 어둡고 무섭다. 어둠이 무언가 속삭이는 것 같기도 하고, 무시무시한 물체가 갑자기 튀어나와 자신을 해칠 것 같기도 했다. '공장으로 가는 길은 멀어. 가는 길에 사람들과 마주치게 되면 어떡하지? 사람이 많을까?' 탄화는 떨리는 몸을 가냘픈 팔로 끌어안았다. 의

지할 사람도, 그녀를 구해 줄 사람도 없었다.

그녀는 가스총을 쳐다봤다. 이 물건의 살상력이 얼마나 대단한지 그녀는 잘 알고 있었다. 그저 방아쇠만 당기면 사람의 목숨을 끊을 수 있다.

손에 쥐고 손가락 몇 개만 움직여 방아쇠를 당기면 된다. 무척 간단하다. 단지 여기서 한 발을 내디뎌 걸어 나가기만 하면 된다. 한 발만, 딱 한 발만······.

꽃잎이
장밋빛 재가 될 때

앉아서 죽기만을 기다리는 사자는 아무 생각도 하지 않았다. 무슨 생각을 해도 소용이 없었다.

너무 많은 기억을 잃었고, 자신이 누군지도 잊었다. 하지만 느낄 수 있는 능력까지 잃지는 않았다. 죽기 직전인 이 순간 뜻밖에도 공포는 전혀 없었다. 수거업자로 너무 많은 시체를 보는 바람에 자신의 죽음에도 무감각해진 걸까? 처음부터 그에게 죽음은 대단한 일도 아니었다. 결국은 눈을 깜빡이지 않고 숨을 쉬지 않는 것뿐 아니던가. 어쩌면 살아 있을 때보다 평온할지도 모른다.

암흑이 물성을 지니기라도 한 듯 우물 옆에 묶인 사자를 짓눌렀다. 한밤중의 숲은 전혀 조용하지 않다. 야행성 조류와 벌레들의 울음소리 외에도 정체를 알 수 없는 갖가지 기괴한 소리가 나곤 한다. 가끔 정적이 찾아오면 그제야 소리들의 정체를 구분할 수 있다.

사자는 그 번잡한 소리에 자신의 심장 박동 소리도 섞여 있다는 걸 알고 있었다.

동이 틀 때까지 얼마나 남았을까? 사자는 죽음까지 남은 시간을 가늠해 보고 싶었지만, 그를 에워싼 어둠처럼 시간도 가늠할 수 없었다.

잡목이 서로 스치는 소리가 유난히 또렷하게 들려왔다. 사자가 등진 나무 그림자 쪽에서 다급한 발소리가 들렸다. '왔군. 그런데 이렇게 빨리 왔다고? 나를 처형할 사람은 누굴까? 오소리나 다른 업자일까?' 사자는 침착하게 추측하며 뒤를 돌아봤다.

방문자는 전혀 예상치 못한 사람이었다. 흩어진 구름 사이로 달빛이 비쳤다. 이 사람과는 언제나 달빛 아래에서 만나게 되는 것 같았다.

온몸에 풀과 낙엽을 묻힌 탄화의 이마에는 헝클어진 앞머리가 드리워져 있었다. 검은 원피스에 맨발인 그녀가 울창하고 거대한 숲의 그림자 속에 서 있으니 가뜩이나 가냘픈 몸이 더욱 작아 보였다. 마치 그림자에 눌려 부서질 것만 같았다.

탄화는 풀숲에서 기어 나오자마자 그림자의 무게를 견디지 못한 듯 털썩 무릎을 꿇었다. 여기까지 오느라 벌써 힘을 다 써 버린 모양이었다. 그녀는 팔꿈치를 땅에 댄 채 몸을 지탱하며 언제라도 폭발할 수 있는 두려움을 억제하려고 숨을 몰아쉬었다. 금방이라도 혼절할 것 같아 보이는 탄화는 가까스로 고개를 들어 사자를 향해 가련한 미소를 지어 보였다.

"나 되게 무서웠어요……." 탄화는 작은 목소리로 말했다. 그녀는 몸을 일으키기가 어려워 손과 발을 모두 사용해 사자를 향해 천천히 기어갔다.

사자는 비로소 탄화의 찢어진 치마와 종아리의 찰과상, 희고 여린 발등에 묻은 진흙과 피를 볼 수 있었다. 그녀가 손에 쥔 총이 퍽 신경 쓰였다. 탄화는 이런 무기와 연이 없는 사람이어야 맞다.

탄화가 열쇠로 자물쇠를 열었지만, 자유를 되찾은 사자는 뜻밖에도 몸에 감긴 사슬을 풀지 않았다.

"여긴 왜 왔어요?" 사자는 이해하지 못했다. 탄화는 그가 이곳에 묶여 있다는 사실을 어떻게 알았을까? 게다가 은신처인 오두막을 떠나다니.

"나를 데리고 떠나 줘요." 수백 번 연습한 말이었다. 조금 다급했고 하마터면 혀를 깨물 뻔했지만, 탄화는 마침내 이 부탁을 전했다.

"나는 여기 남아야만 해요." 사자는 탄화의 부탁을 거부했다. 그는 원래 계획대로 처분을 받고 모든 일을 마무리 지으려 했다.

"제발 나를 데리고 여기서 나가 줘요." 탄화도 단념하지 않고 끝까지 부탁했다. "나를 데리고 떠날 수 있는 사람은 그쪽밖에 없잖아요. 그리고 그쪽이 손해를 봐도 아무 소용 없어요. 그 사람은 절대 약속을 지키지 않을 거예요. 자기가 재미있을 것 같은 쪽으로만 행동하니까요. 절대 속지 말아요!"

"누구를 말하는 거예요?" 사자는 탄화가 말하는 '그 사람'이 누구인지 알 수 없었다. 탄화는 자신이 뭔가를 교환한다고 생각하는 걸까?

탄화는 부자연스럽게 시선을 다른 곳으로 돌리며 치맛자락을 꼭 쥐었다. 그 사람을 언급하고 싶지 않았지만 사자에게 아무것도 감추고 싶지 않아 결국 고백했다. "다비도프라고 부르는 사람이요. 아마 만난 적 있을 거예요……." 당연히 만난 적이 있다. 사자는 겉모습은 신사 같지만 그 누구보다 위험해 보였던 그의 모습을 떠올렸다. 사자는 자신을 공장에 들어오게 한 장본인이 다비도프가 아닐까 의심했다.

"그 사람이 공장의 진짜 주인이에요." 탄화는 사자가 모르는 진실을 짧은 한마디로 폭로했다. 덕분에 사자는 자신의 결정을 뒤집을 만한 충분한 근거가 생겼다.

사자는 탄화가 거짓말을 할 줄 모른다고 확신했다. 그러니 공장은 다비도프의 소유가 맞을 것이다. 사자는 고집도 세고 죽음도 두렵지 않지만 바보는 아니다. 헛된 교환을 할 필요는 당연히 없다.

그가 몸에 감긴 쇠사슬을 풀며 말했다.

"가요."

∿

탈출하는 길에는 어떤 방해도 없었다. 꼭두각시들은 어찌 된 일인지 있어야 할 자리에 없었고, 오소리도 보이지 않았다. 쉬워도 너무 쉽다. 일이 지나치게 순조롭게 풀리자 사자는 오히려 소름이 끼쳤다. 더 치명적인 함정이 기다리고 있을 가능성을 경계해야 했다.

사자는 탄화의 손을 잡고 조심스레 숲속을 잠행하다 공장이 보이는 풀숲에 숨었다.

둘은 자신들이 여기 없다고 숲을 속일 양으로 숨을 참았다. 그러나 산에게 거짓을 말할 수 있는 사람은 없다. 산은 거짓 이외의 모든 것, 사람들 속에 섞여서 살지 못하는 별종, 말하는 능력을 잃어버린 살덩어리까지도 감싸 주고 감당한다. 살덩어리를 태우는 악취와 검은 연기까지도 너그럽게 수용한다.

우물을 떠나올 때보다 하늘이 밝아졌다. 옅어진 그림자는 더 이상 무겁고 위협적이지 않았다. 나뭇잎의 윤곽과 나뭇가지에서 쉬는 새들을 볼 수 있게 되었다. 곧 동이 튼다는 신호였다.

'떠나려면 바로 지금이 기회다.' 사자가 생각했다.

공장의 입구는 굳게 닫혀 있었고, 굴뚝에서는 연기가 나지 않았다. 공장과 인접한 창고에서도 빛이 새어 나오지 않았다. 화물차 몇 대가 공장 앞 공터에서 반쯤 잠든 말처럼 주인의 귀환을 기다리고 있었다.

사자는 자동차 번호판을 보며 자기 차를 찾았다. 그는 탄화에게 눈짓하고는 몸을 바짝 낮춰 혼자 수풀을 빠져나왔다. 그는 거의 아무 소리도 내지 않고 화물차로 달려갔다.

매복은 없었다. 사자는 이상이 없음을 확인하고 안전을 위해 화물차를 먼저 출발시켰다. 엔진 소리는 언제라도 잠든 공장을 깨울 수 있었다. 그는 재빨리 차 안으로 들어가 탄화를 차에 태우고 가속 페달을 밟았다.

화물차는 산에 난 유일한 하행 길을 따라 질주했다. 차창 밖 풍경이 쏜살같이 사라졌다. 사자는 꼭 필요한 경우가 아니면 속도를 줄이지 않고 가능한 한 멀리 도망칠 작정이었다. 안전띠를 맨 탄화는 지붕에 붙은 손잡이를 두 손으로 꼭 움켜쥐고도 커브를 돌 때마다 격랑에 떠밀려 부서진 나룻배처럼 차창에 부딪쳤다. 급히 도망치느라 매무새를 정리할 시간도 없었는지 낙엽 몇 조각이 아직도 머리카락에 달라붙어 있었다. 하지만 탄화는 겉모습에 신경 쓸 필요가 없었다. 찢긴 옷이나 찰과상을 입어 피가 맺힌 피부에도 신경 쓰지 않게 되었다.

차 문에 몸을 부딪쳤을 때 탄화는 무심코 창밖을 봤다. 멀리 아침놀에 붉게 물든 구름이 보였다. 눈을 뗄 수 없는 아름다운 빛깔이었다. 마치 막 타고 남은 장밋빛 재처럼, 그 빛깔은 곧 밝아 올 하늘에 걸려 있었다.

그녀는 화물차가 숲에서 멀어진 후에도 창문에 이마를 대고 바깥 풍경에서 잠시도 눈을 떼지 못했다. 다른 한쪽 숲에 시야가 가려지고, 또 한 번 코너를 돌면서 또다시 무방비 상태로 차창에 부딪치고 나서야 창문 밖 풍경에서 눈을 뗐다.

탄화가 아픈 뺨을 비볐다. 차의 안팎이 아까보다 훨씬 밝아졌다. 다비도프가 선물한 가스총이 손바닥에서 빛을 반사했다.

사자는 말없이 차를 몰았다. 오랜 시간 스스로를 속박하고 이 산을 떠나지 못했던 탄화가 오히려 두려워하지 않았다. 사자는 그녀가 지금 그 어느 때보다 침착하다는 것을 깨달았다.

"여기 세워 줄래요? 차에서 내리고 싶어요." 탄화가 요청했지만 사자는 단호하게 거절했다. "아직 위험해요."

"저들은 어차피 나를 해치지 못해요." 탄화는 안전띠를 풀고 가스총을 들었다.

"더 이상 해칠 수도 없고요."

그녀와 어울리지 않는 무기가 주는 자신감일까? 탄화에

게서 지금껏 한 번도 드러난 적 없는 단단함 같은 것이 보였다. 사자는 어쩔 수 없이 탄화가 원하는 대로 속도를 늦춘 후 정차했다.

탄화가 차 문을 열고 쏟아지는 햇살 한가운데 섰다. 낮의 햇빛이 조금씩 다가와 얼결에 완전한 밝음을 완성했다. 빛을 조금 싫어하는 사자는 눈을 찡그렸다.

탄화는 따스한 햇볕을 온몸으로 맞았다. 미소 지을 때면 반달 모양이 되는 눈은 여름날 개울처럼 맑았다. 겁이 많고 움츠러들던 탄화는 진작에 죽었거나, 어쩌면 깊은 산속에 남아 꽃들을 돌보고 있는지도 모른다.

지금의 그녀는 막 태어난 아기처럼 새로운 영혼을 갖게 되었다.

"사자 씨." 탄화가 그를 불렀다. "과거에 어떤 사람이었는지 그런 건 상관없어요. 나는 사자 씨를 만나서 정말 좋아요. 나는 더 이상 도망가지 않을 테니까, 그쪽도 도망가지 말아요."

탄화는 진작에 그의 마음을 간파하고 있었다. 사자는 쓴웃음이 터질 것 같았다.

"안녕, 고마웠어요." 탄화가 환하게 웃었다. 사자는 햇빛이 눈부신 것인지, 탄화의 웃음이 그토록 찬란한 것인지 알 수 없었다. 뒤로 돌아서자 허리까지 내려오는 탄화의 긴 머리칼이 가볍게 일렁였다. 하얀 맨발이 햇빛의 흔적을 밟았다. 치맛자락은 울창하게 자란 도깨비바늘*을 헤치고 다시 산으로 들어갔다. 공장도 오두막도 아닌 새로운 방향이었다. 사자는 탄화의 뒷모습이 완전히 사라질 때까지 눈으로 그녀를 배웅했다.

다시 가속 페달을 밟으려는 순간, 사자는 멀리서 들려온 총소리에 멈칫하고 그 자리에 굳어 버렸다. 깊이 숨어 있던 불길한 예감이 마침내 구슬이 꿰어지듯 연결되었다. 사자는 힘껏 차 문을 밀고 나가 탄화가 사라진 방향으로 미친 듯이 달렸다.

탄화를 찾은 곳은 꽃밭이었다.

그녀는 수많은 하얗고 작은 꽃들 사이에 반듯하게 누워 있었다. 아무런 고통도 엿보이지 않았다. 탄화는 헤어지기 전에 보여 준 미소를 여전히 간직한 채였다.

작은 꽃 몇 송이가 애처로운 붉은색으로 물들어 있었다. 탄화가 본 장밋빛 재와 닮은 색채였다.

∿

사자가 공장을 떠나는 과정을 오소리는 전부 지켜보고

---

* 가을이나 겨울에 산과 들에서 자라는 한해살이풀. 열매에 뾰족한 가시가 달려 등산객의 옷감에 자주 들러붙는다.

있었다.

그는 다비도프의 명령에 따라 사자를 나서서 막지 않았다. 배신자는 반드시 엄벌해야 하지만, 사장의 명령은 그에 우선하기 때문이다.

오소리는 줄곧 대기했다. 화물차의 추적 신호는 마침내 멈춰 움직이지 않게 되었다. 다비도프의 말에 따라 꼭두각시 두 명은 철수하라 일렀기 때문에 사자는 탄화를 데리고 무사히 도망칠 수 있었다.

상관없다. 이게 다비도프가 보고 싶은 그림이었으니까.

그는 나약하고 겁 많은 여동생이 과연 그 한 발짝을 내디딜 수 있을지 알고 싶어 했다. 감시자를 철수하도록 조치한 것은 그에 따른 작은 상이었다. 도망친 업자는 다시 잡아오면 그만이다. 다비도프에게 충성하는 끄나풀들은 넘쳐나니까.

"가 봐." 다비도프가 침착하게 오소리에게 명령했다.

무표정한 오소리는 화물차를 몰고 산길을 내려갔다. 다비도프는 점점 멀어져 가는 후미등에서 눈을 떼지 못하며 만족스러운 듯 혼자 중얼거렸다. "사실 오소리는 보기보다 훨씬 사납고 위험한 동물이지. 아무리 사자라도 두렵지 않을 거야."

사냥에 나선 오소리는 화물차 추적 신호에 수시로 주의를 기울이며 현재 위치를 확인했다. 그의 운전 스타일은 사자 못지않게 난폭했다. 특히 배신자를 쫓는 이 순간, 임무 수행에 몰두한 오소리는 사자의 위치를 빠르게 뒤쫓았다.

길가에 주차된 화물차 앞에 목표물이 나타났다. 사자는 거기 우두커니 서서 기다리고 있었다. 오소리가 급브레이크를 밟았다. 화물차는 눈 하나 깜짝하지도 피하지도 않는 사자 앞에 멈춰 섰다.

"넌 도망칠 수 없다." 오소리가 차에서 내려 냉혹하게 선언했다. 사자도 두려움 없는 기세를 내뿜었다. 처음부터 민첩하고 용맹했던 그는 그 기백 덕분에 한층 거대해 보였다. 이번에는 마음을 어지럽히는 인질도 없으니 망설일 이유가 없었다. 오직 파멸만을 추구할 뿐, 인정사정 볼 이유가 없어진 셈이다.

"여기서 다 끝내 주지." 사자가 이를 악물고 앞으로 달려나갔다. 오소리도 사자와 동시에 손을 뻗었다. 이제 사자는 두 번 다시 도망치지 않을 것이다.

**27**

헤어지지 않을
두 사람

이하오는 꼼꼼하게 정리한 서류를 차곡차곡 쌓아 종이 상자에 넣었다. 그는 이제 평정을 되찾았다. 그날처럼 미쳐 날뛰지 않았고, 다정하고 부드러운 평상시의 이하오로 돌아왔다.

서류가 가득 든 상자를 안고 서재와 이어진 상담실에 들렀더니 페이야가 넋을 놓고 앉아 있었다. 소파에 웅크리고 앉아 이마를 무릎에 대고는 멍하니 허공만 바라봤다. 그녀는 더는 촨한을 찾으려 하지 않았다. 적어도 촨한이 겉으로 보이는 것만큼 무자비하지 않다는 사실을 알게 되었고, 그의 고충도 알게 되었기 때문이다.

맨 처음 구이거에게 협박당했을 때에도 촨한은 목숨을 걸고 페이야를 구했다. 페이야는 그 후 자신이 어떤 일을 겪었든 그건 스스로 자초한 일이라고 생각했다. 그녀의 무모함 때문에 촨한은 기억을 잃었다. 이후의 애타는 마음과 그리움은 모두 그에 따른 징벌이었다.

페이야는 또다시 작별 인사 없이 떠난 환한에게 분노하지 않았다. 그가 급하게 떠난 데에는 분명 페이야가 모르는 사정이 있었을 터였다. 그래서 기다리기로 했다. 이하오가 닥터 야오의 빌딩으로 돌아와 마른 핏자국과 부패한 살 조각을 치우고 뒷정리를 하는 것처럼, 그녀도 환한에게 시간을 주고 스스로 정리할 시간을 갖기로 했다.

샤오첸을 포함해 많은 사람이 여기에 남겨졌다. 페이야는 문득 그 시끄럽고 괴짜 같은 소녀에게 귀여운 구석이 있었다는 생각이 들었다. 하지만 아쉽게도 그걸 너무 늦게 알아차렸다.

이하오가 페이야의 옆을 지나다 갑자기 멈춰 서서 그녀의 앞을 가로막았다. 페이야는 퍼뜩 정신을 차리고 고개를 들었다.

"네 아버지는 잭 조직원이었기 때문에 살해당한 거야. 살인마는 잭 조직원만 노리기 때문에 넌 죽지 않은 거고." 이하오는 페이야가 마음의 준비를 할 시간조차 주지 않고 단도직입적으로 말했다. 페이야는 처음에는 자신을 납치한 자들의 정체를 몰랐지만, 이제는 잭이 어떤 조직인지 충분히 알고 있었다.

이하오의 고백은 연못 한가운데 던진 돌 때문에 동심원이 퍼져 나가듯 여파가 점점 커지고 또 커졌다. 페이야는 마침내 그 말의 의미를 깨닫고 놀라서 추궁하려 했지만, 이하오는 이미 상담실을 나가고 없었다.

페이야는 이하오를 뒤쫓았지만 그의 뒷모습이 사라지자 갑자기 기운이 쭉 빠지는 바람에 따져 물을 수가 없었다. 찬한이 실종된 후부터 그녀는 줄곧 무언가를 쫓았다. 그리스 신화에 나오는 시시포스처럼 계속 무언가를 반복하고 있었다. 하지만 시시포스는 한 번도 산꼭대기를 정복한 적이 없다. 바위는 언제나 마지막 순간에 굴러 떨어지니까.

더는 기운이 없었다. 여기까지만 하고 싶었다.

아빠의 죽음은 이미 아득히 먼 옛일이 되었다. 그 후 더 많은 고통을 겪으면서 범인에 대한 원한도 옅어져 버렸다. 어쩌면 페이야는 이미 증오의 끝에 서 있는지도 모른다. 그곳엔 아무것도 없다. 페이야는 스넨을 용서하지 않았다. 다만 끝없는 증오를 그만 멈출 것이다.

∿

이하오는 서류가 흐트러지지 않도록 상자를 꼭 안고 진료소 밖 공터로 나왔다. 저녁 바람에 앞머리가 나부꼈다. 적당한 장소에 상자를 내려놓고 불을 붙였다. 희미한 불꽃이 느리고 힘겹게 타오르며 종이를 하나씩 먹어치웠다.

이 서류들은 닥터 야오의 비밀이다. 그녀 외에 이 비밀을 아는 사람은 이하오뿐이다. 그는 닥터 야오가 불안해하지 않도록 뒷일을 잘 처리할 예정이다. 그는 줄곧 가장 믿을 만한 오른팔이었으니, 특별한 지시나 부탁 없이도 뒷일을 정리할 수 있었다. 모든 비밀은 불길 속에서 사라져 바람에 실려 갔고, 밖으로 새어 나갈 기회를 영영 잃고 말았다.

이하오는 타오르는 화염을 멍하니 쳐다봤다. 불길 속으로 들어가 자신을 태워 버리고 싶었다. 마음의 괴로움을 몸뚱이가 타는 고통으로 잊고 싶었다. 보육원에서 버려진 아이로 자라야 했던 그는 무언가를 소유할 줄 몰랐다. 야오커린의 선택을 받기 전까지는.

이하오는 닥터 야오를 처음 만난 그날을 영원히 잊지 못한다. 주변의 모든 사람과 사물의 색채를 앗아갈 만큼 빛을 발하는 우아하고 아름다운 여자였다. 그녀가 어떻게 그의 손을 잡았는지, 뭐라고 속삭였는지 이하오는 전부 기억하고 있다. 그것은 이하오가 한 번도 경험해 보지 못한 온도였다.

닥터 야오와의 만남이 보육원 생활을 견디게 하는 버팀목이 되었다고 해도, 어린 이하오는 그녀의 온기를 거부했다. 버림받은 경험이 있는 사람은 무엇이든 경계한다. 높고 두껍고 빈틈없는 마음의 벽을 세운다.

하지만 야오커린은 결국 그의 세상으로 들어왔고, 이하오도 그녀의 세상으로 들어갔다. 그 뒤로는 무엇도 두 사람을 떨어뜨려 놓을 수 없었다.

이하오는 분신하는 상상은 그만두기로 했다. 여기는 그가 머물 곳이 아니다. 그의 시선은 멀리 짙은 초록색 잔디밭을 넘어 보이지 않는 바람을 통과했다. 점점 멀어지는 익숙한 뒷모습이 보였다.

페이야였다. 페이야가 건널목을 건너 노을로 물든 보도블록에 발을 디뎠다.

이하오는 알고 있었다. 여기는 그녀가 머물 곳 또한 아니라는 사실을.

〜

옛집의 열쇠는 페이야가 유일하게 간직하고 있는 물건이었다. 친척 집에서 지내다 닥터 야오의 진료소에 정착하면서 이 열쇠를 제외한 모든 물건을 버렸다.

집은 아빠 명의로 되어 있었다. 아빠가 죽은 후 누구의 소유가 되었는지는 모른다. 그때의 페이야는 너무 어리고 아는 것이 없어서 수동적으로 휘둘릴 수밖에 없었다. 지금도 집의 소유 같은 건 그녀가 생각하고 싶은 문제는 아니다.

옛집 앞에 도착한 페이야는 고개를 들어 위를 올려다봤다. 어둡고 빛이 없는 층. 베란다에서 키우던 스킨답서스 화분은 진작에 시들었다. 그녀는 천천히 계단을 걸어 올라갔다. 변함없는 냄새가 났다. 여전히 그리운, 돌아온 듯한 기분을 주는 집의 냄새다.

가구에는 먼지가 두껍게 쌓였다. 베란다에 드리운 석양의 그림자가 거실로 삐쭉 들어와 주눅 든 방문객처럼 집 안을 탐색하고 있었다.

페이야는 불을 켜지 않고 가만히 벽에 기대 어둑한 거실을 둘러봤다. 16년 동안 살았던 이곳에는 어디든 그녀의 흔적이 있다. 하지만 지금은 모두 먼지와 그림자에 묻혀 영원히 출토되지 않을 유물이 되었다.

집이었던 이 장소가 낯설었다. 익숙지 않은 냄새가 콧속으로 파고들었다. 폐가의 냄새다. 이 냄새 속에서 페이야는 아빠를 떠올렸다.

아빠는 늘 멀리 있었다. 페이야는 지금까지도 아빠가 그녀와 동생에게 어떤 감정을 품었는지 확신할 수 없다. 사실 반대의 상황도 마찬가지다. 심지어 페이야는 아빠가 죽었을 때 자신이 표출한 분노가 과연 진심이었는지도 확신할수가 없었다. 그저 사회의 일원이 되기 위해 꼭 필요한 태도를 취했다는 게 오히려 진실에 가까울 것이다.

그 감정들은 페이야의 동의 없이 몸에 입력된 알고리즘 같았다. 아빠가 살해당했으니 그녀는 마땅히 슬퍼하고 분노해야 했다. 느낀 게 아니라 학습의 결과이니 그 분노와 슬픔은 진실하지 않았다. 그렇다. 진실하지 않았다. 아빠의 한결같이 상냥한 얼굴도 진실이 아니었다. 아빠는 누구에게나 깍듯했다. 페이야는 문득 깨달았다. 아빠는 불투명한 껍데기를 뒤집어쓴 채 바깥에 있는 모두를 차단했다는 걸. 언제나 완벽한 위장만 보여 줬다는 걸.

그건 진짜 아빠가 아니었다.

이하오가 폭로한 진실이 과거에 품었던 모든 의혹을 끄집어냈다. 몇 번인가 무심코 아빠의 눈동자를 들여다볼 때면 선한 겉모습과 사뭇 다른 차가운 서늘함이 느껴졌다. 페이야는 아빠의 그런 눈빛을 여러 번 봤지만 늘 자기가 잘못 봤다고 생각했다. 그 눈빛을 마주하면 발바닥부터 머리끝까지 한기가 차곡차곡 차올랐다. 위협적인 존재 앞에 선듯 온몸이 뻣뻣해져 숨조차 제대로 쉴 수 없었다. 도망가고 싶었지만 몸이 움직이지 않아 재빨리 시선을 돌리곤 했다.

아빠의 눈을 보지 않으면 모든 것이 정상으로 돌아왔다. 물속에 잠겨 있다가 겨우 머리를 수면 위로 내밀어 숨을 쉴 수 있게 된 것 같았다. 어쩌면 페이야는 아빠가 위장을 소홀히 했을 때를 포착한 걸지도 모른다.

이하오의 말은 진실이다. 아빠는 여태껏 페이야와 동생에게 신경을 쓴 적이 없다. 언제나 다른 곳을 주시했고, 그곳은 페이야의 눈에 보이지 않았다.

페이야는 이제 모든 것을 알았다.

그녀의 두 손에도 악취가 나는 피가 묻었다. 페이야는 손금을 눈 안에 욱여넣기라도 할 듯 자기 손바닥을 뚫어져라 쳐다봤다. 무뎌진 줄 알았던 살인에 대한 죄책감이 한꺼번에 맹렬히 밀려왔다. 처음엔 복수심이었고, 그다음에는 챤한을 만나기 위해서였다. 어떤 이유에서든 그녀는 극심한 질적 변화를 겪었고, 얻은 것보다 잃은 것이 더 많았다.

페이야는 설령 자신을 포기한다 하더라도, 숨쉬기처럼 익숙해진 습관은 버리지 않기로 했다.

그것은 기다림이다.

∿

차를 몰고 단수이로 돌아가는 길에 이하오는 몇 번이고 뒷좌석을 쳐다봤다.

거기에는 아무도 없었다. 일부러 호기심 가득한 표정으로 고개를 갸웃하는 닥터 야오는 거기 없다. 이하오가 어째서 뒤를 돌아보는지 그녀는 언제나 알고 있었다.

이하오는 퇴근길의 차량 물결에 파묻혔다. 차는 가다 서다를 반복했고, 다 같이 빨간 신호 앞에서 멈췄다. 자동차 행렬은 끝이 보이지 않았다. 후미등이 평소보다 더 붉고 눈부시게 느껴졌다.

이제는 그 습관을 버리기로 다짐해 놓고도 이하오는 '무궁화 꽃이 피었습니다' 놀이의 술래처럼 또 참지 못하고 뒤를 돌아봤다. 뒤돌아보면 닥터 야오가 거기 있을 것만 같았다. 하지만 보이는 건 텅 빈 좌석뿐이었다. 꽉 막힌 도로에 있자니 닥터 야오의 부재로 인한 공허감이 지효성 독약처럼 천천히 이하오의 숨통을 조여 왔다. 이하오는 가슴께를 손으로 눌렀다. 상처와 공허감이 화학반응을 일으켜 그를 삼켜 버릴 만큼 커졌다.

뒤를 돌아봐도 소용없었다. 이제는 뒤를 돌아볼 필요가 없다. 닥터 야오가 없다. 이하오는 핸들을 짓이기기라도 할 기세로 손에 잔뜩 힘을 주었다.

야오커린이 없다.

이하오는 갑자기 거칠게 경적을 울리며 길을 비키라고 앞차를 재촉했다. 주변의 운전자들이 일제히 창문을 내리고 비난의 시선을 보냈지만 상관하지 않았다. 돌아가야 했다. 빨리 돌아가야 한다. 여기는 그가 있어야 할 곳이 아니었다.

돌아가는 길은 험난했다. 여기엔 불을 지를 만한 불씨가 없었다. 그렇지만 않았다면 앞을 가로막는 것들은 전부 태워 도로를 비우고 길을 텄을 것이다.

이하오는 겨우 단수이의 집으로 돌아왔지만 현관문 앞에 서서 서성이기만 했다. 보육원에 갇힌 어린 이하오도 그랬다. 문 뒤에 닥터 야오가 있는 줄 알면서도 문을 두드린 뒤 그녀를 만나러 들어가기를 자꾸만 미뤘다. 그 시절

생겼다가 사라진 이상한 버릇이 뜻밖에 지금 다시 나타난 것이다.

그는 문손잡이가 달아오른 쇠붙이라도 되는 양 잡았다가 재빨리 손을 뗐다. 열쇠를 꽂으면서도 조금만 더 기다리고 싶었다. 이 버릇은 어른이 되어 나타나니 더 고집스러워졌다.

이하오는 그때의 마음을 기억하고 있다. 거절당할까 봐, 또 버려질까 봐 두려웠다.

이제 그럴 리 없다. 그녀는 닥터 야오니까.

"야오 선생님은 나를 버리지 않아." 이하오가 중얼거렸다.

그렇다. 이 사람만은 다르다. 이하오는 그녀를 믿는다. 죽어도 그 사실을 의심하진 않을 것이다.

문이 열렸다가 닫혔다. 이하오는 빠른 걸음으로 책 더미를 지나쳤다. 펼친 채로 뒤집힌 책은 아직도 소파 위에 놓여 있었다. 소파에는 두 사람이 한 몸처럼 뒤엉켰던 기억이 무수히 남아 있다. 그는 닥터 야오의 방문 앞까지 다급하게 걸었다.

문을 두드렸다. 똑똑.

어린 이하오가 문을 두드리던 리듬도 지금과 같았다. 똑똑.

"들어오세요." 보육원을 방문한 닥터 야오는 이렇게 이하오를 안으로 들여보냈다. 오늘 밤 닥터 야오의 초대는 없었지만, 이하오는 여전히 문을 열 것이다. 그는 그녀가 거절하지 않을 것을 안다.

잠든 것처럼 보이는 야오커린은 여전히 우아하고 눈부셨다. 어떤 모습이 되었든 그녀는 이하오에게 세상에서 가장 아름다운 여인이다. 몸을 숙여 닥터 야오에게 입을 맞췄다. 동화에서처럼 키스로 그녀가 깨어나는 상상을 하며. 하지만 그의 여왕님은 여전히 곤히 잠들어 있다.

이하오는 침대 옆에 무릎을 꿇고 야오커린의 어깨에 머리를 기댔다. 이불 속으로 손을 내밀어 손바닥을 더듬어 찾고는, 그녀의 손가락 사이에 자신의 다섯 손가락을 끼워 꼭 쥐었다.

"선생님이 날 선택한 거잖아요. 난 여기 있을 거예요. 아무 데도 안 가." 그는 눈을 꼭 감았다.

이하오는 이번 생에 유일하게 사랑한 여인을 따라 깊은 잠에 빠진다. 아주 길고 끝이 없는 잠에.

여기가 바로 그가 있을 곳이다.

**28**

......

윤회의

산물

온몸에 피를 뒤집어쓴 사자는 비틀거리며 산 아래로 이어지는 굽은 길에 들어섰다. 손끝에 맺힌 핏방울이 힘겹게 내딛는 발걸음을 따라 흘러내려 노면에 붉은 자국을 남겼다. 사자는 오소리와의 혈투로 그만큼의 대가를 치르게 되었다.

끓는 피 같은 석양이 사자의 등 뒤로 몰락해 산의 끝자락으로 사라졌다.

사자는 무거운 숨을 내쉬었다. 얼굴을 뒤덮은 피가 한쪽 눈꺼풀로 흘러 서서히 시야를 가렸다. 땅거미가 내려앉기 시작하자 다른 한쪽 눈은 뜬 채로 유지하려 힘을 주었지만, 점점 어두워지는 사위를 똑바로 볼 수가 없었고 지척에 있는 길도 분간하기가 어려웠다.

사자는 멈춰 섰다. 온 세상의 소리가 사라졌다. 바람 소리도 새소리도, 거친 숨소리마저도 들리지 않았다. 느슨해진 전신의 근육이 일제히 비명을 질렀다. 지금은 손가락 하나 까딱하는 것조차 무리였다. 지탱할 힘을 잃은 무릎도 그대로 꺾여 버렸다.

먼 하늘을 확인하고 싶었지만 아무것도 보이지 않았다.

피가 혈관을 흐를 때 일어나는 박동이 느껴졌다. 사자는 자신의 심장 박동 소리를 들었다. 살아 있다는 증거였다. 하지만 사자는 지쳤고 점점 추워졌다. 쉬고 싶었다. 그런데 어둠 속에서도 여전히 똑똑히 보이는 뭔가가 있었다. 그것은 저 밑바닥에 묻혀 있던 기억의 편린이었다. 기억을 잃은 사자에게는 유난히 오래된 일처럼 느껴졌다.

비 내리는 날 아침이었다. 편의점에 멍하니 서 있던 그는 유리창 너머로 우산을 쓴 교복 차림의 소녀를 봤다. 소녀는 풀기 어려운 마음의 문제를 안고 있었다. 고개를 살짝 들 때 보이는 야무진 턱선에서 고집스러움이 엿보였다. 그 소녀가 편의점으로 들어왔다. 사자는 뭐라도 시도해 보기로 했다. 그녀를 위해서.

기억이 멀어지면서 사자의 곁에는 또다시 끝없는 어둠만 남았다. 그는 의식이 사라지기 직전까지 한 가지 일만 생각하고 있었다. 그 아이, 아직도 나를 기다리고 있을까?

"이런 곳에서 만나자고 하면 안 되지." 다비도프가 비난하듯 말했다. "KFC에는 딸기 선데 아이스크림이 없다고." 그는 장난스럽게 웃으며 자신의 시그니처 동작인 손가락 튕겨 소리 내기를 했다.

스넨이 테이블 위의 쟁반을 가리키며 말했다. "하지만 에그 타르트가 있어요."

"아, 이거 새로운 맛인가?" 다비도프는 스넨의 옆자리에 앉았다. 인도와 맞닿아 밤의 거리 풍경을 볼 수 있는 자리였다. 단조로운 일상을 반복하는 사람들이 시간이 흘러가는 대로 오고 가고 있었다.

무설탕 녹차를 주문한 스넨은 말이 없었다. 린넨 셔츠에 카키색 바지를 입은 그는 여유로운 대학생처럼 보였다. 항상 말끔하게 수트를 차려입는 다비도프는 잘못 들어온 사람처럼 보였다. 다비도프의 분위기는 패스트푸드점보다 고급스러운 사교 모임에 더 적합했다.

"시계를 차기 시작했군." 관찰력이 뛰어난 다비도프는 스넨이 착용한 낯선 액세서리를 발견했다.

"네." 스넨은 음료수 컵을 내려놓고 창밖만 내다봤다.

"네가 고르지는 않은 것 같은데." 다비도프는 가볍게 쟁반을 두드리며 스넨의 시선을 따라 창밖을 쳐다봤다.

한 노인이 신호를 무시하고 자기 집인 양 대범하게 도로를 건너다 하마터면 교통사고를 일으킬 뻔했다. 급정거한 운전자는 기가 막혀 노인에게 뭐라고 퍼부었다.

스넨이 이 장면에 관심이 있는 게 아니라 침묵을 만들고 있다는 걸 다비도프는 잘 알고 있었다. 그렇다고 해도 다비도프는 침묵을 배척하는 사람이 아니니 거리낄 건 없었다. 그는 숨을 몰아쉬며 패스트푸드점에 가득 찬 음식 냄새를 맡았다.

"누군가는 먼저 입을 열어야 하겠지." 다비도프는 에그타르트를 자세히 들여다보고는 흥미 없다는 듯 다시 쟁반에 내려놓았다.

"내가 지각했다는 건 별로 신경 쓰지 않는 거 알아. 갑자기 일이 생겨 몸이 묶이는 경우는 흔하니까. 어때? 혹시 내 몸에서 냄새가 나나?"

다비도프가 두 팔을 벌리며 말했다. "나지 않길 바라. 몸에 고약한 약물 냄새가 배어 있기를 바라는 사람은 없지. 냄새가 남으면 피와 상처로 인한 고단함까지 몸에 달라붙어 있는 것 같잖아. 오늘 다녀온 곳은 정말 따분했어. 바보들이나 그런 식으로 마무리를 지으려 하지. 그래도 끝내주게 재미있는 일을 봤으니 다행이지. 이걸 요행이라고 해야 할까, 기적이라고 해야 할까? 너 그거 알아? 머리에 총을 쐈는데, 총알이 두피로 미끄러져 들어가 두개골은 뚫리지 않고 멀쩡할 수도 있더군. 원리야 어찌 됐든, 그렇게 해서 살아남는 사람도 있더라고." 스넨은 여전히 침묵했다.

다비도프는 손끝으로 탁자를 몇 번 두드린 뒤 말했다. "네가 먼저 나를 만나자고 했지만, 정보가 궁금한 게 아니잖아? 뜸 들이지 마라. 아무리 서프라이즈라도 오래 두면 상한 음식처럼 역겨워져서 삼킬 수가 없으니까."

"당신이 잭에게 정보를 줬더군요." 스넨은 질문이 아니라 긍정문으로 말했다.

다비도프는 다른 손님들이 놀라 두리번거릴 정도로 박장대소했다. 스넨은 무표정한 얼굴로 귀를 막아 막무가내로 밀려오는 소리의 파도를 막았다.

계속되던 웃음소리가 마침내 그쳤다. 다비도프는 아무렇지도 않게 옷깃을 바로잡고는 낙찰을 선언하는 경매사처럼 엄숙한 태도로 선언했다. "정답입니다!"

그는 적당히 신사답고 우아한 미소와 장난기가 섞이지 않은 비즈니스맨다운 표정을 하고 있었다.

∿

스넨이 미스터 J01의 전화를 받은 날.

화이트 채플, 오전 7시.

"……저도 무척 보고 싶네요. 그 전문가라는 분이 도대체 어떤 배경을 가졌는지요. 곧 연락드리겠습니다." 다비도프는 빨간 아이폰을 재킷 안주머니에 넣었다.

"사업?" 하얀 셔츠에 정장 조끼를 입은 미스터 J01이 물었다. 화이트 채플에서 그는 언제나 베테랑 바텐더의 모습을 하고 있었다.

"성질 급한 고객이 있어서요." 다비도프는 대수롭지 않게 웃었다.

다비도프 앞의 바에는 어느새 올드패션드 한 잔이 놓여 있었다. 버번위스키 베이스에 클래식한 온더록 잔을 쓰는 불멸의 칵테일이다. 그는 한 모금 마신 뒤 눈을 감고 술의 향과 맛을 음미했다. 그러고는 잔뜩 흥분해 손가락을 튕겼다. "완벽하군요. 버번과 비터스*의 비율이 완벽해요. 그리고 각설탕을 아낌없이 사용하신 게 정말 훌륭합니다."

다비도프는 보물이라도 발견한 듯 호박색 올드패션드를 응시하며 만족스럽게 웃었다. 컵을 흔들어 얼음과 잔이 부딪치는 청량하고 기분 좋은 소리를 감상하기도 했다.

미스터 J01이 고개를 끄덕였다. 다비도프의 반응은 예상대로였다. 이 칵테일은 그의 시그니처 작품이었다. 맛을 본 손님들은 하나같이 칭찬을 아끼지 않았다.

'띵-'

* 쓴맛을 내는 약용 식물을 넣고 향료와 함께 배합한 술.

다비도프는 손가락으로 잔을 가볍게 튕겨 소리를 냈다. "그럼 제 역할은 여기서 끝입니다. 어떻게 마무리할지는 그쪽 몫이죠. 마지막으로 당부하자면, 녀석을 호락호락하게 보시면 안 됩니다. 정말 지독한 캐릭터거든요."

"우리도 그렇습니다." 미스터 J01은 자신감을 굳이 감추지 않았다. 비록 지금은 친절한 바텐더로 보이지만, 그가 학살한 사람의 수는 켈리와 매부리코를 합친 것보다 더 많았다. 바에는 홀로 만취한 손님이 끊이지 않아 미스터 J01은 안정적으로 먹잇감을 얻었다. 덕분에 가끔은 대범하게 다른 조직원들에게 나눠 주기도 했다.

다비도프는 고개를 끄덕이며 다시 손가락을 튕겼다. "알겠습니다. 이제 작별 인사할 시간이네요. 복수가 순조롭길 바랍니다."

"협력하게 되어 기쁩니다. 또 놀러 오세요. 언제든 환영입니다."

"또 올 겁니다. 이 멋진 올드패션드를 마시러." 다비도프는 뒤도 돌아보지 않고 손을 흔들며 바의 철문을 밀고 바깥으로 통하는 계단을 올랐다. 바 앞에 주차된 빨간 마세라티의 매끈하고 화사한 차체가 눈부신 아침 햇살을 반사했다.

다비도프는 운전석에 앉자마자 외투에 숨겨 두었던 장난감을 꺼내 조수석으로 획 던졌다. 정교하게 제작된 데린

저 피스톨*이었다.

'아깝게 되었군.' 그가 생각했다. 만약 잭이 자신의 입을 막으려 한다면 이 장난감으로 가볍게 응수해 주려 했다. 다비도프는 바보가 아니다. 위험한 곳에 접근할 때는 반드시 퇴로를 남겨 둔다.

하지만 걱정과 달리 미스터 J01은 제법 분수를 알았다. 앞으로 협력할 기회가 있을지도 모르니 이런 흐름도 나쁘지 않다. 다만 누가 살아남는 쪽이 될지는 지켜봐야 할 일이다.

다비도프는 스넨이 연출하는 연극에 더는 만족할 수 없게 되자 또 다른 가능성을 추구했다. 사냥꾼과 먹잇감의 입장을 뒤바꾸는 것이다. 그리고 마침내 오늘 그 서막을 열었다. 잭은 단지 다비도프가 주관하는 게임의 말일 뿐, 패를 잡은 딜러는 다비도프였다. 그는 미스터 J01에게 먼저 손을 뻗어 스넨의 정보를 제공했다. 잭이 닥터 야오의 진료소를 습격할 수 있었던 것도 다비도프의 의도 덕분이었다. 다만 스넨은 죽지 않고 닥터 야오가 함정을 밟아 버렸다.

"지나친 자신감이 당신의 치명적 약점이었지." 다비도프가 핸들을 가볍게 두드렸다. 닥터 야오의 죽음은 마침 찾아

---

* 1825년에 미국의 헨리 데린저(Henry Deringer)가 설계해서 레밍턴사에서 제작한 소구경 권총. 손바닥에 감출 수 있을 정도로 크기가 작은 것이 특징이다.

온 기회를 잘 이용한 것일 뿐이다. 다만 잭에게 적어도 시체의 외형은 반듯하게 보존할 것을 요구했다. 그녀를 향한 일종의 존중의 표시였다. 닥터 야오와 그는 스릴과 자극을 사랑하고 법과 질서는 없는 셈 치는 사람들이다. 오직 자기만족만을 추구하는 두 사람은 지독히 닮았다. 이런 부류는 이 세상에 지극히 드물다. 세상은 악취를 풍기는 시체 더미가 되기 딱 알맞은 수준의 질 낮은 것들로 넘쳐난다.

그래서 닥터 야오의 존재가 소중함을 그는 잘 알고 있었다. 그녀가 죽었다는 소식을 들은 날 밤에는 드물게 서운함을 느꼈다. 닥터 야오가 죽지 않았다면 다비도프는 이 판을 키워 그녀를 대적 상대로 삼았을 것이다.

안타깝지만 죽은 자는 이미 떠났다. 다비도프를 만족시킬 수 있는 사람은 언제나 산 사람이었다. 남겨진 이하오는 어떻게 될 것이며, 스녠은 또 어떻게 살아갈까? 상상만으로도 참을 수 없이 몸이 떨려 와 다비도프는 자기도 모르게 손가락을 튕겼다.

그는 끝까지 전부 지켜볼 생각이다.

∿

"정답입니다!" 다비도프가 반복했다. "어떻게 알아냈지?"

"알아낸 것 없어요. 그냥 당신 말고는 이런 짓을 할 만한 사람이 없어서." 스넨은 마침내 다비도프를 쳐다봤다. 원망 따위 담지 않은 평온한 표정이라 다비도프조차도 스넨이 무슨 생각을 하고 있는지 알 수가 없었다.

"나에 대한 포상이라고 치자. 이제 네가 이어서 취할 행동을 맞춰 볼게. 잭 조직원을 사냥하듯 이제 나를 잡을 건가?" 다비도프는 담뱃갑을 꺼내 탁자 위에 놓았다. "잊을 뻔했네. 실내 금연이지? 와, 나 정말 흥분했나 봐. 이런 기본적인 규칙마저 잊다니 말이야. 그런데 솔직히 말해서, 규칙은 규칙일 뿐이잖아. 모든 규칙은 깨지지. 그러니까 나는 너와 협력했으면서도 너를 팔아먹은 거야. 짜릿하지? 너 이번에 거의 죽을 뻔했어."

"거의 그랬죠." 스넨은 부인하지 않았다. 하지만 '거의'는 미완성을 의미한다. "그런데 난 죽지 않았죠."

"맞아, 넌 죽지 않았어. 심지어 딸기 선데 아이스크림도 없는 이런 곳까지 날 불러냈잖아." 다비도프가 장난스럽게 투덜거리며 다시 에그 타르트를 집어 들어 한 입 베어 물었다.

그는 맛에 만족했는지 손가락을 튕기며 말했다. "방금 구웠군."

"그리고 독이 들었죠." 스넨이 담담하게 말했다.

"정량에 못 미치게 넣었나 보네." 다비도프는 과감하게 에그 타르트를 먹어치웠다. "거짓말하는 법도 배웠구나. 안타깝게도 너한테는 어울리지 않아. 독을 쓰는 건 네 스타일도 아니고. 네가 정말 나를 죽인다면 다른 방식을 택하겠지."

다비도프는 냅킨으로 입과 에그 타르트 부스러기를 닦아냈다. "날 죽이면 어떨까? 네가 잭을 열심히 쫓으면 또 어떨까? 스넨, 나는 너의 행동을 이미 지긋지긋하게 봐 왔어. 처음에는 정말 신나서 시간 가는 줄 몰랐지. 네가 많은 즐거움을 줬다는 건 인정할게."

다비도프는 잠깐 호흡을 고른 뒤 말을 이었다.

"생각해 봐. 어느 날 네가 평소 일정표대로 차를 몰고 담배를 피우면서 고객에게 가고 있었어. 쉽게 큰돈을 벌 수 있는 계약서를 쓰러 가는 거야. 그런데 길에서 특별한 기운을 내뿜는 소년을 본 거지. 보통 사람은 갖지 못한 능력을 갖춘 아이였어. 캄캄한 어둠 속에서도 빛을 내는 보석을 발견한 기분이었어. 그런 빛은 물건을 알아보는 사람에게만 보이지. 나한테는 보였어. 네가 나를 깊이 매료시켰지. 그래서 하던 일은 그만뒀어. 사업? 알 게 뭐야. 어차피 돈 버는 건 내게 늘 수월한 일인데."

다비도프가 손을 쭉 뻗더니 스넨의 얼굴 몇 센티미터 앞에서 멈췄다. 하지만 스넨은 눈앞까지 다가온 손바닥이 아니라 다비도프의 눈을 똑바로 바라봤다. 광채 없는 검은 눈동자에서는 어떤 감정도 유추할 수 없었다.

다비도프가 손가락을 튕겨도 스넨은 눈 한 번 깜박이지 않았다. "돈 벌기는 이렇게 손가락 하나 튕기는 것만큼이나 간단한 일에 불과해. 하지만 하늘에서 내려온 서프라이즈를 만났다면 이야기가 달라져. 하필 그 소년의 처지는 무척 특별했지. 녀석은 심지어 스스로 사명을 부여했더라고. 사명이라니. 이처럼 감동적인 단어가 또 있을까?"

"저기를 좀 봐." 다비도프가 창밖을 가리키며 말했다. "네가 전혀 주시하지 않는 사람들이지. 무질서하게 걷는 저 행인들에게도 목표와 방향은 있어. 하지만 그곳은 진짜로 가야 할 곳이 아니야. 저들이 향하는 곳은 사명과는 전혀 무관해. 저 사람들은 이를테면 파견직 같은 거야. 주어진 규율에 따라 본분을 지키며 움직이지. 개미가 으레 다른 개미의 꽁무니를 따라 행진하는 것처럼. 정말 지루하기 짝이 없어. 하지만 넌 달랐지. 너는 아주, 매우 달랐어.

그래서 네게 필요한 걸 전적으로 지원하기로 결심한 거야. 정보를 제공해서 네가 행동으로 옮길 수 있도록 도왔지. 잭 조직원들의 사진을 볼 때마다, 나는 그들이 너무 단순하다고 생각했어. 그들은 딱 거기까지밖에 안 되고, 또 그렇게 할 수밖에 없어. 그래서 네가 귀한 사람인 거야. 너는 아직도 성장할 여지가 있고, 충분히 변화하고 있었지. 네가 그들을 하나씩 해치워 나가는 모습을 지켜보면서 나는 정말 뿌듯했고 위안을 받았어." 다비도프는 지금까지 한 번도 보여 주지 않은 자애로운 아버지 같은 미소를 지었다.

스넨은 여전히 침묵을 지켰고, 다비도프는 계속해서 독백을 이어 갔다.

"하지만 너도 알다시피, 아무리 흥미진진한 영화라도 백 번쯤 보면 물려서 토할 지경이 되거든. 서프라이즈가 더 이상 서프라이즈의 가치를 잃었기 때문이지. 모든 줄거리를 이미 알고 있으니까 말이야. 아, 내가 누군가에게 또 네 정보를 누설할까 염려하지는 않아도 돼. 여기까지만 할 거니까. 나는 이미 네게 흥미를 잃었거든. 자, 이제 네 차례야. 네 선택은?"

스넨이 침착하게 대답했다. "아무것도 하지 않겠습니다. 그동안 정보를 제공해 준 사례로 충분하다고 생각합니다."

다비도프는 실망한 듯 잠시 머뭇거렸지만, 이내 의미심장한 미소를 지었다.

"합리적인 결정이네. 너처럼 똑똑한 아이가 이런 선택을 하다니 의외인 것 같으면서도 의외가 아닌 것 같기도 하군. 충분해. 아주 충분해." 다비도프는 칭찬하듯 고개를 끄덕이며 양복 재킷에 손을 넣었다. 스넨은 그 안에서 나오는 물건이 무엇일지 경계하며 다비도프를 봤다.

다비도프가 꺼낸 것은 만듦새가 정교한 금빛 라이터였

다. 무광 처리한 표면에서 절제미가 돋보였다. 디자인이 함축적이면서도 질감에 공을 들인 물건이었다.

"너는 담배를 피우지 않으니 이 물건을 쓸 일이 없겠지. 하지만 어느 날 잭 조직원을 불태워 죽이고 싶어진다면 도움이 될 거야." 다비도프는 라이터를 내밀고는 에그 타르트 하나를 집어 들고 자리에서 일어났다.

"안녕." 다비도프는 손을 들어 존재하지 않는 중절모를 높이 들어 보였다. "다시 만날 일은 아마 없겠지."

다비도프는 에그 타르트를 한 입 베어 먹고 콧노래를 부르며 유유히 계단을 내려갔다.

스넨은 그의 뒤를 따라가지 않고 덩그러니 남겨진 라이터만 쳐다봤다. 라이터 표면에는 셀 수 없이 많은 동심원 무늬가 겹겹이 새겨져 있었다.

스넨은 정보 판매상 다비도프가 차마 하지 않은 말을 알고 있었다. 그를 죽여도 세상은 달라지지 않는다는 것 말이다. 다비도프는 이 세상에 존재하는 악 중 하나일 뿐이다. 그 악의는 영원히 끝나지 않을 것이다. 악은 층층이 포개어지고 한 고리 한 고리 꿰어져 시시각각 증식하고 있다.

잭도 바로 그 악의 윤회로 인한 산물이다.

스넨은 탁자를 정리한 후 쟁반을 들고 쓰레기통 쪽으로 향했다. 쟁반 위에는 입도 대지 않은 에그 타르트 하나와 마시다 남은 무설탕 녹차, 그리고 다비도프가 남기고 간 라이터가 있었다. 스녠은 잠시 망설이다 결국 라이터를 집어 들었다. 그는 늘 휴대하는 소독용 알코올을 꺼내 라이터를 꼼꼼히 닦은 후 주머니에 넣었다.

패스트푸드점에서 나와 거리를 걸었다. 바쁜 걸음으로 그를 지나치는 행인들은 스녠의 눈에 전혀 들어오지 않았다. 그가 주시하는 대상은 언제나 보통 사람들과 다른 존재였다.

다비도프의 배신은 추궁하지 않기로 했지만, 잭을 놓아줄 수는 없다. 그 괴물들의 악행은 언젠가는 스녠에 의해 종결될 것이다. 언젠가는 반드시 그럴 것이다.

건널목을 건너는 데 열중한 스녠은 휴대전화의 진동을 놓칠 뻔했다.

휴대전화 저편에서 샤오췐의 비명이 들려왔다. "여보세요? 스녠! 나 오늘 얼마나 재수 없는 하루였는지 들어 봐. 시곗줄이 망가진 거 있지! 이거 신상이란 말이야. 게다가 겨우 마음에 드는 스타일을 찾았는데. 휴……. 네 건 안 망가졌어? 소중히 간직하고 있지?"

스녠은 소매 끝을 힐끗 봤다. 시계의 유리 표면은 거울처럼 매끈했다. "응. 멀쩡해."

샤오췐이 안도의 한숨을 내쉬었다. "다행이다! 난 시간 내서 수리 맡기러 가야겠어. 휴일에는 시간이 정말 부족하다고. 밀린 잠을 자기도 모자라. 그나저나 나는 오늘 또 야·

근·이·다! 그래서 너랑은 야식밖에 못 먹겠어. 뭐 먹을래? 저번에 갔던 철판구이 집 어때? 아니면 융허더우장永和豆漿[*]?"

스녠은 짐짓 생각하다가 말했다. "국수 끓여 줘."

"그럼 마트에 한 번 다녀와야겠네. 재료가 없으면 요리할 수 없으니까." 샤오쥔은 별안간 음흉한 웃음소리를 내며 말했다. "이봐 동생! 이번에는 얌전히 카트에 탈 거야?" 스녠은 뒷덜미가 서늘해져 진저리치며 말했다. "아니. 절대 싫어."

"아이 참, 왜 그래? 카트 타기가 얼마나 재밌는데. 이 동심을 모르는 녀석 같으니라고! 근데 나 퇴근이 좀 늦을 것 같아. 정말 괜찮아? 다른 날로 다시 약속 잡을까?"

"괜찮아……." 스녠의 말이 채 끝나기도 전에 휴대전화 저편에서 느닷없이 화가 가득한 질책의 목소리가 들려왔다. "린샤오쥔 씨! 제가 지시한 업무 다 하셨습니까? 이렇게 숨어서 전화하는 걸 보니 요즘 아주 한가한 모양이네요!"

샤오쥔이 전화기를 든 채 소리쳤다. "네…… 네! 다 됐습니다! 지금 바로 갑니다!" 귀청을 찌르는 큰 목소리에 스녠은 얼른 휴대전화를 귀에서 떨어뜨렸다.

전화를 다시 귓가로 가져오자 샤오쥔이 황급히 말했다.

---

[*] 타이베이 곳곳에서 볼 수 있는 현지식 조식 전문점.

"미안! 미안! 팀장이 다그친다. 방금 네가 하려던 말 제대로 못 들었는데, 퇴근하면 제대로 들어 줄게. 그럼 우선 끊는다!"

샤오쥔은 급히 전화를 끊었다. 천방지축인 그녀에게는 언제나 다양한 에피소드가 일어난다. 스녠은 휴대전화를 다시 주머니에 넣고 인파의 흐름을 따라 걸으며 군중 속으로 섞여 들어갔다. 얌전하고 온순한 양인 척, 반격할 힘이 없는 사냥감인 척.

스녠은 영락없이 평범한 대학생처럼 보였다. 그는 말갛고 예쁜 생김새에 또래 집단에서 찾아보기 어려운 의연함이 엿보이는, 속물근성마저 없을 것 같은 무해한 소년으로 보인다. 겉모습으로 사람의 진면모를 파악하기는 어려우니 얼마나 다행인가. 덕분에 스녠은 이 완벽한 껍데기를 쓰고 해야 할 일을 계속할 수 있을 것이다.

거리를 걷는 스녠이 콘크리트로 쌓아 올린 개미집들을 스쳐 지나갔다. 그는 갈 곳을 모른 채 남의 꽁무니를 맹종하는 개미가 아니다.

그가 향하는 방향은 언제나 명확했다.

**29**

.....

# 끝, 마지막

늦은 밤.

무자비한 잿빛 폭우가 도시를 습격했다. 떨어지는 빗물
이 유리에 둔탁하게 부딪치며 물의 장막을 만들었다. 요란
한 빗소리가 방 안을 가득 메운 책 더미를 넘어 오랫동안
방치된 소파를 관통해 반쯤 닫힌 문틈으로 쳐들어갔다.

이하오는 천천히 깨어났다. 처음에는 빛이 두려워 겨우
실눈을 떴다. 몇 세기 동안 잠들기라도 한 것처럼 몸에 아
무런 느낌이 없었다. 그는 움직일 수가 없어 머리만 베개에
살짝 기댄 자세를 한동안 유지했다. 하지만 깍지 낀 손의
나머지 반쪽이 누구인지는 너무도 또렷하게 알았다. 여전
히 그의 닥터 야오였다.

얄궂게도 이하오만 깨어났다.

완전히 눈을 뜨자 또 한 세기가 흐른 것 같았다. 그는 앞
으로 몇 세기 동안 닥터 야오를, 혹은 한때 야오커린이었던

저 몸을 응시할 것이다. 어떤 모습으로 변해도 그의 눈에는 언제나 이토록 완벽하고 빈틈이 없다. 하지만 이번 생에 두 사람은 더는 대화를 나누지 못한다. 이하오는 소리도 없이 보이지 않는 눈물을 흘렸다. 그가 울고 있다는 걸 아는 사람은 이하오 자신뿐일 터였다.

'아냐, 야오 선생님도 알 거야.' 이하오는 확신했다.

정신의 회복이 육체보다 빨랐다. 머릿속에 실타래처럼 얽히고설킨 수많은 생각의 가닥이 서서히 풀리기 시작했다. 이하오는 두 눈을 번쩍 떴다. 건조한 목구멍에서 간신히 소리가 터졌다. 그는 한 번도 의심해 본 적 없는 함정을 문득 깨달았다. '그래, 그런 가능성이 있었겠구나!'

그는 힘겹게 몸을 움직여 천천히, 아주 천천히 닥터 야오에게 더 가까이 붙어 깍지 낀 손가락을 풀고 그녀를 끌어안았다. 이런 단순한 움직임에도 가진 모든 힘을 쥐어짜야 했다. 사과하고 싶었다. 자신이 조금만 더 정신을 바짝 차렸더라면 닥터 야오가 화를 입지 않도록 막을 수 있지 않았을까? 만약에, 만약에…… 이하오는 얼굴을 닥터 야오의 얼굴에 비볐다. 자신을 그녀 안으로 파묻으려는 듯이, 그렇게 그녀에게로 녹아들듯이.

손가락 튕기는 소리가 머릿속에 울리며 곧이어 그자의 얼굴이 떠올랐다.

닥터 야오의 죽음은 잭 때문만이 아니다. 배후에 주동자가 따로 있을 것이다.

이하오는 이제 때가 되었음을 알면서도 아직은 여기에 있을 수 없었다. 터져 버릴 듯한 감정을 억누르며 가장 부드러운 손길로 닥터 야오의 손을 놓고, 꼭 안았던 그녀를 내려놓았다. 그러고는 첫 걸음마를 뗀 아기처럼 비틀거리며 한 걸음 또 한 걸음 천천히 문으로 다가갔다.

마지막으로 닥터 야오를 힐끗 돌아봤지만, 목소리는 여전히 기운이 없고 잔뜩 쉬어 있었다. 하지만 이하오는 그녀가 들을 수 있다고 확신했다.

"조금만 기다려, 커린."

∽

가랑비가 내리는 아침.

가느다란 빗줄기가 소리 없이 거리에 내렸다. 물방울들은 서로 만나 한 덩어리가 되어 미끄러지면서 투명한 궤적을 남겼다. 우산을 쓴 소녀가 물웅덩이를 밟자 동심원이 서서히 퍼져 나갔다.

'딩동.' 자동 유리문이 열리면 나는 알림음이 울렸다. 편의점 내부는 바깥보다 따뜻하고 커피 향기가 가득했다. 졸린 눈의 출근족 몇 명이 뜨거운 커피를 사기 위해 계산대 앞에 줄 서 있었다. 그들에게 커피는 없어서는 안 될 정신의 식량이어서 하루도 빠짐없이 챙겨야만 했다.

소녀는 신선식품 진열대 앞에 멈춰 서서 주저하지 않고 샌드위치와 밀크티를 골랐다. 그녀는 그날의 아침식사 메뉴를 언제나 기억하고 있다. 줄을 서서 계산을 마친 뒤에는 역시 주저하지 않고 취식 공간으로 향했다. 이는 이미 세포에 깊이 각인된 습관이 되었다. 그녀는 그날과 같은 자리에 앉았다.

그날. 이 편의점. 지금 이 자리. 배가 고프지 않은 소녀는 샌드위치와 밀크티를 테이블 위에 올려놓고 손도 대지 않은 채 다만 그날의 기억을 재현하는 데 열중했다.

그날도 가랑비가 내렸다.

소녀는 턱을 괴고 창밖을 내다봤다. 그녀의 예쁘장한 옆모습은 막 사랑에 눈뜬 남자아이들을 설레게 하기에 충분했다.

"저기." 누군가 소녀를 부르는 바람에 멀리 뻗어 나가려던 생각이 끊어졌다. 남자의 목소리가 귀에 익었다.

소녀는 놀라고 기쁜 마음에 재빨리 뒤를 돌아봤다. 편의점 유니폼을 입고 두꺼운 뿔테 안경을 쓴 남자가 물방울이 똑똑 떨어지는 대걸레를 들고 서 있었다.

"실례지만 바닥 좀 닦을게요." 점원이 멋쩍게 말했다.

목소리가 귀에 익다고 여긴 것은 착각이었다. 실망한 소녀는 얼굴을 찡그리며 의자에 몸을 웅크렸다. 무릎을 껴안고선 점원에게는 눈길도 주지 않았다. 소녀를 조금이라도 오래 보고 싶은 점원은 이따금 그녀를 훔쳐보며 유난히 느릿느릿 바닥을 닦았다.

"얼마나 걸릴까요?" 둔하지 않은 소녀는 점원의 의도를 간파했다.

"다…… 다 됐습니다." 점원은 어색하게 고개를 끄덕이고는 재빨리 그 자리를 떴다. 소녀는 마침내 혼자 있을 수 있었다.

소녀는 두 발을 의자 밑으로 내려 미끄러운 바닥을 디뎠다. 소녀를 훔쳐보는 데 정신이 팔린 점원은 넋이 나가 대충대충 바닥을 닦고 있었다. 소녀는 눈치 없는 점원이 못마땅해 '쯧' 하고 혀를 차고는 불쾌한 듯 아랫입술을 깨물었다. 그녀는 짜증스럽거나 지루한 듯 밀크티 팩에 구멍을 뚫어 빨대를 꽂고는 마구 헤집었다. 빨대는 중심을 잡지 못해 혼란스러운 시계추처럼 이리저리 움직였다.

소녀는 이따금 계산대를 바라보며 그 남자가 거기에 있는 상상을 했다. 이미 오랫동안 기다렸고, 이 기다림에는 단서도 기약도 없어서 그녀는 앞뒤 재지 않고 무작정 버티고 있었다.

기다리기로 마음먹은 뒤로 하루, 이틀, 사흘이 지났다. 소녀는 시간이 흐르고 있음을 더 이상 아쉬워하지 않기로 하고 또 한 번 여행을 떠났다. 그와 함께 누볐던 땅을 빠짐

없이 밟은 뒤 마지막으로 이 편의점으로 다시 돌아왔다.

바로 여기에서 그를 만났다.

수많은 밤 동안 이곳은 소녀의 피난처가 되어 주었다. 그녀는 일상의 모든 불쾌함으로부터 피신할 수 있었다. 그와 밤새도록 이런저런 주제들로 수다를 떨고, 함께 진열대의 상품을 정리하거나 폐기 음식을 골라냈다. 덩치 큰 그는 미식 프로그램 진행자 흉내를 내며 편의점 식품들을 진지하게 품평하고 별점을 매겨 그녀를 웃게 했다. 소녀는 그의 곁에 있을 때만 안도감이 무엇인지 알 수 있었고, 오직 그의 곁에만 있고 싶었다.

창밖을 어색하게 서성이는 남자의 모습이 너무 눈에 띄어 소녀는 따스한 추억에서 빠져나올 수밖에 없었다. '또 눈치 없는 바보 놈들이 와서 귀찮게 굴려는 걸까?' 마음이 답답했다.

그녀는 보란 듯이 매섭게 남자를 노려봤다. 살짝 젖은 앞머리가 남자의 이마를 덮고 있었다. 어깨까지 축축하게 젖어 빗물이 옷에 스며든 자국이 그대로 보였다.

그 사람은 움직이지도 않고 소녀만을 보고 있었다. 소녀가 그만을 바라보는 것처럼 그렇게 바라만 봤다. 소녀는 이게 꿈일까 봐, 아름다운 환영이 한순간에 사라질까 봐 감히 눈을 떼지 못했다.

소녀가 별안간 일어나 빗속으로 뛰어들어 남자를 향해

내달렸다.

그는 꿈이 아니었다. 아직 아무데도 가지 않고 그 자리에
서서 소녀를 기다리고 있었다. 소녀는 덩치 큰 그의 품에
충돌하듯 힘껏 안겼다. 그의 옷을 꽉 움켜쥐고, 얼굴을 그
의 가슴에 묻은 채 빗물의 눅눅한 냄새와 그녀를 유일하게
안심시킬 수 있는 그만의 온도를 느꼈다.

남자는 잠시 주저하다가 손을 뻗어 소녀의 머리를 아주
가볍고 조심스럽게 쓰다듬었다. 세상에서 가장 아끼는 깨
지기 쉬운 보물을 대하듯, 그녀를 조금이라도 해칠까 봐 염
려된다는 듯.

"이 사기꾼!" 소녀의 목소리가 뭉개졌다. 남자는 가슴팍
이 약간 젖어드는 걸 느꼈다. 소녀의 눈물이었다.

"또 거짓말할 거야? 또 홀쩍 떠나 버릴 거야?" 그는 대답
대신 소녀를 가득 끌어안았다. 세상에는 기억을 잃어도 망
각할 수 없는 사람이 있는 모양이었다.

돌아온 덩치 큰 남자와 오랫동안 고달프게 기다린 소녀
가 빗속에서 서로 껴안았다.

가랑비가 내리는 아침이었다.

어둠을 통과하면 그 끝에는 분명 빛이 있다는 것을
당신께 알려 주고 싶었습니다.
이 시리즈를 고군분투하는 모든 이들에게 바칩니다.

에필로그

좁은 방. 네 개의 이층침대를 억지로 끼워 넣는 바람에
통로는 한 사람만 겨우 지나다닐 수 있었다. 소년들은 쌓여
있는 개인 물품과 아무렇게나 구겨진 솜이불 사이에 끼어
지낸다. 작은 직사각형 매트리스가 그들이 가질 수 있는 자
유의 범위다.

　그들은 앉거나 눕거나, 천장을 보며 멍하니 있거나, 옆
침대 동료와 이야기를 나눈다. 휴대전화를 보는 사람은 없
다. 휴대전화가 손을 떠나지 않을 나이지만, 여기서는 그런
물건의 소유가 허용되지 않는다.

　맨 안쪽 아래층 침대를 사용하는 쯔위안은 벽에 기대 앉
아 있었다. 누우면 보이는 위 침대 밑판에는 전임자인 '선
배'가 남긴 사인과 낙서가 가득했다. 욕설 말고도 기괴하게
생긴 생식기 그림, 이런 기관을 뭐라고 부르는지 모를까 봐
굳이 적어 둔 부연설명들도 있었다.

낙서는 쯔위안의 눈에 전혀 들어오지 않았다. 그는 다만 고개를 쳐든 자세를 유지해 머리를 비우려고 시도하는 중이었다. 어차피 할 일도 없었다. 시간이 빨리 흐르길 바랄 뿐이다. 2층을 쓰는 사람이 몸을 뒤척이자 얇은 합판 재질의 침대가 위태로운 끽끽 소리를 냈다. 침대 프레임과 합판이 마찰하면서 나무 부스러기가 묵은 먼지와 함께 쯔위안의 얼굴 위로 떨어졌다.

"야!" 쯔위안이 위 침대의 바닥을 두드리며 상대방에게 주의를 주었다. 그러자 2층 사람은 일부러 몸을 마구 뒤척거리며 더 많은 먼지와 부스러기를 날리기 시작했다. 쯔위안은 확 굳어진 낯빛으로 침대에서 내려와 비좁은 통로에 서서 2층으로 오르려 했다. 그의 손이 막 침대 옆의 작은 사다리를 잡았을 때 상대의 주먹이 날아왔다. 쯔위안은 얼굴을 제대로 한 대 가격당하고 나서야 상황을 파악했다.

별안간 얻어맞은 쯔위안은 어안이 벙벙했다. 정지화면처럼 얼마간 입을 쩍 벌리고 가만히 있자니 통증이 광대뼈를 타고 서서히 머리까지 퍼졌다. 정신이 번쩍 들었다. 고개를 들어 보니 눈에 보이는 대상은 더 이상 낙서 가득한 나무판이 아니라 형광등 아래 '선배'의 얼굴이었다.

깡마른 체격에 까무잡잡한 모습에서 자기 영역을 지키는 원숭이가 연상됐다. 나이는 쯔위안보다 조금 어리지만 여기 먼저 들어왔으니 이곳의 불문율에 따르면 쯔위안보다 한참 선배다.

"어이, 신입! 너 아주 나댄다? 아직 혼나 본 적 없구나?" 선배가 주먹을 고쳐 쥐며 말했다. 모처럼 구경거리가 생겨 신이 난 다른 침대의 소년들이 소란스럽게 날뛰었다. 아래 층 침대의 소년들은 통로에 서서 쯔위안이 옴짝달싹 못하게 가두고 겹겹이 그를 에워쌌다. 좌우를 둘러보니 하나같이 쯔위안이 제대로 망신당하기를 잔뜩 기대하는 듯했다.

"덤벼! 너 불만 많잖아? 덤비라고!"선배가 주먹을 마구 휘두르며 윽박지르고 도발했다.

"올라가라!" "고고! 한 판 붙어라!" "왜 가만히 있어? 쫄 았냐?" "배짱 없으면 말을 하든가."

욕설과 야유 속에 우두커니 선 쯔위안의 모습이 유난히 작아 보였다. 주먹을 불끈 쥔 그의 어깨가 떨리기 시작했다.

"겁나나 봐? 얘 이러다 울겠다!"선배가 웃었다. 위에서 아래로 향하는 시선은 철저하게 쯔위안을 경멸하고 있었다. 그 무시가 쯔위안의 스위치를 건드렸다. 쯔위안은 이성을 잃고 폭발하듯 악을 썼다. "내려와 이 새끼야! 일 대 일로 붙자고!"

"너희들 뭐 해? 지금 이게 무슨 소란이지?"관리원이 나타났다. 그는 팔짱을 끼고 문가에 선 채 근엄한 어조로 말했다. "예쯔위안, 이리 나와라. 장ㅍ 주임님이 찾으신다." 아직 제대로 반격도 못 해 본 쯔위안은 자리를 뜨기가 못내

아쉬웠다. 하지만 관리원이 귀찮다는 듯 재촉하자 하는 수 없이 사방을 막고 있는 소년들을 밀치고 나아갔다. 지나가는데 주변에서 그를 일부러 밀치는 바람에 쯔위안은 또다시 주먹을 불끈 쥐고 홱 돌아섰다.

"예쯔위안!" 관리원이 호통을 쳤다. "그만 까불고 빨리 나와라."

쯔위안은 분노를 억누르며 겨우 관리원을 따라 방을 나섰다. 복도에는 똑같은 방들이 늘어서 있었다. 마찬가지로 좁은 공간에 많은 사람을 쑤셔 넣었는데, 입주자들은 모두 열여덟 살 이하의 소년이었다. 여기에 오게 된 이유는 각자 달랐다.

복도 입구 쪽 방 중 '주임실'이라는 팻말이 붙은 309호의 문이 관리원이 노크하기도 전에 안쪽에서 열렸다. 예쁘장하게 생긴 소년이 입을 막고 정신없이 뛰쳐나오다가 쯔위안과 부딪쳤다. "아!" 쯔위안이 상대를 불러 세웠다. 소년이 황급히 고개를 돌렸다. 얼굴에는 눈물 자국이 있었고, 손은 부자연스러운 모양으로 바지를 붙잡고 있었다. 예쁘장한 소년은 잠시 멈칫했지만 아무 말 없이 가 버렸고, 쯔위안은 영문을 모르고 그 자리에 남겨졌다.

"들어가." 방 안을 향해 인사를 마친 관리원이 주임실을 가리키며 말했다.

쯔위안은 관리원을 힐끔 보기만 할 뿐 움직이지 않았다.

관리원이 열어 둔 문 너머로 사무용 책상 앞에 앉은 장 주임이 보였다. 그는 손수건으로 입을 닦고 있었다. 약간 벗겨진 머리 밑으로 두껍게 부은 금붕어 눈이 보였다. 그가 쯔위안을 응시했다.

"멍하니 서서 뭐 해? 어서 들어가." 관리원은 개를 훈련시키듯 재촉하며 거친 손길로 쯔위안을 주임실에 밀어 넣었다. 등 뒤로 문이 쾅 하고 닫히자, 쯔위안과 장 주임만 남았다.

장 주임은 차를 마시는 내내 쯔위안에게서 시선을 떼지 않았다. 그 모습이 마치 굶주린 대머리독수리가 숨이 끊어지기 직전인 동물을 기다리는 것만 같았다. 쯔위안은 그 시선이 불편했지만, 고집이 세 그와 눈싸움이라도 하듯 굳이 그의 시선을 피하지 않았다.

"예쯔위안." 장 주임은 재판장이 죄수를 호명하듯 그의 이름을 불렀다. 그렇게 부른 뒤 한동안 말이 없었고, 쯔위안도 대꾸하지 않았다. 물속에 잠겼을 때 느껴지는 기분 나쁜 고요함이 공기 중에서 재현되는 것 같았다.

장 주임이 자리에서 일어나 비어져 나온 뱃살을 바지춤에 집어넣고 허리띠의 버클 위치를 조절한 뒤 천천히 쯔위안 앞으로 다가와 섰다. 한 걸음 한 걸음이 아주 느렸다. 재판관이었던 그가 형 집행관으로 변신해 죄수의 목을 칠 도끼를 들고 다가오는 것 같았다.

장 주임은 쯔위안을 아래위로 훑어보다가 그의 사타구니에 시선을 고정했다. 쯔위안도 당연히 이를 눈치챘다. 장 주임이 시선으로 자신을 추행하는 것 같아 욕지기가 치밀었다.

"관리원의 말이 네가 훈육을 듣지 않고 다른 사람들과 자주 충돌한다던데."

"걔네가 먼저 시비를 걸었어요."

"시비를 걸었다고?" 장 주임이 입꼬리를 실룩댔다. "다른 아이들은 다 괜찮은데 하필 너한테만 그런 문제가 생기는구나."

"저한테는 아무 문제가 없어요. 문제가 있는 건 이곳이죠." 쯔위안의 대꾸에는 반항기가 묻어 있었다.

쯔위안은 자신이 이곳으로 보내져서는 안 됐다고 매일 생각했다. 바보 같은 아버지가 사이비 종교에 빠지지만 않았더라면 과연 그 꼬임에 넘어갔을까? 그리고 기어이 감금된 채 살해당했을까? 생각할수록 한스러웠다.

그날의 일을 회상하면 아직도 몸이 떨렸다. 그 떨림은 아까 침실에서 선배를 대했을 때의 떨림과는 완전히 달랐다. 두려움, 그리고 죽음이 코앞으로 다가왔다는 공포. 어쩌다 사건에 연루된 쯔위안은 아버지가 학살당하는 모든 과정을 목격했다. 유일한 행운이라면 그는 죽지 않고 홀로 구차하게 살아남아 흘러 흘러 이곳에 왔다는 것이다.

"이곳이 마음에 들지 않는 모양이구나." 장 주임은 대수롭지 않다는 듯 고개를 끄덕였다.

"네." 쯔위안이 거리낌 없이 말했다.

쯔위안의 대꾸가 끝나기도 전에 장 주임이 그의 왼쪽 뺨을 가차없이 후려갈겼다. 손바닥이 쯔위안에게 닿았을 때 장 주임의 늘어진 얼굴 살이 그 반작용으로 흔들렸다. 두피에 겨우 달라붙어 있던 머리칼도 흐트러졌다.

쯔위안은 얻어맞은 방향으로 크게 한 발짝 밀려났다. 얼떨결에 얻어맞는 바람에 어리둥절해 뭐라 반응하기도 전에 장 주임이 곧바로 뺨을 또 한 번, 두 번 연속으로 올려붙였다. 쯔위안은 맞을 때마다 비틀거리며 뒷걸음질 쳤고, 결국 방의 구석까지 내몰리고 말았다.

쯔위안을 구타하는 장 주임에게서는 모종의 광적인 열정이 느껴졌다. 금붕어처럼 툭 튀어나온 눈동자에서 가학 행위를 향한 집착이 엿보였다. 그는 애써 무언가를 억누르려는 사람처럼 보였다. 연이은 스윙은 몸 풀기일 뿐이었는지, 장 주임의 마지막 일격에 쯔위안은 얼굴 가죽이 벗겨질 것 같다는 느낌이 들 정도로 엄청난 충격을 받았다.

바닥에 고꾸라진 쯔위안은 정신이 혼미해 움직일 수조차 없었다. 붉게 부어오른 뺨은 불에 그슬린 듯 쓰리고 뜨거웠다. 피부 아래로 모세혈관이 터져 빨간 실오라기 같은 모양이 얼굴에 번졌다. 얼얼한 혀끝에서 비릿하고 짭짤한

피 맛이 느껴졌다.

쯔위안은 힘겹게 눈을 위로 치켜뜨고 소시지처럼 두껍고 기름진 장 주임의 입술이 말하는 모양을 쳐다봤다. 하지만 아무것도 들리지 않았다. 왼쪽 귀에서 윙윙대는 이명이 너무 커서 어떤 소리도 비집고 들어갈 수 없었다.

"나가." 장 주임이 손을 내저으며 말했다.

오른쪽 귀로만 그 명령을 들을 수 있는 쯔위안은 멍들고 부어오른 왼쪽 얼굴을 감싸고 도망치듯 장 주임의 방에서 나왔다. 한쪽 청력을 갑자기 상실하니 걸을 때 균형을 잡기가 어려웠다. 그는 서둘러 화장실로 가서 왼쪽 귀가 도대체 어떻게 됐는지, 정말 귀가 망가지기라도 한 것인지 거울에 비춰 확인하고 싶었다. 하지만 화장실 문은 굳게 닫혀 있었고, 그 안에서 흐느끼는 소리가 들렸다. 아주 낮은 음역의 울음소리가 오른쪽 귀에 선명하게 포착되었다. 쯔위안은 그 자리에 굳은 듯 멈춰 섰다. 갑자기 들려오는 흐느낌에 놀라서가 아니라, 왼쪽 귀가 정말로 들리지 않는다는 사실을 확인했기 때문이다. 울음소리는 온전히 오른쪽 귀에만 전해졌다.

그는 왼쪽 귀를 힘껏 때려 보았다. 들리지 않는다. 들리지 않는다. 아무리 때려 봐도 어떤 소리도 들리지 않았다. 다음엔 왼쪽 귀를 세게 잡아당겨 보았다. 그는 순진하게도 외이도를 억지로 넓히면 소리가 들어올 수 있다고 생각했다. 그래도 소리는 들리지 않았다. 정말 들리지 않았다.

이윽고 화장실 문이 조심스레 열리면서 생긴 작은 틈으로 아직 눈물기가 어린 두 눈동자가 쯔위안을 쳐다봤다. 조금 전 장 주임의 방에서 문을 박차고 뛰쳐나온 예쁘장한 소년이었다. 상대는 어쩔 줄 모르는 쯔위안을 발견하고 겁먹은 듯 기어들어 가는 목소리로 물었다. "너 왜 그래……?" 깃털처럼 가볍고 떨리는, 조금 울먹이는 듯한 목소리였다. 예쁘장한 소년의 눈은 온통 빨갰다.

이성을 잃은 쯔위안은 왼쪽 귀를 막은 채 계속 혼잣말을 했다. "안 들려. 귀가 이상해. 안 들린다고!"

예쁘장한 소년은 어찌할 바를 모르고 화장실 안에 서서 쯔위안이 무너지는 모습을 지켜볼 수밖에 없었다. 그는 발가벗겨질까 봐 두려운 듯 아직도 바지를 꽉 붙잡고 있었다. 소년은 쯔위안이 주임실에 들어가기 직전에 겪은 일들을 영원히 떠올리고 싶지 않았다.

그것은 평생을 두고도 씻을 수 없을 치욕과 고통이었다.

∿

며칠 후, 한쪽 청력을 잃고 온갖 난리를 피웠던 쯔위안은 또다시 주임실로 불려갔다.

예쁘장한 소년도 그 자리에 있었다. 소년은 소파에 웅크리고 앉아 고개를 푹 숙인 채 앞을 볼 엄두를 내지 못했다. 그는 반쯤 내려간 바지춤을 꽉 움켜쥐고 드러난 허벅지를 애써 가리려 했다.

이번에도 흠씬 두들겨 맞고 바닥에 널브러졌을 때, 쯔위안은 마침내 지금 자신의 처지가 아버지와 함께 갇혔던 때보다 나을 게 없다고 확신했다. 예쁘장한 소년은 아랫입술을 깨물며 끊임없이 눈물을 흘렸다. 그는 쯔위안이 어떻게 구타당했는지, 장 주임이 어떻게 쯔위안을 잡아채 바닥에 메다꽂았는지 똑똑히 목격했다. 하지만 그는 쯔위안을 도울 수 없었다. 미약한 도움도 줄 수 없었다. 소년이 입은 상처는 어쩌면 쯔위안의 것보다 깊었다.

죽기 살기로 몸부림치다 고개를 쳐든 쯔위안과 소년의 눈이 마주쳤다. 약속이나 한 듯 똑같은 당혹감과 분노가 둘에게 일어났다.

'왜 나야? 도대체 왜 하필 우리인 걸까?'

장 주임의 비둔한 몸이 두 사람 사이를 가로막았다. 그는 쯔위안을 향해 서서 교육을 시작했다.

"사랑은 오래 참고, 사랑은 온유하며, 투기하는 자가 되지 아니하며, 사랑은 자랑하지 아니하며, 교만하지 아니하며……." 웅얼거리는 장 주임의 입 주변에 역겨운 거품이 끼었다. "사랑은 무례히 행하지 아니하며, 자기의 유익을 구하지 아니하며, 성내지 아니하며, 악한 것을 생각지 아니하며, 불의를 기뻐하지 아니하며, 진리와 함께 기뻐하고 모든 것을 참으며……."

"따라서 말해!" 장 주임은 갑자기 사탄에게 빙의한 것처럼 보였다. "모든 것을 바라며, 모든 것을 견디느니라! 사랑은 언제까지든지 떨어지지 아니하리라!"

장 주임의 구두 밑창이 얼굴에 닿는 순간, 쯔위안은 맹세했다. 무슨 수를 써서라도 이 코앞에 놓인 지옥에서 도망치겠다고.

그렇게 맹세했다.

# 번외 1

：

# 마음의 벽을 가진
# 아이의 사랑

때는 즐거운 주말. 쾌청한 가을날이다.

이하오는 매트그레이 렉서스 SUV를 몰고 지하철 신이안허信義安和역 근처에 도착했다. 차와 혼연일체가 된 듯 그에게는 매끄럽고 차분한 분위기가 감돌았다. 도로 위의 이하오는 어떤 돌발상황도 여유롭게 대처하곤 했다. 갈림길에서 별안간 튀어나온 오토바이, 승객을 태우기 위해 막무가내로 차선을 바꾸는 택시도 그의 운전에 지장을 주진 못했다.

이하오는 번화한 시가지를 지나 한적한 골목으로 진입했다. 한가로운 분위기에 취한 샤오첸이 조수석에서 고개를 흔들며 콧노래를 흥얼거렸다. "번화한 도시는 외로운 북극곰을 낳았어. 새하얀 아이가 더러운 쓰레기장을 내달려……." 이하오는 한참 자아도취 중인 샤오첸의 흥에 굳이 찬물을 끼얹지는 않았지만, 솔직히 그녀의 노래 실력은 좋아질 여지가 너무 많다고 생각했다.

렉서스는 골목으로 진입해 영업하지 않는 듯 보이는 가게 앞에 주차했다. 외관은 소박한 흰색이고 내부는 흑백 색조가 주를 이루며 부드러운 회색이 드문드문 조화롭게 섞여 있었다. 샤오첸은 차가 멈추자마자 창문을 내리더니 가게를 향해 소리쳤다. "빨리 나와서 도와! 너희 게으름 피우면 안 된다!"

그녀의 부름에 소년 몇 명이 가게 문을 열고 줄지어 나왔다. 샤오첸도 신이 나서 문을 열고 차 밖으로 뛰쳐나가며 계속 콧노래를 흥얼거렸다. "이제 알아. 가장 거대한 의혹은 바로 하찮은 나……."

샤오첸이 후렴구를 부르자 이하오는 그제야 텐푸전의 노래 '하찮음渺小'을 떠올렸다. 샤오첸은 이 가수의 열성 팬이라 시도 때도 없이 그녀의 노래를 부른다. 곡은 물론 의심할 여지 없이 훌륭하지만, 샤오첸의 가창력은 정말이지……. 그렇다고 해도 이하오는 그녀를 차마 비난할 수 없었다.

차에서 내린 이하오가 트렁크를 열자 여러 개의 종이상자가 가지런히 쌓여 있었다. 그가 먼저 하나를 옮기자 옆에 있던 소년들이 줄줄이 따라왔다. 두 손이 텅텅 빈 샤오첸은 재빨리 가게 앞으로 달려가 유리문을 열고 안으로 들어오라고 손짓했다.

"어서 오세요! 환영합니다!" 샤오첸이 배시시 웃으며 소년들을 맞이했다. 오늘의 가을 하늘 같은 눈부신 미소였다.

"고마워서 몸 둘 바를 모르겠네." 이하오가 장난스럽게 샤오첸을 구박했다. 그의 뒤에서 상자를 옮기던 소년이 그녀에게 눈을 흘겼다.

"왜 째려봐? 누군가는 문을 열어 줘야 할 거 아냐. 효율적으로 일해야지. 안 그래?" 샤오첸의 당당한 태도에 소년들이 불만을 토해 냈다. "너 말 한 번 잘했다. 네가 안 도와주는 게 제일 효율적이거든?"

"야! 내가 좀 덜렁대긴 하지만, 아무렴 안 도와주는 게 더 낫다고?" 샤오첸이 발끈해서 항의하는 모습에 모두가 한바탕 웃었다.

내부 인테리어는 대부분 완성되었다. 화이트 톤의 바와 냉장고는 모두 자리를 잡았고, 바 안의 조리대 높이도 딱 적당했다. 홀에는 광택 없는 나무 소재의 검정 테이블을 가지런히 배치하고, 같은 색상의 빈티지한 인더스트리얼 스타일 의자를 매치했다. 밥그릇을 엎어 놓은 모양의 옅은 회색 펜던트 조명도 바 위에 몇 개 걸려 있었다.

나머지 물건은 이하오와 소년들이 지금 들여놓는 중이다.

이하오는 상자를 탁자에 내려놓은 뒤 공작용 커터로 조

심스럽게 박스테이프를 잘라냈다. 상자 안에는 에어캡에 싸인 커피 잔과 케이크 접시가 들어 있었다. 전부 검은색과 흰색으로, 가게의 스타일에 맞추기 위한 선택이었다.

건반. 이 가게의 이름이다.

여기서 커피와 디저트를 팔 것이다. 이하오가 가장 좋아하고 실력 발휘를 할 수 있는 품목이었다.

상자에 든 물건이 훼손되지 않은 것을 확인한 뒤, 이하오는 소년 한 명을 불러 식기를 세척하라고 분부했다. "깨끗하게 씻어서 건조대에 올려놓고 나중에 진열하자."

소년은 이하오가 맡긴 일을 묵묵히 수행했다. 이곳 사람들은 모두 이하오의 지시에 따라 움직인다. 나이가 몇 살 더 많아서가 아니라 그가 엄연히 이 팀의 리더이기 때문이다. 믿음직스럽고 약속을 철저히 지키는 성격 때문에 모두가 기꺼이 그를 보스로 인정했다. 이하오의 인성은 오래전 암담했던 그 시절부터 한결같았다.

바쁘게 가게 안팎을 드나들던 이하오는 이제 소년들과 함께 세심하게 물건들을 배치했다. 커피 원두가 든 비닐 팩을 가득 안고 바 안으로 들어가 벽면의 나무 선반에 차례로 진열했다. 에티오피아, 케냐, 콜롬비아, 인도네시아…… 각기 다른 원산지의 원두는 저마다의 풍미를 지니고 있으며, 로스팅 시간에 따라 달라지는 향의 차이도 무궁무진하다. 가지런히 늘어선 원두는 개봉되기를 애타게 기다리는 근사한 서프라이즈 선물 같았다. 이하오는 아직 때가 아니라는 걸 알았다. '건반'은 아직 정식 개업 전이었다. 지금은 오픈 준비 중이다.

그때 펜던트 조명이 계속 꺼졌다 켜졌다 하더니 급기야 클럽의 사이키 조명처럼 깜빡였다. 당황한 이하오가 홱 돌아보자, 샤오첸이 전원 스위치를 딸깍거리며 조명을 껐다 켰다 하고 있었다.

"지금 뭐 하는 거야?" 팔짱을 낀 이하오의 모습은 개구쟁이 아이를 혼내려는 학부모 같았다.

"노는 거 아냐! 등이 모두 정상인지 확인하는 중이라고." 샤오첸은 억울하다는 듯 열심히 설명했다. "개업해서 손님이 왔는데 망가지면 어떡해. 그러면 불길하다고."

"네가 계속 이렇게 눌러 대면 고장 날 수도 있겠다." 이하오가 얼굴을 굳히자 샤오첸도 순순히 두 손을 들어 항복했다. "알았어. 알았어. 그만두면 되잖아."

샤오첸이 이하오의 시야를 벗어나 주방 쪽으로 후다닥 도망치는 모습을 보며 이하오는 저도 모르게 빙긋 웃었다. 별에서 온 것 같은 저 소녀는 언제나 기상천외한 행동을 하곤 한다.

이하오는 다른 상자를 열어 그라인더를 꺼내 조리대 위 준비된 자리에 놓았다. 그라인더가 놓인 방향을 따라 앞을 보면 손님들이 앉을 홀이 펼쳐진다. 아쉽게도 거리가 좀 있어서 손님들이 원두를 갈 때 풍기는 향을 맡기는 어려울 것 같았다. 이하오의 시선이 홀을 지나 창밖으로 향했다. 살금살금 창가를 서성이는 그 사람의 모습이 드디어 나타났다.

닥터 야오가 창 너머에서 미소를 머금고 그를 바라보고 있었다. 이하오는 기쁨과 놀라움에 눈을 크게 뜨고 빠른 걸음으로 뛰쳐나가 그녀를 맞이했다. 새파란 하늘 아래의 골목길에서 햇빛을 가득 맞고 서 있는 닥터 야오가 유난히 빛나 보였다.

"야오 선생님, 어떻게 오셨어요?"

"너희들 잘하고 있는지 보고 싶어서 왔지." 카페로 들어가며 닥터 야오가 칭찬을 이어갔다. "정말 멋진 카페다. 뭐, 당연히 그럴 줄 알았지만."

"어떻게요?"

"네가 기획했으니까." 이하오는 닥터 야오가 일부러 꺼내지 않은 말들을 모두 알 수 있었다. 둘은 말하지 않아도 통하니까. 그녀가 말을 끝까지 하지 않아도 이하오는 그녀의 뜻을 이해할 수 있었다.

"어서 앉아요. 선생님이 건반의 첫 손님이어야 해요." 이하오가 닥터 야오를 카페 안으로 데리고 들어오자 하이힐 굽이 바닥에 닿는 낭랑한 소리가 뒤따랐다.

"야오 선생님!" "선생님!" 다른 소년 소녀들도 닥터 야오가 온 것을 발견하고는 잇달아 일손을 놓고 반갑게 인사하러 달려 나와 그녀를 에워쌌다. 닥터 야오의 따뜻한 대답은 모두를 즐겁게 했다. 이하오는 무리 밖에서 그 모습을 조용히 지켜보며 관망자 역할을 했다. 소년 소녀들은 모두 이하오와 같은 곳 출신이다. 감금과 박탈만 존재했던 그곳을 고향이나 뿌리라고 부를 수는 없을 것이다. 이 구세주 같은 여인은 여기 있는 모두를 구했다.

"야오 선생님, 보세요! 인테리어를 거의 마쳤어요!" 한 소년이 요 며칠 동안의 고생을 인정받고 싶은 듯 자랑스럽게 말했다.

"개업 날이 무척 기대된다." 닥터 야오의 대답에 모든 이가 만족했다.

닥터 야오가 다른 사람들과 이야기를 나누는 동안, 이하오는 말없이 조리대 곁으로 돌아왔다. 한참을 고민해 선택한 원두를 한 스푼 떠서 그라인더에 넣었고, 원두가 가루가 되어 나오자 조심스럽게 꺼내 드리퍼에 넣고 서버 위에 얹었다.

그다음엔 조리대의 온수기로 향해 드립 포트에 뜨거운 물을 채우고 온도계를 꽂았다. 원두의 원산지와 로스팅 시간, 핸드드립 기술은 커피 맛에 큰 영향을 미친다. 그는 뜨거운 물이 식는 동안 온도계의 눈금에서 눈을 떼지 않았다. 그러다 딱 알맞은 온도가 되는 순간 주전자를 들어 팔의 각도를 잡았다. 주전자 주둥이에서 뜨거운 물이 흘러나오면서 매끄러운 호선을 그렸다. 물줄기는 원두 가루를 통과해 영롱한 갈색 물방울이 되어 드립 서버에 차곡차곡 쌓였다.

이하오는 드립 포트의 뚜껑을 가볍게 누른 채 드리퍼를 중심으로 천천히 원을 그리며 물을 부었다. 풍성한 향을 머금은 열기가 바에서부터 사방으로 계속 퍼져 나갔다.

그는 온 정신을 집중했다. 흠잡을 데 없는 커피 한 잔을 만들기 위해, 이 카페의 첫 번째 커피를 닥터 야오에게 바치기 위해.

이하오는 전문 바리스타의 수준에 오르기까지 같은 동작을 셀 수 없을 만큼 반복했다. 이하오가 이토록 진지하게 커피와 디저트를 연구하기 시작한 이유가 있었다. 그 시작은 도망쳤던 그날로 거슬러 올라간다.

∿

대단히 혼란스러운 날이었다. 보육원 원장에게는 유난히 더욱 불행한 날이었다.

왼쪽 건물 2층에 수용 중인 아이가 경비원을 공격해 소동을 일으키는 틈을 타 아이들이 줄줄이 탈출했다. 그 아이들은 모두 팔려고 내놓은 상품이었다. 장기를 팔든 온전한 사람 형태로 팔든, 구성에 상관없이 판매자 측에는 이윤이

크게 남는다. 이것이 보육원이 진짜로 하는 장사였다.

보육원에서는 즉시 사람을 보내 도망친 아이들을 뒤쫓았지만, 일부만 다시 잡아들일 수 있었다. 꽤 많은 아이들이 흔적도 없이 사라져 다시는 소식이 닿지 않았다. 사라진 아이들은 그렇게 '정상' 사회로 도망쳐 나왔다.

원장이 히스테리를 부리며 경비원과 직원들에게 윽박지르는 동안, 보육원에서 수백 미터 떨어진 곳에 조금 전 탈출한 일곱 명의 소년 소녀가 숨어 있었다. 그들은 모두 입원 환자처럼 헐렁한 가운을 입고 있었다. 보육원 내부에서 규정한 유니폼이었다.

아이들은 대부분 숨을 헐떡이거나 땀을 흘리고 있었다. 당황한 표정을 감추지 못하는 아이들도 많았다. 도망쳐 나왔다는 사실이 믿기지 않았다. 꿈을 꾸는 것 같았다. 이게 정말 꿈이라면 차라리 깨어나지 않고 언제까지나 이렇게 숨어 있을 수 있기를 바랐다.

SUV 한 대가 천천히 다가왔다. 무리 중 비교적 성숙한 소년이 차분하게 아이들을 달래며 말했다. "괜찮아. 우리를 데리러 온 거야." 소년이 그렇게 말하는 데에는 근거가 있었다. 자동차 번호가 정확했기 때문이다. 모든 일이 예정된 계획과 일치했다.

운전석 창문이 내려가자 젊은 여성이 머리를 내밀었다. 놀랍도록 아름다운 미모에 뒤지지 않을 만한 기개와 배짱

이 엿보였다. 다른 소년 소녀들은 그녀의 얼굴이 보이자 모두 안도의 한숨을 내쉬었고, 곧바로 기쁨이 뒤따랐다.

"어서 타." 여자의 부드러운 조언에 그들은 줄지어 차 안으로 들어갔고, 조수석 자리만 남았다. 다른 아이들을 달래던 소년이 앉을 자리였다.

SUV는 현장을 떠났다. 아이들은 떠나는 도중에 자꾸 뒤를 돌아봤다. 보육원에서 이렇게 멀리 달아난다는 사실을 아직도 믿을 수 없었다. 그곳을 탈출하는 게 아이들의 오랜 소망이었지만, 막상 그 꿈이 이루어지자 너무 사치스러운 행운이 아닌지, 보복당하면 어떡할지 겁이 났다.

여자는 운전하면서 조수석의 소년에게 조용히 물었다. "그 아이도 도망쳤니?"

소년은 여자가 누구에 대해 묻는지 알고 있었다. 09013번. 그들과 같은 보육원에서 생활하던, 여자의 사랑을 받는 특별한 존재였다.

"도망쳤어요." 소년이 담담하고 쓸쓸한 말투와 표정으로 대답했다.

"정말 잘됐다." 만족한 여자는 당부를 잊지 않았다. "그리고 번호는 잊어버려. 너는 더 이상 09002가 아니라 이하오야."

"앞으로 제가 어떻게 부르면 좋을까요?" 더 이상 09002가 아닌 이하오가 물었다.

"전과 똑같이 야오 선생님이라고 불러." 차창으로 보이는 세상의 모습에 아이들이 연신 탄성을 내지르거나 환호했지만 이하오는 침착했다. 결국 이 모든 것에 익숙해질 테니 너무 놀랄 필요는 없다는 걸 소년은 잘 알고 있었다.

닥터 야오는 새로운 삶을 얻은 아이들을 태우고 베이터우北投*의 어느 고급 단독주택 마당에 차를 세웠다. "이제부터 여기가 너희들의 새집이야." 닥터 야오가 아이들을 데리고 차에서 내리자 아이들이 또다시 환호성을 질렀다. 넓은 마당에 잔디와 작은 연못이 딸린 집은 보육원만큼 크진 않았지만 아이들이 함께 살기엔 충분했다.

닥터 야오가 아이들에게 집 구경을 시켜 주는데 한 소녀가 유난히 조잘거리며 끝없이 질문을 퍼부었다. 소녀는 무엇을 보든 신기해하고 흥미로워했다. 닥터 야오는 소녀를 위해 에어컨과 제습기의 차이를 참을성 있게 설명해 주었다.

"야오 선생님은 정말 아는 게 많으세요!" 소녀가 숭배해 마지않는 눈으로 말했다.

"너도 차츰 다 알게 될 거야. 이 방에는 내가 학창시절에 읽었던 책이 많아. 읽고 싶은 사람은 얼마든지 가져다 읽으렴." 닥터 야오가 아이들을 격려했다.

---

* 타이베이시 북쪽에 있는 행정구역. 고즈넉한 풍경과 온천으로 유명하다.

소년 소녀들은 각자 지낼 새 방을 골랐다. 아이들은 자기만의 독립된 공간을 가질 수 있을 거라곤 꿈에도 상상하지 못했다. 모든 일을 순조롭게 마무리한 뒤 닥터 야오는 작별을 고할 준비를 했다.

"가시는 거예요?" 이하오는 그녀와 이렇게 빨리 헤어지게 될 줄은 몰랐다.

"기회가 되면 다시 올게. 저녁부터 너희에게 식사를 차려 줄 사람이 올 거야. 필요한 게 있으면 그분한테 말하면 돼. 당분간 그분을 집사라고 생각하자." 닥터 야오를 배웅한 이하오는 풍부한 장서가 있다는 서재에 가서 가까이 있는 책을 아무거나 한 권 뽑아 들고 읽기 시작했다. 총명한 그는 읽는 속도가 빠르고 흡수력이 뛰어나 그날 저녁에 한 권을 다 읽어 버렸다.

책을 덮고 나니 문자에 눌려 있던 상실감이 떠오르려 했다. 이하오는 닥터 야오가 떠난 뒷모습을 떠올렸다. 그녀는 뒤도 돌아보지 않고 가 버렸다.

'버려진 거야.' 이하오가 생각했다.

상실감을 극복하기 위해 그는 다른 책 한 권을 집어 들었다. 그리고 또 한 권, 또 한 권……. 밤이 깊을 때까지, 새벽을 지나 아침 햇살이 실내에 비칠 때까지 책을 읽었다. 독서는 이하오의 일과가 되었다. 그는 식사 시간과 씻을 때를 제외하면 모든 시간을 서재에서 보냈다. 읽다가 지치면 그

자리에서 쓰러져 잤다. 보육원 바닥에 비하면 독서용 의자는 충분히 안락했다.

어느 날, 바라고 바라던 닥터 야오가 드디어 다시 찾아왔다. 그녀가 유명한 베이커리의 시그니처 케이크를 선물로 가져와서 모두 즐겁게 나눠 먹었다. 단 음식을 좋아하지 않는 이하오도 화기애애한 분위기를 깨고 싶지 않아서 한 조각 받아먹었다.

그런데 닥터 야오는 손으로 턱을 괴고 빙긋 웃기만 할 뿐 케이크에는 손도 대지 않았다.

"선생님은 케이크 안 좋아하세요?" 입가에 잼을 묻힌 샤오첸이 물었다.

"좋아해." 닥터 야오는 명확하게 대답했다.

"그런데 왜 안 드세요?"

"아직 진심으로 맛있다고 할 만한 케이크를 먹어 본 적이 없거든. 그래서 어지간하면 안 먹어." 닥터 야오가 아쉬운 듯 말했다.

그 말은 이하오의 마음속 어딘가에 걸려 그날 이후 자꾸만 생각났다.

그날부터 이하오는 서재를 떠나 앞치마를 두르고 주방에서 살았고, 밤낮으로 달콤한 디저트들을 파고들기 시작했다.

"선생님!" 이하오가 심혈을 기울여 내린 커피를 가져왔다. 카페 건반의 첫 번째 커피였다. 이하오는 두 손으로 커피를 바치며 그녀의 반응을 기다렸다.

닥터 야오는 커피를 받아 들고 가볍게 한 모금 마셨다. 아무 말 하지 않아도 상당히 만족했다는 걸 알 수 있었다. 그녀가 무척 맛있게 먹은 첫 번째 케이크를 바쳤던 때의 반응과 비슷했다. 그날 이후 닥터 야오는 이하오가 직접 만든 디저트만 먹었다.

닥터 야오가 커피를 맛본 후 이하오는 또다시 다른 아이들과 바쁘게 움직여야 했다. 닥터 야오는 건반을 떠나지 않고 복층의 방에서 기다렸다. 그녀는 아래층이 보이도록 설계된 격자무늬 창 너머로 카페 내부를 내려다봤다. 이따금 이하오가 고개를 들면 두 사람은 시선을 맞췄고, 이하오는 그녀의 시선을 확인하고 안심했다.

바쁜 시간이 쏜살같이 지나갔다. 이하오는 예정된 일을 모두 끝냈다. 매장 내부 인테리어는 거의 다 마쳤고, 자잘하게 챙겨야 할 부분들은 내일 마무리하기로 했다. 개업까지 아직 시간이 좀 남았으니 서두르지 않고 차근차근 계획한 일들을 진행했다.

건반의 운영비를 부담한 투자자는 닥터 야오지만, 지배

인이자 사장이나 다름없는 이하오는 마지막까지 매장에 남아 신경 쓸 일이 많았다. 딱히 맡은 일이 없는 샤오첸은 다른 소년들과 함께 이하오와 닥터 야오에게 인사하고는 콧노래를 부르며 퇴근했다. 그녀의 노랫소리가 점점 멀어지자 마침내 둘만 남게 되었다.

이하오는 싱크대에서 얼굴을 씻은 뒤 물기를 말끔히 닦고는 석양빛이 묻은 계단을 올라 닥터 야오 곁으로 다가갔다.

"바쁜 일은 끝났어?"

"네." 이하오는 피곤한 기색을 감췄다. 기획부터 정식 오픈 준비까지 모든 일을 도맡느라 은근히 신경을 많이 쓰는 바람에 체력과 정신력 모두가 소모된 상태였다.

"멋진 카페가 될 거야."

"선생님이 좋아했으면 좋겠어요." 이하오는 그녀 옆에 바짝 붙어 앉아 벽에 머리를 대고 천천히 긴장을 풀었다.

"이 카페를? 아니면 너를?" 짓궂은 닥터 야오가 굳이 물었다.

이하오는 눈을 감고 못 들은 척하며 대답하지 않았다. 손을 뻗어 그의 셔츠 단추를 푸는 닥터 야오의 손을 느끼기 전까지. 놀란 이하오가 눈을 뜨자 개구쟁이 같은 표정으로 그를 응시하던 닥터 야오의 얼굴이 시야 가득 들어왔다.

"너는 줄곧 자신을 증명하려고 노력했지." 닥터 야오가 말했다. "버려지고 말 아이가 아니라는 사실을 증명하고 싫어 했어." 그녀는 언제나 이하오의 마음을 간파하는 것 같았다.

"저는 버려지고 말 아이인가요?" 이하오가 진지하게 물으며 답을 기다렸다.

"아니. 넌 버려질 리 없어." 닥터 야오가 그의 뺨을 가볍게 쓰다듬었다.

이하오는 말없이 그녀의 서늘한 손끝을 움켜쥐었다.

닥터 야오에게 눈짓으로 허락을 구한 뒤, 이하오는 그녀의 허리를 가볍게 안아 테이블 위에 앉히고 셔츠를 벗었다.

건반으로 스며들었던 석양빛은 이미 물러가고, 서로 끌어안은 두 사람은 영원히 식지 않을 온도 속에 있었다.

# 번외 2

⋮

# 이런 작가와
# 주인공이라면

시간은 새벽 2시. 좁은 원룸에는 스탠드 하나만 켜져 있었다.

페이이䰞怡는 중국어로 번역된 미시경제학 교재를 파고들었다. 동기들과 인쇄소에서 제본한 거라 표지는 구름이 그려진 초라한 종이 한 장뿐이었다.

책상 위에는 문구류 외에도 오래된 영수증, 동전, 몇 장 쓰지 않은 무지 노트, 음료가 반쯤 남은 테이크아웃 컵, 카나헤이*의 캐릭터 봉제 인형 등 온갖 잡동사니들이 널려 있었다. 노트북만 해도 꽤 큰 공간을 차지하는 바람에 페이

* 일본의 인기 일러스트레이터이자 만화가. 한국에서도 '피스케', '우사기' 등의 캐릭터가 인기 있다.

이는 억지로 공간을 만들어 겨우 교재를 올려 두었다.

공식과 예제 부분을 보고 있긴 하지만 한 글자도 머리에 들어오지 않았다. 내일 아침 9시의 기말고사까지 7시간이 채 남지 않았는데, 아직도 진도를 따라가지 못한 챕터가 수두룩했다. 꾸준히 복습하는 습관은 들이지 못했고, 순순히 학업에만 열중하는 법이 없으니 시험 전 벼락치기는 페이이에게 당연한 일상이었다. 겨우 한 페이지를 소화한 그녀는 펜을 집어던지고 노트북을 열어 PTT* 사이트에 접속했다. 이 순간만큼은 잠시나마 자유를 얻은 것 같았다.

페이이는 게시물 목록에서 요즘 푹 빠져 읽고 있는 연재소설의 제목을 찾았다. 결벽증을 가진 소년이 살인마 집단을 좇으며 처단하는 이야기다. 소년은 비참한 과거를 가지고 있는데, 페이이는 그 부분이 꽤 마음 아팠다. 그녀는 기세 좋게 소설을 읽어 나갔다. 도저히 멈출 수가 없었다. 기말고사를 이토록 열정적으로 준비할 수 있다면 참 좋을 텐데.

안타깝게도 인간의 뇌는 고통을 외면하도록 설계되어 있다. 이를테면 그녀는 평소에는 청소하고 싶다는 생각이 전혀 들지 않는다. 어질러지면 어질러지는 대로 필요한 물

---

* 대만에서 가장 활성화된 익명 토론 커뮤니티. 쿤룬은 이 커뮤니티의 창작소설 게시판 'Marvel'에 이 작품을 연재했다. https://www.ptt.cc/bbs/marvel/index. html

건만 찾을 수 있으면 되는 사람인데, 시험 기간만 되면 방을 정돈하고 싶어졌다. 물론 이번 기말고사 기간에는 읽어야 할 소설이 있으니 청소 따위는 전혀 할 생각이 없었다.

한참 흥미진진한 부분을 읽고 있는데 누군가 현관문을 두드렸다.

페이이는 인상을 썼다. 이렇게 늦은 시간에 누굴까? 신경질적인 옆집 세입자? 그녀는 몇 번 친구와 큰 소리로 통화해 옆집 여자의 심기를 건드렸다. 그녀는 예의범절 운운하며 한참 잔소리를 늘어놓았다. 하지만 지금은 조용히 소설을 읽는 중이니 누군가의 잠을 방해하지는 않았을 터였다.

'똑똑.'

또다시 노크 소리가 들렸다. 페이이는 내키지 않았지만 그래도 무슨 일인지는 알아봐야 할 것 같아 문을 아주 조금만 열고 밖을 내다봤다. 문 틈새로 한 청년이 보였다.

청년은 집주인의 외아들로 이름은 자양家洋이다. 이 건물에 살지 않는 주인아저씨를 대신해 건물을 관리하고 있다. 평소에도 크고 작은 일로 그에게 종종 도움을 받았기에 페이이는 이 청년에 대한 인상이 좋았다. 같은 대학생이라 가끔 복도에서 잡담을 나누기도 했다. 페이이는 비로소 안심하고 문을 열었다.

"그쪽도 기말고사 준비하느라 밤새우고 있죠?" 자양이 물었다.

"그렇죠……." 공부보다 PTT 사이트에서 더 많은 시간을 보내고 있었으니 페이이는 대답하면서도 조금 쩔렸다.

"커피를 좀 샀는데……. 한 잔 드리려고요." 자양이 든 종이 캐리어에 편의점 커피가 몇 개나 들어 있었다.

페이이가 의아한 듯 물었다. "이렇게나 많이 사셨어요? 아예 안 잘 생각이에요?"

"포인트 모으려고요. 자, 이거 받아요. 시럽도 넣었어요." 자양이 차가운 카페라테를 내밀었다.

페이이는 고맙다는 인사를 하고 커피를 받았다. 두 사람은 몇 마디 더 이야기를 나눴고, 페이이는 나중에 편의점 포인트가 쌓이면 자양에게 보내 주겠다고 약속했다. 어차피 그녀는 포인트를 모아 상품으로 교환하는 스타일이 아니었다.

"그럼 이만 시험 공부하러 가야겠어요. 드디어 마지막 한 과목만 남았거든요." 자양이 싱글벙글 웃으며 말했다. "그런데 그게 제일 어려워요. 내년에 그 교수님 정말 다시 뵙고 싶지 않은데." "그래도 좋겠어요. 저는 아직 세 과목이나 남았거든요." 페이이가 애처롭게 말했다.

차가운 카페라테를 마시자 정신이 번쩍 들어 소설을 계속 집중해 읽을 수 있었다. 그녀는 스토리를 계속 좇았다. 타피오카 대신 눈알이 들어간 밀크티가 등장하자 속이 니글거려 얼른 정상적인 음료인 카페라테를 몇 모금 더 마셔 놀란 가슴을 달랬다.

그런데 왜 그런지 모르게 무척 피곤해졌다. 이번 주 내내 밤을 새우다시피 해서 체력이 바닥난 걸까? 페이이는 견딜 수 없을 만큼 몸이 무거워 잠깐만 쉬기로 했다. 알람을 맞출 기운도 남아 있지 않아 그대로 침대에 뻗어 버리고 말았다.

고작 몇 분도 되지 않아 그녀는 깊은 잠에 빠졌다.

∿

페이이가 곤히 잠든 사이, 현관문 바깥쪽에서 열쇠 돌리는 소리가 나고 조용히 문이 열렸다.

빛을 등지고 선 방문자의 얼굴에 그림자가 어른거렸다. 그가 스탠드의 불빛이 닿는 범위까지 걸어오자 비로소 얼굴이 드러났다.

자양은 침대 옆으로 다가가 모자 달린 외투를 벗어 모자 부분이 그녀의 얼굴을 가리도록 덮었다. 인사불성이 된 페이이를 둘러업은 그는 방을 나와 아무도 없는 복도를 지나 그가 혼자 사는 위층으로 올라왔다. 복도 입구에 설치된 방범용 이중문은 세입자의 무단침입을 막기 위해 단단히 잠겨 있었다. 이 층은 여러 개의 방으로 구분되어 있는데, 전부 자양의 필요에 따라 다른 용도로 쓰였다.

그가 복도 끝 방의 문을 열자 차가운 공기가 쏟아져 나왔다. 이 방은 24시간 내내 에어컨으로 설정 가능한 가장 낮은 온도로 맞춰 둔다. 아무런 장식도 없는 내부에는 녹색 방수포가 빈틈없이 깔려 있고, 방 한쪽은 검은색 암막 커튼으로 가려져 있었다.

자양이 양손에 힘을 풀자 고개를 뒤로 젖히고 있던 페이이가 머리를 땅에 찧었다. 하지만 그녀는 전혀 반응하지 않았다. 카페라테에 탄 약의 효과가 꽤 강한 모양이다.

그는 페이이를 넘어 검은 커튼 쪽으로 향했다. 커튼을 열자 그의 독특한 소장품이 모습을 드러냈다. 팔다리가 없는 창백한 몸뚱이였다.

한때 이 건물의 세입자였던 여자는 두 다리가 잘리고 두 팔도 베어 '사람돼지人彘'[*]의 형상을 하고 있었다.

고개를 젖힌 그녀의 긴 머리칼이 검은 폭포처럼 허리 뒤로 늘어졌다. 눈동자를 잃은 텅 빈 눈은 천장을 망연히 바라보고 있었다. 피가 아래 눈두덩이에 말라붙은 모습이 아

---

[*] 눈과 귀를 멀게 하고 벙어리로 만든 후 팔다리마저 자르는 형벌, 또는 그 벌을 받은 상태. 한고조 유방(劉邦)의 측실인 척부인(戚夫人)의 이야기에서 유래했다. 한고조는 척부인을 총애하고 황태자인 영(盈)의 자질에 의문을 품어 척부인 소생인 여의(如意)를 황태자로 세우려 했으나 중신들의 반대로 철회한다. 고조 사후 황태자의 생모인 여태후(呂太后)는 척부인에게 약을 먹여 벙어리로 만들고 귀를 자르고 눈을 도려냈으며, 팔과 다리마저 잘라 측간에 던진 후 그녀를 '사람돼지(人彘)'라고 칭했다.

무렇게나 바른 아이섀도 같았다. 약간 벌린 입술에는 죽기 전에 미처 내지르지 못한 애타는 비명이 걸려 있는 듯했다.

피처럼 빨간 장미 한 다발이 처참하게 갈라진 복부에 쑤셔 넣어져 있었다. 절개선은 두 젖가슴 사이까지 이어졌다. 젖꼭지 부분에는 장미꽃이 한 송이씩 붙어 있었다. 잘라낸 팔과 다리는 얌전히 바닥에 놓여 있었는데, 이미 시반<sup>屍斑</sup>이 나타나기 시작했다.

자양은 손등으로 사람돼지의 얼굴을 쓸었다. 목선을 지나 쇄골, 유방, 움푹 들어간 옆구리까지 미끄러져 내려가자 석고처럼 단단하고 매끄러운 촉감이 전해졌다. 사람돼지 역시 시반이 나타나는 운명을 피하지 못했고, 가슴 앞의 장미마저 시들기 시작했다.

보존 기한이 다가오고 있었다. 자양은 아쉽지만 새로운 대체품이 있어서 다행이라고 생각하며 페이이를 지그시 봤다. 그녀는 이제 새로운 컬렉션이 될 것이다.

자양은 이번에는 어떤 형식으로 작업을 할지 상상해 보았다. 잭의 명성을 모욕해서는 안 되니 배를 가르는 의식은 필수적이다. 그 외에 또 어떤 표현을 할 수 있을까? 대패질을 해 볼까? 납을 주입할까? 그가 방 안을 서성거리며 생각을 거듭할 무렵, 현관문 앞에 검은 그림자가 불쑥 나타났다.

머리부터 발끝까지 검은 소년이 서 있었다. 후드 달린 검은 바람막이, 검은 가죽장갑, 블랙진에 검은 운동화. 그리고 깊은 검은색 두 눈동자.

자양은 놀라 자빠질 뻔했다. 지금까지 누구도 그만의 신성한 낙원에 침입한 적이 없었다. 그래서 이런 상황이 발생할 거라고는 생각도 하지 못했다. 이 층의 출입구는 언제나 직접 잠가 두었고, 건물주인 아버지조차 열쇠를 가지고 있지 않았다.

"어떻게 침입할 수 있었는지 궁금한가요?" 소년이 물었다.

자양은 무의식적으로 고개를 끄덕였고, 얼이 빠져 소년이 다가오는 모습을 그저 멍하니 지켜봤다. 그때 시린 빛이 번쩍였다. 자양의 시선은 그 빛을 쫓았다. 시선의 종점은 칼날이 박힌 자기 가슴이었다. 엄청난 통증이 순간적으로 모든 생각을 마비시켰다.

"그거 알아요? 열쇠로 열고 들어온 거." 소년은 침착하게 단도를 뽑아 들고 날렵하게 자양의 목을 그었다. 차가운 칼날이 급소를 절개했고, 소년은 거의 동시에 옆으로 비켜서 솟구치는 피를 피했다.

자양은 허둥지둥하며 피가 뿜어져 나오는 목을 움켜쥐었다. 그는 페이이와 사람돼지를 번갈아 쳐다보면서 둘 중 하나를 고를 수 없어 난감한 표정을 지었다. 그는 마침내 비틀거리며 사람돼지에게 다가가 무릎을 꿇고 그대로 고꾸라졌다. 시반이 나타나기 시작한 창백한 피부가 피로 뒤

덮였다.

소년은 조용히 서 있다가 문득 생각난 듯이 입을 열었다.
"방수포를 깔았군요. 좋은 습관입니다."

뜻밖의 칭찬을 받았지만 자양은 그 말을 들을 수 없었다.
그는 서서히 아무것도 들리지 않게 되었고, 과다출혈로 인
한 이명만이 귓가에 남았다.

무척 추웠다. 실내온도를 이렇게 낮게 설정하지 말았어
야 했다는 생각이 들었다. 아, 사람돼지의 부패를 늦추기
위해 그랬지…… . 이번에도 사람돼지를 만드는 편이 좋겠
다고 생각했지만, 그에게는 이제 페이이를 처리할 힘이 남
아 있지 않았다.

자양은 힘없이 쓰러졌다. 의식이 소실되기 전 마지막으
로 눈에 들어온 것은 그가 흘린 피로 점점 더 선명한 붉은
색을 띠는 진홍색 장미였다.

∿

언제나처럼 업자에게 연락한 후 스녠은 묵묵히 페이이
를 업었다.

수면제를 먹은 이 대학생은 아직 깨어나지 않았으니, 하
마터면 목숨을 잃을 뻔한 위험에 처했다는 사실도 모를 터
였다. 스녠은 속으로 운이 좋았다고 생각했다. 다행히 매복

하면서 자양이 페이이를 업고 이동하는 경로를 포착할 수 있었다. 그러지 못했다면 이 학생을 어떻게 수습해야 할지 정말 몰랐을 것이다.

스녠은 의식이 없는 페이이를 방으로 돌려보내 침대에 반듯하게 눕혔다. 잡동사니로 어지러운 방을 보는 순간 청소하고 싶은 충동이 솟구쳤지만, 애석하게도 아무것도 할 수 없었다. 무언가 손을 대면 당연히 의심을 받게 될 테니까.

그런데 침대에 쌓인 빨래가 견딜 수 없이 거슬렸다. '이런 상태라면 잠자는 데 방해가 되지 않나? 침대 밑바닥까지 옷가지와 양말이 널려 있잖아!' 스녠은 페이이를 도무지 이해할 수 없었다. 그는 괴로운 한숨을 내쉬었다. 보지 않는 게 상책이라고 마음을 달래며 떠나려는데, 하필이면 가장 어수선한 책상이 눈에 들어와 다시 골치가 지끈거렸다.

'왜 책상을 쓰레기장으로 만드는 거지?' 스녠은 정말 이해할 수가 없었다. 이 여자의 생명을 구한 자신이 어째서 이런 정신적 학대를 받아야 한단 말인가. 너무도 불공평했다. 아무튼 정리해서는 안 된다. 아무렇게나 버려진 오래된 영수증과 자질구레한 동전 같은 것들에 손을 대서는 안 된다.

스녠은 주의를 다른 곳으로 돌리려 애썼다. 켜져 있는 노트북 화면이 그의 호기심을 불러일으켰다. '이렇게 더러운 사람은 무엇을 보고 읽으며 살까?'

다가가서 자세히 보니 연재소설이었다. 『살인마에게 바치는 청소지침서』. 이게 무슨 기괴한 제목이란 말인가?

스넨은 미간을 찌푸렸다. 작가는 정신이 조금 이상한 사람이 아닐까? 하지만 제목부터 '청소'를 말하고 있으니 분명 청결한 것을 좋아하는 사람이겠지. 그는 그 점을 높이 평가해 다비도프에게 조사를 의뢰할까 하는 생각은 단념하기로 했다. 비좁은 원룸을 떠나 아래층으로 내려가자 낯익은 화물차 한 대가 길가에 이미 주차되어 있었다.

얼마 지나지 않아 택배기사 차림의 업자가 상자를 들고 나타났다. 벌써 시체 회수를 끝낸 모양이었다. 스넨은 고개를 끄덕여 인사했고, 업자는 여느 때와 다름없이 과묵했다. 오늘도 업자는 필요한 일만 하고 필요한 말만 할 뿐이다.

멀어지는 화물차를 눈으로 배웅한 뒤 스넨은 아무도 없는 거리를 혼자 걸었다. 하늘가는 아직 어둡다. 동이 트려면 한참 기다려야 할 터였다.

그의 임무는 아직 끝나지 않았다.

**쿤룬 삼부곡 3**

# 업자에게 잊혀진 시체 보관 기록

1판 1쇄 인쇄  2023년 3월 14일
1판 1쇄 발행  2023년 3월 21일

지은이  쿤룬
옮긴이  진실희
펴낸이  김기옥

문학팀 김세화 | 마케팅 김주현
경영지원  고광현, 김형식, 임민진

표지디자인 공중정원 박진범 | 본문디자인 고은주
인쇄·제본  (주)민언프린텍

펴낸곳  한스미디어(한즈미디어(주))
주소  (04037) 서울시 마포구 양화로 11길 13(서교동, 강원빌딩 5층)
전화  02-707-0337 | 팩스  02-707-0198 | 홈페이지  www.hansmedia.com
출판신고번호  제313-2003-227호 | 신고일자  2003년 6월 25일

ISBN  979-11-6007-906-7 (03830)

한스미디어 소설 카페 http://cafe.naver.com/ragno | 트위터 @hans_media
페이스북 www.facebook.com/hansmediabooks | 인스타그램 @hansmystery